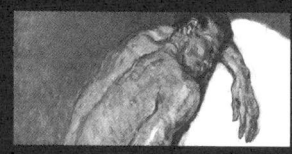

톰 아저씨의 오두막 1

이 도서의 국립중앙도서관 출판시도서목록(CIP)은 서지정보유통지원시스템 홈페이지(http://seoji.nl.go.kr)와
국가자료공동목록시스템(http://www.nl.go.kr/kolisnet)에서 이용하실 수 있습니다.
(CIP제어번호: CIP2011000194)

세계문학전집
063

Harriet Beecher Stowe : Uncle Tom's Cabin

톰 아저씨의 오두막 1

해리엇 비처 스토 장편소설

이종인 옮김

문학동네

작가 서문

이 소설은 그 제목이 암시하듯이, 세련되고 고상한 사회단체들이 무시해왔던 종족의 생활을 다루고 있다. 이 이국적인 종족의 조상들은 열대의 태양 아래에서 태어나, 아주 특이한 기질을 가지고 이곳으로 건너와 그들의 후예에게 물려주었다. 그 기질은 본질적으로 이 세상을 주름잡는 강인한 앵글로색슨족의 그것과는 너무나 달랐기에 오랜 세월 동안 그 종족으로부터 오해와 멸시를 받아왔다.

하지만 그보다는 좀더 좋은 세월이 이제 밝아오고 있다. 우리 시대의 문학, 시가, 예술은 기독교의 위대한 화음인 '모든 사람에 대한 선의'*에 입각하여 영향력을 행사하고 있다.

---

* 「누가복음」 2:14. "하늘 높은 곳에는 하느님께 영광. 땅에서는 그가 사랑하시는 사람들에게 평화!"

시인과 화가, 예술가는 이제 보다 보편적이고 온유한 인간성을 추구하여 그것을 아름답게 장식하고 있으며, 예술적 허구라는 은근한 장식 아래 인간적인 영향력을 행사하여, 기독교 형제애의 위대한 원칙을 진작시키고 있다.

어디에서나 자비의 손길이 내뻗어져, 인권을 유린하는 일을 폭로하고 잘못을 시정하고 고통을 완화함으로써, 세상 사람들이 천한 자들, 억압당하는 자들, 망각된 자들을 보다 잘 이해하고 동정하도록 이끌고 있다.

이런 보편적 움직임 속에서 마침내 불행한 아프리카가 기억되기 시작했다. 인류 역사의 어둠침침한 여명기에 인간의 문명과 발전을 이끌었던 아프리카는, 그 후 여러 세기 동안 문명된 기독교권의 발밑에 눌려 사지를 결박당하고 피를 흘리며 자비와 인정을 호소해왔으나 헛된 희망에 그치고 말았다.

그러나 아프리카를 정복하여 그 주인 노릇을 했던 지배 종족이 마침내 아프리카를 향하여 자비의 손길을 펴기 시작했다. 여러 국가들은 이제 약한 자들을 억압하는 것보다 보호하는 일이 훨씬 더 고상한 일임을 깨닫게 되었다. 하느님의 축복으로, 마침내 이 세상은 노예무역에서 벗어날 수 있게 되었다!

이 소설의 주된 목적은 우리 미국에서 살고 있는 아프리카 종족에 대한 동정심과 이해심을 일깨우려는 것이다. 그들에게 가해지는 학대와 그들의 슬픔을 묘사함으로써, 현재의 제도가 얼마나 잔인하고 불공정한가를 보여주려는 것이다. 이 제도 아래에서 흑인들을 관대하게 대하는 사람들이 부분적으로 노력을 기울이기는 했지만, 그 노력은 잔인하고 불공정한 제도에 분쇄되어 물거품이 되고 말았다.

이 소설을 집필한 작가는 선의의 개인들에 대해 아무런 유감도 갖고 있지 않음을 진심으로 밝혀두고 싶다. 가령 노예제의 법률적 관계 때문에 시련이나 불편을 겪었으되, 그들의 개인적 잘못은 전혀 없는 사람들 말이다.

작가는 고상한 마음을 가진 개인들이 종종 그런 관계에 연루된다는 것을 경험으로 알고 있다. 너무나 방대한 전체 구도에 비하면 이 소설 속에 수집, 고발된 노예제의 해악은 절반도 채 되지 못한다는 것을 그들은 누구보다 잘 알고 있다.

북부의 주들에서는 이 소설 속에 묘사된 상황이 일종의 희화(戱畵)로 받아들여질지도 모르겠다. 그러나 남부의 주들에는 소설 속 스토리의 신빙성을 증언해줄 사람들이 많다. 이 소설 속에 서술된 사건들의 진실과 관련하여 작가가 개인적으로 알고 있는 지식은 곧 세상에 드러나게 될 것이다.[*]

작가는 감히 이런 희망을 가져본다. 이 세상의 슬픔과 과오들이 세월이 흘러가면서 씻겨 없어지는 것처럼, 이 소설 속에 묘사된 사건들이 이제는 폐지된 제도를 상기시키는 가치 있는 유물로 기억되는 그런 날이 오기를.

아프리카의 연안에 문명된 기독교 공동체가 들어서서 우리에게서 수입해간 법률과 언어, 문학이 확립된다면, 속박의 집에 대한 묘사는 흑인들에게 과거의 일로 회상될 것이나, 후대의 이스라엘 사람들이

---

[*] 작가 스토가 1853년에 펴낸 『톰 아저씨의 오두막을 이해하는 열쇠』를 가리킨다.

이집트를 회상하는 것과 비슷한 기억이 되리라.* 그렇게 된다면 그들을 구제하신 '그분'에게 감사 기도를 올리는 것이 마땅하리라.

정치가들이 서로 자신들의 주장을 내세우고, 인간들이 이해관계와 열정의 조류에 밀려 이리저리 표류하는 동안, 인간의 자유라는 대의는 결국 '그분'의 손 안에 들어 있다고 굳게 믿는다.

　　그분은 기가 꺾여 용기를 잃는 일 없이
　　끝까지 바른 인생길을 세상에 펴리라.

　　그분은 하소연하는 빈민을 건져주고
　　도움 받을 데 없는 약자를 구해주리라.

　　그분은 억울한 자의 피를 소중히 여겨
　　억압과 폭력에서 그 목숨 건져주리라.**

---

* 이스라엘 민족은 모세가 그들을 이끌고 탈출하기 전까지 이집트에서 노예 생활을 하며 살았다(「출애굽기」 1~14). 이 성서 속 이야기는 자유를 찾는 미국 노예들에게 중요한 은유가 되었다.
** 「이사야」 42:4과 「시편」 72:12, 14 참조.

차례 ■

톰 아저씨의 오두막 __ 제2권

제1권

1장
어떤 인정 많은 남자가 소개되는 장

켄터키 주 P마을의 어느 저택, 차가운 2월의 어느 늦은 오후에 두 신사가 가구가 잘 갖추어진 거실에 앉아 술잔을 기울이고 있었다. 두 신사의 주위에는 하인들이 없었고, 의자를 바싹 붙이고 앉아 있는 모습이 어떤 문제를 아주 진지하게 토론하는 듯했다.

편의상 두 신사라고 했지만, 자세히 살펴보고 엄밀하게 말한다면 그중 한 명은 신사의 부류에 들어가는 사람이 아니었다. 그는 키가 작고 땅딸막한 체구에 조야하고 평범한 용모의 소유자로, 잘난 척 허세를 부리는 태도가 낮은 신분에서 시작하여 출세를 노리는 저급한 사람임을 드러내고 있었다. 그는 다소 지나치게 꾸며 입고 있었는데, 다양한 색상이 들어간 번들거리는 조끼, 노란색 방울이 점점이 박힌 푸른색 네커치프는 화려한 타이와 함께 그 사람의 전반적인 분위기를 말해주었다. 크고 거친 손에는 반지를 여럿 끼고 있었다. 조끼에는 황금 회중시계 줄을 걸치고 있었는데, 어울리지 않게 크고 다양한 색깔의 장식들이 그 줄에 매달려 있었다. 그는 대화를 나누던 중 스스로의 말에 흥분하여 그 시곗줄을 흔들어 소리를 내면서 흐뭇해하는 버릇이 있었다. 그는 머리*의 문법책 따위는 아예 무시해버리는 비문법적인 말을 지껄였고, 말하는 도중에 욕설을 적절히 섞어넣었다. 그것은 아무리 사실적인 묘사를 지향한다고 해도 여기에 옮겨 실을 수 없는 욕설이었다.

반면에 그의 상대인 셸비 씨는 신사의 외양을 갖추고 있었다. 집 안의 방 배치나 전반적인 분위기는 안락하면서도 부유한 모습을 보여주고 있었다. 앞에서 말한 것처럼 두 사람은 진지한 대화를 나누는 중이었다.

"난 그렇게 이 문제를 매듭지었으면 좋겠소." 셸비 씨가 말했다.

"그런 식으로는 거래를 할 수가 없습니다. 정말입니다, 셸비 씨." 그가 술잔을 자신의 눈과 불빛 사이로 들어올리면서 말했다.

"이봐요, 헤일리, 톰은 아주 특별한 친구요. 그는 어느 모로 봐도 그 정도 가치가 있어요. 끈기 있고 정직하고 유능해요. 내 농장 일을 시계처럼 정확하게 돌보고 있지요."

"검둥이치고는 정직하다는 말씀이겠지요." 헤일리가 브랜디를 한 모금 홀짝거리며 말했다.

"아니, 정말 정직한 친구요. 유능하고 끈기 있고 합리적이고 신앙

---

* 미국의 문법학자 린들리 머리(Lindley Murray)를 말함.

심이 돈독한 친구요. 그는 사 년 전 한 부흥회에서 종교에 입문한 후로 정말 독실한 신자가 되었소. 나는 그때 이후 내가 가진 모든 것, 돈과 집과 말 등을 그에게 맡겨왔어요. 그는 전국을 돌아다니면서 내 일을 돌봤고 매사 진실하고 정직했어요."

"셸비 씨, 검둥이 중에는 독실한 신자가 없다고 믿는 사람도 있어요." 헤일리가 손을 내저으며 말했다. "하지만 나는 있다고 봅니다. 지난번 올리언스에 데리고 갔던 무리들 중에 그런 자가 있었지요. 그 친구가 기도를 올리는 걸 들어보면 제법 그럴듯했어요. 조용하면서도 온유한 친구였지요. 그 친구 덕에 상당한 수입을 올리기도 했습니다. 할 수 없이 팔아야 하는 사람에게서 싸게 사들였으니까요. 그래서 육백 달러를 벌었습니다. 검둥이에게 종교란 가치 있는 것이지요. 그게 진정한 신앙심이라면 말입니다."

"톰은 진정한 신앙심을 갖고 있소. 흑인들 중에서는 보기 드물 정도로." 셸비가 말했다. "지난해 가을에 신시내티에 가서 나 대신 일을 처리하고 대금 오백 달러를 받아오라고 보냈죠. 그때 내가 그 친구에게 말했어요. '톰, 나는 자네를 믿어. 자네가 진정한 크리스천이라고 생각하기 때문이지. 자네가 나를 속이지 않으리라는 걸 알아.' 톰은 내 예상대로 돌아왔어요. 난 그가 무사히 돌아오리라는 걸 알았어요. 비열한 친구들이 톰에게 이렇게 말했다더군요. '톰, 왜 그 돈을 들고 캐나다로 달아나지 않았어?' 톰은 이렇게 대답했답니다. '주인님이 나를 신임하고 있는데 그렇게 할 순 없어.' 그들이 내게 말해주어서 알았지요. 나는 톰과 헤어지는 게 정말 싫습니다. 그러니 톰을 넘겨주는 것으로 부채의 잔액을 변제한 것으로 해주시죠. 헤일리, 당신에게 조금이라도 양심이 있다면 그렇게 해주리라 믿소."

"나는 이 사업을 하는 사람들 가운데 누구 못지않게 양심이 있는 사람이라고 생각합니다. 뭐 그렇게 대단한 양심이라고 하지는 못하더라도 말입니다." 노예상인이 쾌활하게 말했다. "나는 친구들에게 도움이 될 수 있다면 가능한 한 들어주려고 합니다. 하지만 올해는 사업이 어렵습니다. 좀 어려워요." 노예상인은 생각에 잠기면서 한숨을 내쉬더니 술잔에 브랜디를 더 따랐다.

"그럼 이 거래를 어떻게 마무리 짓겠다는 거요?" 약간의 어색한 침묵이 흐른 뒤 셀비 씨가 물었다.

"톰과 함께 끼워넣을 사내나 계집은 없습니까?"

"글쎄, 내놓을 만한 애가 없소. 솔직히 말하자면 내가 어려워서 어쩔 수 없이 톰을 팔게 된 거지, 난 농장 일꾼들을 내놓는 걸 좋아하지 않소. 정말이오."

이때 방문이 열리면서 네댓 살쯤 되어 보이는 자그마한 쿼드룬* 흑인 아이가 들어왔다. 아이는 귀여우면서도 매력적이었다. 비단처럼 부드럽고 반짝거리는 검은 곱슬머리는 동그랗고 보조개 파인 얼굴을 돋보이게 했고, 궁금해하며 방 안을 들여다보는 아이의 크고 검은 눈에는 긴 속눈썹 덕분에 생기와 부드러움이 가득했다. 보라색과 노란색이 섞인 평직 옷은 아이의 몸에 딱 맞아 귀엽고 매력적인 분위기를 더욱 돋보이게 했다. 수줍어하면서도 자신감에 넘치는 약간 코믹한 태도로 보아 평소 주인으로부터 귀염과 칭찬을 받은 일이 많은 듯했다.

---

* 흑인의 피가 4분의 1 섞인 혼혈.

"헤이, 짐 크로!"* 셀비 씨가 휘파람을 불더니 건포도 몇 알을 집어서 그 아이에게 던지며 말했다. "자, 받아먹어봐!"

아이는 얼른 힘차게 달려와 그 선물을 받아먹었고 그의 주인은 웃음을 터뜨렸다.

"이리 와, 짐 크로." 그가 말했다. 아이가 다가오자 주인은 그의 곱슬머리를 쓰다듬으며 턱 밑을 가볍게 쳤다.

"자, 짐, 이분에게 네가 춤추고 노래하는 모습을 좀 보여드려라." 아이는 맑고 고운 목소리로 흑인들이 즐겨 부르는 괴상하면서도 원시적인 노래를 불렀고, 노래의 박자에 맞추어 손과 발과 몸을 아주 코믹하게 흔들어댔다.

"브라보!" 헤일리가 오렌지 4분의 1쪽을 아이에게 건네며 말했다.

"자, 짐, 관절염 걸린 쿠조 영감처럼 걸어봐." 그의 주인이 말했다.

곧 아이는 유연한 몸놀림으로 기형의 왜곡된 외모를 흉내 냈다. 노인을 흉내 내며 등을 꼽추처럼 세우고, 주인의 지팡이를 손에 들고서 방 안을 왔다 갔다 했다. 부러 얼굴을 찡그리며 슬픈 듯 얼굴에 주름을 만들더니 노인처럼 좌우로 침을 뱉는 시늉을 했다.

두 신사는 요란하게 웃음을 터뜨렸다.

"자, 짐." 주인이 말했다. "늙은 로빈스 영감이 어떻게 찬송가를 부르는지 보여다오." 아이는 입을 오므려 토실토실한 얼굴을 일부러 길게 늘이면서 콧노래로 아주 심각하게 찬송가를 흥얼거리기 시작했다.

"잘한다, 잘해. 꼬마 친구!" 헤일리가 말했다. "정말 물건이야. 이

---

* Jim Crow는 흑인을 가리키는 경멸적인 호칭.

녀석이 아주 딱이네." 그는 갑자기 셸비 씨의 어깨를 가볍게 치면서 말했다. "저 녀석을 끼워넣어요. 그걸로 이번 거래를 마무리 지읍시다. 그렇게 하는 것이 가장 공정한 거래라고 생각됩니다."

그때 문이 약간 열리면서, 스물다섯 살 정도 되어 보이는 젊은 쿼드룬 여자가 방 안으로 들어섰다.

아이와 여자를 한 번만 봐도 그녀가 애 엄마라는 것은 금방 알아볼 수 있었다. 긴 속눈썹과 깊고 검은 아름다운 눈, 비단처럼 윤기가 촉촉한 머리카락 등이 서로 꼭 닮았던 것이다. 그녀의 갈색 얼굴은 수줍음 때문에 약간 붉어졌고, 노골적인 호의를 드러내며 자신을 쳐다보는 남자의 시선을 의식하자 더욱 붉어졌다. 그녀는 몸에 딱 맞는 옷을 입고 있었고, 그래서 아름다운 몸매의 윤곽이 그대로 드러났다. 섬세한 손, 단정한 발과 발목 등은 아름다운 외모를 더욱 돋보이게 했고, 값나가는 흑인 여자의 여러 특징을 훤히 꿰고 있는 노예상인의 날카로운 눈은 그녀의 그러한 특징을 단숨에 파악했다.

"웬일이야, 엘리자?" 그녀가 걸음을 멈추고 망설이는 태도로 바라보자 그녀의 주인이 물었다.

"주인님, 해리를 찾고 있던 중이었습니다." 아이는 그녀에게 달려가 호주머니에 넣어두었던 먹을 것을 내보였다.

"그래, 그럼 데려가." 셸비 씨가 말했고 그녀는 아이를 양팔로 안고서 황급히 물러갔다.

"야, 굉장한 물건이 있는데요." 노예상인이 경탄하는 목소리로 말했다. "저런 여자라면 올리언스에서 큰돈을 받을 수 있을 겁니다. 저 여자보다 예쁘지도 않은데 천 달러에 팔린 걸 본 적이 있어요."

20

"저 여자를 팔아 돈을 벌고 싶은 생각은 없소." 셸비 씨가 쌀쌀하게 말했다. 그는 화제를 돌리기 위해 새 브랜디 병의 코르크를 뽑으면서 더 마시겠느냐고 물었다.

"큰돈이 된다니까요!" 그러면서 노예상인은 고개를 돌려 셸비 씨의 어깨를 가볍게 치면서 말했다. "저 여자를 얼마에 파시겠습니까? 얼마면 되겠습니까?"

"헤일리 씨, 저 여자는 팔지 않아요." 셸비가 말했다. "저 아이 몸무게만큼 황금을 준다고 해도 내 아내가 저 여자와 헤어지려 하지 않을 겁니다."

"여자들은 늘 그런 식으로 말하지요. 계산을 잘 못 하니까. 하지만 몸무게만큼의 황금이 얼마나 많은 시계와 의상과 보석류를 사들일 수 있는지 말해준다면 그때는 얘기가 싹 달라지지요."

"헤일리, 그 얘기는 그만합시다. 나는 안 된다고 했어요. 그러니 안 되는 겁니다." 셸비가 단호하게 말했다.

"그렇다면 저 어린애를 내게 주십시오. 상당한 값으로 쳐준 건 아시겠죠."

"도대체 그 애를 데려가서 무얼 하려는 거요?" 셸비가 물었다.

"이 사업에 나서려는 제 친구가 있는데, 잘생긴 흑인 아이들을 사서 시장에 내놓으려고 해요. 부자들의 시중을 드는 흑인 아이들은 값이 좀 나가거든요. 예쁜 흑인 아이가 문을 열어주고 옆에서 시중을 들어준다면 집안의 분위기가 한결 살아나거든요. 그래서 잘생긴 아이들은 상당히 돈이 돼요. 저 아이는 재미있고 노래도 잘하니 아주 제대로 된 물건입니다."

"나는 그 애를 팔지 않겠소." 셸비 씨가 생각에 잠긴 목소리로 말했다. "난 인간적인 사람이오. 아이를 엄마에게서 떼어놓는 일은 할 수가 없어요."

"아, 그러세요? 그래요, 인정의 문제가 있기는 하죠. 충분히 이해합니다. 여자들을 상대로 하자면 불쾌한 일이 벌어지지요. 비명을 지르고 고함을 치니까요. 그러면 아주 골치가 아파지죠. 하지만 나는 사업을 하는 사람입니다. 그런 문제를 잘 피해나갈 수 있습니다. 그 엄마를 하루나 일주일 정도 아이로부터 떼어놓는 겁니다. 그러면 일은 아주 조용히 처리되죠. 그 여자가 집으로 돌아오기 전에 모든 게 끝나 있는 겁니다. 안주인께서 귀고리나 새 옷이나 뭐 이런 것들을 사주면 저절로 양해가 되는 거지요."

"그렇지 않을 거요."

"아니, 그렇게 됩니다. 이들은 백인들과는 달라요. 그들은 어려움을 극복합니다. 관리를 잘해주면 말입니다." 헤일리는 아주 솔직하면서도 자신에 찬 어조로 말했다. "물론 이런 거래 건은 사람의 감정을 다치게 하는 수가 있어요. 하지만 나는 그렇게 일처리를 하지 않습니다. 어떤 친구들처럼 그런 미련한 방법을 쓰지 않아요. 그들은 아이를 엄마 손에서 빼앗아 곧바로 팔아치우려 합니다. 그러면 애 엄마는 미친 듯이 울며 날뛰지요. 이건 좋은 방법이 아니에요. 물건을 상하게 하고 일을 전혀 시켜먹을 수가 없게 됩니다. 전에 올리언스에 예쁜 흑인 여자가 있었는데, 그런 무지막지한 방법을 쓰는 바람에 물건을 아예 망쳐버렸지요. 그 여자를 거래하려던 친구는 여자의 아이는 원하지 않았습니다. 그러자 여자가 열을 받아서 미쳐 날뛰기 시작했지요.

여자는 아이를 양팔에 안고서 놓치지 않으려 했고 미친 듯이 뭐라고 계속 지껄였어요. 그 모습을 생각하면 지금도 온몸이 오싹해집니다. 사람들이 억지로 품에서 아이를 떼어놓고 여자는 가두어놓았어요. 여자는 미친 듯이 울부짖더니 일주일 만에 죽어버렸습니다. 관리를 잘못해서 천 달러가 일주일 사이에 공중으로 날아가버린 겁니다. 일을 잘못 처리하면 이렇게 되어버려요. 그러니 인정 많게 일처리를 하는 것이 가장 좋아요. 이건 내 체험에서 우러나온 말입니다." 노예상인은 팔짱을 끼고 의자 등받이에 몸을 기대면서 마치 자기가 제2의 윌버포스*나 되는 것처럼 인정 많은 사람 같은 태도를 취했다.

그 화제는 셸비 씨의 관심을 끄는 것 같았다. 그가 생각에 잠기면서 오렌지 껍질을 벗기는 동안, 헤일리는 약간 망설이는 듯했지만 몇 마디 더 보태고 싶은 충동에 다시 그 얘기를 꺼냈다.

"자화자찬하는 건 좀 그렇지만, 이게 진실이기 때문에 말씀드리는 겁니다. 나는 특상품 검둥이들만 사들이는 것으로 정평이 나 있습니다. 남들로부터 그런 얘기를 많이 들었어요. 백여 건의 거래를 성사시켰는데 모두 살찌고 건강한 검둥이들뿐이었고, 거래 과정에서 인명 피해도 거의 없었습니다. 이렇게 된 것은 나의 관리 덕분이지요. 인정 많게 처리하는 게 내 관리 철학의 핵심입니다."

셸비 씨는 할 말이 별로 없어서 "그렇군요" 하고 간단히 대꾸했다.

"이런 나의 철학 때문에 비웃음도 사고 조롱도 받았습니다. 그건 인기도 없고 흔하지도 않은 철학이지요. 하지만 나는 그 철학을 고수

---

* 영국의 정치가이며 노예제도 폐지론자.

했고, 그 덕에 돈을 벌었습니다. 그 철학이 나름대로 통행세를 지불해주었던 겁니다." 노예상인은 자신의 그럴듯한 비유에 웃음을 터뜨렸다.

자신의 인정 많음을 설명하는 노예상인의 태도가 너무나 그럴듯하고 독창적이어서 셸비 씨는 함께 웃지 않을 수 없었다. 어쩌면 이 책을 읽는 독자들도 웃음을 터뜨릴지 모르겠다. 요즘은 인정의 괴상한 형태가 아주 다양하게 나오기 때문이다. 소위 인정 많다는 사람들이 괴상하게 말하고 행동하는 방식은 끝이 없다.

노예상인은 셸비 씨의 웃음에 고무되어 계속 말했다.

"정말 이상한 일은, 이 철학을 사람들 머릿속에 도저히 심어줄 수가 없다는 겁니다. 전에 나체즈*에서 동업했던 톰 로커라는 친구는 아주 똑똑한 사람이었습니다. 그런데 검둥이들한테는 아주 지랄맞게 굴더군요. 그게 자기의 원칙이라면서. 하지만 같이 밥을 먹어본 친구 중에 그처럼 마음이 좋은 친구도 없었죠. 그렇게 강하게 나가는 게 자기 방식이라고 그래서 내가 톰에게 말했습니다. '이봐, 톰, 여자애들이 질질 짤 때 욕하고 때려봐야 그게 무슨 소용인가? 그건 웃기는 짓이야. 제발 그러지 마. 걔들이 우는 건 당연하고 자연스러운 거야. 자연의 이치를 그런 식으로 막아버리면 다른 데서 터지게 되어 있다고. 게다가 톰, 그렇게 하면 여자애들이 상하잖아. 의기소침해지고 병이 든다고. 때때로 추악해지기도 하는데 흑백 혼혈 애들일수록 더해. 그런 애들을 너무 거칠게 다루면 일을 망쳐버려. 애들을 구슬리면서 좀 부

---

* 미시시피 주 남서부의 도시.

드럽게 다룰 수 없나? 일처리를 하면서 약간의 인정을 보이면 말이야, 우격다짐으로 찍어누르는 것보다 훨씬 일이 잘 풀린다고. 결과적으로 수입도 더 많이 올려주지.' 하지만 톰은 내 말을 알아듣지 못했고 그 요령을 익히지 못했어요. 그는 나와 함께 있는 동안 물건을 많이 상하게 했고, 그래서 그와는 헤어질 수밖에 없었죠. 사람도 좋고 사업 수완도 꽤 괜찮았는데도 말이죠."

"그러니까 당신의 사업 방식이 톰 로커보다 더 효과적이라는 얘기인가요?" 셸비 씨가 물었다.

"그럼요. 물론이죠. 어린애들을 팔아넘기는 좀 불유쾌한 일을 해야 할 때는 좀더 신경을 씁니다. 우선 그 애들의 어미를 잠시 어디로 가 있게 하죠. 아무래도 안 보이면 마음에서 멀어지니까요. 일처리가 깨끗하게 끝나서 더이상 어떻게 할 수 없을 때는 그 어미들도 체념을 하는 겁니다. 그들은 백인들과는 달라요. 백인들은 처자식을 부양해야 한다는 의무감을 배우며 성장하지요. 하지만 제대로 가르친 검둥이는 말입니다. 그런 의무감이 없어요. 그래서 일처리가 한결 쉬워지는 겁니다."

"그렇다면 우리 집 흑인들은 제대로 가르친 게 아니군." 셸비 씨가 말했다.

"그렇죠. 켄터키 사람들이 검둥이 버릇을 망쳐놓고 있어요. 잘해준다고 그러는 건데 실제로는 잘해주는 게 아니에요. 검둥이란 게 뭡니까? 이 세상을 이리저리 굴러다니면서 오늘은 톰에게, 내일은 딕에게, 그다음날은 또 누구에게 팔려가는 존재가 아닙니까? 그런 자들에게 어떤 기대감이나 의무감을 심어주면 안 되는 겁니다. 검둥이가 너무 곱게 크면 나중에 닥칠 어려움 앞에서는 속수무책이 됩니다. 당신의 검둥이들은, 농장 노예들 같으면 너무 좋다고 노래 부르며 껑충껑충 뛸 그런 곳에 갖다 놓아도 기가 팍 죽을 겁니다. 셸비 씨, 모든 사람이 나름대로 자기 방식을 좋게 생각합니다. 나 또한 검둥이들에게 내가 할 수 있는 한도 내에서 잘해줍니다."

"제 처지에 만족하고 사는 게 좋긴 하지요." 셸비 씨는 치밀어오르는 불쾌한 느낌을 억누르고 어깨를 약간 들썩이며 말했다.

두 사람이 각자 자기 생각을 잠시 하는가 싶더니 마침내 헤일리가 입을 열었다. "자, 나의 제안을 어떻게 생각하십니까?"

"그 문제를 깊이 생각하고 또 아내와 의논해보겠소." 셸비 씨가 말했다. "헤일리 씨, 이 문제를 당신이 말한 대로 조용히 처리하고 싶다면 우리 동네 사람들에게는 알리지 않는 게 좋겠소. 이웃이 알면 우리 집 노예들에게도 알려질 것이고, 그렇게 되면 조용하게 데리고 가지는 못할 거요."

"아, 그럼요. 저는 입을 다물어야 할 때는 다무는 사람입니다. 하지만 일이 좀 급합니다. 가능한 한 빨리 결과를 알려주십시오." 그가 의자에서 일어나 외투를 입으면서 말했다.

"오늘 저녁 여섯시에서 일곱시 사이에 들러주시오. 결과를 알려드리지요." 셸비 씨가 말했다. 노예상인은 그에게 인사를 하고 집 밖으로 나갔다.

"저자의 엉덩이를 걷어차서 계단 아래로 굴러떨어지게 했으면 좋겠군." 그는 거실 문이 닫히는 것을 보며 혼자서 중얼거렸다. "저 잘난 체하면서 뻔뻔스럽게 구는 태도라니! 하지만 저자가 내 약점을 꽉 잡고 있으니. 만약 누군가가 내게 톰을 남부의 지독한 노예상인에게 팔라고 한다면 나는 이렇게 소리쳤겠지. '당신의 하인은 개입니까, 남들에게 팔아넘기게?' 하지만 이젠 어쩔 수가 없게 됐어. 엘리자의 아이까지 넘겨줘야 해! 아내는 소란을 떨어대겠지. 톰을 파는 것도 안 된다고 하겠지. 하지만 빚을 지고 있으니 어쩌겠나. 저 친구가 내 약점을 잡고 밀어붙이고 있으니."

켄터키 주에서 시행되고 있는 노예제도는 가장 부드러운 형태의 노예제도라고 할 수 있을 것이다. 남부의 다른 지역들처럼 주기적으로 급하게 일을 해내야 하는 압박이 없는 데다가 농사일도 조용하면서 점진적으로 진행되기 때문에 켄터키 주 흑인들의 일은 한결 덜 힘들고 또 그리 건강을 해치지도 않는다. 주인들도 천천히 점진적으로 수입을 올리는 데 만족하기 때문에 노예들을 거세게 몰아붙이려는 유혹을 별로 느끼지 않는다. 힘없고 보호받지 못하는 사람들의 이익을 보살펴야 한다는 생각보다 갑작스럽게 수익을 많이 올려야겠다는 욕망이 더 앞서게 되면 자연히 가혹하고 모진 마음이 온유하고 부드러운 인간성을 제압해버린다.

켄터키의 농장을 방문하여 주인 부부의 자상함과 관대함을 목격하고 또 일부 노예들의 감사에 넘치는 충성심을 보고 나면, 누구나 저 유명한 가부장적 제도의 서정적인 전설을 떠올리게 될 것이다. 하지만 그런 현장에도 음울한 그림자가 드리워져 있다. 바로 '법'이라는 그림자이다. 법이 펄떡거리는 심장과 따뜻한 애정을 갖고 있는 흑인들을 주인에게 소속된 '물건'이라고 생각하는 한, 아무리 잘 관리되는 노예제도라 해도 아름답고 바람직한 제도가 될 수 없다. 가령 자상한 주인의 실패나 불운, 무모함, 죽음 등으로 인해 노예들은 하루아침에 보호와 배려의 생활에서 쫓겨나 희망 없는 비참함과 막노동의 생활로 굴러떨어지게 된다.

셀비 씨는 꽤 평균적인 사람으로, 선량하고 자상했으며 주위 사람들에게 관대했다. 그는 농장에서 일하는 흑인들의 신체적 편안함에 보탬이 되는 것이라면 마다하지 않고 제공했다. 그렇지만 그는 아주 엉성한 방식으로 대규모 투자를 했고, 그 일에 점점 깊이 관여하게 되었다. 그 결과 그가 발행한 대규모 약속어음이 헤일리의 손에 들어가게 되었다. 이런 사실을 유념하면 앞에서 전개된 대화의 요지를 잘 이해할 수 있으리라.

조금 전 문 앞으로 다가서면서 그들의 대화를 일부 엿들은 엘리자는 노예상인이 주인에게 누군가를 데려가겠다고 제안하고 있다는 걸 눈치챘다.

그녀는 아이를 데리고 문밖으로 나오면서 잠시 멈춰 서서 대화를 더 엿듣고 싶었으나 바로 그때 안주인이 불러서 황급히 그 자리를 떠날 수밖에 없었다.

그러나 그녀는 노예상인이 자신의 아들을 달라고 하는 것 같다는 느낌을 받았다. 잘못 들은 것일까? 그녀의 가슴은 크게 부풀어오르면서 빠르게 뛰놀았다. 자기도 모르게 아이를 꼭 껴안자 어린 아들이 놀라서 어머니를 쳐다보았다.

"엘리자, 애야, 오늘 무슨 일이 있었니?" 안주인이 물었다. 엘리자는 물 주전자를 엎고, 자수 테이블에 부딪혔으며, 안주인이 옷장에서 비단 드레스를 가져오라고 했는데 엉뚱하게도 기다란 잠옷을 가져왔던 것이다.

엘리자는 깜짝 놀랐다. "아, 마님!" 그녀가 눈을 크게 뜨면서 말했다. 이어 눈물을 흘리더니 의자에 주저앉아 흐느끼기 시작했다.

"애야, 엘리자, 무슨 일이니?" 안주인이 물었다.

"오, 마님. 노예상인이 거실에서 주인님과 면담을 하고 있었습니다. 제가 그의 말을 엿들었어요."

"바보 같은 소리. 노예상인이 왔다는 게 그리 대수란 말이냐?"

"아, 마님, 주인님이 제 아들 해리를 팔아넘기려는 생각이실까요?" 그 불쌍한 여인은 의자에 앉은 채 양손으로 얼굴을 감싸고 허리를 숙이며 발작적으로 흐느꼈다.

"그 애를 팔아넘긴다고? 무슨 바보 같은 소리야? 너의 주인님은 남부의 노예상인과는 거래하지 않는다는 걸 잘 알지 않니. 아니, 이 바보 같은 애야, 도대체 누가 해리를 사가려 한단 말이냐? 온 세상 사람들이 너처럼 해리를 귀여워하며 매달리는 줄 아니? 이 무슨 바보 같은 소리야. 자 힘을 내고, 어서 와서 내 드레스의 후크나 좀 잠가줘. 네가 며칠 전에 배운 그 예쁜 매듭 방식으로 머리를 다시 해주고. 그리고 문 앞에서 엿듣는 짓은 앞으로 하지 마."

"마님, 그런 제안에는 절대로 동의하지 않으시겠지요?"

"말도 안 되는 소리. 애야, 난 그런 일엔 절대 동의하지 않아. 그런 얘기는 왜 물어보는 거냐? 차라리 내 아이를 팔아넘기겠다. 아무튼 엘리자, 넌 네 아들을 너무 대단하게 생각하는 것 같구나. 어떤 남자가 거실에 나타난 것만으로도 혹시 내 아이를 사가려는 게 아닐까 생각하는 걸 보면 말이다."

엘리자는 안주인의 확신에 찬 어조에 안심이 되었고, 그래서 날렵하게 안주인의 화장을 맵시 있게 도와주었다. 그러면서 자신의 쓸데없는 공포에 웃음을 터뜨렸다.

셸비 부인은 정신적으로나 도덕적으로나 품격이 다른 여인이었다. 켄터키 여인들의 특징인 타고난 관대함과 자상함 이외에도 높은 종교적, 도덕적 감수성과 원칙을 갖고 있었고, 현실에서 그것을 대단히 열정적이면서도 효과적으로 실천했다. 자신이 종교적으로 경건한 사람이라고 생각하지 않는 셸비 씨는 아내의 그런 일관된 태도를 경외하고 존경했으며, 때로는 아내의 의견을 두려워하기도 했다. 그는 아내가 하인들의 편의와 교육, 개선을 위하여 자비로운 노력을 많이 베푸는 것을 무제한적으로 지원했다. 하지만 셸비 씨 자신이 그런 노력에 결정권을 쥐고 참여하는 법은 없었다. 독실한 신앙심으로 행한 선행이 반드시 보답을 받는다는 교리를 그대로 믿지는 않는 셸비 씨였지만, 아내의 경건함과 선행만으로도 부부가 함께 천국에 갈 수 있지 않을까 생각할 정도였다. 비록 그 자신에게는 그런 품성이 없지만 아내의 여러 덕성과 품행 덕분에 그 자신도 함께 묻어서 천국에 가리라는 막연한 기대감을 품고 있었던 것이다.

노예상인과 대화를 나누고 난 이후에 그의 가슴을 가장 무겁게 짓누르는 짐은 그 논의 내용을 아내에게 말해야 한다는 것이었다. 그런 다음 아내로부터 당연히 터져나올 항의와 반대를 어떻게 무마할 것인가도 커다란 부담이었다.

남편의 이런 난처한 입장을 전혀 모른 채, 그의 착한 마음씨를 잘 알고 있는 셸비 부인은 엘리자의 의심을 간단하게 물리쳤다. 그녀의 말은 진심이었다. 그녀는 그 일을 두 번 다시 생각하지도 않았다. 저녁초대에 갈 준비를 하느라고 바빴으므로 그 생각은 자연히 그녀의 머릿속에서 사라졌다.

2장
어머니

엘리자는 소녀 시절부터 안주인의 사랑을 받는 하녀였다.

남부를 여행해본 사람들은 흑인 여자들의 세련된 몸가짐이나 부드러운 목소리, 매너 등에 대한 칭찬을 더러 하는데, 뮬라토*와 쿼드룬 여자들에게서 그런 특징을 많이 발견한다. 쿼드룬 여자의 이런 타고난 우아함은 종종 아주 뛰어난 용모와 결합되고, 그러면 거의 예외 없이 매력적이면서도 호감을 주는 여성을 탄생시킨다. 앞에서 묘사한 엘리자의 뛰어난 용모는 지어낸 게 아니고 여러 해 전 켄터키에서 직접 그녀를 보았을 때의 기억을 되살려서 설명한 것이다. 엘리자는 안주인의 보호 아래 안전하게 성장했기 때문에, 아름다운 여자 노예에

---

* 흑인과 백인의 혼혈아.

게 치명적으로 따라다니는 유혹들을 겪지 않고서 성년이 되었다. 그녀는 이웃 농장의 노예인 똑똑하고 재주 있는 뮬라토 남자와 결혼했다. 남자의 이름은 조지 해리스였다.

이 젊은이는 주인의 허락 아래 인근에 있는 포대 자루 공장에서 일했다. 머리가 좋은 데다가 손재주까지 좋아 그는 공장 내에서 첫째가는 일꾼으로 인정받았다. 그는 대마를 깨끗이 청소해주는 기계를 발명했는데, 발명가의 교육 상태와 생활 형편을 감안하면 그것은 휘트니가 발명한 목면 분리기와 같은 수준의 재능을 보여주는 것이었다.

그는 잘생긴 데다가 매너도 좋아서 공장 내에서 널리 사랑을 받았다. 하지만 이 젊은이는 법의 관점에서 보자면 사람이 아니라 사물이었다. 그가 갖고 있는 모든 뛰어난 품성은 천박하고 옹졸하며 독재적인 주인의 통제를 받아야 했다. 조지의 발명품이 뛰어나다는 소문을 들은 이 천박한 주인은 자신의 재산이 어떻게 지내고 있는지 궁금해졌다. 공장의 사장은 그 주인을 환대하며 이런 가치 있는 노예를 소유한 그를 치사했다.

옹졸한 주인은 공장을 살펴보고 조지가 만든 기계도 보았다. 조지는 기분이 좋아서 유창하게 설명을 했다. 꼿꼿하게 선 자세는 품위 있었으며 잘생긴 용모까지 더해져 아주 남자다워 보였다. 그러자 주인은 자신의 열등감을 의식하고 불안한 느낌이 들기 시작했다. 감히 노예 주제에 전국을 돌아다니고, 기계를 발명하고, 또 신사들 사이에서 머리를 꼿꼿이 쳐들고 있다니, 그는 도저히 그 꼴을 묵과할 수 없었다. 주인은 그를 회수하여 호미질과 땅파기를 시켜야겠다고 생각했다. 그런 일을 하면서도 과연 '그처럼 잘난 척할 수 있는지' 어디 보자는 심보였다. 그리하여 주인은 느닷없이 조지의 임금을 계산해달라고 요구하면서 그를 집으로 데려가겠다고 말했다.

"하지만 해리스 씨." 공장의 사장이 말했다. "이건 좀, 너무 갑작스러운 처사가 아닙니까?"

"갑작스럽다니요? 저 애는 내 '소유'가 아니던가요?"

"보상금을 더 올려드리죠."

"관심 없소. 내가 원치 않으면 내 노예를 외부에 임대해줄 필요는 없는 거요."

"하지만 그는 공장 일에 아주 잘 적응하고 있어요."

"그럴지도 모르지요. 그러나 내가 준 일에는 그리 잘 적응하지 못했습니다."

"그가 발명해낸 기계를 한번 생각해보십시오." 일꾼 중 한 명이 끼어들어 조지의 역성을 들었지만 결과적으로 악영향만 끼치고 말았다.

"아, 그래? 기계란 노동력을 절약하려는 거지. 그렇지 않나? 그가 기계를 발명했다는 건 나도 알아. 검둥이는 그런 일을 잘하지. 그러나 검둥이는 결국 노동력을 절약해주는 기계에 지나지 않아. 그러니 그는 농장에 돌아와 일을 해야 해!"

조지는 거역할 수 없는 힘에 의해 졸지에 자신의 운명이 바뀌는 것을 보고서 그 자리에 화석처럼 얼어붙었다. 그는 팔짱을 끼고서 입술을 꼭 다문 채 서 있었다. 하지만 가슴에서 격렬한 분노의 감정이 화산처럼 불타올라 그의 혈관에 불의 지류(支流)를 흘려보냈다. 그는 숨을 잘 쉴 수가 없었고, 검고 커다란 눈은 석탄불처럼 이글거렸다. 자상한 사장이 그의 팔을 잡으며 부드러운 목소리로 말해주지 않았더라면 어떤 위험한 행동을 했을지도 몰랐다.

"조지, 참아. 우선 저 사람을 따라가도록 해. 자네를 다시 데려오도록 애써볼게."

천박하고 옹졸한 주인은 사장이 속삭이는 것을 보면서, 비록 그 말을 알아듣지는 못했지만 뜻은 추측할 수 있었다. 주인은 비틀어진 마음이 더욱 비틀어져서 자신이 노예에 대해 갖고 있는 권력을 더욱 확실하게 행사하겠다고 마음먹었다.

집으로 돌아온 조지는 농장 일 중 가장 단순하고 지루한 잡일을 배정받았다. 그는 불손한 언사는 단 한 마디도 하지 않았다. 하지만 그의 불타오르는 눈빛과 길게 찌푸려진 눈썹이 숨길 수 없는 자연의 언어를 말하고 있었다. 결코 사물이 될 수 없었던 젊은이의 심리 상태를 아주 확실하게 보여주는 증거였다.

공장에서 일하던 행복한 시절에 조지는 엘리자를 만나 결혼했다. 공장에서는 사장의 신임과 총애를 받았으므로 그는 원할 때마다 자유롭게 엘리자를 만날 수 있었다. 그들의 결혼은 셸비 부인도 적극 지지했다. 짝지어주기를 좋아하는 여성 특유의 본성을 발휘하면서, 셸비 부인은 자신의 예쁜 하녀를 모든 면에서 어울리는 배필과 맺어주는 것이 몹시 기뻤다. 두 남녀는 안주인의 저택 대응접실에서 결혼식을 올렸다. 안주인은 신부의 아름다운 머리카락을 오렌지색 꽃망울로 장식한 다음 그 위에 하얀 베일을 씌워주었다. 그보다 더 아름다운 신부의 머리는 찾아보기 힘들 정도였다. 손님들은 하얀 장갑을 꼈고, 케이크와 술이 무한정 공급되었다. 하객들은 모두 신부의 아름다움을 찬미했고 안주인의 자상함과 관대함을 칭송했다. 그 후 한두 해 동안 엘리자는 남편을 자주 만날 수 있었다. 두 번이나 어린아이를 잃은 것 이외에 그들의 행복을 가로막는 건 아무것도 없었다. 그녀는 아이에 대한 애정이 유난하여 아이들을 잃었을 때의 슬픔은 이루 형용할 수 없었다. 얼마나 슬퍼했던지 안주인의 부드러운 질책을 들었을 정도였다. 안주인은 어머니 같은 안쓰러움을 표시하면서도 엘리자의 깊은 슬픔을 이성과 종교의 힘으로 완화시키려고 애썼다.

어린 해리가 태어나자 비로소 그녀의 마음이 안정되고 차분해졌다. 이미 두 아이를 잃은 터라 아이의 조그마한 움직임에도 신경이 곤두서고 피가 끓던 그녀는 해리가 잘 커나가자 다시 건강하고 정상적인 여인이 되었다. 이처럼 엘리자가 다시 행복한 여인으로 꽃피어가던 무렵, 주인의 횡포로 남편이 공장에서 농장으로 강제로 끌려가는 일을 당하게 된 것이었다.

공장 사장은 조지에게 약속한 대로 조지가 농장으로 돌아간 지 한두 주가 지난 후에 해리스 씨를 찾아왔다. 사장은 해리스 씨의 감정이 가라앉았을 것으로 기대하면서 조지를 다시 공장 일에 복귀시키고 싶다는 의사를 말했다.

"더이상 말해봐야 소용없습니다." 옹졸한 주인은 고집스럽게 말했다. "내 일은 내가 알아서 하겠소."

"선생의 일에 참견하자는 것이 아닙니다. 우리가 제시한 조건으로 조지를 다시 임대해준다면 선생에게도 이득이 될 겁니다."

"당신 속셈을 잘 알고 있소. 지난번 내가 그 애를 공장에서 데려올 때 당신이 붙잡고 윙크하면서 속삭이던 걸 봤소. 그런 식으로는 나를 속여넘길 수 없어요. 이 나라는 자유국가이고 그는 내 '소유'요. 그러니 내 마음대로 할 권리가 있어요. 더이상 당신과는 얘기하지 않겠소.”

그리하여 조지의 마지막 희망도 사라졌다. 그의 앞에는 악의가 개입된 무의미한 막노동밖에 없었다. 주인의 교묘한 폭군적 태도 때문에 조지는 주인이 시킨 일을 하기가 더 싫었고 그에 따라 분노는 더욱 깊어갔다.

아주 인도적인 한 법률학자가 이런 말을 했다. “인간을 최악으로 학대하는 방법은 그를 목매달아 죽이는 것이다.” 아니다. 그보다 더 나쁘게 인간을 학대하는 방식이 있다. 그것은 노예제도이다.

3장
남편이자 아버지

셸비 부인이 외출하자 엘리자는 베란다에 서서 풀 죽은 얼굴로 사라져가는 마차를 지켜보았다. 그때 누군가가 그녀의 어깨에 손을 얹었다. 그녀는 고개를 돌렸고, 아름다운 눈에 밝은 미소가 떠올랐다.

"조지, 어쩐 일이에요? 얼마나 놀랐는지. 아무튼 당신이 찾아와주어서 너무 기뻐요. 마님은 오후에는 안 계실 테니 어서 내 방으로 들어가요. 우리 둘만의 시간을 보낼 수 있을 거예요."

그녀는 이렇게 말하면서 베란다에 붙어 있는 깨끗하고 자그마한 방으로 안내했다. 그 방은 엘리자가 주로 자수를 하는 방인데 안주인이 부르면 얼른 달려갈 수 있는 거리에 있었다.

"당신이 와서 정말 기뻐요. 그런데 왜 당신은 웃지를 않는 거죠? 해리를 좀 보세요. 정말 많이 컸어요." 소년은 곱슬머리 사이로 아버지를 수줍게 쳐다보며 엄마의 스커트 자락에 꼭 매달렸다. "이 애는 정말 예쁘지 않아요?" 엘리자가 아이의 긴 곱슬머리를 쓸어올려 키스하면서 말했다.

"이 애가 세상에 태어나지 않았더라면 좋았을걸." 조지가 비통한 얼굴로 말했다. "아니, 나 자신도 태어나지 않았더라면 좋았을걸."

엘리자는 놀라서 의자에 주저앉으며 남편의 어깨에 고개를 떨구고 울음을 터뜨렸다.

"엘리자, 당신을 이렇게 슬프게 만든 내가 나빠." 그가 다정하게 말했다. "내가 정말 나쁜 놈이야. 하지만 당신이 나를 만나지 않았더라면 얼마나 좋았을까. 그러면 당신은 행복하게 살았을 텐데."

"조지! 조지! 왜 그렇게 말해요? 무슨 끔찍한 일이 벌어졌나요? 아니면 벌어지려 하나요? 우리는 얼마 전까지만 해도 아주 행복했잖아요."

"그랬지, 여보." 조지가 말했다. 그는 아이를 자신의 무릎 위에 앉히고서 아이의 빛나는 검은 눈을 한참 들여다보더니 긴 곱슬머리를 손가락으로 쓰다듬었다.

"엘리자, 당신하고 똑같이 생겼구려. 당신은 내가 본 여자들 중에서 가장 아름답고 또 가장 좋은 여자야. 하지만 내가 당신을 만나지 않았더라면 얼마나 좋았을까! 당신이 나를 만나지 않았더라면 얼마나 좋았을까!"

"오, 조지, 왜 그런 말을?"

"엘리자, 난 너무나 비참하고 비참하고 비참해! 내 인생은 다북쑥처럼 씁쓸해. 내 안의 생기가 점점 사라져가고 있어. 나는 불쌍하고 비참하고 외로운 노예야. 난 당신까지 망칠 사람이야. 뭔가 하려고 해봐도, 뭔가 알려고 해봐도, 뭔가 되려고 해봐도 다 소용이 없어. 도대체 이렇게 살아서 뭐 하겠어? 차라리 죽었으면 좋겠어!"

"조지, 내 사랑, 그런 사악한 말은 하지 마요. 공장 일을 잃어서 기분이 아주 나쁘다는 건 잘 알아요. 또 가혹한 주인을 만났지요. 하지만 참아야 해요. 그러다 보면 뭔가……"

"참는다고!" 그가 엘리자의 말을 끊으며 소리쳤다. "내가 지금껏 참아오지 않았어? 그자가 아무 이유도 없이 모두가 나를 사랑해주는 공장에서 느닷없이 끌어내 농장에 데려왔을 때도 난 아무 말 하지 않았어. 내가 번 돈을 마지막 한 닢까지 그에게 다 주었어. 공장 사람들은 다들 내가 일을 잘한다고 했어."

"그래요, 당신에게 정말 모질게 했지요. 하지만 그는 당신의 주인이잖아요."

"나의 주인! 누가 그자를 나의 주인으로 만들었어? 난 그걸 늘 생각해. 도대체 그자가 내게 무슨 권리를 갖고 있다는 거야? 난 그자보다 일을 더 잘 알아. 난 그자보다 더 훌륭한 관리자야. 난 그자보다 글을 더 잘 읽을 수 있고 또 글을 쓸 줄도 알아. 순전히 내 힘으로 이런 것들을 배웠고 그자가 도와준 것이라고는 하나도 없어. 그런데 그자가 무슨 권리로 나를 막노동 일꾼으로 만들어버리는 거야? 무슨 권리로 내가 잘할 수 있는 일, 그자보다 훨씬 뛰어나게 할 수 있는 일은 못하게 하고, 누구나 할 수 있는 막노동 일을 나에게 시키는 거야? 그자는 일부러 나를 이렇게 애먹이고 있는 거야. 나의 기를 꺾어놓고 창피를 주겠다고 노골적으로 말했어. 그래서 가장 힘들고 가장 더럽고 가장 천한 일만 내게 시키고 있어!"

"오, 조지, 조지! 당신이 무서워요. 당신이 이렇게 말하는 걸 본 적이 없어요. 당신은 뭔가 끔찍한 일을 저지를 것 같아요. 당신의 그런 마음을 잘 이해해요. 하지만 조심하세요. 나와 해리를 봐서라도."

"나는 조심해왔고 참아왔어. 하지만 사정은 점점 나빠지고 있어. 살과 피를 가진 사람이라면 이런 모욕을 더이상 참아낼 수가 없어. 기회가 있을 때마다 그자는 나를 괴롭히고 모욕해. 나는 조용히 참으면서 일을 열심히 하고, 일과 이외의 시간에는 책을 읽어 더 많은 것을 배우려고 했어. 하지만 그자는 내가 일을 일찍 끝내는 것을 보자마자 더 많은 일을 안겨줘. 내가 아무 말 하지 않아도 내 속에 악마가 가득한 것이 보인다는군. 그걸 언젠가 밖으로 꺼내놓고 말겠대. 하지만 조만간에 그 악마는 그자가 원치 않는 방식으로 튀어나오고 말 거야. 틀림없어!"

"아, 여보! 그럼 우린 어떻게 되는 건가요?" 엘리자가 슬픈 목소리로 말했다.

"바로 어제 일이야." 조지가 말했다. "수레에다 돌을 싣고 있는데 그자의 어린 아들 톰이 거기 서 있다가 말 바로 옆에서 채찍을 휘둘러 말을 놀라게 하는 거야. 내가 그 아들놈에게 그러지 말라고 부드럽게 말했어. 그랬는데도 계속 채찍을 휘두르는 거야. 내가 다시 부드럽게 그러지 말라고 했더니 이번에는 나를 향해 채찍을 휘둘렀어. 내가 그놈의 손을 잡으니까 비명을 지르면서 제 아버지한테 달려가서 내가 대들었다고 일러바쳤어. 그 아비는 화를 벌컥 내면서 밖으로 나오더니 누가 주인인지 가르쳐주겠다고 하며 나를 나무에 묶었어. 그리고 나뭇가지를 꺾어 와서 아들놈한테 마음대로 때리라고 했어. 아들놈은 아비가 시키는 대로 했지! 내가 언제 이 복수를 안 해줄 줄 알아?" 젊은이는 눈썹을 잔뜩 찌푸렸고 눈빛은 불붙은 석탄처럼 이글거렸다. 그 표정을 보고 그의 아내는 몸을 떨었다. "도대체 누가 그자를 나의 주인으로 만들었다는 거야? 난 그게 알고 싶어!" 그가 말했다.

"난 언제나 주인님과 마님에게 복종해야 한다고 생각했어요. 안 그러면 기독교인이 아니라고 생각했어요." 엘리자가 슬픈 목소리로 말했다.

"당신의 경우에는 그렇게 생각할 만해. 그분들은 당신을 먹여주고 키워주고 입혀주고 귀여워해주고 가르쳐주었어. 그래서 당신은 교양을 갖추게 되었지. 그러니 그분들이 권리 주장을 하는 것은 당연해. 하지만 나의 주인이라는 자는 나를 때리고 발로 걷어차고 욕설을 퍼부었고 기껏 잘해준다는 게 나를 가만히 내버려두는 것이었어. 그런 자에게 내가 무슨 신세를 졌다는 거야? 내 생활비는 이미 백 배 이상으로 갚았어. 난 이런 생활을 견딜 수 없어. 더이상 못 참겠다고!" 그가 얼굴을 심하게 찌푸리고 오른손을 불끈 쥐면서 말했다.

엘리자는 몸을 부르르 떨면서 아무 말도 하지 않았다. 남편이 이처럼 격분하는 걸 본 적이 없었다. 이런 분노의 폭풍 앞에서 그녀의 윤리 체계는 연약한 갈대처럼 휘어져버리는 것 같았다.

"당신이 내게 준 강아지 칼로 말이야." 조지가 덧붙였다. "그 강아지가 내 유일한 위안거리였어. 밤에는 나와 함께 자고 낮에는 나를 따라다녔지. 내 심정을 알기라도 하는 것처럼 날 쳐다보곤 했어. 그런데 얼마 전 내가 주방 문 앞에서 칼로에게 빵 껍질을 주고 있는데 주인이라는 자가 다가와서는 주인의 돈으로 개를 먹인다고 하더군. 농장의 검둥이들이 모두 개를 기른다면 자기가 어떻게 감당하겠느냐는 거야. 그러면서 개의 목에 돌을 묶어서 연못에 던져버리라는 거야."

"오, 조지! 당신 그런 짓은 하지 않았겠죠?"

"나는 안 했지. 그러자 주인이라는 자가 직접 하더군. 그자와 아들놈은 물에 빠져 죽어가는 강아지에게 계속 돌을 던졌어. 불쌍한 것! 강아지는 왜 내가 자기를 구해주지 않는지 의아하다는 눈빛으로 나를 쳐다보았어. 나는 강아지를 직접 물에 빠뜨리지 않았다고 매질을 당했어. 주인놈은 아무리 매질을 해도 내가 고분고분해지지 않는다는 것을 곧 알게 될 거야. 그자가 모르는 사이에 나의 날이 올 거야."

"오, 조지, 당신 어떻게 하려는 건가요? 조지, 사악한 짓은 하지 마요. 당신이 하느님을 믿고 옳은 일만 한다면 그분이 언젠가 당신을 구원해줄 거예요."

"엘리자, 난 당신처럼 기독교인이 아니야. 내 가슴에는 비통함만이 가득해. 나는 하느님을 믿을 수가 없어. 그분은 왜 세상을 이 모양으로 만들어놓았을까?"

"오, 조지, 우리는 믿음을 가져야 해요. 마님은 이 세상 일이 모두 잘못되어가는 듯해도 결국에는 하느님이 가장 좋은 일을 하시리라는 걸 믿어야 한대요."

"소파에 앉아서 한가하게 잡담을 하고 외출할 때 마차를 타는 사람이라면 그렇게 말할 수 있겠지. 하지만 그들을 내 입장에다 한번 갖다놓아보라고. 그런 말이 쉽게 나올까. 나도 착한 사람이 되고 싶어. 하지만 내 가슴이 불타오르고 있는데 그걸 진정시킬 길이 없어. 당신도 내 입장이라면 견디지 못했을 거야. 내 사정을 있는 그대로 다 털어놓는다면 말이야. 이게 다가 아니야."

"또 무슨 일이?"

"최근에 주인은 나를 농장 밖에서 결혼시킨 게 잘못이었다고 말했어. 그는 셸비 씨와 그 가족들을 싫어해. 셸비 가족이 거만하고 또 세 앞에서 고개를 처들고 다니기 때문이라는군. 그자는 내가 셸비 가족으로부터 못된 생각을 배웠다고 생각해. 앞으로 셸비 농장에는 발걸음하지 말라면서 다른 아내를 맞아서 자기 농장에 정착해야 한다고 말했어. 처음에는 불평하는 식으로 그렇게 지껄이더니 어제는 미나를 아내로 삼아서 그녀와 함께 통나무집에서 살라더군. 안 그러면 나를 미시시피 강 아래 남쪽으로 팔아버리겠다고 위협했어."

"뭐라고요? 당신은 백인들처럼 목사님 앞에서 나와 결혼을 했는데요?" 엘리자가 믿을 수 없다는 어조로 말했다.

"노예는 결혼할 수 없다는 걸 몰라? 이 나라에는 노예를 보호해주는 법이 없어. 만약 주인이 우리를 떼어놓기로 작정한다면 당신을 내 아내로 지켜줄 수가 없어. 그 때문에 내가 당신을 아예 만나지 않았더라면 좋았겠다고 말한 거야. 내가 아예 태어나지 않았더라면 우리 둘한테 더 좋았을지도 몰라. 이 불쌍한 아이도 아예 태어나지 않았더라면 더 좋았을지 모르고. 나한테 벌어지고 있는 이런 비참한 일이 이 어린 것한테도 얼마든지 일어날 수 있어."

"하지만 우리 주인님은 너무나 자상해요."

"그렇지만 누가 알아? 그 주인도 언젠가는 세상을 떠날 테지. 그러면 이 애는 누군지도 모르는 사람에게 팔려갈 수 있어. 저 애가 잘생기고 똑똑하고 총명하다는 게 무슨 소용이야? 엘리자, 저 아이가 잘 생기고 총명하다는 게 칼날이 되어 당신의 영혼을 찔러댈 수도 있어. 애가 너무 값나가서 당신이 지켜주지 못할지도 모른다고!"

그 말은 엘리자의 가슴을 심하게 후려쳤다. 그녀의 눈앞에 노예상 인의 모습이 어른거렸다. 누군가가 그녀에게 치명적 일격을 가한 것처럼 얼굴이 창백해졌고 숨 쉬기가 어려워졌다. 그녀는 불안한 표정으로 베란다를 내다보았다. 어른들의 지루한 대화에 싫증이 난 아이가 그곳에서 셸비 씨의 산책용 지팡이를 잡고서 위아래로 의기양양하게 오르락내리락하고 있었다. 그녀는 남편에게 자신이 걱정하고 있던 것을 말하고 싶었으나 꾹 참았다.

'안 돼, 안 그래도 남편은 견뎌야 할 일이 많아.' 그녀는 생각했다. '말하지 말자. 게다가 그건 사실도 아니야. 마님은 우리를 속여본 적이 없어.'

"그러니 엘리자," 남편이 슬픈 목소리로 말했다. "단단히 힘을 내. 이제 여기서 작별 인사를 해야겠어. 나는 곧 떠날 거니까."

"떠난다니, 조지! 어디로요?"

"캐나다로." 그가 몸을 곧게 펴면서 말했다. "거기서 돈을 벌어 내가 당신을 사들이도록 할게. 그게 우리에게 남은 유일한 희망이야. 당신의 주인은 자상한 분이니까 당신을 내게 팔지도 몰라. 하느님이 도와주신다면 당신과 저 애를 내가 살 수 있을 거야. 꼭 그렇게 하고 말거야!"

"아, 너무 무서워요. 만약 당신이 잡힌다면?"

"난 잡히지 않을 거야, 엘리자. 잡히느니 먼저 죽어버릴 거야. 나는 자유롭게 되거나 죽거나 둘 중 하나야!"

"자살을 하지는 않겠지요?"

"그럴 필요도 없을 거야. 그들이 나를 먼저 죽여버릴 테니까. 그자들이 나를 생포하여 강 남쪽으로 보내버리는 일은 절대 없을 거야."

"조지, 나를 봐서라도 조심하세요! 사악한 일은 하지 마세요. 자살을 한다거나 남을 죽인다거나 그런 일은 하지 마세요. 그런 유혹을 받더라도 절대로 그렇게 하지 마세요. 꼭 가야 한다면 가세요. 하지만 신중하게, 조심하면서 가세요. 하느님이 당신을 돕도록 기도할게요."

"자, 엘리자, 이제 내 계획을 들어봐. 주인은 나를 일부러 이곳에 들르게 한 거야. 여기서 1, 2킬로미터쯤 떨어진 곳에 사는 시메스 씨에게 편지를 전해주라고 하면서 말이야. 그러면서 내가 당신을 만나 미나와의 강제 결혼 얘기를 전하기를 기대하는 거야. 그자는 툭하면 셸비 가족을 가리켜 '그 잘난 셸비'라고 하는데, 셸비 가족을 괴롭히는 게 즐거운 거야. 나는 이제 모든 일이 끝났다는 듯 체념하는 표정을 지으며 그자의 농장으로 돌아갈 거야. 하지만 미리 준비를 해둔 게 있어. 나를 도와주는 사람들이 있거든. 앞으로 한두 주 사이에 나는 실종자 명단에 오르게 될 거야. 엘리자, 나를 위해 기도해줘. 선하신 주님은 당신의 기도를 들어줄지도 모르니까."

"오, 조지, 당신도 기도하세요. 그분을 믿으세요. 그러면 못된 짓은 하지 않게 될 거예요."

"자, 그럼, 안녕." 조지가 엘리자의 손을 잡은 채 미동도 하지 않고 서서 그녀의 눈을 쳐다보았다. 그들은 아무 말 없이 서 있었다. 그런 다음 마지막 인사말을 하고 흐느끼다가 비통한 울음을 터뜨렸다. 너무나 애처로운 작별이었다. 그들이 다시 만날 수 있는 가능성이란 거미집의 거미줄만큼이나 허약하고 가느다란 것이었다. 그렇게 남편과 아내는 헤어졌다.

4장
톰 아저씨네 오두막의 저녁 풍경

 톰 아저씨의 오두막은 '저택' 바로 옆에 붙어 있는 자그마한 통나무 집이었다. 검둥이들은 주인의 집을 '저택'이라고 불렀다. 그 오두막 앞에는 잘 관리된 텃밭이 있었는데, 해마다 여름이면 딸기와 라즈베리, 다양한 과일과 채소 등이 주인의 정성스러운 보살핌 속에 열매를 맺었다. 그 집 앞에는 보라색 능소화와 다양한 색깔의 장미들이 서로 엉켜 피어 있어서 거친 통나무집의 흔적은 겨우 보일까 말까 할 정도였다. 여름이면 마당 한쪽에는 금잔화와 피튜니아, 분꽃 등 다양한 일년생 화초들이 만발하여 저마다 제 색깔을 자랑했다. 클로이 아줌마는 이런 꽃들을 좋아했고 또 자랑스럽게 여겼다.

 이제 집 안으로 들어가보자. 저택에서는 저녁식사가 끝났기 때문에, 주방장으로서 저녁식사 준비를 감독한 클로이 아줌마는 주방의 설거지 같은 일은 하급 요리사에게 맡기고 '남편의 식사를 준비하기 위하여' 자신만의 아늑한 공간으로 들어섰다. 그녀는 벽난로 옆에 앉아 스튜 냄비에서 지글거리는 음식을 초조하게 지켜보다가 빵 굽는 팬의 뚜껑을 엄숙하게 열어젖혔다. 곧 팬에서는 '아주 맛 좋은' 냄새가 피어올랐다. 그녀의 얼굴은 검고 둥글고 번들거린다. 너무나 반짝거려서, 그녀가 바싹 구운 러스크빵에 하듯이 달걀 흰자를 그 얼굴에 바른 게 아닐까 하는 생각이 들 정도다. 살찐 얼굴은 만족감과 흐뭇함으로 환하게 피어난다. 그녀는 빳빳하게 풀 먹인 바둑판 무늬의 터번을 머리에 두르고 있는데, 그것은 최고 요리사의 자존심을 드러내는 표시이기도 하다. 클로이 아줌마는 인근에서 그렇게 평가되고 인정받고 있었다.

그녀는 영혼의 깊숙한 곳에 이르기까지, 또 뼛속까지 속속들이 요리사였다. 헛간 마당의 닭과 칠면조와 오리는 그녀가 다가와 엉덩이를 살피기만 해도 곧 어두운 표정이 된다. 그녀는 언제나 가금류를 꼬챙이로 꿰고, 속을 채우고, 튀기는 일만 생각하기 때문에 살아 있는 가금류는 공포심을 느낄 수밖에 없다. 호케이크, 다저, 머핀 등 일일이 이름을 댈 수 없을 정도로 다양한 그녀의 옥수수케이크는 그녀 정도의 숙련도를 갖추지 못한 요리사에게는 차라리 신비에 가까운 일이었다. 그녀는 자부심과 즐거운 마음이 가득한 심정으로 두툼한 허리를 흔들어대면서, 동료 요리사들이 그녀의 지위에 오르기 위해 쓸데없이 애쓰는 애처로운 모습을 꼬집기도 했다.

저택에 손님들이 와서, 저녁과 '격식을 차린' 정찬을 준비하는 것은 그녀의 영혼에 힘을 불어넣는 일이었다. 베란다에 쌓여 있는 방문객들의 여행용 가방처럼 그녀에게 사랑스러운 광경은 없었다. 새로운 요리 만들기와 새로운 영광을 알려주는 예고편이기 때문이다.

지금 클로이 아줌마는 빵 굽는 팬을 들여다보고 있다. 그녀가 빵을 굽는 동안 우리는 오두막을 좀더 살펴보기로 하자.

방 안 한구석에는 침대가 놓여 있고, 그 위에 눈처럼 하얀 시트가 단정하게 덮여 있다. 침대 옆에는 상당한 크기의 카펫이 깔려 있다. 이 카펫 위에 서면 클로이 아줌마는 자신이 상류 계층 사람인 것 같은 느낌이 든다. 그래서 카펫과 그 옆의 침대를 특별 관리했고 신성한 지역으로 규정하여 어린아이들이 얼씬거리지 못하게 했다. 사실 그곳은 그 집의 응접실 같은 곳이었다. 다른 쪽에는 좀 남루한 침대가 놓여 있는데, 그게 실제로 사용하는 침대다. 벽난로 위의 벽에는 아주 멋진 성서 그림들과 워싱턴 장군의 초상화가 걸려 있었다. 초상화를 그린 솜씨나 사용된 색깔은 다소 조잡하여 만약 장군이 환생하여 그것을 직접 본다면 깜짝 놀라 뒤로 나자빠졌을 것이다.

구석의 허름한 벤치에서는 검은 눈에 살찐 뺨이 반짝거리는 곱슬머리 소년 둘이 갓난아이의 일어서기 연습을 도와주고 있었다. 갓난쟁이는 두 발로 서서 잠시 균형을 잡다가 곧 넘어졌다. 아이는 일어섰다가 넘어지기를 반복하고 있었지만, 무슨 대단한 일이라도 해냈다는 듯 소년들은 요란하게 응원을 보내고 있었다.

네 다리가 좀 부실해 보이는 테이블이 식탁보에 덮인 채 벽난로 앞에 덩그러니 놓여 있었다. 테이블 위에는 다양한 무늬의 찻잔과 받침이 놓여 있어서 곧 식사가 나오리라는 것을 예고했다. 이 테이블에 셸비 씨의 가장 다정한 하인인 톰 아저씨가 앉아 있다. 그는 이 소설의 주인공이니 독자를 위해 그의 용모를 좀더 자세히 묘사해보자. 그는 키가 크고 가슴이 두툼한 힘센 남자다. 얼굴은 번들거리는 검은색이다. 아프리카인의 특징을 그대로 간직한 얼굴은 진지하면서도 선량한 표정을 담고 있었고, 자상하고 자비로운 분위기를 풍겼다. 그에게는 자중자애하는 근엄한 분위기가 있었지만 동시에 믿음직스러운 매너와 자기 자신을 낮추는 겸손함도 갖추었다.

그는 지금 자기 앞에 놓인 글쓰기 판에 열심히 뭔가를 쓰고 있다. 어떤 글자들을 천천히, 그러면서도 열심히 베껴 쓰고 있는데, 그의 습자 연습을 열세 살인 주인 아들 조지가 감독하고 있었다. 똑똑하면서도 영리한 소년 조지는 선생은 위엄이 있어야 한다는 사실을 잘 알고 있는 듯하다.

"톰 아저씨, 그런 식으로 하면 안 돼." 톰이 알파벳 g의 끝부분을 엉뚱한 곳으로 그려 올리는 운필(運筆)을 하자 조지가 옆에서 재빨리 지적했다. "그런 식으로 올리면 q가 돼."

"아, 그렇군요. 이렇게 하는 건가요? 왼쪽이 아니라 오른쪽으로 올려야 하는군요." 어린 선생이 글쓰기 판에다 g와 q를 무수히 써 보이자 톰 아저씨가 존경하는 눈빛으로 조지를 쳐다보며 말했다. 이어 톰은 크고 뭉툭한 손가락으로 연필을 잡으면서 다시 글쓰기를 시작했다.

"백인들은 어떻게 저리도 글자를 잘 쓸까!" 클로이 아줌마가 포크에 꽂은 베이컨 조각으로 철판에 기름을 칠하다 말고 존경하는 눈빛으로 어린 주인 조지를 쳐다보았다. "어쩌면 저렇게 글도 잘 쓰고 또 잘 읽을까! 그러고선 밤마다 여기 나와서 우리에게 글을 읽어주다니 정말 대단해!"

"그런데 클로이 아줌마, 배가 너무 고픈걸." 조지가 말했다. "저 팬 속의 케이크는 다 된 거 아니야?"

"거의 다 되었어요. 조지 도련님." 클로이 아줌마가 뚜껑을 열고 안을 들여다보며 말했다. "노릇노릇하게 아주 잘 구워졌어요. 이렇게 만들 수 있는 건 나뿐이에요. 마님이 저번에 샐리에게 케이크를 좀 만들어보라고 했지요. 배워두라면서. 그래서 내가 말했지요. '마님, 그만두세요. 그렇게 하시다니 저는 기분이 나쁩니다. 음식을 그런 식으로 망쳐버리는 건 좋지 않아요. 케이크가 한쪽으로 부풀어올라 모양이 없게 되어버려요, 제 구두처럼. 그러니 쟤한테 시키지 마세요.'"

그런 식으로 미숙한 샐리를 경멸하는 언사를 하더니 클로이 아줌마는 빵 굽는 팬의 뚜껑을 열고서 잘 구워진 파운드케이크를 사람들에게 내놓았다. 대도시의 제과점에 내놓아도 손색이 없을 정도였다. 이렇게 보여주는 것이 자랑하기의 핵심이었고, 이제 그것이 끝났으므로 클로이 아줌마는 저녁식사 준비에 본격적으로 착수했다.

"너희들 모스와 피트는 여기서 나가! 방해하지 말고. 갓난쟁이 폴리한테는 엄마가 먹을 걸 줄게. 자, 조지 도련님, 그 책들을 치우고 여기 우리 영감 옆에 앉으세요. 소시지를 좀 준비하고 케이크를 챙겨가지고 곧 도련님의 식사를 대령하겠습니다."

"식사는 저택에서 하라고 그랬어." 조지가 말했다. "하지만 클로이 아줌마, 거기선 뭐가 나오는지 너무나 잘 알아."

"아하, 그래요, 그래서 여기 오셨군요." 클로이 아줌마가 김이 모락모락 나는 팬케이크를 그의 접시에 담으면서 말했다. "도련님의 아줌마는 도련님에게 아주 좋은 것만 드리지요. 오로지 도련님에게만. 너희들 저리 가지 못해!" 그러면서 아줌마는 그게 아주 우스운 동작인 양 손가락으로 조지를 살짝 찌르고는 다시 재빨리 철판 쪽으로 고개를 돌렸다.

"이제 케이크를 먹어야지." 철판에서 아줌마가 법석 떠는 것이 좀 잠잠해지자 조지가 말했다. 조지는 케이크를 자르기 위해 커다란 나이프를 내둘렀다.

"아니, 조지 도련님." 클로이 아줌마가 그의 팔을 잡으며 말했다. "그렇게 큰 나이프로 케이크를 자르면 어떻게 해요? 케이크의 예쁜 모양을 다 망가뜨리잖아요. 여기 작은 나이프가 있어요. 아주 잘 들지요. 봐요. 그걸로 자르니까 깃털처럼 가볍게 잘라지잖아요. 자, 어서 드세요. 이것보다 더 맛있는 케이크는 세상에 없을 거예요."

"톰 링컨이 그러는데," 조지가 입에 케이크를 가득 문 채로 말했다. "지니가 아줌마보다 요리를 더 잘한대."

"그 링컨 가족은 별 볼 일 없어요." 클로이 아줌마가 경멸하는 목소리로 말했다. "우리랑 비교하면 말이에요. 물론 그들도 나름대로 점잖은 사람들이긴 해요. 하지만 스타일에 대해서 말해보자면 그들은 아는 게 별로 없어요. 링컨 나리를 우리 셸비 주인님하고 한번 비교해보세요. 그 링컨 마님은 우리 마님처럼 우아하고 멋지게 방 안으로 들어갈 수 있나요? 그러니 그분들 얘기는 그만두세요. 그 링컨 가족 얘기는 나한테 하지도 마세요." 그러면서 클로이 아줌마는 세상일이라면 좀 안다는 듯이 고개를 한 번 옆으로 까닥해 보였다.

"하지만 지니가 괜찮은 요리사라고 아줌마도 말했잖아." 조지가 말했다.

"그렇게 말한 적이 있죠." 클로이 아줌마가 말했다. "평범한 요리 같은 건 지니도 그런대로 잘해요. 옥수수빵 같은 건. 감자 요리도 그런대로 괜찮죠. 지니가 만든 옥수수케이크는 뛰어난 건 아니지만 그런대로 먹을 만해요. 하지만 그보다 더 고급 요리로 올라가면 영 아니에요. 대체 그 여자가 뭘 할 줄 안다는 거죠? 그래요, 파이를 만들기는 해요. 그런데 파이 껍질이 어떻게 생겼느냐는 거죠. 입에 넣으면 살살 녹고 부풀어오른 모양이 예쁜, 그런 밀가루반죽을 만들 수 있을까요? 지난번에 메리 아가씨가 결혼식을 올릴 때 지니가 웨딩 파이를 보여주더군요. 지니와 나는 좋은 친구이기 때문에 나는 아무 말도 하지 않았어요. 그냥 넘어갔지요. 조지 도련님, 만약 내가 그런 파이를 구웠다면 일주일 동안 잠을 못 잤을 거예요. 그건 도저히 파이라고 할 수 없었어요."

"하지만 지니는 그게 잘 만들어진 파이라고 생각했을 텐데." 조지가 말했다.

"생각이야 자유지요. 그렇게 생각하니까 순진하게도 그걸 내게 보여주었겠지요. 자, 제대로 된 파이 여기 있어요. 지니는 잘 만든 파이가 어떤 건지 몰라. 그 집안은 아무것도 아니에요! 그 여자가 알 리가 없지요. 그건 그 여자의 잘못도 아니에요. 아, 조지 도련님, 이런 집안에 태어나 자란다는 것이 얼마나 큰 특권인지 도련님은 알지 못할 거예요." 여기서 클로이 아줌마는 한숨을 한 번 내쉬고 감정에 겨운 듯 눈알을 한 번 굴렸다.

"클로이 아줌마, 내가 좋은 파이와 푸딩을 먹는 특권을 누린다는 것만큼은 분명해. 톰 링컨을 만날 때마다 그걸 자랑해. 정말인지 링컨에게 한번 물어봐." 조지가 말했다.

클로이 아줌마는 의자 등받이에 등을 기대면서 조지의 재치 있는 말에 아주 기분 좋다는 듯이 크게 웃음을 터뜨렸다. 하도 웃어서 그녀의 번들거리는 검은 뺨을 타고 눈물이 흘러내렸다. 그녀는 장난스럽게 박수를 치거나 조지 도련님의 팔을 쿡쿡 찌르면서 도련님 때문에 웃겨 죽겠다고 말했다. 아줌마는 자기가 조만간 도련님 유머 때문에 죽고 말 거라는 지독한 농담을 하면서 더 길고 격하게 웃었다. 그러자 조지는 자신이 정말 치명적인 재치를 구사하는 사람인가 보다 생각하면서 앞으로 우스운 얘기를 할 때는 조심해야겠다고 다짐했다.

"그러니까 톰에게 그렇게 말했단 말이죠? 오, 하느님, 어린애들은 무슨 말을 하고 무슨 행동을 하는지 알 수가 없어요. 그러니까 도련님이 톰에게 자랑을 했다는 말이죠? 오, 조지 도련님, 도련님은 삶은 돼지머리도 웃게 만드는 분이에요."

"그렇게 말했다니까. '톰, 너는 클로이 아줌마가 만든 파이를 먹어봐야 해. 아주 제대로 된 파이라니까.'" 조지가 말했다.

"톰은 그런 자랑을 할 수가 없을 테니 안됐군요." 클로이 아줌마가 말했다. 그녀의 자비로운 마음에 톰의 난처한 입장은 강한 인상을 남긴 것 같았다. "톰을 언제 이곳으로 저녁초대를 하세요, 조지 도련님. 그러면 도련님이 아주 멋진 분처럼 보일 거예요. 그리고 도련님, 도련님의 특권 때문에 사람들에게 우월감을 느껴서는 안 돼요. 그 특권이라는 건 하느님께서 우리에게 주신 것이니까요. 이걸 꼭 기억하세요." 클로이 아줌마가 심각한 얼굴로 말했다.

"다음 주에 한번 톰을 초대할게. 클로이 아줌마, 그때 아주 멋진 빵을 만들어줘. 녀석이 놀라서 쳐다보게. 아줌마의 빵을 먹으면 열나흘 동안 그걸 잊지 못할 거야."

"그래요, 그렇게 하세요." 클로이 아줌마가 기분 좋게 말했다. "우리가 내놓았던 멋진 디너가 생각나네요. 지난번에 녹스 장군을 위해 준비했던 멋진 치킨파이 기억나세요? 그때 파이 껍질 때문에 마님과 거의 싸울 뻔했지 뭐예요. 나는 귀부인들이 왜 때때로 그런 생각을 하는지 모르겠어요. 하지만 귀부인에게 막중한 책임이 주어지고 그런 일들이 겹치면, 그분들은 가끔 주방 근처를 오가며 간섭을 하려고 들어요! 그래, 그때 마님이 나한테 이건 이렇게 해라, 저건 저렇게 해라 하고 말씀하시지 않겠어요? 그래서 내가 약간 화가 나서 말했어요. '마님, 마님의 하얗고 기다란 손가락을 좀 보세요. 반지를 껴서 반짝 거리는 저 손가락들은 이슬 머금은 백합처럼 아름답군요. 그리고 저의 이 검고 뭉툭한 손을 좀 보세요. 이걸 보면 하느님께서 마님은 거실에 그냥 계시고 대신에 저보고 파이 껍질을 만들라고 명령하신 게 아닐까요?' 그런 식으로 약간 화를 냈지요, 조지 도련님."

"그랬더니 어머니가 뭐라고 했어?" 조지가 물었다.

"뭐라고 했냐고요? 마님은 웃고 있는 눈빛이었어요. 그 아름다운 눈으로 말이에요. 이렇게 말씀하시더군요. '클로이 아줌마 말이 맞는 것 같아.' 그러면서 거실로 올라가셨어요. 건방지게 군 내 머리를 한 대 쥐어박아야 마땅한데 그러지 않으셨죠. 아무튼 내 주장은 그거예요. 주방에 귀부인은 어울리지 않는다, 이 말이에요."

"아무튼 아줌마는 그 디너를 아주 잘 치렀다면서? 다들 그렇게 말하는 것 같던데." 조지가 말했다.

"잘 치렀냐고요? 나는 그날 식당 문 바로 뒤에 서 있었어요. 그래서 녹스 장군이 내 파이를 더 먹기 위해 파이 그릇을 세 번이나 집어드는 걸 봤죠. 장군은 이렇게 말했어요. '셸비 부인, 아주 훌륭한 요리사를 두신 것 같습니다.' 그런 칭찬을 들으니 정말 몸 둘 바를 모르겠더군요."

"그 장군은 요리가 뭔지 아는 분이었어요." 클로이 아줌마는 스스로 자랑스럽다는 듯 몸을 똑바로 세우면서 말했다. "아주 멋진 분이었어요, 그 장군님은! 올드 버지니아의 유서 깊은 가문 출신이라더군요. 그 장군님은 좋은 음식이란 무엇인지 나 못지않게 잘 알고 계셨어요. 훌륭한 파이에는 몇 가지 요소가 들어가야 해요, 조지 도련님. 그걸 모든 사람이 다 알고 있는 건 아니지요. 하지만 장군님은 알고 계셨어요. 그분이 하는 말에서 그걸 짐작했어요. 내 파이가 그걸 갖추고 있다는 걸 알더라고요!"

이제 조지 도련님은 아무리 식욕이 왕성한 소년이라도 더 이상 먹을 수 없는 한계에 도달해 있었다. 그래서 포만감을 만끽하며 주위를 천천히 돌아다보았다. 반대편에서는 곱슬머리에 반짝거리는 눈을 가진 두 소년이 배고픈 눈빛으로 도련님 쪽을 열심히 쳐다보고 있었다.

"자, 피트하고 모스, 여기 있다." 그가 빵을 뭉텅 잘라서 그들에게 던져주며 말했다. "이거 좀 먹어볼 테야? 클로이 아줌마, 쟤들한테도 케이크를 좀 구워줘."

조지와 톰 아저씨는 굴뚝 쪽의 안락한 코너로 이동했고, 클로이 아줌마는 케이크를 많이 구운 다음 갓난아이를 자기 무릎 위에 올려놓고 아이의 입과 자기 입에 열심히 케이크를 집어넣었다. 그러면서 피트와 모스에게도 케이크를 나눠주었다. 두 소년은 테이블 밑 바닥으로 기어들어가 뒹굴거리며 케이크를 먹는 게 더 좋았다. 두 아이는 케이크를 먹으면서 가끔씩 갓난쟁이의 발가락을 장난스럽게 잡아당겼다.

"너희들 저리 가지 못해!" 아이들의 장난이 심해지자 어머니는 테이블 아래쪽으로 가끔씩 발길질을 했다. "도련님이 여기 내려와 계실 때는 좀 점잖게 행동하지 못해? 행동을 조심하는 게 좋을 거야. 안 그러면 조지 도련님이 돌아가시고 난 뒤에 단춧구멍 속에다 집어넣어버릴 거야."

이 끔찍한 협박에 어떤 의미가 깃들어 있는지는 알 수 없으나 어린 죄인들에게는 별로 위력을 발휘하지 못하는 듯했다.

"저 녀석들은 언제나 몸이 근질거려서 가만히 있지를 못하는군." 톰 아저씨가 말했다.

그러자 아이들은 테이블 밑에서 기어나와 조청이 잔뜩 묻은 얼굴과 손으로 어린아이를 열심히 만지고 키스하기 시작했다.

"저리 안 가?" 어머니가 곱슬머리들을 밀어내며 말했다. "온통 끈적거리잖아. 그러다간 안 씻겨질 텐데. 어서 샘물로 내려가서 얼굴 씻고 오지 못해?" 어머니는 그렇게 말하면서 소년들을 찰싹 때렸다. 하지만 소년들은 더욱 큰 소리로 웃으면서 문밖으로 우르르 달려나갔다. 밖으로 나가서는 즐거워 죽겠다는 듯이 고함을 질러댔다.

"저런 버릇없는 놈들을 보셨어요?" 클로이 아줌마가 다소 느긋해진 표정으로 말했다. 그녀는 이런 비상사태를 예상하고 준비해둔 낡은 타월을 꺼내 갓난아이의 얼굴과 손에서 조청을 닦아냈다. 아이의 얼굴을 반짝거릴 정도로 닦은 다음 아이를 톰의 무릎 위에 내려놓고 저녁 설거지를 했다. 그동안 아이는 아버지의 코를 잡아당기고, 얼굴을 할퀴고, 통통한 손으로 톰의 곱슬머리를 잡아당겼다. 머리카락을 잡아당기는 것은 갓난쟁이 여아에게 특별한 기쁨을 안겨주는 듯했다.

"계집애가 어떻게 이리도 장난이 심할까?" 톰은 양팔을 내밀어 딸아이를 멀찍이 떼어놓고 아이를 내려다보며 말했다. 이어 톰은 아이를 넓은 어깨 위에 올리고 일어서서 장난스럽게 춤을 추기 시작했고, 조지 도련님은 호주머니에서 손수건을 꺼내 아이에게 흔들어댔다. 다시 방 안으로 들어온 모스와 피트는 곰처럼 아이 뒤를 따라다니며 으르렁거렸다. 그러자 클로이 아줌마가 "그렇게 시끄럽게 떠들어대서 애 머리 떨어지겠다!" 하고 소리쳤다. 그녀의 말에 따르면, 이곳 오두막에서는 이처럼 애 머리가 떨어지는 외과적 수술이 매일 벌어진다는 것이며, 따라서 그런 협박으로는 이 즐거운 분위기를 조금도 망쳐놓지 못했다. 모두들 소리를 지르고 껑충껑충 뛰면서 춤추다가 피곤해져야만 겨우 잠잠해지는 것이다.

"이제야 장난질이 끝난 모양이로군." 침대 밑에 밀어넣어둔 낡은 박스를 꺼내던 클로이 아줌마가 말했다. "자, 모스와 피트는 저 박스 안으로 들어가서 자. 이제 곧 예배 모임이 시작될 테니까."

"엄마, 자기 싫어요. 우리도 예배 모임 할래. 모임은 너무 재미있어요. 우리도 할 거야."

"그래, 클로이 아줌마, 애들도 하게 해." 조지 도련님이 조잡한 박스를 슬쩍 밀면서 강력하게 말했다.

클로이 아줌마는 그런 식으로 해서 체면을 세웠으므로 기분이 좋은 듯이 박스를 다시 밀어넣었다. "그래요, 애들이 참석하는 것도 좋을지 모르지요."

톰 아저씨의 오두막은 이제 전원이 참가하는 위원회가 되어 예배 준비를 하기 시작했다.

"의자는 어떻게 하지? 어떻게 해야 할지 모르겠네." 클로이 아줌마가 말했다. 그 모임은 한 주에 한 번씩 시간제한 없이 톰 아저씨 집에서 열렸지만 많은 의자를 준비하는 일이 늘 문제였다. 그래서 뭔가 그럴듯한 방도가 있어야 하지 않겠는가 하고 아줌마가 의견을 말한 것이었다.

"지난주에 피터 할아버지가 제일 오래된 의자의 다리 두 개를 부러 뜨렸어." 모스가 말했다.

"저리 가지 못해. 네놈이 그랬지? 넌 언제나 그렇게 장난만 칠래." 클로이 아줌마가 말했다.

"그 의자는 벽에다 바싹 붙여 세우면 돼." 모스가 말했다.

"피터 할아버지는 그 의자에 앉으면 안 돼. 할아버지가 노래를 부를 때면 언제나 의자를 끌어당긴단 말이야. 저번 날 밤에는 의자를 끌어당기면서 이 끝에서 저 끝으로 갔어." 피트가 말했다.

"아무튼 할아버지를 거기 앉혀봐." 모스가 말했다. "그러면 이런 노래를 부르겠지. '성인과 죄인이여, 모두 와서 내가 하는 말을 들어보라.' 그런 다음 쓰러지겠지." 모스는 노인의 콧노래를 흉내 내고서는 이어 방바닥에 쓰러지는 시늉을 했다.

"너희들 좀 얌전하게 굴 수 없어? 너희들은 부끄러운 것도 모르니?" 클로이 아줌마가 말했다.

그러나 조지 도련님은 아이들의 장난스러운 놀이에 동참하면서 모스는 정말 '대단한 익살꾼'이라고 말했다. 그 결과 엄마의 훈계는 아무런 효과도 내지 못했다.

"여보, 이제 큰 통을 들여놔야겠는데요." 클로이 아줌마가 말했다.

"엄마의 통은 조지 도련님이 성서에서 읽어준 과부의 통처럼 단단하지. 깨지는 법이 없어." 모스가 옆에 있는 피트에게 살짝 말했다.

"그 통 하나가 지난번에 꺼졌잖아." 피트가 말했다. "그래서 노래를 부르다가 사람들이 아래로 쑥 내려갔잖아. 그게 깨진 게 아니고 뭐야?"

모스와 피트가 이런 말을 주고받는 동안 커다란 빈 통 두 개가 오두막 안으로 굴려져 들어왔다. 통 양쪽으로는 돌을 고여서 단단히 고정시켰다. 그런 다음 통 위에 널빤지를 깔고 이어 물통과 들통을 내오고 다리가 부실한 의자까지 맞춰놓자 의자 준비가 완료되었다.

"조지 도련님은 성경을 잘 읽으니 여기 남아서 우리에게 말씀을 좀 읽어주세요." 클로이 아줌마가 말했다. "아주 재미있는 모임이 될 거예요."

조지는 즉각 동의했다. 그는 자신이 중요한 사람처럼 보이는 일이라면 뭐든지 환영이었다.

곧 방으로 사람들이 모여들었다. 머리가 하얀 여든의 노인부터 열다섯 살 남녀에 이르기까지 연령층이 다양했다. 여러 화제에 대한 사소한 잡담이 이어졌다. 가령 샐리 할머니가 빨간색 새 머릿수건을 얻게 된 경위, 마님이 새 실크 드레스가 완성되면 리지에게 얼룩무늬 모슬린 가운을 넘겨줄 거라는 얘기, 셀비 주인님이 새로 갈색 망아지를 한 마리 살 계획인데 그러면 그 말이 농장을 더욱 빛낼 거라는 얘기 등이었다. 예배에 온 사람들 중 일부는 인근 농장 소속이었는데 모임에 참석하는 것을 주인에게 허락받고 온 것이었다. 그들은 저택과 농장의 동향에 대한 다양한 정보를 가지고 와서 서로 교환했다. 그것은 상류사회의 사교 모임에서 유통되는 사소한 잡담과 마찬가지로 그들 사이에서도 자유롭게 유통되었다.

잠시 뒤 노래가 시작되자 모두 즐겁게 노래를 불렀다. 더러 비음이 섞여들기도 했지만 아름다운 목소리들의 화음을 방해하지는 못했다. 방 안에는 생동감 넘치는 분위기가 가득했다. 노래의 가사들은 인근 교회에서 부르는 유명 찬송가와 똑같았고, 가끔은 캠프 부흥회에서 배워온 좀 낯설고 정체불명인 가사들도 있었다.

합창 가사 중 이런 것도 있었는데, 그들은 아주 열성적으로 감동받은 듯이 불러댔다.

전투의 장소에서 죽어라.
전투의 장소에서 죽어라.
내 영혼에 영광이 가득한 채.

또 다른 애창곡은 다음 가사가 반복되었다.

오, 나는 영광으로 가네. 당신도 나와 함께 가지 않으려는가?
천사가 손짓하며 나를 부르는 것이 보이지 않는가?

저 황금의 도시와 영원한 날이 보이지 않는가?

'요단 강 강둑', '가나안의 들판', '새로운 예루살렘'이 끊임없이 등장하는 노래들도 있었다. 열정적이고 상상력 풍부한 흑인들은 언제나 찬송가를 좋아했고, 생생하고 그림 같은 표현을 선호했다. 그들은 노래를 부르면서 일부는 웃음을 터뜨리고, 일부는 울어버리고, 일부는 박수를 치고, 일부는 마치 요단 강 강둑으로 이미 건너간 것처럼 손을 흔들었다.

다양한 설교와 신앙 간증이 이어졌고, 그 사이에 간간이 노래가 섞여들었다. 일할 나이가 훨씬 지났지만 과거를 잘 기억하는, 존경받는 백발의 노파가 일어나 지팡이를 짚고 말했다.

"여보게, 자네들을 이렇게 다시 만나서 노래하는 걸 들으니 너무나 기분이 좋네. 왜냐하면 나는 언제 천상의 영광에 다가갈지 모르니 말이야. 하지만 나는 준비가 다 되어 있어. 짐 보따리를 다 싸놓고 부인용 모자를 쓰고서, 나를 천상의 집으로 데려다줄 마차를 기다리고 있지. 혹시 마차가 덜그덕거리며 오지 않나 소리를 엿들으면서 늘 밖을 내다보곤 하지. 자네들도 준비를 해놓는 게 좋아. 내 말해두지만," 노파가 지팡이로 바닥을 한 번 내려치며 말했다. "그 영광은 정말로 대단한 거야! 정말 대단한 거라고. 자네들은 그게 뭔지 아직 몰라. 정말 경이로운 거야." 노파는 감정에 복받쳐 눈물을 흠뻑 흘리면서 의자에 앉았고, 사람들은 다시 노래를 불렀다.

오, 가나안, 환한 가나안,

나는 가나안의 땅으로 가려 하네.

　조지 도련님은 사람들이 부탁하자 요한묵시록의 마지막 장을 읽었
고, 사람들은 "정말 놀라워!" "저 말씀을 한번 들어봐!" "저걸 한번 생
각해봐!" "저런 세상이 정말 온다는 걸까?" 하고 감탄사를 터뜨렸다.
　똑똑한 데다 어머니로부터 성경 교육을 받은 조지 도련님은 자신이
존경의 대상이 되었음을 의식하면서 사이사이 아주 진지한 표정을 지
으며 나름대로 성경 구절을 해석했다. 젊은 사람들은 조지의 말에 경
탄했고 나이 든 사람들은 축복을 보냈다. "목사라도 도련님보다 더 설
교를 잘하지는 못할 거야!" "정말 놀라워!" 하는 탄성이 사방에서 터
져나왔다.
　톰 아저씨는 통나무집의 모임에서 종교적 지도자 같은 존재였다.
그는 도덕심이 강한 종교적 모임을 조직한 데다 이웃 사람들보다 마
음도 넓고 덕성이 높아 그들 가운데서 목사 같은 존경을 받았다. 그의
설교는 단순하면서도 영감에 넘치고 또 진실하여 그 자신보다 유식한
사람들에게도 감화를 줄 정도였다. 톰 아저씨가 특별히 뛰어나게 잘
하는 건 기도였다. 그의 기도는 간명하면서도 감동 깊고 또 어린아이
처럼 순수했다. 성경의 언어로 더욱 풍성해진 그 기도는 톰의 마음속
깊숙이 들어가 박혀서 그의 일부가 되었고, 그의 입술로부터 무의식
적으로 흘러나왔다. 한 늙은 흑인의 말에 의하면, 그는 '하느님을 상
대로 직접 기도를 올리는' 사람이었다. 그의 기도는 청중의 신앙심에
그대로 스며들어 청중들로부터 열렬한 반응과 함성을 이끌어냈고, 때
로는 오두막이 그 소리에 파묻혀 가라앉을 정도였다.

톰 아저씨의 오두막에서 이런 일이 벌어지고 있는 동안, 주인집의 홀에서는 전혀 다른 성격의 일이 벌어지고 있었다.

노예상인과 셸비 씨는 아까의 그 거실에 앉아 있고, 그들 사이의 테이블 위에는 서류와 필기구가 갖춰져 있었다.

셸비 씨는 돈다발을 세느라고 여념이 없었다. 돈을 다 센 다음에는 노예상인에게 건네주어 그가 다시 세어보았다.

"딱 맞습니다." 노예상인이 말했다. "그럼 여기다 서명을 좀 해주십시오."

셸비 씨는 매매증서를 황급히 자기 앞으로 끌어당겨 서명했다. 마치 불쾌한 일을 빨리 처리해서 잊어버리고 싶은 사람 같았다. 그는 매매증서와 돈을 노예상인 앞으로 밀어놓았다. 헤일리는 낡은 손가방에서 양피지 문서를 하나 꺼내 살펴보더니 셸비 씨에게 건네주었고, 그는 황망한 모습을 애써 감추면서 그것을 받아들었다.

"그럼, 계약은 끝났군요!" 노예상인이 의자에서 일어나며 말했다.

"끝났어요." 셸비 씨가 생각에 잠긴 어조로 말했다. 그는 긴 한숨을 한 번 내쉬고는 같은 말을 반복했다. "끝났어요."

"별로 기분이 좋아 보이시지는 않군요." 노예상인이 말했다.

"헤일리 씨," 셸비 씨가 말했다. "당신이 한 약속을 지켜주시기 바랍니다. 톰이 어느 집으로 가는지 사전에 반드시 확인하고 팔기로 한 겁니다."

"아, 그럼요. 지금 저한테 그렇게 파셨죠." 노예상인이 말했다.

"당신도 알다시피, 내가 상황에 몰려서 그렇게 된 거요." 셸비 씨가 언성을 높이며 말했다.

"나도 상황에 내몰릴 수 있습니다." 노예상인이 말했다. "하지만 톰에게 좋은 곳을 알선해주도록 최선을 다하겠습니다. 내가 그를 학대할 염려는 전혀 없으니 걱정 붙들어매십시오. 하느님 앞에 자랑할 게 하나 있다면, 그건 내가 결코 잔인한 사람이 아니라는 겁니다."

노예상인이 오전에 말했던 소위 인정 있는 처리 방법이라는 걸 이미 들었던 터라 셸비 씨는 헤일리의 그런 대꾸에도 별로 안심이 되지 않았다. 하지만 그 상황에서는 그런 언질이라도 받아두는 것이 최선의 방법이었으므로 그는 아무 말 하지 않고 노예상인을 떠나보냈고, 그런 다음 혼자 거실에 앉아 시가를 피웠다.

5장
살아 있는 물건이
다른 주인에게 팔려갈 때의 느낌

　그날 밤 셸비 씨 부부는 침실로 들었다. 셸비 씨는 커다란 안락의자에 앉아 그날 오후에 도착한 편지들을 읽었고, 부인은 거울 앞에 서서 엘리자가 손봐준 복잡한 머리 매듭과 컬을 빗질하며 풀어내리고 있었다. 부인은 엘리자의 뺨이 창백하고 눈이 피곤해 보여서 밤까지 시중들 필요 없다며 일찍 놓아주었다. 그렇게 직접 빗질을 하다 보니 오전에 엘리자와 나눈 대화가 생각나서 남편 쪽으로 고개를 돌리며 무심히 물었다.

　"그런데 아서, 오늘 오전 거실에 들여놓은 그 무식해 보이는 사람은 누구예요?"

　"헤일리라는 사람이오." 셸비 씨는 편지에 시선을 고정시킨 채 약간 불안한 기색으로 의자에서 몸을 비틀었다.

"헤일리? 그 사람이 누구예요? 무슨 일로 여기 온 거죠?"

"지난번 나체즈에 있을 때 사업상 거래를 했던 사람이오." 셸비 씨가 말했다.

"그런 사람이 우리 집을 자기 집처럼 여기며 찾아와 식사를 했단 말인가요?"

"내가 초대했소. 그와 거래할 게 좀 있어서."

"노예상인인가요?" 남편의 당황하는 기색을 살피면서 셸비 부인이 물었다.

"아니, 여보. 어떻게 그런 생각을?" 셸비가 고개를 쳐들며 말했다.

"아까 점심 때 엘리자가 겁먹은 표정으로 들어와 울면서 말했어요. 당신이 노예상인과 얘기를 하고 있는데, 자기 아들을 사가겠다는 얘기를 엿들었다는 거예요. 엘리자는 정말 바보 같은 애 아니에요?"

"걔가 그랬어?" 셸비 씨가 편지 쪽으로 고개를 돌리면서 말했다. 그는 열심히 편지를 읽는 척했으나 자신이 그것을 거꾸로 들고 있다는 것도 깨닫지 못했다.

'언젠가 털어놓아야 할 문제야. 지금 말해버리지 뭐.' 셸비 씨는 속으로 그런 생각을 했다.

"그래서 내가 엘리자에게 말했어요." 셸비 부인이 빗질을 계속하면서 말했다. "쓸데없이 그런 걱정 하지 말라고. 당신이 그런 사람들과는 절대로 상대하지 않을 거라고. 물론 나는 당신이 우리 집 사람들을 팔아버릴 생각이 조금도 없다는 걸 알아요. 더구나 저런 무식한 자에게는."

"그런데 에밀리," 그녀의 남편이 말했다. "난 늘 그렇게 생각했고 또 그렇게 말했지. 하지만 내 사업 상황이 너무 좋지 않아 팔지 않을 수 없게 되었소. 노예들 중 일부를 팔아야 할 것 같소."

"그자에게요? 말도 안 되는 소리! 여보, 진심이 아니죠?"

"진심이오. 난 톰을 팔기로 했소."

"뭐라고요? 저 충실하고 신앙심 깊은 톰을? 그는 소년 시절부터 당신의 충직한 하인이었잖아요. 자유를 주겠다고 약속까지 했잖아요. 당신과 나는 그 얘기를 톰에게 백번도 넘게 했어요. 그러고 보니 엘리자 말이 맞았군요. 당신은 불쌍한 엘리자의 외아들 해리도 팔아넘길 생각이군요!" 셸비 부인이 슬픔과 분노가 뒤섞인 목소리로 말했다.

"당신이 사정을 이미 다 알아버렸으니 그렇다고 시인해야 될 것 같소. 나는 톰과 해리를 둘 다 팔아버리기로 했소. 왜 내가 괴물처럼 비난을 받아야 하는지 모르겠소. 다른 사람들이 날마다 벌이는 거래를 했을 뿐인데."

"왜 하필이면 그 둘을? 농장에 사람이 많은데, 왜 꼭 그 둘을 팔아야겠다는 거예요?"

"그 둘이 가장 값이 나가기 때문이오. 그게 이유요. 물론 다른 노예를 선택할 수도 있었소. 그 친구는 엘리자를 높은 값에 사들이겠다고 했소. 그 애를 팔기 바라오?"

"저 비열한 노예상인 같으니!" 셸비 부인이 격앙된 목소리로 말했다.

"난 당신을 생각해서 그 말은 아예 안 들은 척했소. 그러니 나를 좀 이해해주구려."

"여보," 셸비 부인이 정신을 차리며 말했다. "용서해줘요. 내가 좀 흥분했어요. 이런 일에 전혀 대비가 없었기 때문에 좀 놀랐어요. 하지만 그 두 사람에 대한 내 감정을 좀 말하게 해줘요. 톰은 흑인이기는 하지만 고상한 마음씨를 가진 충직하고 복종심 강한 사람이에요. 여보, 톰은 필요하다면 당신을 위해 목숨이라도 내놓을 사람이에요."

"나도 그건 알아. 그는 정말 충직한 하인이지. 하지만 그런 걸 말해 본들 무슨 소용이 있소? 난 어쩔 수가 없었소."

"금전적 희생을 감수하면 되잖아요? 나도 불편함을 감수하겠어요. 여보, 나는 독실한 크리스천 여인이 그래야 하듯이, 이 불쌍하고 단순하고 의존적인 사람들에게 나름대로 의무를 완수하려고 애써왔어요. 여러 해 동안 그들을 보살피고 가르치고 감독해왔고, 또 그들의 근심과 기쁨을 함께 나누어왔어요. 우리가 약간의 금전적 이익을 위해, 톰 같이 충직하고 성실하고 믿을 수 있는 사람을 우리가 가르쳐온 그 모든 것으로부터 떼어놓아야 한다면, 우리는 어떻게 사람들 사이에서 고개를 들고 다닐 수 있겠어요? 나는 그들에게 가족의 의무, 부모의 의무, 부부의 의무를 가르쳐왔어요. 그런 우리가 돈 때문에 인간적 유대와 의무와 인정을 모두 무시해버리겠다고 어떻게 노골적으로 인정할 수 있겠어요? 나는 엘리자에게 그 애 아들에 대해서 말해주었어요. 크리스천 어머니로서 아들에 대한 의무를 다해야 하며, 아들을 보살피고, 아들을 위해 기도하고, 아들을 크리스천답게 키워야 한다고 말했어요. 그런데 이제 돈 몇 푼을 아끼기 위해 그 애를 어미 품에서 떼어내 신앙심도 없고 원칙도 없는 자에게 넘기려 한다면 내 체면이 뭐가 되겠어요? 나는 엘리자에게 사람의 영혼은 이 세상의 모든 돈을 합친 것보다 더 귀중하다고 말해왔어요. 그런데 이제 와서 우리가 갑자기 태도 일변하여 그 애의 아들을 팔아넘긴다고 하면 그 애가 앞으로 내 말을 어떻게 믿겠어요? 그 애를 판다는 건 곧 그 애의 영혼과 신체를 모두 파괴하는 거예요!"

"에밀리, 당신이 그렇게 느끼고 있다니 정말 미안하오. 정말 미안한 마음뿐이오." 셸비 씨가 말했다. "비록 당신의 감정에 완전히 동조할 수는 없지만 그런 감정을 존중하오. 하지만 그런 감정은 이제 아무 소용이 없게 되었소. 난 어떻게 할 수가 없소. 에밀리, 당신에게 이 말은 차마 하지 않으려 했으나 어쩔 수 없구려. 문제는 그 둘을 팔아넘기거나 아니면 모든 것을 팔아넘기거나 둘 중 하나라는 거요. 헤일리는 내가 발행한 약속어음을 갖고 있고, 만약 내가 그 부채를 청산하지 않으면 그 약속어음을 내세워 내 재산을 차압하려 들 거요. 나는 구걸하는 것만 빼놓고는 돈을 구하고, 모으고, 빌리기도 했소만 나머지 차액을 메우기 위해서는 이 둘이 필요했소. 그래서 어쩔 수 없이 팔게된 거요. 헤일리는 그 애를 마음에 들어했고 그 애를 끼워넣는 것으로 부채를 청산해주겠다고 했소. 그 외에는 안 되겠다는 것이었지. 나는 그에게 빚을 진 상태이니 그가 하자는 대로 할 수밖에 없었소. 당신은 그 둘을 파는 것에 대해서 그처럼 안타깝게 생각하는데, 그렇다면 노예 모두를 팔아야 하겠소?"

셸비 부인은 벼락 맞은 사람처럼 서 있었다. 그녀는 머리 빗질을 그만두고 양손으로 얼굴을 감싸며 신음 소리를 냈다.

"이건 노예제도에 대한 하느님의 저주야! 정말로 저주받을 지독한 제도야. 주인에게도 노예에게도 모두 저주야! 이런 지독한 죄악으로부터 뭔가 좋은 것을 만들어내리라고 생각한 내가 바보였어. 우리나라의 법처럼 노예를 인정한다는 건 죄악이야. 나는 늘 그게 죄악이라고 생각해왔어. 소녀 시절부터, 교회에 나가며 기독교인이 되고 난 후부터 더욱 그런 생각이 강해졌어. 하지만 어리석게도 그것을 좋게 위장할 수 있으리라 생각했어. 친절, 배려, 훈육 같은 것으로 말이야. 내가 데리고 있는 노예들의 생활을 자유인의 생활 못지않게 해줄 수 있다고 생각했어. 내가 정말 바보였지!"

"여보, 당신은 정말 노예폐지론자가 다 되었구려."

"노예폐지론자! 그들은 과연 내가 노예제에 대해서 아는 것만큼 잘 알고 있을까요? 우리는 그런 사람들이 있어야만 비로소 노예제의 해악을 알 수 있는 게 아니에요. 난 노예제가 옳은 제도라고 생각해본 적이 단 한 번도 없어요. 또 노예를 소유하고 싶다는 생각도 없었어요."

"그 점에서 당신은 현명하고 경건한 사람들과 의견을 달리하는구려. 지난 일요일에 들었던 B씨의 설교를 기억하오?"

"난 그런 설교는 듣고 싶지 않아요. 우리 교회에서 B씨의 설교는 두 번 다시 듣기 싫어요. 목사들도 악을 어떻게 하지는 못하겠지요. 그들도 악을 시정하는 문제 앞에서는 우리만큼 무력해요. 하지만 목사라는 사람이 악을 옹호하다니! 그건 내 상식으로는 도저히 용납이 안 돼요. 당신도 그 사람의 설교를 그리 대단치 않게 볼 거라고 생각했는데요."

"글쎄, 난 목사들이 우리 평범한 신자들보다 문제를 더 확대시킨다고 생각해요." 셸비 씨가 말했다. "우리 같은 보통 사람들은 이런저런 웬만한 세상사에는 눈감아주면서 정상적이지 못한 일에 익숙해져가지. 하지만 여성들과 목사들이 노골적으로 앞에 나서서 도덕이나 예절의 문제에서 우리를 앞질러 간다면 그건 문제요. 아무튼 노예제에 대해서는 찬반의 입장이 있어요. 그런 그렇고, 당신은 내가 우리 집 형편상 어쩔 수 없이 그렇게 했다는 걸 이제 알았을 거요. 나는 현 상황 아래서 최선을 다했소."

"아, 그래, 그래, 이거야!" 셸비 부인이 황급히 자신의 금시계를 만지작거리며 말했다. "난 값나가는 보석은 갖고 있지 않아요. 하지만 이 금시계가 좀 도움이 되지 않을까요? 아주 많은 돈을 주고 산 거예요. 엘리자의 아이만이라도 구할 수 있다면 내가 가진 것을 다 내놓겠어요."

"에밀리, 정말, 정말 미안하구려. 이 문제가 당신을 그토록 괴롭히다니 말이오. 하지만 이젠 아무 소용이 없소. 에밀리, 사실을 털어놓자면, 그 문제는 이미 끝났소. 매매계약서에 서명을 했고 그 문서가 헤일리 손에 건너갔어. 사태가 이 정도로 끝난 걸 다행으로 여겨야 해요. 그 친구는 우리를 파멸시킬 힘을 갖고 있었어. 그런데 이제 그를 물리친 거요. 만약 당신이 나만큼 그자를 잘 안다면, 정말 가까스로 위기를 모면했다는 걸 깨달을 거요."

"그렇게 악질인가요?"

"잔인한 자는 아니오. 하지만 생고무 같은 인간이지. 거래와 이익만을 위해 태어난 자요. 냉정하고 단호하고 그리고 무자비하지. 무덤이나 죽음처럼. 좋은 이율을 보장해준다면 제 어미도 팔아먹을 자요. 제 어미에 대해서 아무런 악감정이 없어도 말이오."

"그래서 그 비열한 자가 선량하고 충직한 톰과 엘리자의 아들을 차지하게 된 거군요!"

"여보, 나로서는 참 힘든 일이 하나 남아 있어요. 난 그걸 생각조차

하기 싫소. 헤일리는 일을 빨리 끝내자며 내일 아침 그 둘을 데리러 오겠다는 거요. 난 내일 아침 일찍 마차를 준비시켜 외출을 해야겠소. 톰을 직접 볼 수가 없소. 당신도 마차를 준비해서 엘리자를 데리고 어디 좀 가 있다 오구려. 엘리자가 없을 때 일을 처리해야 하니까."

"안 돼요, 안 돼." 셸비 부인이 말했다. "그런 잔인한 일을 공모하거나 돕지는 않겠어요. 나는 불쌍한 톰을 보러 가겠어요. 오, 하느님, 고통에 빠진 그에게 도움을 주소서. 안주인이 그들의 고통을 가슴 아프게 생각한다는 것을 보여주어야 해요. 엘리자에 대해서는 정말이지 면목이 없어요. 오, 주님, 우리를 용서해주소서. 우리가 무슨 짓을 저질렀기에 이런 잔인한 일이 우리에게 벌어진단 말입니까?"

그런데 누군가 이 대화를 엿듣고 있었는데, 셸비 부부는 그 사람의 존재를 전혀 눈치채지 못했다.

그들의 침실 바로 옆에는 커다란 벽장이 있는데, 그 벽장의 문을 열면 외부의 통로와 연결되었다. 셸비 부인이 엘리자에게 그날 밤 물러가도 좋다고 했을 때, 고민하고 걱정에 짓눌려 있던 엘리자는 이 벽장을 생각해냈다. 그녀는 그 벽장 속에 숨은 채 문틈에다 귀를 바싹 갖다 대고 주인 부부의 대화를 하나도 놓치지 않고 다 엿들었다.

부부의 목소리가 잦아들자 그녀는 살며시 일어나 벽장 밖으로 빠져나왔다. 창백한 얼굴에 몸은 마냥 떨리는데, 입술을 굳게 다문 그녀는 지금까지의 부드럽고 수줍던 여자와는 전혀 다른 사람이 되어 있었다. 그녀는 외부의 통로를 조심스럽게 걸어가다가 마님 방문 앞에 잠시 멈춰 서서 하늘을 향해 말없는 기도를 올리듯이 두 손을 들었다. 그러고는 몸을 돌려 자신의 방으로 들어갔다. 안주인의 방과 같은 층에 있는 조용하고 깨끗한 방이었다. 방 안에 햇빛이 들어오는 창문이 있어서 그녀는 그 옆에 앉아 자수를 하며 노래를 부르기도 했다. 자그마한 책꽂이 옆에는 크리스마스 선물로 받은 작은 물건들이 가지런히 진열되어 있었다. 옷장과 서랍장에는 단출한 그녀의 옷가지들이 들어 있었다. 다시 말해 이곳은 그녀의 집이었다. 지금까지는 행복했던 집이었다. 침대에는 그녀의 어린 아들이 누워 잠들어 있었다. 긴 곱슬머리가 잠든 얼굴 위에 내려와 있었고, 붉은 입술은 반쯤 벌어졌으며, 작고 통통한 손은 이불 밖으로 비어져 나와 있었다. 아이의 얼굴에는 햇빛 같은 미소가 어려 있었다.

"불쌍한 내 아들! 불쌍한 내 새끼! 이런 너를 팔아넘기다니! 하지만 이 엄마가 너를 보호해줄게."

너무나 처절한 곤경이라 베개 위로 눈물이 떨어지지도 않았다. 가슴에는 더이상 흘릴 눈물이 없었다. 대신 핏방울이 심장으로부터 방울방울 떨어져내리고 있었다. 그녀는 종이 한 장을 꺼내 연필을 집어들고 황급히 써내려갔다.

"마님! 저를 배은망덕한 년이라고 생각하지 말아주세요. 저를 나쁘게 생각하지 말아주세요. 오늘밤 마님과 주인님이 하신 말씀을 다 엿들었습니다. 저는 제 아이를 구하려고 해요. 그러니 저를 책망하지 말아주세요! 하느님께서 마님을 축복하시고 그동안의 친절을 보상해주시기를!"

그녀는 종이를 황급히 접어서 서랍장 위에 올려놓았다. 이어 장의 서랍을 열고서 보자기와 아이의 옷가지를 꺼내 자그마한 보따리를 만든 다음 손수건을 이용해 허리에 졸라맸다. 그렇게 경황없는 순간이었지만, 어머니의 기억력을 발휘하여 아이가 좋아하는 장난감 두 개를 보따리에 넣었고, 밝은 색깔이 칠해진 앵무새 장난감은 아이를 깨울 때 써먹기로 했다. 어린아이를 잠에서 깨운다는 건 쉽지 않은 일이었다. 엘리자가 여러 번 흔들어 마침내 아이가 깨어나자 앵무새 장난감을 주어 달랬고, 그동안 어머니는 보닛을 쓰고 숄을 걸쳤다.

"엄마, 어디 가는 거야?" 엄마가 아이의 외투와 모자를 들고 침대에 다가오자 아이가 물었다.

어머니는 가까이 다가와서 아이의 눈을 아주 진지하게 들여다보았다. 아이는 그 즉시 뭔가 단단히 잘못되었다는 것을 깨달았다.

"조용히 해, 해리." 그녀가 말했다. "너무 크게 말하면 사람들이 들을지도 몰라. 나쁜 사람이 다가와서 어린 해리를 엄마에게서 빼앗아가 어두운 곳에다 처박을지도 몰라. 하지만 엄마가 그냥 내버려두지 않을 거야. 엄마가 우리 아들에게 모자와 외투를 입히고 아들과 함께 달아날 거야. 그래서 그 나쁜 사람은 우리 아들을 데려가지 못해."

이렇게 말하면서 아이에게 모자를 씌우고 외투를 입힌 다음 품 안으로 들어올리면서 조용히 해야 한다고 속삭였다. 이어 그녀는 바깥 베란다로 나가는 방문을 살짝 열고서 소리 없이 밖으로 빠져나갔다.

서리가 내리고 별빛이 청명한 차가운 밤이었다. 어머니는 아이의 몸에 숄을 단단히 둘렀고, 막연한 공포에 사로잡혀 아무 말도 하지 못하는 아이는 엄마의 목에 찰싹 달라붙었다.

현관 끝에서 자고 있던 덩치 큰 뉴펀들랜드 개 올드 브루노가 일어나, 가까이 다가오는 그녀를 보고 으르렁거렸다. 그녀가 개의 이름을 부드럽게 부르자 오랫동안 그녀의 애완견이며 놀이 동무였던 브루노는 꼬리를 흔들며 그녀를 따라나설 채비를 했다. 하지만 이런 심야에 웬 산책인가 하고 의아하다는 듯이 머리를 흔들어댔다. 뭔가 부적절하거나 엉뚱한 행동을 하려는 것이 아닌가 하는 의심이 들었는지, 개는 저만치 앞서 걸어가는 엘리자의 뒤쪽에 서서 먼저 앞쪽을 바라보고 이어 집 쪽을 아쉽게 바라보다가 자신의 생각을 결정했는지 그녀를 따라갔다. 몇 분 뒤에 그들은 톰 아저씨의 오두막에 도착했다. 엘리자는 걸음을 멈추고 창문을 가볍게 두드렸다.

톰 아저씨네 오두막의 예배 모임은 찬송과 노래의 순서로 이어지며 밤늦게까지 계속되었다. 또 톰 아저씨가 모임이 끝난 후에 혼자 노래를 몇 곡 더 불렀기 때문에, 엘리자가 도착한 시간이 자정에서 새벽 한시 사이였음에도 톰과 그의 아내는 아직 잠들지 않은 상태였다.

"이런! 저건 누구지?" 클로이 아줌마가 황급히 일어나 창문의 커튼을 열어젖혔다. "어머나, 리지 아니야? 여보, 옷 입어요, 어서. 올드 브루노도 옆에서 어슬렁거리고 있네. 이거 도대체 무슨 일이지? 내가 가서 문을 열게요."

클로이 아줌마가 문을 열자, 톰이 황급히 켠 수지 양초의 불빛이 도망자의 수척한 얼굴과 불안하고 초조한 눈을 비추었다.

"이게 웬일이야? 리지, 너를 보니 너무 겁이 나는구나. 혹시 어디 아픈 거야? 아니면 이렇게 늦은 시간에 대체 무슨 일이냐?"

"톰 아저씨, 클로이 아줌마, 난 아들과 함께 멀리 달아나려고 해요. 주인님이 내 아들을 팔아버렸어요!"

"팔았다고?" 두 사람은 놀라서 손을 쳐들며 소리쳤다.

"네, 팔았어요." 엘리자가 단호한 목소리로 말했다. "오늘밤 마님의

엘리자가 톰을 찾아와 그가 노예상인에게 팔렸음을 알려주면서
자신은 아이를 구하기 위해 도망가겠다고 말한다.

벽장에 몰래 숨어들어갔어요. 그리고 주인님이 마님에게 하는 말을
엿들었어요. 내 아들과 톰 아저씨, 이렇게 두 사람을 노예상인에게 팔
았다는 거였어요. 주인님은 내일 아침 말을 타고 외출을 하고, 그러면
노예상인이 두 사람을 데리러 온대요."

톰은 엘리자가 말하는 동안 양손을 쳐들고 서 있었다. 그의 두 눈은
꿈꾸는 사람처럼 멍한 표정이었다. 그 말의 의미를 서서히 깨닫게 되
자 그는 낡은 의자에 앉는다기보다 주저앉아서, 머리를 양 무릎 사이
에 떨어뜨렸다.

"주님, 우리를 불쌍히 여기소서!" 클로이 아줌마가 말했다. "아, 그
건 사실이 아닐 거야. 저이가 도대체 무슨 일을 했기에 주인님이 저
양반을 팔아넘긴단 말이야?"

"톰 아저씨의 잘못이 아니에요. 주인님은 팔 생각이 없었고 마님은 언제나 그렇듯이 좋은 분이세요. 마님은 주인님에게 우리를 위해 간청하고 또 애원했어요. 하지만 주인님은 아무 소용 없다고 했어요. 주인님이 그 노예상인에게 빚을 졌고 그래서 그 상인이 하자는 대로 할 수밖에 없대요. 만약 주인님이 부채를 갚지 않으면, 이 농장과 일꾼들을 모두 팔고 다른 곳으로 이사 가야 한대요. 주인님은 일꾼을 모두 파는 것과 두 사람만 파는 것 중에서 선택해야 한다면 달리 길이 없다고 했어요. 노예상인이 주인님을 아주 거세게 몰아붙인 것 같아요. 주인님은 정말 미안하다고 말했어요. 또 마님은, 아, 마님이 하시는 말씀을 두 분이 들었더라면 좋았을 텐데. 마님처럼 기독교인이면서 또 천사 같은 분은 아마 없을 거예요. 마님 몰래 이렇게 도망을 치는 저는 나쁜 년이에요. 하지만 저도 어쩔 수 없어요. 마님은 한 사람의 영혼이 이 세상 전체보다 더 소중하다고 하셨어요. 우리 애는 영혼을 가졌어요. 만약 이 애를 빼앗아가는 걸 그냥 내버려둔다면 이 애의 영혼은 어떻게 되는 걸까요? 제가 이렇게 행동하는 것이 옳다고 생각해요. 만약 옳지 않다 해도 주님께서는 저를 용서해주실 거예요. 저도 어쩔 수 없어서 이렇게 하는 거니까요!"

"여보." 클로이 아줌마가 말했다. "당신도 이참에 도망가버려요. 중노동과 굶주림으로 결국에는 노예를 죽이고 만다는 남부로 팔려갈 필요가 뭐 있어요? 난 거기 가느니 차라리 죽고 말겠어요! 그래요, 때가 되었어요. 리지와 함께 도망가버리세요. 당신은 아무 때나 오갈 수 있는 통행증도 가지고 있잖아요. 자, 일어나요. 내가 당신 물건을 챙겨줄게요."

톰은 천천히 머리를 쳐들고 슬픈 눈빛으로 가만히 주위를 돌아보았다.

"아니, 난 가지 않을 거야. 엘리자는 가라고 그래. 그렇게 하는 게 옳은 일이야. 난 그 애가 그렇게 해서는 안 된다고 말하지 않겠어. 그 애는 여기 그대로 있는 게 오히려 이상해. 하지만 당신은 그 애의 말을 다 들었잖아. 내가 팔려가거나 아니면 농장의 일꾼이 다 팔려가야 한다고. 어차피 둘 중 하나라면 내가 팔려가는 게 나아. 난 다른 사람들처럼 그곳 생활을 견뎌낼 수 있을 거야." 그 순간 흐느낌 같은 한숨이 그의 커다란 가슴을 뒤흔들었다. "나는 언제나 주인님이 원하는 곳에 있었어. 그래서 주인님은 나를 아주 신임했지. 나는 그 신임에 어긋나는 행동을 한 적이 없고, 내 약속과 다르게 통행증을 사용해본 적이 없어. 앞으로도 그럴 거야. 농장이 아주 넘어가고 일꾼들이 모두 팔려가는 것보다는 나 혼자 가는 게 나아. 클로이, 주인님을 원망해서는 안 돼. 그분은 당신과 우리 아이들을 돌봐주실 거야."

그러고는 곱슬머리들이 누워 있는 작은 침대 쪽으로 몸을 돌리더니 감정을 주체하지 못하고 완전히 허물어졌다. 그는 의자 등받이에 몸을 기대더니 두툼한 손으로 자신의 얼굴을 감쌌다. 목이 쉰 듯한 커다란 흐느낌이 의자를 흔들었고 굵은 눈물이 손가락 사이로 흘러내려 바닥에 떨어졌다. 맏아들을 잃은 아버지가 아들의 관 위에 흘리는 것 같은 그런 눈물이었다. 죽어가는 딸의 비명 소리를 듣고 있는 어머니가 흘리는 그런 눈물이었다. 톰 아저씨가 바로 그 아버지 처지였고, 클로이가 바로 그 어머니 처지였다. 검둥이 역시 비단과 보석을 두른 귀부인들과 마찬가지로, 인생의 고난과 비탄 앞에서는 동일한 슬픔을 느끼는 것이다!

"그런데요." 엘리자가 문턱에 선 채로 말했다. "오늘 오후에 제 남편을 만났어요. 그때만 해도 이런 일이 벌어지리라고는 전혀 몰랐어요. 거기 사람들이 남편을 절벽 끝에까지 밀어붙였어요. 그래서 남편도 곧 도망을 칠 계획이라고 하더군요. 혹시 남편을 본다면 제 소식을 좀 전해주세요. 제가 왜 도망칠 수밖에 없었는지 말해주세요. 무슨 일이 있어도 제가 꼭 캐나다 땅에 갈 거라고 말해주세요. 남편에게 사랑한다고 전해주세요. 그리고 만약 우리가 다시 만나지 못한다면," 그녀는 몸을 돌려 잠시 등을 보이고 서 있다가 쉰 목소리로 말했다. "그에게 잘 지내라고 말해주세요. 그리고 하늘나라에서 다시 만나기를 빈다고 전해주세요!"

"이제 브루노를 안에 들여놓으세요." 그녀가 말했다. "문을 닫아요. 불쌍한 브루노! 나를 따라가려고 하다니!"

눈물을 흘리며 몇 마디 작별 인사와 축복의 말을 나눈 후, 그녀는 잔뜩 겁을 먹어 의아해하는 아이를 품 안에 꼭 껴안고 차가운 밤공기 속으로 소리 없이 미끄러져 들어갔다.

6장
발견

셸비 부부는 지난밤 긴 대화를 나누고 난 뒤 곧바로 잠에 빠져들지 못하여 다음날 아침에 평소보다 늦게까지 잠을 잤다.

"엘리자가 무슨 일로 이리도 꾸물거리지?" 셸비 부인은 종을 여러 번 잡아당겨도 아무런 응답이 없자 혼잣말을 했다.

셸비 씨는 옷장 거울 앞에 서서 면도기를 갈고 있었다. 그때 문이 열리면서 흑인 소년이 면도할 물을 들고 방 안으로 들어왔다.

"앤디," 안주인이 말했다. "엘리자 방으로 가서 종을 벌써 세 번이나 잡아당겼다고 말해줘. 불쌍한 것!" 그녀는 한숨을 내쉬며 중얼거렸다.

잠시 후 앤디가 놀라서 눈을 크게 뜨고 돌아왔다.

"마님, 리지의 서랍장이 열려 있고 물건들이 어지럽게 흩어져 있어요. 도망친 것 같아요!"

셸비 부부는 거의 동시에 사태의 진실을 알아차렸다. 셸비 씨가 먼저 소리쳤다.

"그 애가 의심을 하고 달아난 거로군!"

"하느님 감사합니다! 그 애가 달아난 게 틀림없어요." 셸비 부인이 말했다.

"여보, 그런 바보 같은 소리 작작해요. 만약 달아났다면 나로서는 아주 난처한 일이 아닐 수 없어. 헤일리는 내가 어제 망설이는 걸 보았고, 그러니 내가 음모를 꾸며 일부러 도망치게 했다고 생각할지 몰라요. 이건 나의 명예와 관계되는 일이오!" 셸비 씨는 황급히 방 밖으로 나갔다.

그 후 약 십오 분 동안 사람들이 바쁘게 달리면서 탄식하는 소리, 문을 열었다가 닫는 소리, 농장 구석구석에서 서로 다른 색깔의 얼굴들이 나타나서 부산을 떠는 소리가 들려왔다. 이러한 돌발 사태에 진실의 빛을 던져줄 유일한 인물은 침묵을 지켰는데, 그녀는 다름 아닌 요리사 클로이 아줌마였다. 주위의 야단법석은 듣지도 보지도 못한 사람처럼 그녀는 묵묵히 아침식사용 비스킷을 준비하고 있었지만, 언제나 쾌활하던 얼굴에는 짙은 먹구름이 내려앉아 있었다.

곧 열두어 명의 흑인 아이들이 까마귀 떼처럼 베란다 난간에 모여들어 낯선 나리가 당하게 된 불운에 대해 앞다투어 재잘거리기 시작했다.

"그는 미친 사람처럼 화를 낼 거야. 틀림없어." 앤디가 말했다.

"욕을 하지 않을까?" 어린 제이크가 끼어들었다.

"그럼. 틀림없이 욕설을 퍼부을 거야." 곱슬머리 맨디가 말했다. "난 어제 그 사람이 점심식사 때 말하는 걸 들었어. 하나도 빠짐없이. 마님이 커다란 항아리들을 넣어두는 벽장에 몰래 숨어 있었거든." 평생 자기가 들은 말의 의미를 따져보지 않는 맨디는 마치 자신이 다른 애들보다 뛰어난 지혜를 갖추고 있는 것처럼 으스댔다. 그 모양이 마치 검은 고양이 같았다. 그녀가 그 시간에 벽장에 들어간 것은 사실이지만, 실은 항아리들 사이에서 잠들어 있었던 것이다.

마침내 가죽 장화에 박차를 채우고 나타난 헤일리 씨도 온 사방에 퍼져 있는 나쁜 소식을 들었다. 베란다에 모여 있던 꼬마 흑인들은 그가 욕설을 퍼부으리라고 기대했는데, 과연 예상한 대로였다. 헤일리는 거친 욕설을 마구 퍼부어 꼬마들을 아주 기쁘게 했다. 아이들은 헤일리의 승마 채찍이 미치는 범위를 요리조리 벗어나며 달아났다. 그들은 낄낄거리며 반대쪽 베란다로 우르르 달려가더니 발을 동동 구르며 재미있어 죽겠다는 듯이 소리를 질러댔다.

"저놈들을 잡으면 가만 안 두겠어!" 헤일리가 이를 갈며 중얼거렸다.

"절대로 못 잡을걸요!" 앤디가 의기양양하게 허세를 부리며 노예상인의 등에다 대고 입술을 달막거렸다. 물론 노예상인은 그의 말이 들리지 않는 거리에 있었다.

"이봐요, 셸비, 이건 아주 괴상한 거래가 되었는데요!" 헤일리가 거실로 불쑥 들어서며 말했다. "그 빌어먹을 년이 애새끼를 데리고 달아난 것 같소이다."

"헤일리 씨, 여기 내 아내도 나와 있소." 셸비 씨가 말했다.

"아, 죄송합니다, 부인." 헤일리가 여전히 눈살을 찌푸린 채 살짝 목례를 보내면서 말했다. "아무튼 방금 말한 대로 아주 괴상한 보고가 들어와 있어요. 그게 사실입니까?"

"헤일리 씨, 나와 대화를 하고 싶다면," 셸비 씨가 말했다. "먼저 신사의 예의를 차리기 바랍니다. 앤디, 헤일리 씨의 모자와 채찍을 받아드려라. 자, 여기 와 앉으십시오. 그 젊은 여자가 엿들었거나 소문을 듣고서 아이와 함께 밤중에 도망쳤습니다. 정말 유감스럽습니다."

"나는 이 거래에서 공정한 대접을 원했습니다." 헤일리가 말했다.

"그게 도대체 무슨 말씀이죠?" 셸비 씨가 날카로운 표정으로 물었다. "만약 누군가가 나의 명예를 의심한다면 내 대답은 한 가지뿐입니다."

노예상인이 그 말에 위축된 듯 약간 누그러진 어조로 대답했다. "이처럼 기만을 당하는 것은 공정한 거래의 당사자에게는 정말 고통스러운 일입니다."

"헤일리 씨, 당신이 지금 크게 실망하고 있다는 사실만 아니었더라면, 아까 우리 집 거실을 그런 식으로 무례하게 들어온 행동을 묵과하지 않았을 겁니다. 이런 갑작스러운 사정이 벌어졌기 때문에 당신에게 이 정도로 말하는 겁니다. 아무튼 내가 이런 불공정한 거래의 당사자로 지목되는 것은 결코 용납하지 않겠습니다. 나는 당신의 재산을 회수하는 데 필요한 마차와 하인 등을 제공하여 당신을 돕겠습니다. 그러니 헤일리 씨," 셸비 씨는 여기서 엄숙하고 냉철한 어조를 버리고 평상시의 솔직하고 사람 좋은 어조로 돌아갔다. "당신은 침착하게 행동하면서 여기서 아침식사를 하고 그다음에 대책을 세우는 게 좋겠습니다."

그러자 셸비 부인은 자리에서 일어서며 선약이 있어 아침식사 테이블에는 참석하지 못하겠다고 말한 다음, 뮬라토 여자에게 신사분들의 아침식사를 잘 준비하라는 지시를 내리고서 거실 밖으로 나갔다.

"마님은 이 비천한 자를 별로 좋아하지 않는군요." 헤일리가 다정한 농담이라도 하듯이 말했다.

"난 내 아내에 대해 그런 식으로 말하는 걸 들어본 적이 없습니다." 셸비 씨가 냉랭하게 말했다.

"용서하십시오. 농담 한번 해보았습니다." 헤일리가 억지웃음을 지으며 대꾸했다.

"농담이라도 가려서 해야지요." 셸비 씨가 말했다.

'쳇, 매매계약서에 서명했으니 이제 내 알 바 아니라는 거지? 빌어먹을 놈!' 헤일리는 속으로 생각했다. '어제부터 잘난 척하더니, 지가 언제부터 그렇게 잘난 놈이야.'

톰이 팔렸다는 건 농장 내의 흑인 동료들에게 매우 충격적인 소식으로, 일국의 총리가 실각한 사태보다 더 큰 뉴스였다. 모든 사람이 입만 열면 그 얘기였고 집 안이나 들판에서 그에 따른 결과를 의논하느라고 일이 제대로 안 될 지경이었다. 엘리자의 도망(전에는 농장에서 그런 일이 없었기 때문에)은 사람들을 흥분시키는 데 결정적인 역할을 했다.

농장의 다른 흑인들보다 세 배는 더 검게 보이기 때문에 그런 이름이 붙은 블랙 샘은 그 사건의 파장과 결과를 아주 복잡하게 머릿속에서 따지고 있었다. 사건을 폭넓게 관찰하면서 그런 사태가 자신에게 어떤 이익을 가져올지 따지는 데 있어서 블랙 샘은 워싱턴 중앙정부의 백인 애국자들을 뺨칠 정도였다.

"불운의 바람이 뜬금없이 불어왔구먼. 그건 틀림없는 사실이야."
샘이 선언하듯 말했다. 그러면서 바지를 한 번 추어올리고, 떨어져나
간 멜빵 단추를 대신하여 그 자리에 기다란 못을 찔러넣었다. 그는 자
신의 그런 기계적 손재주를 자못 자랑스럽게 생각했다.

"그래, 불운의 바람이 뜬금없이 불어온 거야. 톰이 남부로 가버린
다면 다른 노예가 치고 올라갈 자리가 생길 거야. 그렇다면 나 말고
누가 있겠나? 이게 내 생각이야. 톰은 전국을 돌아다녔지. 구두를 반
들반들하게 닦고 주머니에 통행증을 넣고서 아주 잘난 흑인처럼 말이
야. 그가 가버리게 되었으니 이제 누가 그 빈자리를 차지할까? 이 샘
말고 누가 또 있겠냐고? 난 그게 알고 싶다 이거야."

"이봐요, 샘. 주인님이 빌과 제리를 끌어오래요." 앤디가 샘의 독백
을 끊어놓으며 소리쳤다.

"이봐, 젊은 친구, 무슨 일이야?"

"아직도 모르세요? 리지가 자기 애를 데리고 달아난 사실을?"

"짜식, 차라리 니 할머니를 가르쳐라." 샘이 노골적인 경멸을 표시
하면서 말했다. "네놈보다 훨씬 먼저 알고 있었다. 날 뭘로 보는 거
야? 난 그렇게 어리숙한 영감이 아니야."

"아무튼 빌과 제리에게 마구(馬具)를 입혀서 끌어오래요. 영감하고
나하고 그 말을 타고 헤일리 나리와 함께 가야 한대요. 리지를 붙잡
으러."

"그래, 일은 그렇게 풀려나가게 되어 있지. 이런 때는 이 노련한 샘
이 나서줘야 해. 아주 적임자지. 내가 리지를 못 잡을 것 같아? 나리

는 샘의 뛰어난 능력을 발견하게 되실 거야."

"하지만 샘," 앤디가 말했다. "그건 다시 생각해보는 게 좋을 거예요. 마님은 리지가 안 잡히기를 바라요. 만약 잡아온다면 마님이 영감을 가만 놔두지 않을 거예요."

"그래?" 샘이 눈을 번쩍 뜨면서 말했다. "넌 그걸 어떻게 알았니?"

"오늘 아침에 마님이 얘기하는 걸 내가 직접 들었어요. 내가 주인님 면도할 물을 들고 거실로 들어갔을 때. 마님은 왜 리지가 옷 입는 걸 도와주러 오지 않는지 모르겠다며 나보고 리지 방에 가보라고 했어요. 내가 리지가 도망친 것 같다고 보고하자 마님이 '하느님, 감사합니다'라고 말했어요. 그러나 나리는 '여보, 바보 같은 소리 작작해요'라고 말했죠. 마님은 결국 나리의 의견을 돌려놓을 거예요. 의심스러울 때는 마님 편에 서는 게 제일 좋아요. 그래서 영감에게 미리 말해주는 거예요."

그 말을 듣자 블랙 샘은 곱슬머리를 긁으면서 생각에 잠겼다. 설령 그의 머릿속에 심오한 지혜는 없을지 몰라도 지역과 인종을 막론하고 모든 교활한 정치가들이 반드시 갖추고 있는 능숙한 손익 셈법은 충분히 들어 있었다. 속된 말로 '어느 쪽에 붙어야 먹을알이 있는지' 금방 알아차렸던 것이다. 그리하여 샘은 복잡한 생각은 접어버리고 다시 한번 바지를 추어올렸다. 그것은 심리적 당혹감을 다스리기 위해 그가 주기적으로 써먹는 방법이었다.

"이 세상 일은 참으로 알 수가 없어."

샘은 마치 철학자처럼 이 세상 중 '이'를 강조하며 말했다. 마치 이 세상이 아닌 다른 세상들에 대해서도 많이 안다는 듯한 표정이었다.

이어 그는 현명한 결론을 내렸다.

"하지만 마님은 리지를 찾기 위해 온 세상을 샅샅이 뒤지고 싶은 심정일 거야." 샘이 생각에 잠긴 어조로 말했다.

"아마도 그러시겠지요. 하지만 영감, 아직도 마님의 속뜻을 모르겠다는 거요? 마님은 헤일리가 리지의 아이를 잡아오는 걸 원하지 않는다고요. 그게 핵심이에요!"

"그렇군!" 샘이 흑인들만 이해할 수 있는 미묘한 어조로 맞장구쳤다.

"한 가지 더 말해줄 게 있어요. 영감은 은근슬쩍 말들을 지연시키는 방법을 써야 해요. 마님이 그것 때문에 일부러 영감을 부른 거예요. 그러니 가능한 한 시간을 끌어요."

샘은 그 말을 듣고서 곧바로 행동을 개시했다. 잠시 뒤 그는 빌과 제리를 끌고 당당하게 저택 앞으로 달려나왔다. 그는 말들이 멈춰 설 기미를 보이기도 전에 재빨리 말에서 내려 잽싸게 두 말을 말기둥 앞으로 인도했다. 그러나 겁 많고 어린 헤일리의 말은 움찔하며 앞발을 쳐들더니 그가 고삐를 잡자 완강히 버텼다.

"워, 워!" 샘이 말했다. "겁먹은 거냐?" 그의 검은 얼굴은 기이한 장난기로 반짝거렸다. "내가 좀 손봐주마." 그가 말했다.

농장에는 넓게 그늘을 드리우는 큰 너도밤나무가 있는데, 자그마하고 날카로운 삼각형의 너도밤나무 열매가 온 사방에 널려 있었다. 샘은 그 열매를 하나 집어들고 헤일리의 말에 다가가 말등을 쓰다듬었다. 겉으로 보기에는 말의 동요를 진정시키는 것처럼 보였다. 샘은 안장을 정리하는 척하면서 그 날카로운 열매를 안장 밑으로 슬쩍 집어넣었다. 말 주인이 그 안장 위에 올라타서 누르면 신경질적인 어린 말을 더욱 사납게 만들 터였다. 아무런 표시도 상처도 없이.

"자, 봐라, 내가 저 말을 고쳐놨지!"

그 순간 셸비 부인이 발코니에 나타나 샘을 불렀다. 샘은 세인트 제임스 궁*이나 워싱턴의 실력자 앞에서 온갖 예의를 다 갖추고 다가서는 엽관(獵官) 운동가처럼 아첨하는 모습으로 마님에게 다가갔다.

"샘, 왜 그렇게 어슬렁거리는 거지? 난 앤디를 영감에게 보내 서두르라고 했는데."

"주님께서 마님을 축복하시기를. 마님, 말들을 금방 잡아올 수가 없었습니다. 말들이 저기 남쪽 목초지까지 나가 있었습니다. 왜 그랬는지는 주님만이 아시고요!"

"샘, '주님께서 마님을 축복하시기를'이라는 말 하지 말라고 몇 번이나 일러줘야 알아듣겠어? 또 '주님만이 아신다', 이런 말도 하면 안돼. 그건 좋지 않은 말이야."

"오, 주님께서 나의 영혼을 축복하시길! 마님, 잊어버렸습니다. 앞으로는 그렇게 말하지 않겠습니다."

"하지만 샘, 방금도 말했잖아."

"그랬나요? 오, 주님! 나는…… 이런, 또 주님이라고 말했네."

"샘, 말을 조심해야 돼."

"마님, 한 번만 더 기회를 주십시오. 앞으로는 잘하겠습니다. 정말로 조심할게요."

"헤일리 씨와 함께 가면서 길을 알려드리고 도움도 드리도록 해.

---

* 영국 정부를 말함.

샘, 말들을 조심스럽게 다뤄. 제리는 지난주에 다리를 약간 절었어. 그러니 너무 빨리 달리지 않도록 해."

마지막 말을 셸비 부인은 낮으면서도 강조하는 어조로 말했다.

"그런 일은 오로지 저만이 할 수 있습니다." 샘이 눈알을 굴려 무언의 메시지를 전했다. "주님께서 잘 알고 계시죠! 아참! 이 말은 하지 말라고 했는데!" 샘은 갑자기 말을 끊고 우스꽝스럽게 두려운 표정을 지었는데, 그걸 보는 순간 마님은 자신도 모르게 웃음을 터뜨렸다. "예, 마님, 말들을 조심스럽게 다루겠습니다!"

"자, 앤디." 샘이 너도밤나무 아래로 돌아오면서 말했다. "저 노예 상인이 말에 올라타다가 갑자기 말에서 떨어질지도 몰라. 말들은 가끔 그런 괴상한 짓을 하거든." 그러면서 샘은 뭔가 암시하듯이 앤디의 옆구리를 쿡 찔렀다.

"그렇죠!" 앤디가 금방 그 말뜻을 알아차리고 대꾸했다.

"앤디, 마님은 시간 끌기를 원하셔. 그건 평범한 사람이 봐도 금방 알 수 있는 사실이야. 그러니 마님을 위해서 뭔가 한 건 해야지. 자, 이 말들을 풀어놓아 저기 저 땅으로 달려가게 하고 그다음에는 그 너머 숲속으로 달려가게 해. 그러면 나리는 금방 떠나지 못할 거야."

앤디는 빙그레 웃었다.

"이봐, 앤디." 샘이 말했다. "헤일리 나리의 말이 괴상하게 행동해서 채찍질을 당하면 말이야, 너와 나는 우리 말들을 놓아주고 그 나리를 도와주러 가는 척하자고. 응?" 샘과 앤디는 머리를 뒤로 젖히면서 낮고 걸쭉한 웃음을 터뜨렸고, 손마디를 뚝뚝 꺾으며 발등으로 공중을 가볍게 걷어차면서 즐거워했다.

그 순간 헤일리가 베란다에 나타났다. 질 좋은 커피를 마셔서 기분이 좋아진 듯 그는 아주 원기왕성하게 웃고 떠들면서 밖으로 나왔다. 샘과 앤디는 모자 대용인 종려나무 잎사귀 엮은 것을 집어들면서 말기둥 쪽으로 달려갔다. '나리를 도울 채비'를 차리기 위해서였다.

샘의 종려나무 잎사귀 모자는 테두리가 온통 너덜너덜 해어져 있었다. 어떤 부분은 양쪽으로 터졌는가 하면 어떤 부분은 똑바로 서 있어서, 마치 피지 제도(諸島)의 추장처럼 자유와 도전의 화신 같았다. 앤디의 종려나무 잎사귀 모자는 아예 테두리가 없었다. 그걸 마치 왕관이라도 쓰듯이 눌러쓰고 손가락으로 톡톡 건드리며 즐거워하는 앤디의 모습은 마치 이렇게 말하는 듯했다. "나보고 모자 안 썼다고 말하면 안 돼!"

"자, 애들아, 어서 움직이자. 시간이 없어." 헤일리가 말했다.

"여부가 있겠습니까, 나리!" 샘이 헤일리의 고삐를 쥐고 등자를 눌렀다. 그동안 앤디는 다른 두 말의 고삐를 풀었다.

헤일리가 안장에 올라타는 순간, 성질 사나운 어린 말이 갑자기 뛰어오르더니 그의 주인을 그 옆 부드러운 흙 위로 떨어뜨렸다. 샘은 급하게 비명을 내지르며 말의 고삐를 잡으려 했으나 비죽 튀어나온 종려나무 잎사귀가 말의 눈을 가볍게 스쳤다. 그 가벼운 자극에 신경질내며 날뛰던 말은 진정되기는커녕 더욱 흥분하고 말았다. 어린 말은 샘을 격렬하게 옆으로 밀쳐내면서 경멸의 콧방귀를 두세 번 뀌더니 다시 공중으로 앞발을 두세 번 차올리고 나서는 잔디밭 아래쪽으로 달려가기 시작했다. 그러자 아까 앤디와 샘이 미리 입을 맞춘 대로 앤디는 빌과 제리를 놓아주고 다양한 비명을 질러대며 말들이 더욱 빨리 달리게 재촉했다. 빌과 제리는 곧 어린 말을 뒤따라 달려가기 시작했다. 그러자 일대 소란이 벌어졌다. 샘과 앤디는 소리를 지르며 말들을 뒤따라갔고, 개들은 여기저기서 짖어댔으며, 마이크와 모스, 맨디, 패니 등 남녀 검둥이 꼬마들은 그들을 뒤따르며 박수 치고 소리를 지르고 비명을 내지르며 그 소동에 끼어들어 즐거워했다.

날렵하면서도 원기왕성한 헤일리의 백마는 그런 떠들썩한 분위기를 아주 즐기는 듯했다. 녀석이 달려 내려가는 길은 깊은 숲이 시작되는 길목까지 완만하게 경사진 1킬로미터 정도의 잔디밭이었으므로, 백마는 자기를 추격해오는 사람들을 어느 정도 거리까지 따라붙게 해줄 것인지 가늠해가며 신나게 내달렸다. 추격자들이 바로 뒤까지 쫓아오면, 장난기 가득한 말은 갑자기 히힝 소리를 내며 속력을 올려서 숲의 어귀 쪽으로 달려갔다. 샘은 적당한 때가 될 때까지 말들 중 어느 한 놈도 따라잡을 생각이 없었다. 그가 시간을 지연시키기 위해 펼치는 노력은 가히 영웅적이었다. 언제나 전열의 최전선에 서서 번쩍거리는 사자심(獅子心)왕 리처드의 칼처럼, 말이 거의 잡힐 것 같은 순간에는 어김없이 샘의 종려나무 잎사귀 모자가 등장했다. 그는 있는 힘을 다해 뛰어내려가면서 소리쳤다. "자, 자, 빨리 잡아! 빨리 잡으라고!" 그러면 말들은 그 소리에 고무되어 더욱 힘을 내서 달아났다.

헤일리는 위아래로 오르내리며 욕설을 퍼부었고, 치밀어오르는 화를 참을 수 없어 발을 동동 굴렀다. 셸비 씨는 발코니에서 소리치며 빨리 잡으라고 지시했지만 아무 소용이 없었다. 셸비 부인은 내실 창문에서 그 광경을 내다보고 웃으면서 의아해했다. 하지만 그런 소동의 원인이 누구였는지는 전혀 눈치채지 못했다.

열두시쯤 되자 마침내 샘이 제리의 등에 올라타고 옆에는 헤일리의 말을 거느린 채 의젓하게 나타났다. 헤일리의 백마는 땀을 흘리며 눈을 번들거리고 콧구멍을 벌름거렸으나 자유를 추구하는 기질이 완전히 가라앉은 것 같지는 않았다.

"제가 말을 잡아왔습니다!" 샘이 의기양양하게 소리쳤다. "제가 없었더라면 저놈들은 온 사방으로 달아났을 겁니다. 아무튼 제가 이렇게 잡아왔어요!"

"이놈!" 분기탱천한 헤일리가 으르렁거리며 말했다. "네놈이 아니었더라면 이런 일이 벌어지지도 않았을 거야."

"주님, 우리를 축복하소서. 나리," 샘이 아주 섭섭하다는 어조로 말했다. "제 몸에서 땀이 비처럼 줄줄 흘러내릴 때까지 뛰어다녔는데 제 탓이라뇨?"

"아무튼 네놈들의 장난질 때문에 거의 세 시간이나 낭비했어. 자, 어서 가자. 더이상의 장난질은 안 돼!"

"아니, 나리," 샘이 못마땅하다는 어조로 말했다. "저 말들이랑 우리를 아예 죽일 작정이십니까? 우리는 지금 힘이 없어서 땅에 쓰러질 지경입니다. 말들도 땀 냄새를 펑펑 풍기고 있어요. 차라리 점심식사를 하시고 출발하는 게 어떨까요? 나리의 말은 좀 쓰다듬어줘야 해요. 저 도리질 치는 걸 좀 보십시오. 제리도 다리를 절고 있어요. 마님도 이런 우리를 지금 당장 출발시킬 생각은 아닐 겁니다. 주님께서 당신을 축복하시기를. 나리, 좀 쉬었다 가도 충분히 따라잡을 수 있습니다. 리지는 그렇게 걸음이 빠른 여자가 아니에요."

베란다에서 이 대화를 흥미롭게 엿듣고 있던 셸비 부인도 일정한 역할을 해주기로 결심했다. 그녀는 앞으로 나와서 헤일리의 곤경에 정중하게 우려를 표시하면서 점심을 드시고 가라고 말했다. 요리사가 식사를 준비하는 데 얼마 걸리지도 않는다는 말도 덧붙였다.

이렇게 되자 헤일리는 상황을 감안하여 다소 어정쩡하게 예의를 차리면서 거실로 다시 들어갔고, 샘은 헤일리의 등에다 대고 눈알을 굴려 무언의 메시지를 날리면서 말들을 끌고 마구간으로 물러갔다.

"앤디, 그자의 쌍판을 보았나? 그자의 꼬락서니를 보았냐고?" 안전한 헛간까지 물러나오자 샘이 기둥에 말들을 묶으면서 말했다. "발을 동동 구르며 욕설을 퍼붓는 꼴이란, 모임의 여흥 시간보다 더 재미있더군. 내가 그자의 말을 들었냐고? 물론 들었지. 그러면서 이렇게 속으로 중얼거렸지. 이 친구야 욕을 해봐야 당신 입만 아파. 말을 가져오라고? 그렇게 급하면 당신이 직접 잡아보시지. 앤디, 지금도 그자의 쌍판이 내 눈앞에 삼삼하구먼." 샘과 앤디는 헛간 벽에 기대어 배가 아플 때까지 실컷 웃었다.

"내가 말을 잡아서 가져다주었을 때 그자가 얼마나 화를 냈는지, 네가 봤어야 하는데. 마음대로 할 수 있다면 아마 나를 잡아 죽였을 거야. 하지만 나는 시침 뚝 떼면서 공손한 자세로 거기 서 있었지."

"나도 영감을 봤어요." 앤디가 말했다. "샘, 당신도 늙은 말 아니겠어요?"

"그럼. 아주 노련한 늙은 말이지. 마님이 창가에 서서 내다보면서 웃는 모습을 보았나? 나는 마님이 웃는 걸 봤어."

"나는 말들을 따라 달리는 바람에 아무것도 못 봤어요." 앤디가 말했다.

"이봐." 샘이 헤일리의 말 등을 천천히 쓰다듬어 내리면서 말했다. "난 말이야 앤디, 사물을 잘 관찰하는 버릇을 갖고 있지. 앤디 너는 젊으니까 일찍부터 이런 버릇을 들이는 게 좋아. 그게 말이야, 검둥이들 사이에서 결정적인 차이를 만들어낸다고. 오늘 아침 나는 바람이 어느 쪽으로 부는지 금방 관찰했어. 마님이 내색은 안 했지만 마님이 원하는 게 뭔지 금방 알아보았어. 이런 게 사물을 잘 관찰한다는 거야. 앤디, 이게 소위 말하는 능력이라고. 능력은 말이야 사람마다 달라. 하지만 그 능력을 배양하면 큰 도움이 되는 거야."

"하지만 내가 오늘 아침에 도와주지 않았더라면, 영감은 그렇게 잘 관찰하지 못했을걸요."

"앤디." 샘이 말했다. "너는 장래가 촉망되는 아이야. 그 점에 대해서는 의심의 여지가 없어. 앤디, 난 네 생각을 많이 해. 난 너한테서 좋은 아이디어를 얻는 걸 부끄럽게 생각하지 않아. 좋은 아이디어가 있다면 그 어떤 사람이라도 깔보면 안 돼. 아무리 똑똑한 친구라도 때로는 돌부리에 걸려 넘어질 수가 있거든. 이제 저택으로 가보자. 마님이 틀림없이 우리에게 좋은 음식을 내려주실 거야."

7장
어머니의 필사적인 투쟁

엘리자가 톰 아저씨의 오두막으로부터 발걸음을 돌려 나왔을 때, 그녀처럼 외롭고 쓸쓸한 사람은 이 세상에서 찾아보기 어려웠다.

남편의 고통과 위험, 아이의 안전 등이 그녀가 지금 감행하려는 모험과 뒤섞이면서 그녀의 마음속에 혼란과 두려움을 안겨주었다. 그녀는 평생의 유일했던 집을 떠나는 것이며, 그녀가 사랑하고 존경하는 보호자의 보호망으로부터 벗어나는 것이었다. 게다가 익숙했던 모든 것들과 헤어져야 한다는 문제도 있었다. 그녀가 자라난 고향, 친구들과 어울려 놀았던 나무 밑, 행복했던 시절에 저녁마다 남편과 함께 산책했던 숲, 이 모든 것을 떠나야 했다. 이 모든 것들이 서리 내린 청명한 달빛 속에서 그녀에게 비난의 어조로 묻고 있었다. 너는 여기를 떠나 도대체 어디로 가려 하는가?

하지만 어머니의 사랑은 그 모든 것보다 더 강력했고, 끔찍한 위험이 가까이 있다는 공포 때문에 모정은 거의 발작을 일으킬 정도로 굳건해졌다. 아이는 옆에서 따라 걸을 정도는 되었기 때문에 평소였다면 그녀는 분명 애를 걸렸을 것이다. 하지만 지금은 아이를 품에서 떼어놓는다는 생각만 해도 온몸이 떨려왔다. 그녀는 앞으로 바쁘게 걸어가면서 거의 발작적으로 아이를 가슴에 꼭 껴안았다.

서리 내린 땅이 그녀의 발 아래서 뿌드득 소리를 냈고, 그 소리는 그녀를 오싹하게 했다. 가볍게 흔들리는 잎사귀 소리나 펄럭거리는 그림자조차도 그녀의 피를 심장으로 역류시켰다. 그녀는 자신의 내부 어디에서 이런 힘이 솟구치는지 의아할 정도였다. 아이의 몸무게는 깃털처럼 가볍게 느껴졌고 공포심은 초인적인 힘을 계속 증강시켰다. 동시에 그녀의 창백한 입술로부터는 천상의 하느님에게 올리는 기도가 탄식처럼 끊임없이 터져나왔다. "주님, 도와주세요! 주님, 저를 살려주세요!"

만약 내일 아침 악독한 노예상인에게 건네주어야 할 아이가 당신의 해리 또는 윌리라면, 당신이 그 업자를 보았고, 매매계약서가 서명 완료되어 건네졌다는 얘기를 들었고, 내일 아침까지 도망칠 시간이 열두 시간밖에 없다면, 당신은 얼마나 빨리 걸을 수 있겠는가? 그 짧은 시간에 몇 킬로미터나 달아날 수 있겠는가? 어린 것이 당신의 품 안에 매달려 있고, 그 머리가 당신의 어깨를 누르고, 부드럽고 작은 팔이 당신의 목에 달라붙은 상태라면?

아이는 이제 잠이 들어 있었다. 처음에는 신기하기도 하고 놀랍기도 해서 아이는 깨어 있었다. 어머니는 숨소리도 발걸음 소리도 죽이면서 황급히 걸어갔다. 아이는 조용히 있어만 준다면 엄마가 구해주 겠다는 확신의 말을 듣고서 엄마 목에 매달린 채 잠에 빠져들면서 물 었다.

"엄마, 일부러 안 잘 필요는 없지?"

"그럼, 애야. 자고 싶으면 어서 자."

"하지만 엄마, 내가 자고 있어도 그 사람이 나를 잡아가지 않지?"

"그럼! 하느님께서 도와주실 거야." 엄마의 뺨은 더 창백했고 크고 검은 눈은 더욱 밝게 빛났다.

"정말이지, 엄마?"

"그럼, 정말이고말고." 본인도 깜짝 놀랄 만한 목소리로 어머니는 대답했다. 그 목소리는 그녀의 육체가 아닌, 그녀 내부의 성령으로부 터 나오는 것 같았다. 아이는 어머니의 어깨 위에 지친 머리를 내려놓 고서 곧 잠들었다. 아이의 따뜻한 팔과 부드러운 호흡은 그녀의 발걸 음에 힘과 용기를 안겨주었다. 어머니의 말을 믿고 고이 잠든 아이의 부드러운 촉감과 움직임으로부터, 어떤 강력한 전류가 그녀의 몸 안 으로 전달되어왔다. 정신이 육체를 지배하는 것은 거의 숭고한 현상 이다. 그것은 인간의 살과 신경을 요새처럼 단단하게 만들고, 근육을 강철처럼 탄력적으로 만들며, 그리하여 약한 자를 강한 자로 바꾸어 놓는다.

그녀가 황급히 걸어가는 동안 농장의 경계, 숲, 삼림지가 그녀 옆을 획획 스쳐 지나갔다. 그녀는 익숙한 풍경을 하나하나 스쳐 지나가면 서도 걸음을 늦추지 않았고, 뿌옇게 동터올 무렵에는 마침내 그 익숙 한 풍경으로부터 수 킬로미터 벗어나 큰길에 올라서게 되었다.

그녀는 마님과 함께 종종, 오하이오 강으로부터 별로 멀지 않은 T 라는 작은 마을의 마님 친척들을 찾아간 적이 있었다. 그래서 그 일대의 도로는 잘 알았다. 우선 그 마을로 들어가서 오하이오 강을 건너는 것이 황급한 도주 계획의 첫 일정이었다. 강을 건넌 다음의 일은 오로지 하느님 손에 맡기는 수밖에 없었다.

큰길 위에 말들과 마차가 움직이기 시작하면서 주위에 가벼운 소란이 일자 엘리자는 긴장했다. 그녀는 황급한 걸음걸이와 산만한 태도는 사람들의 구설과 의심을 불러일으킬지 모른다고 생각했다. 그래서 아이를 땅에 내려놓고 걸리면서 자신은 드레스와 모자의 맵시를 바로잡고, 평온한 분위기를 유지하면서 가능한 한 빠르게 걸어갔다. 그녀는 작은 보따리 안에 케이크와 사과를 넣어왔는데 그것들을 아이의 걸음을 재촉하는 유인책으로 사용했다. 사과를 길 위에 굴리면 아이는 그것을 줍기 위해 있는 힘을 다해 달려갔고, 그런 방법을 되풀이하여 1킬로미터 가까이 뛰어가게 만들었다.

잠시 뒤 숲이 우거진 삼림지에 도달하자 숲속을 흐르는 작은 시냇물 소리가 들려왔다. 아이가 배고프고 목마르다고 칭얼대자 그녀는 아이와 함께 울타리를 넘어가 커다란 바위 뒤로 가서 큰길에서 모습을 감추었다. 거기서 작은 보따리를 풀어 아이에게 아침을 먹였다. 아이는 어머니가 전혀 안 먹는 것을 보고서 의아해하다가 슬퍼했다. 아이는 양팔로 어머니의 목을 부둥켜안으면서 자신이 먹던 케이크를 억지로 엄마 입에 집어넣으려 했다. 그녀는 목이 메어 숨이 막혀왔다.

"아니야, 아니야, 해리. 엄마는 네가 안전할 때까지 먹을 수가 없어! 우리는 강에 도달할 때까지 계속 걸어가야 해!" 그들은 다시 큰길로 나섰고, 그녀는 침착하게 정상적으로 걸어가는 것처럼 보이도록 애를 썼다.

이제는 사람들이 그녀의 얼굴을 알아보는 지역으로부터 한참 떨어진 곳까지 나왔다. 혹시라도 그녀를 알아보는 사람을 만난다 해도 셀비 가문의 좋은 명성 때문에 의심을 면할 거라고 생각했고, 그녀가 도망자 신세라고 생각하지는 않을 것 같았다. 그녀는 얼굴이 아주 흰 편이라 자세히 보지 않으면 흑인이라는 생각이 들지 않았다. 더구나 아이 얼굴도 흰 편이었다. 그래서 한결 용이하게 남의 의심을 사지 않고 걸어갈 수가 있었다.

이처럼 의심을 받지 않는다는 가정 아래, 그녀는 정오에 한 깨끗한 농가에 들러서 좀 쉬면서 아이와 함께 먹을 점심거리를 살 생각이었다. 거리가 멀어짐에 따라 위험의 정도도 줄어들었기 때문에 신경계의 초인적인 긴장도 좀 이완되어 그녀도 지치고 허기가 느껴지기 시작했다.

자상하고 수다스러운 농가의 여주인은 낯선 사람이 농가에 들어와 말을 걸어오는 것을 의아하게 여기기보다는 즐거워했다. 그녀는 아무 의심 없이 엘리자의 말을 받아들였다. "친구네 집에서 일주일을 보내기 위해 걸어서 가는 길이에요." 엘리자는 그렇게 말하면서 상대방에게 진실로 받아들여지기를 간절히 빌었다.

해가 지기 한 시간 전에 그녀는 오하이오 강 옆의 T마을에 들어섰다. 피곤하고 발바닥이 아팠지만 그래도 마음은 굳건했다. 그녀는 먼저 강을 쳐다보았다. 그 강은 마치 요단 강처럼 그녀와 자유로운 땅 가나안 사이를 유유히 흘러가고 있었다.

때는 초봄이었고, 강은 불어올라 거친 소리를 내며 흘러갔다. 혼탁한 강물 속에서는 유빙(流氷)이 이리저리 표류했다. 켄터키 쪽 강안의 특수한 지형 때문에 강기슭의 땅이 강 속으로 깊숙이 들어가 있었고, 여기저기에 유빙이 갇혀 있었다. 강이 꺾어지며 흐르는 좁은 목에는 유빙이 켜켜이 쌓여 있어 위에서 흘러내려오는 얼음들을 가로막았다. 진로가 막힌 얼음들은 마치 커다란 뗏목처럼 물의 흐름에 따라 부침(浮沈)하면서 강 전체에 포진하여 켄터키 강안까지 뻗쳐 있었다.

엘리자는 강안에 잠시 서서 이 상서롭지 못한 지형을 생각했다. 이 얼음들 때문에 늘상 강을 오가는 나룻배가 다니지 못할 것 같았다. 그녀는 강둑에 있는 작은 여관에 들어가 물어보기로 했다.

엘리자의 부드러우면서도 슬픈 목소리가 들려오자, 불 위에서 저녁 식사용 냄비 요리를 끓이고 있던 여관 여주인은 손에 포크를 든 채 동작을 멈추었다.

"무슨 일이에요?" 여주인이 물었다.

"강 건너 B마을로 사람을 데려다주는 나룻배나 보트가 없나요?"

"없어요. 보트는 운행이 중단되었어요."

엘리자가 실망하고 낙담하는 표정을 짓자 여주인이 물었다.

"강 건너 가시게요? 누가 아파요? 걱정이 가득한 얼굴이네요."

"아주 위험한 상태의 아이를 데리고 있어요. 지난밤까지만 해도 그걸 알지 못했어요. 나룻배를 타겠다는 일념으로 먼 거리를 걸어왔거든요."

"정말 딱하게 됐군요." 여주인이 어머니처럼 걱정스러운 표정으로 말했다. "걱정이네요. 솔로몬!" 그녀가 창문 앞에 서서 여관 뒤쪽에 있는 작은 건물을 향해 소리를 질렀다. 그러자 가죽 에이프런을 두른 손이 아주 지저분한 남자가 문 앞에 나타났다.

"솔, 오늘밤에 누가 배를 띄운다고 했지?" 여주인이 물었다.

"상황 봐서 괜찮으면 띄워본다고 했어." 남자가 말했다.

"여기서 좀 아래쪽에 사는 남자가 오늘밤 실어 날라야 할 물건이 있나 봐요. 여기 식사하러 올 거예요. 여기 앉아서 그 사람을 기다려 보세요. 애가 아주 착해 보이네요." 여주인이 아이에게 케이크를 건네주며 말했다.

하지만 완전히 지친 아이는 피곤에 절어 징징거렸다.

"불쌍한 녀석! 잘 걷지도 못하는 아이를 빨리 걸으라고 재촉했거든요." 엘리자가 말했다.

"그럼, 애를 방에 데리고 가서 좀 눕혀요." 여주인이 작은 침실 문을 열자 편안한 침대가 보였다. 엘리자는 아이를 침대 위에 눕히고 잠에 떨어질 때까지 손을 잡아주었다. 하지만 그녀는 쉴 수가 없었다. 추적자들 생각이 뼛속의 불이 되어 그녀를 괴롭혔다. 엘리자는 자신과 자유 사이에 가로놓여 험하게 솟구치고 있는 강물을 아쉬운 눈빛으로 쳐다보았다.

여기서 잠시 추적자들에게로 시선을 돌려보자.

셸비 부인은 점심식사를 곧 식탁에 준비시키겠다고 말했다. 그러나 전에도 그런 일이 종종 있었지만, 일이라는 것은 일을 시키는 사람과 일을 수행하는 사람 두 당사자가 죽이 맞아야만 제대로 돌아갈 수 있다. 헤일리가 듣는 데서 빨리 점심식사를 대령하라는 지시가 내려가,

대여섯 명의 흑인 아이들이 클로이 아줌마에게 그 지시를 전달하기는 했지만, 정작 요리를 해야 하는 클로이는 시큰둥하니 콧방귀를 뀌고 머리를 휘휘 내저으며 가능한 한 천천히, 그리고 느긋하게 요리 준비를 했다.

어떤 특별한 이유로 인해, 하인들 사이에서는 점심식사 준비가 지연되어도 마님이 별로 화를 내지 않으리라는 공감대가 형성되었다. 요리 준비를 지연시키기 위해 기이하게도 다수의 불상사가 발생했다. 가령 어떤 부주의한 하인이 국을 쏟는 바람에 국을 처음부터 정성들여 다시 준비해야 했다. 클로이 아줌마는 지나치게 꼼꼼하다 싶을 정도로 국 만드는 과정을 감독했고, 누가 좀 빨리 해야 하는 거 아니냐는 표정을 짓기라도 하면, "누구 좋으라고 덜 된 국을 식탁 위에 올리겠느냐"고 핀잔을 주었다. 어떤 하인은 물통을 쏟아버리는 바람에 샘까지 물을 길으러 다시 가야 했고, 또 어떤 하인은 요리를 준비하던 중 버터를 땅바닥에 떨어뜨리기도 했다. 가끔 주방에 헤일리 나리의 소식이 전해지면 다들 낄낄거렸다. "헤일리 나리가 정말 불안한가 봐요. 의자에 가만히 앉아 있지를 못하고 방 안을 왔다 갔다 하다가는 창문에 딱 달라붙어 현관 쪽을 내다보고 있답니다."

"그자는 그런 대접을 받아도 싸!" 클로이 아줌마가 화난 목소리로 말했다. "그자는 앞으로 행동을 고치지 않으면 신수가 더 나빠지고 불안해질 거야. 하늘에 계신 하느님이 가만 두실 것 같아? 언젠가 저자를 데려가겠다고 할 거야! 그때 어디 꼴 좀 보자고!"

"저자는 틀림없이 지옥에 갈 거예요." 어린 제이크가 말했다.

"그래도 싸지." 클로이 아줌마가 당연하다는 듯이 말했다. "저자는 아주 많은 사람들의 가슴을 짓눌러놓았어." 클로이는 동작을 멈춘 채 포크를 든 손을 높이 쳐들고서 말했다. "이건 조지 도련님이 요한묵시록에서 읽어준 것과 똑같아. 영혼들이 제단 아래서 부르짖으면서, 주님께 저런 자에게 복수해달라고 요청하는 것과 같아. 주님께서는 언젠가 그들의 말을 들어주실 거야."[*]

클로이 아줌마는 주방에서 꽤 존경받고 있던 터라 사람들은 입을 떡 벌린 채 그녀의 말을 경청했다. 이제 점심식사를 거실로 들여보냈기 때문에 주방 안은 좀 잠잠해졌다. 사람들은 그녀와 여유롭게 잡담을 나누며 그녀의 말을 들었다.

"이런 자들은 지옥에서 '영원히' 불탈 거야. 틀림없어." 앤디가 말했다.

"그걸 보면 정말 기분이 좋을 텐데, 정말로." 어린 제이크가 말했다.

"얘들아!" 아이들은 그 목소리에 깜짝 놀랐다. 주방 문 앞에 서서 그 대화를 듣고 있던 톰 아저씨가 안으로 들어오며 말했다.

"얘들아!" 톰이 말했다. "너희들은 지금 무슨 말을 하고 있는지 모르는 것 같구나. '영원히'라는 말은 정말 무서운 말이야. 그런 생각을 하다니 정말 끔찍하구나. 그 어떤 사람에게도 그런 말을 써서는 안 되는 거야."

"우리는 사람을 팔아먹는 자한테만 그런 말을 써요." 앤디가 말했다. "그런 자들에게는 어쩔 수 없어요. 정말 나쁜 놈들이에요."

"그런 자들을 비난하는 건 자연의 섭리 아니겠수?" 클로이 아줌마

---

[*] 「요한묵시록」 6:9~10.

가 말했다. "그자들은 젖먹이를 엄마의 가슴에서 떼어내 돈 받고 팔아먹는 자들이에요. 엄마 옷자락을 붙잡고 울고불고하는 어린아이들을 말이에요. 그자들이 모자를 떼어놓고 있잖아요. 그자들이 부부를 갈라놓고 있잖아요." 클로이 아줌마가 흐느끼며 말했다. "그런 짓이 사람들의 생명을 빼앗는 일인데도 아랑곳하지 않아요. 그러면서 그자들은 술 마시고 담배 피우면서 대단치도 않은 일이라는 듯이 행동하고 있어요. 이런 자들을 잡아가지 않는다면, 악마는 도대체 무엇 때문에 있는 거예요?" 클로이 아줌마는 체크 무늬 앞치마로 얼굴을 가린 채 큰 소리로 흐느껴 울기 시작했다.

"당신 자신을 학대하는 자들을 위해 기도하라고 성경에 쓰여 있어." 톰이 말했다.

"그런 자들을 위해 기도하라고요? 그건 너무 어려운 일이에요. 난 그런 자들을 위해서는 기도하지 못하겠어요!"

"클로이, 물론 자연의 힘은 강력하지." 톰이 말했다. "하지만 주님의 은총은 그보다 더 강력해. 그런 못된 일을 하는 자들의 영혼이 얼마나 괴롭겠는지를 한번 생각해봐. 당신은 그자들처럼 살지 않으니 하느님에게 감사드려야 해. 나는 그런 사악한 자가 되어 뒷날의 심판을 감당하기보다는 차라리 만 번이라도 남쪽으로 팔려가겠어."

"그건 나도 그래요." 제이크가 말했다. "앤디, 우리는 저 말대로 해야 하지 않을까?"

앤디는 어깨를 한 번 들썩이더니 동의한다는 듯이 휘파람을 불었다.

"난 주인님이 오늘 아침에 예정대로 어디 가시지 않은 게 정말 잘되었다고 생각해." 톰이 말했다. "그건 내가 팔려가는 것보다 더 내 마음을 아프게 했을 거야. 물론 주인님으로서는 그렇게 행동하는 게 당연하시겠지. 그렇지만 나로서는 아주 고통스러웠을 거야. 주인님을 어린아이 시절부터 알아왔으니까. 아무튼 난 주인님의 마음을 알아. 이제는 어느 정도 하느님의 뜻에 순종해야 한다는 생각이 들기 시작하는군. 주인님은 어떻게 할 수가 없었던 거야. 올바르게 행동하신 거야. 하지만 내가 가버리면 농장의 일이 어려워질 것 같아. 주인님은 내가 해왔던 것처럼 온 사방을 뒤지고 다니면서 일을 보고 문제를 해결할 것 같지 않아. 일꾼들은 다 마음이 착하지만 부주의해서 그런 일을 다루기가 쉽지 않아. 그게 내 마음을 괴롭혀."

그때 벨이 울렸고, 톰은 거실로 불려갔다.

"톰." 주인이 자상한 목소리로 말했다. "네가 이 신사가 원하는 시간에 나타나지 않으면 천 달러를 배상해주겠다는 증서를 이 신사에게 건네주었어. 이 신사는 오늘 하루 다른 일을 보기로 되어 있어. 그러니 오늘 하루는 네 마음대로 행동할 수 있어. 가고 싶은 곳이 있으면 다녀와."

"감사합니다, 주인님." 톰이 말했다.

"내가 한마디 해두겠는데." 노예상인이 말했다. "새 주인한테 얕은 술수를 부릴 생각은 조금도 하지 마. 만약 내일 네가 나타나지 않으면 네 주인에게 마지막 한 푼까지 배상금을 받아낼 테니까. 만약 네 주인이 내 말을 들었더라면, 네놈들을 조금도 믿지 않았을 거야. 뱀장어처럼 미끈거리는 놈들!"

"나리." 톰이 꼿꼿이 선 채로 말했다. "노마님이 한 살이던 나리를 제 품에 안겨주실 때 저는 여덟 살이었습니다. '톰, 얘가 너의 어린 도런님이다. 이 애를 잘 보살펴야 해.' 노마님은 그렇게 말씀하셨지요. 이제 나리께 묻고 싶습니다. 제가 나리의 말을 거역한 적이 있었습니까, 나리의 뜻에 어긋나게 행동한 적이 있었습니까? 특히 제가 기독교인이 되고 나서 말입니다."

셸비 씨는 그 말에 감동되어 눈물이 솟구쳤다.

"여보게, 톰," 그가 말했다. "주님은 자네가 진실만을 말한다는 것을 알고 계시네. 내가 피할 수만 있었다면 온 세상을 다 주어도 자네를 팔지 않았을 거야."

"나도 기독교인으로서 자네한테 약속하겠네." 셸비 부인이 말했다. "내가 돈을 마련하는 대로 자네를 되사오기로 말이야. 여보세요," 그녀가 헤일리에게 고개를 돌리며 말했다. "톰을 누구한테 팔았는지 잘 기록해두었다가 꼭 알려주세요."

"그럼요. 그런 문제쯤이야." 노예상인이 말했다. "일 년 안에 별로 손상이 안 간 채로 다시 끌어올려서 거래하도록 하겠습니다."

"그럼 그때는 당신과 거래를 하겠어요. 당신에게 유리하게." 셸비 부인이 말했다.

"물론 나는 어느 쪽이든 상관없습니다." 노예상인이 말했다. "남쪽에서 거래하든 북쪽에서 거래하든, 어디서나 거래를 잘 챙겨드립니다. 부인, 내가 원하는 건 그저 살아 있는 노예입니다. 우리로서는 그게 가장 중요한 거죠."

셸비 부부는 노예상인의 뻔뻔스러운 발언에 괴로움과 모욕을 동시에 느꼈지만, 감정을 자제해야 할 필요를 느끼고 있었다. 노예상인이 악랄하고 잔인하다는 느낌이 들수록, 셸비 부인은 그가 엘리자와 그녀의 아들을 다시 잡아올지 모른다는 두려움이 커졌다. 그런 만큼 부인은 여성의 기지를 발휘하여 가능한 한 그의 출발을 지연시켜야 했다. 그녀는 우아하게 미소 짓고 동의하며 다정하게 잡담을 나눔으로써 자연스럽게 시간을 지연시키려고 최선을 다했다.

두시가 되자 샘과 앤디가 다시 말들을 끌고 왔다. 녀석들은 오전의 뜀박질로 한결 원기왕성하고 기분이 좋아진 듯했다.

샘도 점심식사를 푸짐하게 하고 나와서 아주 의욕적인 태도를 보였다. 헤일리가 다가오자 그는 화려한 몸짓을 섞어가며 앤디에게 자랑하기 시작했다. 이제 그가 추적 작전에 참가했으니 도망자는 다 잡은 거나 마찬가지라는 것이었다.

"너희들 주인은 개는 안 키우지?" 헤일리가 말 안장에 오르며 뭔가 생각하는 어조로 물었다.

"개 많이 키우는데요." 샘이 의기양양하게 말했다. "저건 브루노예요. 아주 우렁차게 짖지요. 우리 농장의 노예들도 이런저런 강아지들을 키우고 있습니다."

"흥!" 헤일리는 농장의 개들에 대해서 경멸조로 뭐라고 중얼거렸다. 그러자 샘이 속으로 투덜댔다.

'왜 공연히 개들한테 신경질이야.'

"너희 주인은 검둥이들 추적하는 수색견은 (암만 봐도 안 키우는 것 같지만) 안 키우지?"

샘은 노예상인의 의도를 명확히 꿰뚫어 보았지만 시치미를 뚝 떼고 계속 순진한 척했다.

"우리 농장의 개들은 아주 냄새를 잘 맡아요. 연습을 해본 적은 없지만 사냥견이나 진배없지요. 일단 시켜보면 뭐든지 다 잘한다고요. 이리 와봐, 브루노." 그가 부르자 근처를 어슬렁거리던 뉴펀들랜드 견이 사납게 그들 쪽으로 달려왔다.

"그 개는 그만둬." 헤일리가 출발 준비를 하며 말했다. "자, 어서 서둘러."

샘은 서두르는 척하면서 앤디의 옆구리를 살짝 간질였고, 그러자 앤디는 허리를 숙이며 웃기 시작했다. 헤일리는 벌컥 화를 내면서 채찍으로 앤디를 한 번 내리쳤다.

"앤디, 네 태도에 실망했어." 샘이 아주 엄숙한 어조로 말했다. "앤디, 이건 아주 심각한 일이야. 그런 판에 장난질을 쳐서 되겠어? 그건 전혀 나리를 도와주는 게 아니야."

"강가까지 쭉 나 있는 길로 가겠다." 그들이 농장의 경계까지 나오자 헤일리가 단호하게 말했다. "난 도망자들의 행동 방식을 훤히 꿰뚫고 있어. 그들은 언더그라운드*를 접촉하려고 길을 서두르는 경향이 있거든."

"맞습니다." 샘이 말했다. "바로 그겁니다. 헤일리 나리는 정곡을 찌르셨습니다. 그런데 강가까지 가는 길이 두 갈래가 있습니다. 하나는 진흙길이고 다른 하나는 새로 난 길인데, 어느 쪽으로 가시겠습니까?"

앤디는 이런 새로운 지리 정보에 내심 깜짝 놀랐지만, 곧 순진한 얼굴로 샘을 올려다보고 고개를 주억거리며 그 말을 확인해주었다.

---

* 남부에서 북부나 캐나다로 탈출하는 노예를 도와주던 비밀 조직.

"내가 볼 때," 샘이 말했다. "리지는 진흙길로 갔을 거 같아요. 사람들이 잘 안 다니는 길이니까."

헤일리는 아주 노련한 사람이어서 검둥이들의 술수를 의심하는 경향이 있었지만, 그래도 샘의 의견이 그럴듯해 보였다.

"하여튼 네놈들은 너무나 거짓말을 잘해서 믿을 수가 없지만, 가자." 그가 잠시 생각에 잠기면서 말했다.

앤디는 생각에 잠긴 듯한 노예상인의 어조가 너무 웃겨서 뒤로 약간 물러나려다가 말에서 굴러떨어질 뻔했다. 그러나 샘의 얼굴은 전혀 동요 없이 심각한 표정 그 자체였다.

"물론," 샘이 말했다. "나리 하고 싶은 대로지요. 나리 생각에 새로 난 길로 쫓는 게 좋다면 그리로 가시지요. 우린 어디로 가나 마찬가지입니다. 다시 생각해보니 새 길로 갔을 것 같아요. 틀림없어요."

"그년은 당연히 사람들이 안 다니는 길로 갔을 거야." 헤일리가 샘의 말은 신경 쓰지 않고 생각나는 대로 말했다.

"참 알 수가 없어요." 샘이 말했다. "여자애들은 괴상해요. 예상대로 행동하지 않고 보통 반대로 해요. 여자애들은 정반대로 행동한단 말이에요. 이 길로 갔을 거라고 생각했는데 나중에 알고 보니 반대쪽 길로 간 거예요. 그러니 반대로 행동한다면 틀림없이 그들을 발견할 수 있어요. 내 생각으로는 리지가 진흙길로 갔을 것 같은데, 실제로는 새로 난 길로 갔을지 몰라요. 그러니 새 길로 가도록 하십시다."

여성의 일반적 성향에 대한 심오한 장광설을 듣고 나니 헤일리는 새로 난 길로 가고 싶은 생각이 별로 없었다. 그는 반대쪽 길로 가야겠다고 단호한 어조로 말하면서 그 길이 나오면 알려달라고 했다.

"여기서 조금만 더 가면 나옵니다." 샘이 옆에 있는 앤디에게 몰래 윙크를 보내면서 말했다. "하지만 이 문제를 좀 생각해보니 진흙길로 가면 안 될 것 같습니다. 전에 이 길로 가본 적이 없어요. 그러니 길을 잃고 헤매게 될지 몰라요. 오로지 주님만이 아는 그런 곳에서 말입니다."

"그래도 나는 그 길로 가겠다." 헤일리가 말했다.

"아참, 그러고 보니 생각이 나네요. 울타리가 쳐져 있고 개울을 따라 난 길이라는 얘기를 들은 것 같습니다. 저기, 저 길. 그렇지 않아, 앤디?"

앤디는 자신 있게 말하지 못했다. 그는 거기에 길이 있다는 말은 들었지만 직접 가보지는 못했다고 대답했다. 간단히 말해서 그는 중립을 지켰다.

이런저런 거짓말들을 들으면서 직감으로 사태를 때려잡는 버릇이 있던 헤일리는 아무래도 진흙길 쪽이 더 그럴듯하다는 결론을 내렸다. 처음에 샘은 진흙길 얘기를 무의식적으로 꺼냈는데, 그다음에 의식적으로 진흙길로 가지 말자고 한 것은 엘리자를 보호하기 위해서일 거라고 짐작되어, 샘의 본심이 진흙길에 있다고 판단했다.

그리하여 샘이 그 진흙길을 가리키자 헤일리는 재빨리 그 길로 들어섰고, 샘과 앤디는 뒤따라갔다.

그 길은 오래된 길로, 예전에는 강으로 가는 통행로였으나 새 길이 들어선 다음부터는 여러 해 동안 방치되어 있었다. 말로 한 시간 정도 달리면 여러 농장과 울타리들로 가로막힌 막다른 골목이 나오는 길이었다. 샘은 그것을 처음부터 알고 있었지만, 하도 오랫동안 폐쇄되어 있었기 때문에 앤디는 얘기만 들어보았던 것이다. 앤디는 묵묵히 순종하는 자세로 따라갔으나 가끔씩 신음을 내지르고 화를 냈다. "길이 너무 험해서 제리의 발에 무리가 가겠어."

"이놈들, 내가 경고해두겠는데," 헤일리가 말했다. "난 네놈들을 너무 잘 알아. 쓸데없이 잔머리를 굴리면서 그런 불평을 늘어놓아 다른 길로 가려는 거지? 다 알고 있으니 입 닥치고 있어!"

"나리 마음대로 하십시오!" 샘이 묵묵히 복종할 뿐 무슨 다른 수가 있겠느냐는 어조로 말했다. 그러면서 노예상인 몰래 앤디에게 윙크를 보냈다. 앤디는 너무 재미있고 우스워서 거의 폭발할 지경이었다.

기분이 좋아진 샘은 아주 예리하게 살펴보겠노라고 공언했다. 그는 멀리 지평선에 툭 튀어나온 물건을 가리키면서 "저건 여자의 모자 같은데"라고 소리치는가 하면, 앤디를 바라보면서 "저기 저 움푹 들어간 곳에 리지가 있을 것 같지 않아?"라고 말하기도 했다. 그는 험하고 울퉁불퉁한 길, 그래서 속도를 내기가 어려운 길에 들어설 때마다 이런 말을 꺼내면서 헤일리를 계속 흔들었다.

한 시간쯤 그렇게 말을 달려간 후, 헤일리 일행은 대규모 농장의 헛간으로 들어가는 내리막길에 도달했다. 일꾼들은 모두 들판에 일을 나가 헛간 근처에는 개미 한 마리 보이지 않았다. 헛간은 맞은편에 우뚝 서 있어 그게 막다른 골목임이 분명해졌다.

"제가 아까 이렇게 될 거라고 말씀드리지 않았습니까?" 샘이 짐짓 아주 기분 나쁘다는 표정을 지어 보이며 말했다. "어떻게 타관 출신의 신사 양반이 여기서 나고 자란 검둥이보다 지리를 더 잘 알 수 있겠습니까?"

"이 나쁜 놈! 너는 이 모든 걸 다 알고 있었지?" 헤일리가 말했다.

"내가 아까 미리 말씀드렸는데도 나리께서 안 믿은 거 아닙니까? 아까 길이 막히고 울타리가 있어 통과하지 못할 거라고 말씀드렸습니다. 앤디도 내 말을 들었습니다."

그게 다 사실이었으므로 노예상인은 반박할 수가 없었다. 헤일리는 화가 났지만 가능한 한 우아하게 자신의 분노를 참는 수밖에 없었다. 세 사람은 다시 길을 되짚어 새로 난 길을 향해 달려갔다.

이런 여러 가지 지연 전술의 결과로, 엘리자가 마을 여관에서 아이를 잠재운 지 사십오 분쯤이 지나서야 추적대는 그 여관에 도착했다. 엘리자는 창가에 서서 다른 쪽을 쳐다보고 있었는데, 샘의 날카로운 눈이 먼저 그녀를 발견했다. 헤일리와 앤디는 샘보다 2미터쯤 뒤떨어져 따라오고 있었다. 이런 위기의 순간에, 샘은 종려나무 잎사귀 모자를 일부러 떨어뜨리며 다급한 비명을 내질렀다. 그 소리에 엘리자는 깜짝 놀라 뒤로 물러섰다. 그 순간 추적대는 창문을 지나 여관의 정문 앞에 도달했다.

엘리자에게는 목숨이 달린 절체절명의 순간이었다. 그녀가 있던 방은 옆문을 통하여 강 쪽으로 열리게 되어 있었다. 그녀는 아이를 껴안고 계단을 내려가 강 쪽으로 내달렸다. 노예상인은 둑 아래쪽으로 사라지는 엘리자의 모습을 똑바로 볼 수 있었다. 그는 말에서 내려 샘과 앤디를 큰 소리로 부르면서 그녀를 뒤쫓아갔다. 사슴을 뒤쫓는 사냥개의 모습이었다. 그 현기증 나는 순간에, 그녀의 발은 거의 땅에 닿지 않고 공중을 내달리는 듯했다. 그녀는 곧 강가에 도착했다. 바로 뒤에 추적대가 따라오는 상황에서, 오로지 절망적인 사람들에게만 하느님이 주시는 괴력을 발휘하여, 그녀는 외마디 비명을 내지르며 공중으로 몸을 날렸다. 그녀는 탁한 강물을 뛰어넘어 건너편의 얼음 뗏목 위에 사뿐히 착지했다. 정말이지 필사적인 도약이었다. 절망과 광기가 뒤섞인 무모한 짓이었다. 그녀가 공중에 몸을 날리는 동안 헤일리와 샘, 앤디는 양손을 쳐들고 본능적으로 비명을 내질렀다.

거대한 초록색 얼음 덩어리는 그녀의 체중이 실리자 삐걱거리는 소리를 냈다. 하지만 그녀는 잠시도 머무르지 않았다. 날카로운 비명 소리를 내지르고 초자연적인 괴력을 발휘하면서 이 뗏목에서 저 뗏목으로 건너뛰었다. 착지할 때마다 비틀거리며 미끄러지는 듯했으나 곧 중심을 잡고 다시 건너편 얼음 덩어리를 향해 뛰어올랐다. 구두는 날아갔고 종아리의 스타킹은 찢어졌다. 한 걸음 떼어놓을 때마다 핏자국이 얼음 위에 선연하게 찍혔다. 하지만 건너편 오하이오 둑에 이를 때까지 그녀는 아무것도 보지 못하고 듣지도 못하고 느끼지도 못했다. 그녀는 마치 꿈속인 것처럼 오하이오 둑을 올려다보았고, 어떤 남자가 그녀를 도와 둑 위로 끌어올리고 있다는 걸 느꼈다.

"누군지 모르지만 정말 용감한 여자군!" 남자가 맹세하듯 말했다.

엘리자는 그 남자의 목소리와 얼굴을 알아보았다. 그는 셸비 농장에서 그리 멀지 않은 곳에 농장을 소유하고 있는 사람이었다.

"오, 시메스 씨! 살려주세요. 저를 구해주세요. 도망가게 해주세요!" 엘리자가 말했다.

"아니, 이게 누구야? 너는 셸비 농장의 하녀 아니냐?"

"제 아이, 이 아이를 그분이 팔아버렸어요! 저기 새 주인이 있어요." 그녀가 켄터키 강안을 가리키며 말했다. "오, 시메스 씨, 나리도 어린아이가 있겠지요?"

"있지." 그가 가파른 강둑 위로 그녀를 천천히 힘주어 끌어올리면서 말했다. "어쨌거나 정말 용감한 여자야. 나는 어떤 상황에서도 용기 있는 사람을 좋아하지."

그들이 강둑 위로 올라섰을 때, 그 남자가 말했다.

"도와주고 싶지만 여기서는 너를 데리고 갈 데가 없어. 내가 해줄 수 있는 건 저기로 한번 가보라는 말밖에 없구나." 그는 마을 큰길에서 약간 떨어져 있는 커다란 하얀 집을 가리키며 말했다. "저기 가봐. 그 집 사람들은 친절한 사람들이야. 전혀 위험은 없고 너를 도와줄 거야. 이런 일을 충분히 감당할 수 있는 사람들이지."

"주님께서 나리를 축복하시길!" 엘리자가 간절한 목소리로 말했다.

"아니, 아니, 나한테 감사할 필요는 없어. 난 아무것도 해준 게 없으니까."

"다른 사람한테 말하지 않으시겠지요?"

"그게 무슨, 사람을 어떻게 보고 하는 얘기야? 물론 말하지 않을 거야. 자, 이제 마음을 단단히 먹고 가도록 해. 넌 네 힘으로 자유를 얻었으니 앞으로 그 자유를 누리게 될 거야. 틀림없어."

여자는 아이를 꼭 껴안고 확고한 걸음걸이로 재빨리 걸어갔다. 남자는 거기 서서 그녀를 쳐다보았다.

"셸비는 나의 이런 행동을 이웃답지 않다고 하겠지. 하지만 이런 상황에서 어떻게 하겠나? 도망가는 내 노예를 사로잡게 된다면 나와 똑같이 행동해서 보복하라지. 하지만 내가 데리고 있는 일꾼들이 개와 추적대를 뒤에 매달고 숨을 헐떡거리며 도망치는 일은 없을 테니까. 더구나 나 자신이 남을 위해 사냥꾼 겸 추적대가 되는 일은 결코 없을 테니까."

이렇게 이 무지하고 이교도적인 켄터키 사람은 중얼거렸다. 그는 도망노예 단속법을 잘 몰랐고, 그래서 그 법률을 위반하면서 기독교적인 행동을 하게 되었다. 만약 보다 더 좋은 환경에 놓여 있어서 관련 법규를 더 환히 알았더라면 그는 엘리자를 돕는 행동 따위는 하지 않았을 것이다.

헤일리는 강가에 서서 입을 딱 벌리고 그 광경을 쳐다보기만 했다. 마침내 엘리자가 둑 너머로 사라져버리자 그는 멍한 표정으로 샘과 앤디에게 고개를 돌렸다.

"참, 일이 묘하게 꼬였네요." 샘이 말했다.

"저년은 꼬리가 일곱 달린 여우야, 틀림없어! 여우처럼 잘도 뛰더구면!" 헤일리가 말했다.

"이제, 나리," 샘이 머리를 긁적이며 말했다. "우리더러 저 길로 가라고는 하지 않으시겠지요? 내가 저 길로 갈 정도로 씩씩하다고는 생각하지 말아주세요. 절대로 그렇지 않으니까." 샘은 목쉰 웃음소리를 내질렀다.

"웃어?" 노예상인이 으르렁거렸다.

"주님께서 당신을 축복하시기를. 나리, 난 이제 솔직히 말해야겠습니다." 샘이 오랫동안 가두어두었던 자신의 즐거운 마음을 토로하며 말했다. "그 애는 정말 대단했어요. 얼음이 쩡쩡거리는데도 개의치 않고 뛰고 또 뛰는 모습이. 그 애가 뛸 때마다 물소리가 요란하게 첨벙거렸지요. 오, 주님! 그 애는 어떻게 그런 식으로 강을 건널 수 있었을까요?" 그런 다음 샘과 앤디는 눈물이 뺨을 타고 흘러내릴 때까지 웃었다.

"이놈들, 네놈의 입술이 찢어질 때까지 웃게 해주지!" 노예상인이 그들의 머리 위로 채찍을 휘두르며 말했다.

둘 다 요리조리 피했고, 소리를 지르며 강둑으로 올라가 헤일리가 다가오기 전에 말에 올라탔다.

"안녕히 가십시오, 나리!" 샘이 엄숙한 어조로 말했다. "마님이 제리 걱정을 많이 하세요. 이 말을 타고서 리지가 건너간 뗏목을 건너뛸 뻔했다는 얘기를 오늘밤에 듣는다면 질색을 하실 거예요. 이제 헤일리 나리는 우리가 필요 없으시겠죠? 그만 가보겠습니다."

샘은 우스꽝스럽게 앤디의 옆구리를 찌르면서 출발했고, 앤디가 그 뒤를 따랐다. 그들의 커다란 웃음소리가 바람에 실려 희미하게 들려왔다.

8장
엘리자의 도망

엘리자는 황혼이 막 시작될 무렵에 필사적으로 강을 건넜다. 강 위에서 천천히 피어오르는 회색의 저녁 안개가 둑 위로 사라지는 그녀를 감쌌다. 불어오른 강물과 여기저기 떠다니는 얼음 덩어리들은 그녀와 추적자 사이에 엄청난 장애물로 떡 버티고 있었다. 헤일리는 낙담하여 천천히 강둑의 여관으로 철수하면서 앞으로 어떻게 할 것인가를 생각했다. 여주인이 자그마한 거실의 문을 열어주었다. 거실 바닥에는 헝겊 카펫이 깔려 있었고, 반들거리는 검은 식탁보가 덮인 테이블이 하나 있었다. 테이블 주위에는 홀쭉하면서도 등받이가 높은 의자들이 배치되었고, 희미한 연기가 피어나는 벽난로 위의 상인방에는 화려한 색깔의 석고상이 몇 개 진열되어 있었다. 긴 나무 의자 하나가 굴뚝 면을 따라 약간 불안하게 놓여 있었다. 헤일리는 이 나무 의자에 앉아서 인간의 희망과 행복이 얼마나 덧없는 것인가를 생각하기 시작했다.

"내가 저 검둥이 애새끼를 무엇 때문에 사려 했던가?" 그는 혼잣말을 했다. "이런 식으로 검둥이만도 못한 대접을 받을 거라면." 이어 헤일리는 욕설을 퍼부으며 자신을 질책했다. 그는 그런 욕설을 뒤집어써도 싼 인간이지만, 품격의 문제도 있고 하니 여기서는 그 욕설의 구체적 묘사는 생략하기로 하겠다.

여관 문 앞에서 어떤 사람이 말에서 내리는 요란한 소리를 듣고서 그는 깜짝 놀라 생각에서 깨어났다. 그는 황급히 창문으로 달려갔다.

"야, 이게 누군가? 이거야말로 신의 손길이라고 하지 않을 수 없군." 헤일리가 말했다. "저건 톰 로커 아닌가."

헤일리는 황급히 밖으로 나갔다. 구석의 바 옆에 힘세고 근육질인 남자가 서 있었다. 키가 180센티미터가 넘고 옆으로 퍼진 몸이 아주 당당했다. 그는 겉에 털이 달린 버펄로가죽 외투를 입고 있었는데, 그 때문에 더 텁수룩하고 맹렬한 인상을 풍겼다. 그 복장은 그의 외모와 아주 잘 어울렸다. 머리와 얼굴의 이목구비는 고도의 잔인성과 난폭한 성향을 드러내 보였다. 모자와 외투를 착용한 불도그가 여관의 바에 들어섰다고 생각하면 이 남자의 전반적인 스타일과 분위기를 거의 비슷하게 파악한 것이 되리라. 그는 여러 면에서 그와는 정반대의 스타일인 길동무를 동반하고 있었다. 그 동반자는 키가 작고 호리호리했으며, 동작이 고양이처럼 날렵했다. 또 검은 눈동자를 반짝거리며 쥐처럼 주위를 두리번거리며 살폈다. 얼굴의 이목구비는 그런 쥐 같은 눈빛과 호응하고 있었고, 길고 가느다란 코는 가능한 한 뭐든지 쑤

시고 찔러보려는 성향을 내보였다. 매끄럽고 가늘고 검은 머리카락은 머리에 딱 달라붙었고, 그의 동작이나 태도는 냉소적이면서 소심한 분위기를 풍겼다. 덩치 큰 남자는 커다란 텀블러 술잔에 절반 가까이 브랜디를 따른 다음 아무 말 없이 꿀꺽꿀꺽 들이켰다. 키 작은 남자는 까치발을 하고 선 채 고개를 좌우로 까닥거리며 여러 술병들의 냄새를 맡아본 뒤, 가늘고 떨리는 목소리로 아주 조심스럽게 민트 줄렙*을 주문했다. 술이 나오자 그는 술잔을 들고 날카로우면서도 만족스러운 눈빛으로 살펴보았다. 마치 자신이 가장 좋은 술을 제대로 잘 골랐다고 생각하는 사람 같았다. 그는 줄렙을 조금씩 몇 모금으로 나누어 마셨다.

"야, 이런 행운이 내게 찾아오리라고는 생각지 못했는데. 여, 로커, 어떻게 지냈나?" 헤일리가 앞으로 나오면서 덩치 큰 남자에게 손을 내밀었다.

"이런 악마!" 그것이 그 남자의 공손한 인사였다. "헤일리, 여긴 웬일이야?"

두리번거리기 잘하는 그 남자는 이름이 마크스였다. 그는 즉각 술잔을 홀짝거리는 동작을 멈추고 머리를 앞으로 내밀면서 이 새로 나타난 인물을 예리하게 살펴보았다. 그것은 고양이가 움직이는 낙엽을 바라보는 듯한, 혹은 다음 추적 대상을 관찰하는 듯한 그런 눈빛이었다.

"톰, 여기서 자네를 만난 건 정말 행운일세. 난 지금 큰 곤경에 빠졌네. 자네가 날 좀 도와주게."

---

* 브랜디에 설탕과 박하 등을 넣고 얼음으로 차게 한 칵테일.

"어, 그래? 그러지 뭐." 상대방이 느긋한 어조로 말했다. "나를 보고 그토록 기뻐하는 걸 보니 내게서 뭐 바라는 게 있는 모양이지? 그래, 뭐가 문제인가?"

"여기는 자네 친구인가?" 헤일리가 의심스러운 눈빛으로 마크스를 쳐다보며 말했다. "파트너인가?"

"응, 여긴 마크스야. 나체즈에서 같이 일했던 친구지."

"이렇게 만나게 되어 반갑습니다." 마크스가 갈가마귀의 앞발처럼 가늘고 긴 손을 내밀며 말했다. "헤일리 씨죠?"

"그렇습니다." 헤일리가 말했다. "자, 이렇게 운 좋게 두 분을 만났으니, 여기 여관의 거실에서 제가 한턱내겠습니다. 이봐," 그가 바에 있던 흑인 남자에게 말했다. "뜨거운 물, 설탕, 시가, 그리고 술을 좀 가져와. 술 파티를 열려고 하니까."

이어 촛불이 켜지고 벽난로의 불이 활활 지펴지자 세 사람은 방금 주문한 음주 물품들이 잔뜩 차려진 테이블에 둘러앉아 친목을 도모하기 시작했다.

헤일리는 자신이 처한 곤경을 구슬픈 어조로 설명했다. 로커는 입을 꾹 다물고 퉁명스러우면서도 냉소적인 표정으로 그의 말을 들었다. 조급하고 불안한 동작으로 펀치 술잔을 자신의 입맛에 맞게 섞고 있던 마크스는 가끔 술잔을 휘젓다 말고 고개를 들어 쳐다보았는데, 그의 날카로운 코와 턱이 거의 헤일리의 얼굴을 찌를 지경이었다. 아무튼 마크스는 헤일리의 얘기를 아주 진지하게 경청했다. 이야기의 결론 부분이 아주 재미있는 모양이었다. 그는 어깨와 옆구리를 흔들어대며 아주 재미있다는 듯이 얇은 입술을 오므려 보였다.

"그래서, 완전히 당했군요." 그가 말했다. "헤! 헤! 헤! 아주 감쪽같이 도망을 쳤군요."

"애새끼를 거래하려고 하면 이런 골치 아픈 일이 생겨요." 헤일리가 우울하게 말했다.

"제 새끼에 무관심한 계집 노예 품종이 있다면," 마크스가 말했다. "그건 아주 멋진 현대식 품종 개량이 될 겁니다." 마크스는 자신의 농담이 스스로 대견하다는 듯이 또 한 번 헤! 헤! 헤! 하고 웃었다.

"정말 그렇습니다." 헤일리가 말했다. "나도 그 문제를 잘 이해하지 못하겠어요. 검둥이 애새끼는 정말로 검둥이 여자들에게 골칫거리입니다. 내 생각으로는 검둥이 여자가 그런 골치 아픈 애새끼와 헤어지면 오히려 시원할 텐데 실제로는 그렇지 않아요. 골칫거리이고 쓸모가 없는 애새끼일수록 여자는 더 단단하게 달라붙어요."

"헤일리 씨," 마크스가 말했다. "그 뜨거운 물 좀 건네주십시오. 당신은 내가 느끼고 있고 또 모든 사람이 공감하는 바를 말했습니다. 내가 노예 매매를 할 때 검둥이 여자를 하나 산 적이 있었습니다. 똑똑하고 단단하고 꽤 괜찮았지요. 그런데 그 여자에게는 심하게 병든 아이가 하나 있었어요. 꼽추에다 다른 병도 있었지요. 나는 그 아이를 한번 키워보겠다고 나선 사람에게 건네주었습니다. 거의 똥값에 말입니다. 그런데 그 애 엄마가 그렇게 나올지는 생각지도 못했지요. 야, 근데, 그 여자가 미쳐나는 꼴을 당신이 보았어야 해요. 병들어서 징징거리고 더 힘들게 하는 아이일수록 더 끔찍이 여기더라니까요. 그 여자는 일부러 슬픈 척하는 게 결코 아니었어요. 울고불고 펄쩍펄쩍 뛰면서 이 세상에서 가지고 있는 소중한 걸 모두 잃어버린 사람처럼 굴었어요. 정말 지금 생각해도 우스워요. 여자들의 괴상한 태도는 정말 끝이 없어요."

"나도 그런 일이 있었습니다." 헤일리가 말했다. "지난 여름 레드 강*에서 검둥이 여자를 하나 거래했어요. 여자에게는 아주 예쁘게 생긴 아들이 있었지요. 눈이 당신 눈처럼 반짝거렸는데, 자세히 살펴보니 그 아이는 완전 봉사였습니다. 정말 앞이 하나도 안 보이는 아이였어요. 그래서 아무 말도 하지 않고 팔아치워도 문제없겠다고 생각했어요. 위스키 작은 통 하나랑 바꾸기로 하고 아이를 여자로부터 떼내려 했더니, 아, 이 여자가 호랑이로 돌변했어요. 우리가 출발하기 직전이어서 사들인 노예들에게 아직 족쇄를 채우지 않았을 땐데, 여자가 어떻게 나왔는지 아세요? 목면 다발 위로 고양이처럼 뛰어올라가더니 갑판 일꾼의 칼을 뺏어 들고 한 일 분쯤 온갖 소동을 다 피우더군요. 그러다가 그게 다 소용이 없다는 걸 깨닫고는 아이를 가슴에 껴안고 몸을 돌려 강물로 풍덩 뛰어들었습니다. 머리부터 먼저 물속으로 쑥 들어갔지요. 그러고는 떠오르지 않았습니다."

"바보 같은 소리!" 그 얘기들을 노골적인 경멸감을 표시하며 듣고 있던 톰 로커였다. "당신들은 왜 그런 쓸데없는 짓을 해? 내가 매매하는 여자들은 그런 장난질은 안 쳐. 정말이야!"

"정말로? 어떻게 그런 걸 피할 수 있다는 거지?" 마크스가 재빨리 물었다.

"어떻게 피하냐고? 내가 검둥이 여자를 사들였는데 그년에게 팔아

---

* 미국 오클라호마 주와 텍사스 주의 경계를 흘러 루이지애나 주에서 미시시피 강에 합류하는 강.

먹어야 할 애가 딸려 있다면 나는 그년에게 다가가 마구 때려. '앞으로 한 마디만 더 지껄이면 네년의 골통을 바수어놓겠어. 난 단 한 마디도 더 듣기 싫어. 단 한 마디도. 네 아이는 네 것이 아니라 내 것이야. 넌 그 애하고 아무 상관도 없어. 난 기회가 생기면 곧바로 아이를 팔아먹을 거야. 애 때문에 쓸데없는 장난질 치지 마. 그랬다가는 이 세상에 괜히 태어났다는 느낌이 들도록 혼내줄 거니까.' 내가 이렇게 말하면 여자애들도 내가 장난이 아니란 걸 금방 알아봐. 그러면 죽은 물고기처럼 조용해지지. 그런데도 검둥이 년이 지랄을 떨면 나는……" 로커 씨는 주먹을 들어 테이블을 쾅 하고 내리치며 자신의 메시지를 전달했다.

"저게 바로 메시지의 강조라는 거지요." 마크스가 헤일리의 옆구리를 살짝 찌르면서 예의 헤, 헤, 헤, 하는 웃음소리를 내며 웃었다. "우리 친구 톰은 좀 독특하지요. 헤! 헤! 헤! 나는 톰에게 이렇게 말한답니다. '톰, 자네는 정말 자네 뜻을 강하게 전달하는군. 검둥이들 머리는 다 새대가리인데도 자네 뜻은 금방 알아듣네. 만약 자네가 악마가 아니라면 악마의 쌍둥이 동생쯤은 될 거야. 틀림없이!'"

톰은 그 칭찬을 약간 겸손하게 받아들이면서, 자신이 존 버니언[*]이 말한 '개 같은 성질'의 소유자임을 유감없이 드러냈다.

저녁 내내 술을 마신 헤일리는 기분이 좋아지면서 자신의 도덕성에 대한 과대망상에 빠져들기 시작했다. 내성적인 성격의 남자가 술을 많이 마실 때면 흔히 나타나는 현상이었다.

---

[*] 영국의 종교작가(1628~88). '개 같은 성질'은 그의 우의소설 『천로역정』에 나오는 표현이다.

"이봐, 톰," 헤일리가 말했다. "자네는 정말 나빠. 내가 늘 말했지만 말이야. 톰, 자네와 나는 남부의 나체즈에서 이 문제를 두고 많은 얘기를 나누었지. 노예들에게 잘 대해줘야 이승에서 돈을 많이 벌고 또 유복하게 지낼 수 있다고 내가 말했잖아. 그래야 천국에 갈 가능성도 더 높아지고 말이야. 결국 나중에야 바라볼 곳이라고는 거기밖에 없지 않나, 자네도 알다시피."

"무슨 헛소리야!" 톰이 말했다. "알긴 뭘 알아? 그런 헛소리로 내 신경 돋우지 마. 속이 다 니글거려." 톰은 브랜디를 무려 반 잔이나 벌컥벌컥 들이켰다.

"난 말이야," 헤일리는 의자 등받이에 몸을 기대면서 아주 멋들어지게 제스처를 취했다. "난 이걸 말하고 싶어. 나도 다른 사람들과 마찬가지로 무엇보다도 돈을 벌려고 이 장사를 하고 있지. 하지만 사업이 전부도 아니고 돈이 전부도 아니야. 왜냐하면 우리 모두는 영혼을 갖고 있기 때문이지. 내 말을 듣는 사람이 뭐라고 해도 난 개의치 않아. 이렇게 말하면 얼굴을 찌푸릴지도 몰라. 그래도 내 속을 솔직히 털어놓겠네. 난 종교를 믿어. 내 사업이 어느 정도 안전하게 마무리되면 말이야, 조만간 내 영혼을 돌보면서 이 문제에 신경 쓸 계획이야. 그러니 필요 이상 나쁜 짓을 할 이유가 뭐야? 그건 잘하는 일이 아닌 것 같아."

"자네 영혼을 돌본다고!" 톰이 콧방귀를 뀌면서 말했다. "자네 내부에서 영혼을 찾아보겠다고? 그런 노력일랑 아예 하지도 마서. 악마가 자네를 머리카락 체*로 걸러도 말이야, 거기에 영혼이라고는 한 오라기도 없을 테니까!"

"톰, 그렇게 고약하게 굴지 마." 헤일리가 말했다. "내 말을 좀 좋게 받아들일 수 없나? 자네 좋으라고 한 말인데."

"그런 얘기라면 집어치워." 톰이 퉁명스럽게 말했다. "자네 얘기는 다 들어줄 수 있어. 하지만 거룩한 체하는 종교 얘기는 역겨워. 내 속을 확 뒤집어놓는다고. 그래, 까놓고 말해서 자네와 내가 무슨 차이가 있나? 자네가 검둥이에 대해서 조금이라도 인간적인 감정을 갖고 있나? 솔직히 말해서 개같이 야비한 근성밖에 더 있어? 악마를 속여서 자네 이익만 불리겠다는 심보, 이거 아니냐 말이야. 내가 그걸 모를 줄 알아? 자네가 말하는 종교라는 것도 결국은 얄팍한 속임수에 지나지 않아. 평생 악마를 상대로 거래하면서 계산서를 쌓아두었다가, 막판에 결산할 때가 돌아오면 지불하지 않고 살짝 빠져나가겠다는 수작이잖아. 내 모를 줄 알아?"

"자, 자, 친구들, 이건 사업상의 거래도 아닌데 괜히 핏대 올릴 필요 없어." 마크스가 끼어들었다. "모든 일에는 다른 관점들이 있는 거라고. 헤일리 씨는 물론 좋은 사람이고 나름대로 양심을 가지고 있어. 톰, 자네도 나름대로 관점이 있고 그것도 좋은 거야. 하지만 언쟁을 벌이는 것은 아무런 도움이 못 돼. 자, 그러니 사업 얘기를 하자고. 헤일리 씨, 그러니까 당신은 우리가 그 검둥이 여자를 잡아주길 바라는 겁니까?"

"그 여자는 내 관심사가 아닙니다. 셸비의 재산이니까. 그 애가 내 거지. 그 원숭이를 사들이려 했다니 내가 정말 바보였소."

---

* 바닥을 가는 모발로 만든 체.

"자넨 언제나 바보였어." 톰이 퉁명스럽게 말했다.

"이봐, 로커, 그런 식으로 심술궂게 말하지 마." 마크스가 자신의 입술을 혀로 살짝 핥으면서 말했다. "헤일리 씨는 우리에게 좋은 일거리를 제공하고 있는 거야. 그러니 좀 가만히 있어 봐. 헤일리 씨, 나는 뭐든지 잘 정리하는 게 장기입니다. 그러니까 당신이 잡으려고 하는 여자, 그 여자는 어떻게 생겼습니까?"

"얼굴이 희고 잘생겼어요. 곱게 자랐습니다! 셸비에게 팔백 달러 내지 천 달러를 주겠다고 제안했지요. 그 돈을 주고서도 충분히 이익을 낼 수 있다고 보았어요."

"얼굴이 희고 잘생겼고 곱게 자랐다!" 마크스의 날카로운 눈과 코와 입에 갑자기 화색이 돌았다. "이봐, 로커, 이거 좋은 건수인데. 우리도 나름대로 챙길 수가 있겠어. 우리가 잡으면 말이야. 애는 물론 헤일리 씨가 가져가고 우리는 여자를 올리언스로 데려가서 팔아먹는 거야. 어때, 멋지지 않나?"

대화가 진행되는 동안 커다란 입을 쩍 벌리고 있던 톰은 갑자기 입을 꽉 다물었다. 마치 커다란 개가 먹이를 물고서 천천히 씹어 먹듯이. 그는 마크스의 제안을 음미하는 듯했다.

"이봐요." 마크스가 펀치 술잔을 천천히 저으면서 헤일리에게 말했다. "우리는 강가 요소요소의 관리들*을 알고 있어요. 우리 필요한 대로 일을 처리할 수 있다는 거죠. 내 친구 톰은 상대방을 힘으로 윽박지르는 일을 하죠. 말로 구슬려야 할 때는 내가 등장합니다. 멋지게

---

* 노예 매매문서를 위조해주는 부정한 관리들. 자유인 흑인을 납치하여 노예로 팔아먹을 수 있도록 문서를 위조해주었다.

옷을 차려입고 구두를 반짝거리며 뭐든지 일류로 뽑습니다. 그런 내 모습을 한번 보셔야 하는 건데." 마크스는 자신의 전문가다운 능력을 뽐내며 말했다. "나는 필요에 따라 사투리도 적절히 구사합니다. 어느 날은 뉴올리언스 출신의 트위켐 씨가 되는가 하면, 어느 날에는 펄 강가의 검둥이 노예 칠백 명을 데리고 있는 농장주로 변신합니다. 그리다 헨리 클레이*의 먼 친척 노릇도 하고 켄터키의 늙은 요리사 역할도 수행하지요. 당신도 알다시피 사람들의 재능은 서로 다른 겁니다. 위협하거나 싸움을 해야 할 때는 톰의 고함 소리가 필요하지요. 하지만 거짓말은 잘 못 해요. 그에게는 잘 어울리지 않는 거지요. 상황에 따라 적절한 표정을 지어가며 거짓말을 하는 일이라면 나보다 잘하는 사람은 아마 없을 겁니다. 만약 그런 사람이 있다면 한번 나와보라고 하세요. 나는 내 직감을 믿고 일을 처리하면서 요리조리 빠져나갑니다. 관련 법규가 그것보다 더 엄격한 행동을 요구한다고 해도 말입니다. 어떤 때는 법규가 그처럼 구체적이지 않았으면 좋겠다는 생각도 듭니다. 그럼 한결 일하기도 좋고 재미났을 텐데 말입니다."

이미 앞에서 묘사한 바와 같이 톰 로커는 생각과 행동이 느린 사람이었다. 그는 바로 그 순간 커다란 주먹으로 테이블을 쾅 하고 크게 내리치면서 끼어들었다. "그거 장사가 되겠는데!" 그가 말했다.

"이봐, 톰, 술잔을 모두 깨뜨리겠어. 주먹은 필요한 때를 위해 아껴두라고." 마크스가 말했다.

"하지만 친구들, 나도 그 이익을 어느 정도 챙겨야 하지 않을까?"

---

* 노예주와 자유주의 세력균형을 위한 미주리협정(1820)을 이끌어낸 미국의 정치가 (1777~1852). 해설 참조.

헤일리가 말했다.

"자네한테는 애를 잡아주는 걸로 충분하잖아? 뭘 더 원하는 거야?"
로커가 대꾸했다.

"내가 자네한테 일거리를 줬으니 뭔가 보답이 있어야지." 헤일리가
말했다. "가령 비용을 제외하고 나머지 이익분에 대하여 십 퍼센트라
든가."

"이봐." 로커가 욕설을 퍼부으며 다시 커다란 주먹으로 테이블을
내리쳤다. "댄 헤일리, 내가 네놈을 모를 줄 알아? 감히 그런 수작 걸
려고 하지 마. 마크스와 내가 너를 위해서 애를 잡아다주는데 우리에
게 떼어달라고? 그건 절대로 안 돼! 그 여자는 온전히 우리 몫이야.
입 닥치고 가만히 있어. 안 그러면 우리가 그 여자는 물론이고 아이까
지 차지해버릴 거야. 네가 이미 우리에게 사냥감을 알려주었잖아. 그
사냥감은 누구에게나 공짜야. 너한테도 그렇지만 우리한테도 잡는 놈
이 임자인 거야. 너와 셸비가 우리를 추적한다고? 차라리 작년 숲속
에 있던 메추라기가 지금 어디 있는지 찾아보는 게 낫지. 네가 여자와
우리를 찾아낼 수 있다고? 할 수 있다면 어디 한번 해보시지."

"좋아, 그 문제는 그 정도로 해두자고." 헤일리가 놀라면서 말했다.
"자네는 아이만 잡아오면 임무가 끝나는 거야. 톰, 자네는 나와 함께
거래도 많이 했고 언제나 약속을 지켰지."

"그래, 자네도 알다시피 나는 자네처럼 감상적인 태도를 일부러라
도 내보인 적은 없지. 하지만 나는 악마와의 계산에서 거짓말을 하지
는 않아. 내가 이해하는 것을 그대로 실행한다고. 앞으로도 그럴 거
고. 그건 자네도 알지, 댄 헤일리?"

"그래, 그래, 알지, 톰." 헤일리가 말했다. "자네가 지정하는 장소에서 일주일 내에 그 애를 내게 넘겨주겠다고 약속한다면 그걸로 만족하겠네."

"한데 나는 그걸로 성에 안 차." 톰이 말했다. "헤일리, 나체즈에서 자네와 함께 일할 때도 공짜로 해주지는 않았어. 뱀장어를 잡으려면 어떻게 다루어야 하는지 배웠지. 자네는 우선 선불로 오십 달러를 내놔. 그러지 않으면 애를 잡아오는 일은 못 해."

"잘만 하면 천 달러 내지 천육백 달러의 수익을 올리는 일거리를 줬는데 선불이라니? 톰, 너무하는데."

"하지만 우리는 앞으로 오 주 동안 다른 일이 예약되어 있어. 그런데 그걸 다 놔두고 그 어린애를 잡으러 나섰다가 결국 그 여자를 잡지 못한다면? 계집애들은 어디로 뛸지 모르는 악마야. 그 여자를 건지지 못했을 경우 자네가 우리에게 동전 한 푼이라도 주겠나? 절대로 안 내놓지. 그러니 선불로 오십 달러를 내게. 우리가 일을 제대로 해서 돈벌이를 한다면 오십 달러는 돌려주지. 만약 여자를 잡지 못한다면 우리 수고비 조로 지불해야 돼. 이렇게 하는 게 공평하지. 그렇지 않아, 마크스?"

"그럼, 그럼." 마크스가 달래는 듯한 어조로 말했다. "이건 일종의 착수금 같은 겁니다. 헤! 헤! 헤! 우린 법률가라니까요. 서로 좋고 편안하게 일을 해나가야죠. 톰은 그 애를 잡아다가 당신이 지정한 장소에 인도할 겁니다. 그렇지, 톰?"

"그 애를 발견하면 신시내티로 데려와 부두의 벨처 할머니 집에다 맡겨놓지." 로커가 말했다.

마크스는 호주머니에서 손때 묻은 수첩을 꺼내더니 거기서 긴 종이 한 장을 펼쳤다. 그러고는 날카로운 검은 눈을 고정시키고 그 내역을 읽어나가기 시작했다. "반스, 셀비 카운티, 짐이라는 소년, 생포하든 죽이든 삼백 달러."

"딕과 루시 에드워즈 부부, 육백 달러. 폴리라는 여자와 두 아이, 여자를 잡거나 머리를 가져오면 육백 달러."

"이 일을 처리할 수 있겠는지 보기 위해 예약받은 일들을 살펴보고 있어, 로커." 마크스가 말했다. "폴리와 두 애를 추적하는 데는 애덤스와 스프링어를 붙여야겠는데. 이 건수는 예약된 지가 좀 됐는데."

"수고비를 많이 부를 텐데." 톰이 말했다.

"그건 내가 알아서 처리할게. 이들은 이 일을 한 지 얼마 안 됐어. 그래서 싸게 일할 거야." 마크스가 계속 리스트를 읽으면서 말했다. "그들에게는 쉬운 건수 세 건이 있어. 도망노예를 총 쏴서 죽이거나 쏴서 죽었다고 맹세하기만 하면 되는 건수야. 이런 건 수고비를 많이 부르지 못하지." 마크스가 종이를 접으면서 말했다. "그 외 다른 건수들은 조금 연기할 수 있는 거야. 자, 이제 구체적인 사항을 살펴봅시다. 헤일리 씨, 이 여자가 강 건너에 올라선 것을 보았습니까?"

"그럼요. 지금 내가 당신을 보고 있는 것처럼 확실히 봤습니다."

"그리고 둑에서 어떤 남자가 도와주었다고?" 로커가 물었다.

"그래. 그걸 내 눈으로 봤어."

"그렇다면," 마크스가 말했다. "그 여자는 어딘가에 몸을 숨기고 있을 거야. 문제는 그게 어디냐 하는 건데. 톰, 어떻게 생각하나?"

"오늘밤에 반드시 강을 건너가야 해." 톰이 말했다.

"하지만 배가 없잖아." 마크스가 말했다. "얼음이 둥둥 떠다니고 있어. 위험하지 않을까?"

"난 그런 건 신경 쓰지 않아. 아무튼 해치워야 해." 톰이 단호하게 말했다.

"글쎄," 마크스가 불안해하며 말했다. "뭐랄까……" 그가 창가로 걸어갔다. "주위가 늑대 아가리처럼 어두워, 톰……"

"요컨대 겁난다는 말이군. 그래도 어쩔 수 없어. 건너가야 해. 하루 이틀 기다렸다가 그녀이 언더그라운드 조직과 접촉하여 샌더스키*로 가버린다고 해봐. 우리가 일에 착수하기도 전에 말이야."

"난 조금도 겁나지 않아. 단지……"

"단지 뭐?" 톰이 물었다.

"배 말이야. 강에 배가 하나도 없잖아." 마크스가 말했다.

"여관 여주인한테서 오늘 저녁에 배가 뜰 거라는 얘길 들었어. 어떤 사람이 강을 건넌다는군. 무슨 일이 있어도 그 사람과 함께 건너가야 해."

"당신들한테 좋은 수색견이 있지요?" 헤일리가 물었다.

"아주 좋은 놈을 갖고 있지요." 마크스가 말했다. "하지만 그게 무슨 소용입니까? 그녀 냄새를 맡을 수 있는 물건이 없지 않습니까."

"아, 있습니다." 헤일리가 의기양양하게 말했다. "그녀이 황급히 달아나면서 침대에 이 솔을 두고 갔어요. 그리고 모자도요."

"그거 다행이군. 이리 주게." 로커가 말했다.

---

* 이리 호에 면한 오하이오 주 북부의 도시. 도망노예들이 캐나다로 떠나는 출발지이다.

"개들이 그년에게 느닷없이 들이닥쳐서 그년을 물어뜯을 위험이 있겠죠." 헤일리가 말했다.

"그건 그래요." 마크스가 말했다. "옛날에 모빌*에서 도망자를 추적한 적이 있는데, 개들이 그놈을 덮쳐서 우리가 떼어내기 전에 절반쯤 물어뜯어버렸지요."

"그년은 예쁜 얼굴 때문에 비싸게 팔아먹을 물건인데, 그런 일이 벌어지면 손해지요." 헤일리가 말했다.

"동의합니다." 마크스가 말했다. "하지만 그년이 보호 조직의 도움을 받고 있다면 개도 소용이 없을 겁니다. 이런 도망자들이 달아나는 북부 주에서는 개들이 별 효과가 없어요. 집 안에 틀어박혀 있기 때문에 수색견을 쓴다고 해도 추적할 수가 없지요. 하지만 농장에서는 위력을 발휘해요. 검둥이들이 자기 단독으로 도망쳐서 외부의 도움을 받지 못할 때 말입니다."

"이봐," 바 밖으로 나가서 여주인에게 물어보고 온 로커가 말했다. "남자가 오늘 저녁에 배를 가지고 올 거래. 그러니 마크스……"

마크스는 편안한 곳을 떠나는 것이 좀 아쉽다는 표정을 지었으나 천천히 일어섰다. 앞으로 취할 조치에 대해 몇 마디 더 얘기를 나눈 다음 헤일리는 마지못해 톰에게 오십 달러를 건네주었고, 세 사람은 그날 밤 헤어졌다.

교양 높은 기독교인이라면 우리가 방금 이야기한 이런 사람들이 과연 실재하느냐고 이의를 제기할지도 모른다. 하지만 이 책을 읽어나

---

* 앨라배마 주의 항구도시.

가는 동안 그런 의심은 자연적으로 해소, 극복되리라 본다. 여기서 한 마디 해두거니와, 도망노예를 추적하는 사업은 합법적일 뿐만 아니라 애국적인 일로 칭송되고 있다. 만약 미시시피 강에서 태평양에 이르는 광대한 지역이 노예를 판매하는 하나의 거대한 시장이 되어버리고,[*] 흑인들이 이 19세기처럼 계속 도망치려 한다면, 노예상인과 추적자는 계속 신분이 상승되어 우리 사회의 귀족 대접을 받게 될 것이다.

여관에서 노예상인과 추적자들 사이에 이런 대화가 오가는 동안 샘과 앤디는 아주 기분 좋게 집으로 돌아갔다.

샘은 하늘을 찌를 듯 의기양양하여 온갖 다양한 방식으로 그 즐거움을 표현했다. 괴상한 비명과 탄성을 내지르는가 하면 온몸을 온갖 기이한 방식으로 비틀어댔다. 때때로 말등에서 뒤로 돌아앉아 말의 꼬리를 보면서 가다가 가볍게 공중제비를 돌아서 원래 자세로 돌아오기도 했다. 그런가 하면 아주 근엄한 표정을 지으면서 엄숙한 어조로 앤디의 웃음소리와 장난질을 훈계하기도 했다. 그러다가 양팔로 자신의 옆구리를 때리면서 커다란 웃음소리를 토해냈다. 그 유쾌한 웃음소리는 그들이 지나쳐가는 숲속으로 멀리멀리 퍼져나갔다. 그는 이런 여러 가지 동작들을 하면서도 말의 속도를 최고조로 유지했다. 그리하여 밤 열시와 열한시 사이에 발코니 끝 자갈길에 말발굽 소리가 울리게 되었다. 셸비 부인이 발코니 난간으로 황급히 걸어나왔다.

"샘인가? 그래, 그들은 어디에 있나?"

---

[*] 노예주가 서부로 계속 확장되어가는 것을 두려워하는 북부인의 시선이 담겨 있다. 해설 참조.

"헤일리 나리는 여관에서 쉬고 계십니다. 무척 피곤하시답니다요, 마님."

"그럼 엘리자는, 샘?"

"요단 강을 건너갔습니다. 사람들이 말하듯이 가나안 땅으로 들어갔어요."

"샘, 그게 무슨 소리지?" 그 말의 의미가 희미하게 파악되자 셸비 부인이 숨도 제대로 못 쉬고 기절할 듯한 목소리로 물었다.

"마님, 주님께서 당신의 백성을 보호하셨습니다. 리지는 강 건너 오하이오로 들어갔어요. 정말 놀라운 방식으로요. 주님이 두 필의 말이 끄는 불의 전차에 그 애를 태우고 건너게 해주신 것 같았어요."

샘의 경건한 마음은 마님 앞에 서면 언제나 강렬하게 불타올랐고, 성경의 비유와 이미지를 적절히 활용했다.

"이리로 올라와, 샘." 베란다로 따라 나온 셸비 씨가 말했다. "마님이 알고 싶어하는 것을 자세히 일러드려. 자, 자, 에밀리." 그가 아내의 어깨에 팔을 두르며 말했다. "당신, 몸도 차고 심하게 떨고 있구면. 너무 마음을 써서 그래."

"너무 마음을 쓴다고요? 나도 여자고 또 어머니가 아니에요? 당신이나 나나 저 불쌍한 애 때문에 하느님 앞에 책임을 져야 할지 몰라요. 하느님! 이 죄를 우리에게 묻지 마소서."

"에밀리, 죄라니 무슨 말이오? 어쩔 수 없어서 그렇게 했다는 걸 당신도 알지 않소."

"하지만 난 엄청난 죄책감을 느껴요." 셸비 부인이 말했다. "아무리 그럴듯하게 변명해도 그런 죄책감을 떨쳐낼 수가 없어요."

"야, 앤디, 이 검둥이 놈아, 정신 차리지 않고 뭐 해?" 샘이 베란다 아래에다 대고 소리쳤다. "이 말들을 헛간으로 끌고 가. 넌 나리가 부르시는 소리가 안 들리냐?" 샘이 곧 종려나무 잎사귀 모자를 손에 들고 거실 문 앞에 나타났다.

"자, 샘, 일이 어떻게 되었는지 분명하게 말해봐." 셸비 씨가 말했다. "엘리자는 어디 있나? 자네는 아나?"

"나리, 이 두 눈으로 그 애가 유빙을 타고 강을 건너가는 걸 똑똑히 보았습니다. 정말 괴상한 방식으로 강을 건넜어요. 그건 기적이나 다름없었습니다. 강 건너 오하이오 쪽에서 어떤 남자가 그 애를 둑 위로 끌어올렸어요. 그러고 나서 석양 속으로 사라졌습니다."

"샘, 그건 좀 괴이한데. 그 기적이라는 거 말이야. 유빙을 타고 강을 건넌다는 건 쉬운 일이 아닌데."

"쉽지 않다고요? 그건 주님의 도움이 없으면 할 수 있는 일이 아닙니다." 샘이 말했다. "그러니까 이런 식으로 강가에 도착했습니다. 헤일리 나리와 저와 앤디는 강가의 작은 여관을 향해 갔지요. 제가 두 사람보다 약간 앞에서 달렸습니다(제가 먼저 리지를 발견해야 한다는 생각이어서 절대 뒤로 물러서지 않았지요). 여관 창문 가까이 가니 거기 방 안에 그 애가 있는 게 아니겠습니까? 그 애가 아주 환히 보였고 두 사람은 뒤에서 곧바로 나를 따라왔어요. 나는 일부러 모자를 떨어뜨리면서 죽은 사람도 깨울 듯이 비명을 내질렀지요. 그랬더니 리지가 그 소리를 듣고 금방 창 뒤로 물러나더군요. 그 순간 헤일리 나리가 창가를 지나갔습니다. 그 애는 쏜살같이 방의 옆문으로 나가서 강가를 향해 달려 내려갔습니다. 헤일리 나리가 그 애를 보고 소리를 질렀습니다. 나리와 앤디와 저 이렇게 셋이서 뒤쫓아갔지요. 그런데 그 애가 강가에 도달하니 강물이 너울거리고 있는데 그 폭이 3미터도 넘지 뭡니까. 그 너머에 유빙이 뗏목처럼 떠 있는데 무슨 커다란 섬 같았지요. 우리가 그 애 바로 뒤까지 쫓아갔기 때문에 이제 붙잡히겠구나 하고 생각했어요. 그때 그 애가 생전 들어본 적이 없는 괴성을 내지르더니 3미터 너비의 물결을 건너뛰어 유빙 위로 떨어지는 게 아닙니까. 그리고 계속 괴성을 지르면서 다음 유빙을 향해 몸을 날렸어요. 그 애가 얼음 위에 떨어질 때마다 쩍! 쿵! 와삭! 소리가 났지만, 개의치 않고 마치 사슴처럼 다음 얼음을 향해 도약했어요. 오, 주님, 그 애의 몸 안에 들어 있는 용수철은 그 애 것이 아니었어요. 저는 그런 생각이 듭니다."

샘이 얘기하는 동안 셸비 부인은 흥분하여 하얗게 질린 얼굴로 묵묵히 앉아 있었다.

"하느님, 감사합니다. 아무튼 그 애는 죽지 않았구나!" 그녀가 말했다. "그럼 불쌍한 아이는?"

"주님께서 보살펴주셨어요." 샘이 눈알을 굴리며 말했다. "아까도 말씀드렸지만 이건 틀림없이 하느님의 뜻입니다. 마님께서 늘 우리에게 가르쳐주셨듯이, 주님의 뜻을 실행하기 위한 방편이 언제나 그런 식으로 생겨나는 거예요. 만약 오늘 제가 아니었더라면 그 애는 열두 번도 더 잡혔을 겁니다. 오늘 오전에 말을 놀라게 해서 초지로 달아나게 한 것도 제가 아니었습니까? 그래서 추적이 점심식사 이후로 늦춰진 거 아닙니까? 또 오후에 헤일리 나리를 허튼 길로 무려 8킬로미터나 가게 만든 것도 제가 아니겠습니까? 제가 없었더라면 수색견이 검둥이 잡아오듯이 헤일리 나리는 리지를 잡아왔을 겁니다. 그러니 이 모든 것이 주님의 뜻입니다."

"샘, 아무 때나 신의 섭리를 들이대면 안 돼. 우리 농장에서는 신사를 상대로 그런 짓 하는 건 용납하지 않아." 셸비 씨는 짐짓 그 상황에서 할 수 있는 근엄한 표정을 지어 보이며 말했다.

하지만 아이와 흑인을 상대로 자신의 분노를 가장해 보이는 건 소용없는 일이다. 아무리 그 분노가 진짜인 것처럼 꾸미려 해도 아이와 흑인은 그 본질을 꿰뚫어 본다. 샘은 주인의 질책에 별로 기가 죽지 않았다. 비록 겉으로는 잘못했다는 표정을 짓고 또 입술을 꼭 다물어 뉘우치는 듯한 기색을 내보이기는 했지만 말이다.

"주인님 말씀이 맞습니다. 제가 추잡한 짓을 했습니다. 그건 틀림없습니다. 물론 나리와 마님은 그런 짓을 권장하실 분들이 아닙니다. 저도 그쯤은 압니다. 하지만 저처럼 한심한 검둥이는 때때로 추잡한 짓을 하고 싶은 유혹을 받습니다. 특히 헤일리 나리 같은 사람이 저런 장난질을 치려고 하면 말입니다. 그자는 신사가 아닙니다. 저처럼 자란 사람이라면 누구나 그걸 알아볼 겁니다."

"자, 샘," 셸비 부인이 말했다. "잘못을 잘 알고 있는 것 같으니 이제 가서 클로이 아줌마에게 먹을 것을 달라고 하게. 점심식사 때 남은 차가운 햄이 좀 있을 거야. 자네와 앤디는 배가 고플 테니 어서 가봐."

"마님께서는 저희들에게 너무 잘 대해주십니다." 샘이 날렵하게 목례를 하고 거실에서 물러났다.

앞에서도 이미 언급했지만 샘은 정계에 뛰어들었더라면 크게 성공했을 법한 재주를 타고났다. 바로 주위에서 벌어지는 모든 현상을 적절히 활용하여 자기 자신의 칭송과 영광에 도움이 되게 하는 재주였다. 자신의 경건함과 겸손함을 거실의 나리와 마님에게 잘 납득시켰으므로, 그는 느긋하면서도 장난기 어린 태도로 종려나무 잎사귀 모자를 푹 눌러쓰고서 클로이 아줌마의 영역으로 내려갔다. 이번에는 주방에서 자신의 화려한 업적을 자랑할 속셈이었다.

"이제 이렇게 좋은 기회를 얻었으니 너희들 검둥이들에게 한마디 해주지." 샘은 혼자 중얼거렸다. "주님, 녀석들이 놀라서 눈을 휘둥그레 뜨게 만들 겁니다!"

샘이 특별히 좋아하는 것들 중 하나는 주인을 모시고 각종 정치 집회에 참석하는 것이었다. 그는 울타리나 나무 위에 걸터앉아서 연사들의 연설을 아주 흥미롭게 들었다. 그런 다음 그 집회장에 모여 있는 흑인들을 상대로 각종 흉내와 유머를 구사하면서 그들을 한 수 가르치거나 즐겁게 했다. 그의 장기는 그런 웃기는 연설을 할 때마다 아주 심각하고 근엄한 표정을 지어 더욱 웃음을 자아내는 것이다. 그 주위의 청중들은 대개 흑인들이었지만 그들 뒤에 더러 백인이 끼어 있기도 했다. 그들이 샘의 연설 흉내를 보고 웃으면서 윙크를 해주기라도 하면 그는 자신의 웅변 능력을 인정받은 거라면서 더 우쭐해지는 기분이 되었다. 사실 샘은 자신의 소명이 웅변가라고 생각했고, 웅변 실력을 발휘할 기회가 있으면 그것을 놓치지 않았다.

그런데 블랙 샘과 클로이 아줌마 사이에는 아주 오래전부터 고질적인 불화 또는 노골적인 냉기류가 있었다. 그러나 웅변을 하기 위해 힘을 내려면 음식이 어느 정도 있어야 하므로, 이번에는 클로이를 달래는 작전으로 나가기로 결심했다. 물론 '마님의 지시'를 클로이가 철저히 이행하리라는 것은 알고 있었지만, 거기에 더해 자신의 말을 들어주려는 적극적 마음가짐도 확보해야 하니까. 그래서 그는 박해받는 동료 노예를 위해 엄청난 고통을 감수한 사람처럼, 약간 슬프고 체념한 듯한 표정을 지으며 클로이 앞에 나타났다. 그는 클로이 아줌마에게 가면 남아 있는 음식들이 있을 거라고 마님이 말씀하셨다는 사실을 먼저 들이대면서도, 거기에 덧붙여 요리와 관련해서는 클로이가 절대적인 권리와 지위를 갖고 있다는 인정 또한 빼놓지 않는 작전을 폈다.

그 작전은 효력을 발휘했다. 클로이 아줌마 같은 단순하면서도 인심 좋은 여자는 노련한 정치연설가 블랙 샘의 감언이설에 아주 손쉽게 넘어갈 수밖에 없는 것이다. 설사 샘이 돌아온 탕자였다고 해도 그보다 더 후한 모성의 환대를 받지는 못했으리라. 곧 그의 앞에는 진수성찬이 차려졌다. 지난 이삼 일 동안 식탁에 올려진 각종 스튜를 담은 커다란 주석 냄비, 맛좋은 햄 조각들, 황금색 옥수수케이크, 각종 숫자 모양의 파이, 닭날개, 닭똥집, 칠면조 다리 등이 화려하게 진설되었다. 이 모든 음식을 제왕처럼 사열하던 샘은 기분 좋다는 듯이 종려나무 잎사귀 모자를 한쪽으로 내려서 삐딱하게 쓰고서 앤디를 자신의 오른쪽에 앉게 했다.

주방에는 곧 흑인들이 가득 들어찼다. 그날의 모험이 어떻게 끝났는지 듣기 위해 여러 통나무집에서 황급히 몰려왔던 것이다. 바야흐로 샘에게 영광의 시간이 찾아왔다. 그날의 모험이 다시 펼쳐지면서 효과를 높이기 위해 필요한 곳에는 각종 양념과 윤색이 가해졌다. 샘은 자칭 만물박사답게 자신의 이야기 중 돋보이는 부분이 쓸데없이 사장되지 않고 소기의 효과를 거둘 수 있도록 아주 세심하게 신경을 썼다. 그가 얘기하는 동안에는 웃음소리가 계속 터져나왔고, 웃음이 잦아들 듯하면 주방 바닥이나 방구석에 아무렇게나 누워 있던 꼬맹이 녀석들이 그 웃음을 계속 연장시켜나갔다. 고함과 웃음이 절정에 달하는 순간에도 샘은 한결같이 근엄한 표정을 유지했지만, 때때로 우스꽝스럽게 눈알을 굴려 청중들에게 다양하게 코믹한 시선을 던졌다. 그러나 도도한 강물 같은 웅변의 어조에서 한 치라도 벗어나지 않았다.

"자, 보십시오, 동포 여러분." 샘이 칠면조 다리를 힘차게 들어올리며 말했다. "여러분을 보호하기 위하여 이 사람이 무슨 일을 했는지 한번 생각해보십시오. 여러분 모두를 위해서 말입니다. 우리 동포 한 사람을 구하려고 한 것은 동포 모두를 구하려고 한 것이나 마찬가지입니다. 똑같은 이치입니다. 그건 분명한 사실입니다. 우리 동포를 잡기 위해 냄새 맡고 돌아다니는 추적자가 있다면, 바로 이 사람이 그의 앞길을 가로막을 것입니다. 그는 우선 나를 먼저 상대해야 할 것입니다. 또한 동포여, 여러분도 먼저 나를 찾아와야 할 것입니다. 나는 여러분의 권리를 위해 분연히 일어설 것입니다. 내 목숨이 붙어 있는 한 나는 여러분을 위해 마지막까지 싸우고 지킬 것입니다!"

"하지만 샘, 오늘 아침까지만 해도 노예상인 나리를 도와 리지를 잡아오겠다고 내게 말하지 않았어요? 당신의 웅변은 앞뒤가 맞지 않는 것 같아요." 앤디가 말했다.

"앤디, 내가 너한테 한마디 해주겠는데." 샘이 추상같은 위엄을 내보이며 말했다. "네가 잘 모르는 것에 대해서는 아예 입도 벙긋하지

마. 앤디, 물론 너는 좋은 뜻으로 그렇게 말한 거겠지. 하지만 애들은 위대한 행동의 원칙을 콜루시테이트*할 수가 없지."

앤디는 그 말에 기가 죽었다. 특히 콜루시테이트라는 어려운 단어 앞에서는 한 수 접을 수밖에 없었다. 좌중의 젊은 사람들은 그 말 한 마디로 승부가 끝났다고 보았다. 샘은 계속해서 말했다.

"앤디, 콜루시테이트라는 건 말이야, '양심적으로 인식한다'는 뜻이야. 내가 리지를 잡으러 가려고 했을 때는 나리가 정말 그런 쪽으로 생각하는 줄 알았단 말이야. 하지만 마님이 반대로 생각하고 있다는 걸 알고서는 사태를 좀더 분명하게 '인식'했던 거야. 우리는 말이야, 마님 편에 붙을 때 뭔가 더 유익한 일을 해왔다고. 그러니 어느 쪽으로 봐도 나는 일관되게 행동한 거야. 내 양심을 지키면서 행동의 원칙을 고수해왔단 말이야. 그래, 원칙 말이야." 샘이 닭고기의 목 부분을 힘차게 눌러 잡아떼면서 말했다. "원칙이라는 게 일관성이 없다면 뭐가 되겠어, 응? 난 그걸 좀 알고 싶다고. 앤디, 저 닭뼈를 먹도록 해. 아직 살이 좀 붙어 있는데."

청중은 입을 딱 벌리며 그의 말에 매달렸고, 샘은 계속 연설을 해나갔다.

"동포 여러분, 이 일관성이라는 건 말입니다." 그가 이제 추상적인 주제로 접어들면서 말했다. "대부분의 사람들이 명확하게 알지 못하는 것입니다. 어떤 친구가 어떤 것을 하룻밤과 하룻낮 동안에는 찬성했다가 그다음날에는 반대한다면, 사람들은 그가 일관성이 없다고 말

---

* 'collusitate'는 영어에 없는 단어로, 샘이 자신의 엉터리 유식함으로 상대를 제압하기 위해 지어낸 말임.

합니다(당연히 그렇게 말하겠지요). 앤디, 저기 옥수수케이크 좀 건네줘. 하지만 이 문제를 한번 들여다봅시다. 신사 숙녀 여러분은 내가 평범한 비유를 사용한다고 해도 양해해주리라 믿습니다. 가령 내가 건초 더미 위에 올라가려 한다고 해봅시다. 먼저 이쪽에다 사다리를 놓아보는 거예요. 그런데 올라갈 수가 없는 거라. 그렇다면 거기는 더 이상 시도할 수가 없으니까 정반대 쪽에다 사다리를 놓고 올라가려 하지 않겠어요? 이게 일관성이 없는 겁니까? 어떻게든 올라갈 수 있는 쪽으로 사다리를 댄 것이니 일관성이 있는 거죠. 그렇지 않습니까, 여러분?"

"당신이 한 말 중에 일관성 있는 거라고는 그 건초 더미 얘기뿐이에요. 그건 주님이 아세요!" 다소 짜증이 나기 시작한 클로이 아줌마가 중얼거렸다. 그날 저녁의 즐거운 분위기는 클로이의 입장에서는 성경 비유처럼 '상처에 초를 끼얹는 격'*이었다.

"그렇습니다!" 샘이 음식과 영광이 배 속에 가득한 채로 일어서면서 마지막 일갈을 던졌다. "동포 여러분, 신사 숙녀 여러분! 나는 원칙을 갖고 있고 그것을 자랑스럽게 생각합니다. 원칙은 여러분의 시대는 물론이요 모든 시대에 필수적인 것입니다. 나는 원칙을 갖고 있고 그것에 철저하게 매달립니다. 내가 원칙이라고 생각하는 모든 것을 지킵니다. 그들이 설사 나를 산 채로 불태운다고 해도 개의치 않을 것입니다. 나는 화형대에 씩씩하게 걸어올라갈 겁니다. 나의 원칙, 나의 국가, 사회의 공동 이익을 지키고 내 마지막 피를 흘리기 위해 왔

*「잠언」25:20.

노라고 말할 겁니다."

"글쎄, 당신의 그 원칙들 중에는," 클로이 아줌마가 말했다. "여기 모인 사람들을 내일 아침까지 붙들어놓지 말고 오늘밤 안에 취침시키는 것도 들어 있으면 좋겠어요. 자, 머리통을 맞고 싶지 않은 애들은 빨리 침대로 들어가라."

"애들아," 샘이 종려나무 잎사귀 모자를 인자하게 흔들면서 말했다. "내가 너희들 모두에게 축복을 주마. 이제 가서 자려무나, 착한 아이들처럼."

이 우스꽝스러운 축복과 함께 사람들은 흩어졌다.

9장
인간적인 상원의원

　벽난로의 불빛이 아늑한 거실의 양탄자 위에서 빛나면서, 찻잔과 찻주전자의 양옆을 밝게 비추었다. 버드 상원의원은 구두를 벗고서 새로 만든 예쁜 슬리퍼에 발을 집어넣을 태세였다. 그 슬리퍼는 상원의원이 출장을 나가 있는 동안 그의 아내가 준비한 것이었다. 즐거움의 화신 같아 보이는 버드 부인은 테이블 세팅을 감독하면서, 장난질 치는 아이들에게 자상하게 훈계를 하고 있었다. 아이들은 깡충깡충 뛰면서 이런저런 장난을 쳤는데, 태곳적부터 어머니들을 놀라게 해온 그런 장난질이었다.

　"톰, 문고리 좀 가만 놔두지 못해. 그래, 아이 착하지. 메리! 메리! 고양이 꼬리 잡아당기지 마. 고양이가 불쌍하지도 않니. 짐, 넌 그 테이블 위로 올라가면 안 돼. 절대로 안 돼, 알았지? 여보, 당신이 오늘밤 집에 돌아오다니 너무 놀라우면서도 기뻐요." 그녀가 마침내 남편에게 말할 틈을 찾아내서 말했다.

"그래, 그래. 간신히 서류를 다 살펴보고 집에 돌아와 하룻밤 지내면서 휴식을 취하려고 해. 죽도록 피곤해. 머리도 아프고!"

버드 부인은 반쯤 열려 있는 벽장에 세워놓은 장뇌 병을 슬쩍 쳐다보면서 꺼내오려 했으나 남편이 제지했다.

"아니야, 메리, 약은 필요 없어. 당신이 끓여주는 따뜻한 차 한 잔과 집에서의 휴식, 그게 내가 원하는 거야. 이 입법이라는 건 정말 지루한 일이야!"

상원의원은 미소를 지어 보였다. 그는 자신이 국가를 위해 희생하고 있다고 생각하는 듯했다.

"그런데 상원에서는 무슨 법안을 준비한다는 거죠?" 그녀가 다탁 정리를 잠시 멈추고 물었다.

온유하고 자그마한 버드 부인이 주 상원의 입법 행위에 대해 묻는 것은 아주 이례적인 일이었다. 그녀는 평소 집에서 해야 할 일만 해도 너무 많다고 생각하는 사람이었다. 그래서 버드 씨는 깜짝 놀라면서 말했다.

"뭐 그리 중요한 건 아니야."

"남쪽에서 건너온 불쌍한 흑인들에게 음식과 음료를 건네주어서는 안 된다는 법률이 통과될 거라는데, 그게 사실인가요? 그런 내용의 법률을 제정할 거라는 얘기를 들었어요. 하지만 기독교적인 상원이라면 그런 법률을 통과시켜서는 안 된다고 생각해요!"*

"메리, 갑자기 정치가가 된 거요?"

"아뇨, 난 정치에 대해선 아무런 관심도 없어요. 하지만 이 법률은 노골적으로 잔인하고 비기독교적이에요. 이런 법률이 통과되지 않았으면 좋겠어요."

"켄터키 쪽에서 건너온 노예들에게 도움을 주지 말라는 법률이 통과되었소. 무모한 노예제 폐지론자들이 온갖 분란을 일으켜서 켄터키 쪽 사람들이 크게 흥분하고 있어요. 그들의 흥분을 진정시키기 위한 것이지 기독교나 친절함과는 아무 상관이 없는 문제라오."

"그럼 법률이라는 건 뭐예요? 불쌍한 사람들을 하룻밤 재워주고, 따뜻한 음식을 제공하고, 헌 옷가지를 주어서 그들이 제 갈 길을 조용히 가게 해주는 것, 이런 걸 금지하는 게 법률인가요?"

"그런데 여보, 그렇게 도와주면 범죄자를 방조하는 게 된다니까."

버드 부인은 수줍어하고 얼굴을 잘 붉히는, 키가 아주 작은 여인이었다. 또 온유한 푸른 눈에 복숭아같이 하얀 얼굴색과 작으면서도 부드러운 목소리를 가지고 있었다. 그녀의 용기에 대해서 말해보자면, 칠면조가 소리 내어 달려들기만 해도 뒷걸음질 칠 사람이었고, 중간 크기의 가정견이 흰 이빨을 드러내기만 해도 겁을 먹을 사람이었다. 남편과 아이들이 그녀의 전 세계였고, 명령과 논쟁보다는 호소와 설득으로 그 세계를 다스렸다. 그녀를 흥분시키는 딱 한 가지는 그녀의 온유하고 동정적인 성격을 건드리는 것인데, 각종 형태의 잔인함이 그것이었다. 잔인함에 강하게 저항하는 그녀의 태도는 전반적으로 온유하고 부드러운 그녀의 성격과 크게 대조되었기 때문에 사람들을 놀

---

* 1850년의 도망노예법을 가리킴. 해설 참조.

라게 하고 또 의아하게 만들었다. 다른 어머니들과 비교해보아도 아주 자상하고 또 자녀의 말도 쉽게 들어주는 어머니였지만, 그녀의 아들들은 과거에 어머니로부터 호된 징벌을 받았던 일을 기억했다. 두 아들이 동네의 못된 아이들과 어울려 힘없는 새끼 고양이에게 돌팔매질하는 것을 어머니가 발견하고서는 불같이 화를 냈던 것이다.

아들 빌은 나중에 이렇게 말했다. "그땐 정말 겁이 났어요. 어머니가 불같이 화를 내는데, 미쳐버리신 줄 알았어요. 나는 매질을 당하고 저녁밥도 못 먹은 채 침대에 내팽개쳐졌어요. 도대체 왜 저러는가 의아했었지요. 그 후에 어머니가 내 방 문밖에서 우는 소리를 들었어요. 매 맞은 것보다 그게 더 내 가슴을 아프게 했어요. 그래서 우리 두 아들은 그 후 다시는 고양이에게 돌을 던지지 않게 됐죠."

지금 이 순간 버드 부인은 얼굴이 붉어져 안색이 상기된 채로 벌떡 일어서서, 남편에게 다가가 단호한 어조로 말했다.

"존, 그런 법률이 올바르고 또 기독교적이라고 생각해요?"

"그렇다고 말하면 꼭 나를 총으로 쏠 것 같구려."

"존, 나는 당신이 그런 법률에 찬성하리라고 생각해본 적이 없어요. 당신은 반대표를 던졌겠죠?"

"갑자기 정치가가 된 아내여, 그 문제는 그렇게 간단한 게……"

"존, 당신은 부끄러운 줄 알아야 해요. 집 없는 불쌍한 사람들을 그렇게 대해도 좋다니! 부끄럽고 사악하고 혐오스러운 법률이에요. 난 할 수만 있다면 그런 법률은 폐기시키고 싶어요. 앞으로 꼭 그렇게 할 기회가 있을 거예요. 사태가 아주 우스운 지경에 이르렀어요. 불쌍하고 굶주리는 사람들에게 가정주부가 따뜻한 밥 한 끼와 잠자리를 제공할 수 없게 되었다니! 그들이 노예라는 이유로! 평생 학대받고 억압당했는데도 말이에요. 오, 불쌍한 사람들!"

"하지만 메리, 내 말을 좀 들어봐. 당신의 그런 감정은 타당하고 흥미롭기도 해. 난 그것 때문에 당신을 사랑하지. 하지만 감정이 판단을 흐리게 해서는 안 돼. 이건 개인적 감정의 문제가 아니라는 걸 알아야 해. 아주 중대한 공공의 이익이 걸려 있다고. 대규모 소요 사태가 벌어지고 있기 때문에 우리 감정은 잠시 젖혀놓아야 해."

"존, 나는 정치에 대해서는 아무것도 몰라요. 하지만 난 성경을 읽을 줄 알아요. 성경은 굶주린 자를 먹여주고, 헐벗은 자를 입혀주고, 슬픈 자를 위로해주라고 가르쳐요. 난 성경의 가르침을 따르겠어요."

"하지만 그렇게 함으로써 사회적으로 엄청난 해악을 가져온다면……"

"하느님의 말씀을 따르는 것이 사회적 해악을 가져오지는 않아요. 절대 그럴 리가 없어요. 그분이 가르치신 대로 따르는 것은 언제나 안전하고 평화로워요."

"자, 메리, 내 말을 들어봐. 난 당신에게 아주 명확한 반대 논리를 말해줄 수 있어."

"말도 안 되는 소리! 당신이 밤새 그 논리를 말해봐야 헛수고일 거예요. 존, 내가 당신에게 직접 묻겠어요. 당신은 불쌍하고, 떨고 있고, 굶주린 사람을 당신 문 앞에서 쫓아버릴 건가요? 그가 도망자라는 이유 하나만으로? 그럴 건가요?"

그런데 여기서 진실을 말하자면 우리의 상원의원은 불운하게도 아주 인간적이고 자상한 성격의 소유자였다. 곤경에 빠진 사람을 집 앞에서 쫓아보내는 것은 그의 장기가 못 되었다. 이 논쟁에서 그에게 더욱 불리한 사실은, 그의 아내가 남편의 그런 점을 잘 알고서 방어 불가능한 지점을 공격하고 있다는 것이었다. 따라서 그는 이런 곤란한 문제에 시간 끌기 작전으로 맞섰다. 그는 "으흠" 하고 헛기침을 몇 번 하고서는 주머니에서 손수건을 꺼내 안경을 닦기 시작했다. 적이 방어할 수 없는 입장에 놓여 있다는 걸 간파한 버드 부인은 더이상 자신의 유리한 상황을 밀어붙일 배짱이 없었다.

"존, 과연 당신이 그런 짓을 할 수 있을까요? 가령 여자를 문전박대하며 눈보라 속으로 쫓아내거나 체포하여 감옥에 집어넣는 그런 일을? 당신이 그런 짓을 할 수 있는지 한번 보고 싶군요!"

"물론 그건 아주 고통스러운 의무가 되겠지." 버드 씨가 나지막하게 말했다.

"의무? 존, 그런 말은 쓰지 마요. 그건 의무가 아니라는 걸 당신도 잘 알아요. 그건 의무가 될 수 없어요. 만약 노예들이 도망가기를 바라지 않는다면 그들에게 잘 대해줘라, 이게 나의 주장이에요. 만약 내게 노예가 있다면(앞으로 영원히 그런 일이 없기를 바라지만), 난 그들이 내게서 달아나는 것을 각오해야 한다고 봐요. 그건 당신도 마찬가지일 거예요, 존. 노예들은 행복하면 도망치지 않아요. 그들은 도망치면 추위와 배고픔과 공포를 견뎌내야 해요. 모든 사람이 그들에게 등을 돌리지 않는다 해도 말이에요. 난 단속법이 있든 없든 그들에게 등을 돌리지 않을 거예요. 하느님이 나를 도와주실 거예요!"

"메리! 메리! 내가 반대 논리를 설명해줄게."

"존, 난 논리를 싫어해요. 특히 이런 주제와 관련해서는 말이에요.

정치인들은 뻔한 문제를 가지고 빙빙 돌린다는 걸 난 잘 알아요. 실제로 그런 게 통하지 않는다는 걸 알면서도 말만 번드레해요. 하지만 존, 나는 당신을 잘 알아요. 당신은 나 못지않게 그 법률이 옳지 않다는 것을 알아요."

바로 그때 집안의 흑인 하인 쿠조가 거실 문에 머리를 들이밀고 말했다. "마님, 주방에 좀 나와보세요." 우리의 상원의원은 아연 안도감을 느끼면서, 키 작은 아내를 흥미와 짜증이 뒤섞인 묘한 시선으로 쳐다보다가 안락의자에 앉아 신문을 읽기 시작했다.

잠시 뒤 문밖에서 다급한 아내의 목소리가 들려왔다. "존! 존! 잠시 이리로 좀 나와봐요."

그는 신문을 내려놓고 주방으로 갔다가 그곳의 광경을 보고 깜짝 놀랐다. 가냘픈 젊은 여자가 의자 두 개를 붙여놓은 데서 거의 기절한 상태로 누워 있었던 것이다. 옷이 찢어져 몸은 얼어붙은 상태였고, 구두는 한 짝이 없어졌고, 스타킹은 찢어져 피 흐르는 다리에서 뜯겨나가 있었다. 그녀의 얼굴에는 핍박받는 종족의 흔적이 그대로 찍혀 있었으나, 돌처럼 차갑고 날카롭고 단단하고 그러면서도 구슬프고 애달픈 아름다움은 누구나 금방 알아볼 수 있었다. 죽음을 연상시키는 그 운명적 모습은 상원의원의 가슴에 서늘한 한기를 안겨주었다. 그는 숨을 멈춘 채 침묵하고 서 있었다. 그의 아내와 유일한 흑인 가정부인 다이나 할멈이 여자를 살려내기 위해 황급히 움직였다. 한편 쿠조 영감은 어린 소년을 무릎 위에 앉히고 구두와 양말을 벗긴 뒤 얼어버린 작은 발을 비벼주었다.

"참 처참한 광경이네요!" 다이나 할멈이 혀를 끌끌 차며 말했다.

"실내의 온기 때문에 기절한 것 같아요. 여기 들어와 잠시 몸을 녹일 수 없겠느냐고 할 때만 해도 괜찮았어요. 그러더니 곧바로 기절했어요. 손을 보니 험한 일을 한 여자 같지는 않아요."

"불쌍한 것!" 버드 부인이 동정하는 어조로 말했다. 여자가 커다랗고 검은 눈을 천천히 뜨더니 버드 부인을 멍하니 쳐다보았다. 갑자기 고뇌의 표정이 얼굴을 스치더니 여자가 용수철처럼 튀어 일어났다. "오, 해리! 그들이 제 아이를 잡아갔나요?"

그러자 아이가 쿠조의 무릎에서 일어나 양손을 쳐들며 그녀에게 달려갔다. "아, 여기 있군요. 여기 있어요!" 그녀가 소리쳤다.

"아, 마님," 그녀가 황급히 버드 부인에게 말했다. "우리를 보호해주세요! 우리를 잡아가지 못하게 해주세요!"

"여기서는 아무도 당신을 해치지 않아." 버드 부인이 안심시키며 말했다. "당신은 안전해. 그러니 두려워하지 마."

"주님께서 당신을 축복하시길!" 그녀는 양손으로 얼굴을 감싸 쥐며 흐느꼈다. 엄마가 우는 것을 보고 어린아이가 그녀의 무릎에 안기려 했다.

버드 부인은 평소의 장기인 온유하고 부드러운 말로써 그 불쌍한 여인을 위로했고, 곧 그녀는 안정을 되찾았다. 벽난로 근처의 소파가 그녀를 위한 임시 침대가 되었고, 잠시 뒤 그녀는 깊은 잠에 빠져들었다. 엄마 못지않게 피곤한 아이도 엄마 팔에 기대어 곤히 잠들었다. 엄마를 배려하여 아이를 따로 재우려 해도 여자가 극도로 불안해하여 그냥 옆에서 자도록 내버려두었다. 심지어 잠든 상태에서도 아이의 몸에 팔을 둘러 꽉 붙잡고 있으면서 잠시도 긴장을 늦추지 않았다.

버드 부부는 이제 거실로 물러갔다. 신기하게도 부부는 아까 나눈 대화를 전혀 언급하지 않았다. 버드 부인은 뜨개질을 했고 버드 씨는 신문을 읽는 체했다.

"도대체 저 여자는 누구며, 뭐 하는 여자일까?" 그가 마침내 신문을 내려놓으며 말했다.

"잠에서 깨어나 기운을 좀 회복하면 물어보죠."

"여보," 신문을 들여다보며 잠시 말이 없던 버드 씨가 말했다.

"네?"

"당신 가운을 좀 길게 해서 저 여자에게 입힐 수 없겠소? 저 여자가 당신보다 좀 큰 듯한데."

알 듯 말 듯한 미소가 버드 부인의 얼굴에 번졌다. "한번 살펴볼 게요."

잠시 침묵이 흐른 뒤 버드 씨가 말했다.

"여보!"

"네, 이번엔 또 뭔가요?"

"내가 낮잠 잘 때 당신이 덮어주던 능직 외투 있지? 그걸 저 여자에게 주면 안 될까? 옷이 필요할 것 같아."

그때 다이나가 거실에 고개를 들이밀면서 여자가 깨어나 마님을 뵙고 싶어한다고 알렸다.

버드 부부는 위의 두 아들을 데리고 주방으로 갔다. 맨 밑의 아이는 이미 침대에 들어 자고 있었다.

여자는 일어나 벽난로 옆 장의자에 앉아 있었다. 그녀는 침착하면 서도 상심한 표정으로 벽난로의 불꽃을 쳐다보았다. 아까 보았던 거칠고 흥분한 모습과는 사뭇 다른 모습이었다.

"나를 보자고 했나?" 버드 부인이 온유한 목소리로 말했다. "불쌍한 사람 같으니, 이제 좀 나아졌나?"

떨리는 긴 한숨만이 유일한 대답이었다. 여자가 검은 눈을 들어 외롭고 호소하는 눈빛으로 버드 부인을 쳐다보자, 부인의 눈에 눈물이 맺혔다.

"아무것도 두려워할 필요 없어. 우린 친구들이야. 어디서 왔으며 무슨 사연인지 말해봐."

"저는 켄터키에서 왔어요." 그녀가 입을 열었다.

"언제?" 버드 씨가 이제 심문을 맡았다.

"오늘밤에요."

"어떻게 왔지?"

"얼음을 밟고 강을 건너왔어요."

"얼음을 밟고 건너왔다고!" 모든 사람이 소리쳤다.

"네." 여자가 천천히 말했다. "하느님이 도우셔서 건널 수 있었어요. 그들이 바로 뒤까지 쫓아왔기 때문에 그 방법 외에는 길이 없었어요."

"야, 그것 대단한데." 쿠조가 말했다. "얼음은 덩어리로 조각이 나서 물속에서 움직이며 이리저리 떠올랐다가 가라앉았다가 했을 텐데."

"알고 있었지만," 여자가 갈라지는 목소리로 말했다. "그래도 건넜어요! 처음엔 해낼 수 있다고 생각하지 않았어요. 끝까지 건너갈 것이라고 생각하지도 못했어요. 하지만 신경 쓰지 않았어요. 꼭 그래야 한다면 죽을 각오였어요. 주님이 저를 도와주셨어요. 주님이 얼마나 많이 도와주시는지 직접 겪어보지 않으면 알지 못하죠." 여자가 눈빛을 번득거리며 말했다.

"노예였나?" 버드 씨가 물었다.

"네, 선생님. 켄터키의 한 농장에 있었습니다."

"주인이 괴롭혔나?"

"아닙니다. 아주 좋은 주인이었습니다."

"안주인이 괴롭혔나?"

"오, 아니에요! 우리 마님은 제게 늘 잘해주셨습니다."

"그런데 왜 그런 좋은 집에서 도망을 쳐서 이런 위험을 감수한 건가?"

여자는 날카롭게 꿰뚫어 보는 눈으로 버드 부인을 올려다보았고, 부인이 상복을 입고 있다는 사실을 놓치지 않았다.

"마님, 혹시 아이를 잃으셨나요?" 여자가 갑자기 물었다.

갑작스러운 질문이었지만 새로운 상처를 쿡 찌른 것이나 다름없었다. 버드 부부는 바로 한 달 전에 사랑스러운 아이를 무덤에 묻었던 것이다.

버드 씨는 창가로 걸어갔고, 버드 부인은 눈물을 터뜨렸지만 곧 진정하고 차분한 목소리로 물었다.

"왜 그걸 묻는 거지? 막내를 잃었어."

"그렇다면 마님은 제 심정을 이해하시겠네요. 저는 두 아이를 연달아 잃었어요. 그 아이들을 제가 떠나온 그곳에 묻었지요. 그리고 저 아이만 남았어요. 저는 저 애가 없으면 단 하루도 잠을 자지 못해요. 저 애는 저의 전부예요. 언제나 위안이고 자랑이었어요. 그런데 그들이 저 애를 저한테서 빼앗아가려 했어요. 아이를 팔아버리려고요. 마님, 저 애 혼자 남부에다 팔아버리려고 말이에요. 엄마 품을 떠나본 적이 없는 어린애를! 마님, 전 그걸 견딜 수가 없었어요. 만약 저 애를 빼앗긴다면 저는 아무것도 할 수 없어요. 매매문서에 서명이 되고 저 애가 팔렸다는 것을 안 순간, 아이를 품에 안고 차가운 밤중에 도망쳤어요. 그러자 그들이 쫓아왔어요. 저 애를 사들인 사람과 나리의 일꾼들이 바로 등 뒤까지 쫓아와 그들의 발걸음 소리를 들을 수 있었어요. 저는 곧바로 얼음을 향해 뛰어올랐어요. 어떻게 강을 건넜는지 모르겠어요. 정신을 차려보니 강둑에서 어떤 남자가 저를 둑 위로 끌어올려주고 있더군요."

여자는 울지 않았다. 이미 눈물이 말라버린 것 같았다. 하지만 그녀 주위의 모든 사람들은 하나같이 따뜻한 동정심을 표시했다.

어린 두 아들은 호주머니를 뒤져서 손수건을 꺼내려 했으나(아이들의 어머니는 거기에 손수건이 없다는 걸 알고 있었다) 여의치 않자 슬픈 마음으로 어머니의 가운 속으로 뛰어들었다. 거기서 두 아이는 실컷 울면서 눈과 코를 닦았다. 버드 부인은 손수건 속에다 자신의 얼굴을 파묻었다. 다이나 할멈은 검고 정직한 얼굴에 눈물이 흘러내리는 걸 내버려둔 채 부흥회에 참석한 열광적인 신자처럼 소리쳤다. "주님, 우리에게 자비를 베푸소서!" 쿠조 영감은 소매로 눈을 세게 비벼대고 다양한 얼굴 표정을 지어 보이면서 때때로 열광적인 신자처럼 탄식했다. 우리의 상원의원은 정치가이기 때문에 보통 사람들처럼 마구 울 수는 없었다. 그래서 사람들에게 등을 돌리고 창밖을 내다보았다. 그는 헛기침을 여러 번 하면서 열심히 안경을 닦고 때때로 코를 풀었는데, 누군가가 그 모습을 자세히 관찰했더라면 울고 있다는 의심을 사기에 충분했다.

"주인이 친절한 사람이라고 말했는데, 그건 무슨 소리지?" 그는 목이 메어오는 것을 꾹 참으면서 갑자기 그녀 쪽으로 몸을 돌리고 말했다.

"정말로 친절한 분이었으니까요. 주인님에 대해서는 그렇게 말하고 싶어요. 그리고 마님도 자상한 분이었어요. 하지만 두 분은 그렇게 할 수밖에 없었어요. 빚을 지고 있었는데, 저는 잘 모르지만, 그 채권자가 두 분을 꼼짝도 못하게 하는 힘을 갖고 있었나 봐요. 그래서 채권자가 하자는 대로 해야 했지요. 나리가 마님에게 그렇게 말하는 것을 엿들었는데, 마님은 저를 위해 간청하고 호소했어요. 하지만 아무 소용 없다면서 매매계약서에 이미 서명했다고 하더군요. 그 말을 듣는 순간 저 애를 데리고 집을 나서서 도망쳤어요. 만약 아이를 빼앗긴다면 나는 살아 있을 이유가 없어요. 저 아이는 저의 전부니까요."

"남편은 없나?"

"있어요. 하지만 주인이 다릅니다. 그 주인은 남편에게 아주 모질게 대했고, 저를 찾아오는 것도 잘 허락해주지 않았어요. 우리 부부에게 점점 더 모질게 굴더니 남편을 강 아래 남쪽으로 팔아버리겠다고 위협했어요. 이제 다시는 남편을 만나지 못할 것 같아요!"

여자가 너무 차분한 어조로 말해서 피상적인 관찰자는 그녀를 감정도 없는 사람이라고 생각할지 모른다. 하지만 그녀의 크고 검은 눈에 어른거리는 깊은 고뇌는 전혀 그렇지 않음을 말해주었다.

"그래, 이제 어디로 갈 생각이지?" 버드 부인이 물었다.

"캐나다로요. 그곳이 어디에 있는지 알면 좋으련만. 캐나다는 여기서 아주 먼가요?" 그녀가 순진하고 신뢰하는 눈빛으로 버드 부인을 쳐다보았다.

"불쌍한 사람!" 버드 부인이 자기도 모르게 말했다.

"그렇게 먼 곳은 아니지요?" 여자가 진지하게 물었다.

"당신이 생각하는 것보다 훨씬 멀어. 불쌍한 사람!" 버드 부인이 말했다. "하지만 당신을 위해 어떻게 도와줄지 한번 생각해볼게. 다이나, 주방 옆 자네 방에 이 여자 침대를 마련하도록 해. 이 여자를 어떻게 할 것인지는 내일 아침에 생각해볼 테니까. 불쌍한 사람, 두려워하지 마. 모든 걸 하느님께 맡겨. 그분이 보호해주실 거야."

버드 부부는 다시 거실로 돌아왔다. 그녀는 벽난로 앞의 흔들의자에 앉아 이리저리 몸을 흔들며 생각에 잠겼다. 버드 씨는 거실을 왔다 갔다 하며 혼잣말로 중얼거렸다. "이거 참! 복잡하고 난처한 문제인데!" 마침내 그는 아내에게 다가오며 말했다.

"여보, 저 여자를 오늘밤 안에 다른 곳으로 옮겨놔야 해. 저 여자의 냄새를 맡은 추적대가 내일 아침 일찍 추적에 나설 거요. 여자 혼자라면 사태가 좀 잠잠해질 때까지 우리 집에 숨어 있으면 되지만 저 어린 애는 보병과 기병 부대를 들이대도 조용히 있게 할 수 없을 거요. 아이가 창문이나 문밖으로 머리를 내밀든가 해서 결국 우리 집에 있다는 게 알려질 거요. 만약 저 모자를 데리고 있다가 발각되면 나는 아주 난처해져. 그러니 오늘밤 안으로 다른 곳으로 옮겨놓아야 해."

"오늘밤! 그게 가능할까요? 어디로?"

"데려다줄 만한 데가 있소." 상원의원은 생각에 잠긴 표정으로 장화를 집어들었다. 한쪽 장화에 발을 절반쯤 집어넣던 그는 동작을 멈추고 양손으로 무릎을 감싸쥐더니 다시 깊은 생각에 잠겼다.

"정말 복잡하고 난처하고 지저분한 문제군." 그가 장화의 끈을 잡아당기면서 말했다. 한쪽 장화를 다 신자 상원의원은 다른 쪽 장화를 집어들고 양탄자의 무늬를 내려다보며 다시 생각에 잠겼다. "아무리 생각해봐도 오늘밤에 해치워야 해." 그는 장화를 다 신고 창밖을 내다보았다.

키가 작은 버드 부인은 사려 깊은 여인이었다. 평생 남편에게 "내가 그렇다고 말했잖아요!" 같은 말은 한 적이 없었다. 지금 이 순간 남편이 무슨 생각을 하는지 잘 알고 있었지만, 그녀는 그 생각에 끼어들고 싶은 마음을 신중하게 억누르면서 흔들의자에 조용히 앉아 있었다. 남편이 자신의 계획을 말해줄 때까지 기다렸고, 그가 적절한 시간에 입을 열어 그것을 말해준다면 들어줄 만반의 태세를 갖추고 있었다.

"옛날에 변호사로 일할 때 의뢰인 중에 밴 트럼프라는 사람이 있었어요." 그가 말했다. "켄터키에서 건너온 사람인데 데리고 있던 노예들을 모두 해방시켜주었지. 여기서 샛강 위쪽으로 11킬로미터쯤 떨어진, 숲속 깊은 곳에다 농장을 샀어요. 일부러 찾아가지 않는 한 갈 수 없는 곳이지. 누가 황급히 지나치다가 발견할 수 있는 그런 장소도 아니고. 거기라면 안전할 거요. 하지만 문제는 오늘밤 거기까지 마차를 몰고 갈 사람이 없다는 거요. 나 말고는."

"왜요? 쿠조는 훌륭한 마부잖아요."

"물론 그렇지. 하지만 그 농장으로 가려면 샛강을 두 번이나 건너야 해요. 두번째 건너는 지점은 그 일대의 지리를 나처럼 환히 알지 못하면 아주 위험해요. 나는 말을 타고 그곳을 골백번도 넘게 다녀봐서 어디로 건너야 하는지 잘 알아. 그러니 내가 나설 수밖에 없어. 쿠조가 가능한 한 조용히 자정까지 마차를 대기시키면 내가 저 여자를 데리고 가서 그곳에 맡겨놓겠소. 그리고 이 일을 비밀로 처리하기 위해, 쿠조는 농장에 함께 갔다가 나를 인근 여관에 데려다주어야 해. 새벽 세시나 네시에 여관에 도착하는 콜럼버스*행 역마차를 타려면 말이야. 그렇게 하면 사람들은 내가 역마차를 잡기 위해 우리 집 마차를 사용한 줄로 알 거요. 나는 내일 아침 일찍부터 의회에 나가 사무를 봐야 해요. 이렇게 사람 눈을 속인다는 게 좀 부끄러운 일이기는 하지만, 젠장, 할 수 없지 뭐!"

"존, 당신의 가슴이 당신의 머리를 이겼네요." 아내는 자그마한 하얀 손을 남편의 손 위에 내려놓으며 말했다. "당신 자신보다도 내가 당신을 더 잘 알기 때문에, 당신을 이처럼 사랑하는 게 아닐까요?" 눈에 눈물이 가득한 자그마한 여인은 그렇게 아름다워 보일 수가 없었다. 상원의원은 이런 아름다운 여자가 자신을 그토록 열정적으로 사랑하다니 자신이 대단한 사람이라는 느낌이 들었다. 그러니 이제 밖으로 나가 마차를 준비하는 것 외에 달리 무슨 할 일이 있겠는가? 그는 문 앞까지 걸어갔다가 잠시 멈춰 서더니 다시 돌아와 다소 망설이는 어조로 말했다.

"메리, 당신이 어떻게 생각할지 모르겠는데, 저기, 꼬…… 꼬맹이 헨리의 물건들이 들어 있는 서랍 있지?" 그렇게 말한 뒤 그는 재빨리 몸을 돌려 문을 닫았다.

---

* 오하이오 주의 주도.

그의 아내는 자신의 방 옆에 딸려 있는 자그마한 방의 문을 열고 들어가 촛불을 켠 다음 서랍장 위에 내려놓았다. 이어 작은 벽감에서 열쇠를 가져와 서랍장의 자물쇠에 집어넣고 잠시 생각에 잠겼다. 그녀의 두 아들이 어머니를 따라와 아무 말 없이 의미심장한 눈빛을 주고받으면서 어머니를 지켜보았다. 오, 이 책을 읽는 어머니들 중에 서랍장이나 벽장을 여는 것이 작은 무덤을 여는 것 같은 느낌이 드는 분들이 있는가? 그런 느낌이 없는 분들은 행복한 어머니임에 틀림없다.

버드 부인은 서랍장을 열었다. 다양한 모양과 다양한 무늬의 상의, 에이프런 더미, 자그마한 양말, 발가락 부분이 닳아 해진 작은 구두 한 켤레 등이 포장지 밑에 가지런히 정리되어 있었다. 장난감 말과 마차, 팽이, 공 등 많은 눈물과 많은 상심을 안겨준 물품들도 있었다. 그녀는 서랍장 옆에 앉아, 양손으로 감싸쥔 머리를 서랍장에 기대고 울었다. 눈물이 손가락 사이로 흘러내려 서랍장 위에 떨어졌다. 그녀는 갑자기 머리를 쳐들더니 황급히 제일 단단하고 실용적인 물건들을 골라 한 꾸러미를 만들었다.

"엄마," 아이 하나가 엄마의 팔을 부드럽게 잡으며 말했다. "이 물건들을 줘버리게요?"

"애들아," 그녀가 부드럽고 진지한 목소리로 말했다. "우리 꼬맹이 헨리가 천상에서 우리를 내려다본다면, 이렇게 하는 것을 기쁘게 생각할 거야. 난 이 물건들을 평범한 사람들에게 주지는 못할 것 같아. 그러니까 행복한 사람들 말이야. 나보다 더 가슴 아프고 슬픈 어머니에게 주고 싶어. 하느님께서 그들에게 축복을 내려주셨으면 좋겠구나!"

이 세상에는 축복받은 영혼들이 있다. 그들의 슬픔은 다른 사람을

162

위로하는 기쁨의 샘이 되고, 많은 눈물과 함께 무덤 속에 내려놓은 세속적인 희망은 외롭고 고통 받는 사람들에게 약초와 방향(芳香)을 제공하는 희망의 씨앗이 되는 것이다. 이러한 영혼들 중에는, 램프 옆에 앉아 눈물을 흘리며, 죽은 아들의 유품을 쫓기는 도망자에게 주기 위해 준비하는 여인도 들어 있다.

잠시 뒤 버드 부인은 옷장에서 수수하고 실용적인 드레스 한두 벌을 꺼내고 작업대에 앉아서 바늘, 가위, 골무 등을 사용하여 아까 남편이 말했던 옷을 길게 하는 작업에 착수했다. 그 작업은 현관 구석의 대형 시계가 열두시를 칠 때까지 계속되었고, 곧이어 현관문 앞에서 덜그덕거리는 마차 바퀴 소리가 났다.

"메리." 그녀의 남편이 외투를 손에 든 채 들어와 말했다. "이제 여자를 깨워. 지금 떠나야 해."

버드 부인은 꺼내놓은 물건들을 수수한 소형 트렁크에 집어넣고 남편에게 마차에 실으라고 한 뒤 여자를 깨우러 갔다. 곧 여자가 자애로운 은인이 마련해준 겉옷과 모자, 숄을 걸치고 양팔로 아이를 껴안은 채 문 앞에 나타났다. 버드 씨는 그녀에게 어서 마차에 오르라고 재촉했고, 버드 부인이 뒤에서 마차에 오르는 걸 도와주었다. 엘리자는 마차 밖으로 몸을 기울이면서 손을 내밀었다. 그 손은 은인의 손 못지않게 부드럽고 아름다웠다. 그녀는 의미심장한 크고 검은 눈으로 버드 부인의 얼굴을 응시하면서 뭔가 말하려는 듯했다. 입술을 위로 한두 번 달막거렸으나 막상 말은 나오지 않았다. 그녀는 형언할 수 없는 표정을 지으며 의자에 털썩 주저앉더니 양손으로 얼굴을 감싸 쥐었다. 문이 닫혔고, 마차는 곧 출발했다.

일주일 내내 주의회에서 도망노예들과 그들의 은닉자, 사주자를 엄격하게 단속하는 법률을 통과시키기 위해 노력해온 애국적인 상원의원으로서, 그것은 참으로 난처한 상황이었다.

우리의 선량한 상원의원은 불멸의 명성을 가져다주는 웅변이라면 워싱턴의 정치가들 못지않게 잘할 수 있는 사람이었다. 그는 고고하게 양손을 호주머니에 찔러넣고서, 주정부의 이익보다는 몇몇 불쌍한 도망자들의 복지를 더 걱정하는 사람들의 심약한 태도를 비웃기도 했다.

그는 도망자 단속에 아주 철저해야 한다고 생각했다. 그 자신도 그렇게 생각했을 뿐만 아니라 그의 연설을 듣는 사람들도 그렇게 생각하리라 확신했다. 하지만 실제로 도망자에 대한 그의 지식은 도망자라는 단어의 도 자, 망 자, 자 자 세 글자뿐이었다. 아니면 기껏해야 소규모 신문에 실린 막대기와 보따리를 든 도망자의 사진, 그리고 그 사진 밑에 붙어 있는 '아래 서명자로부터 달아난 자'라는 설명뿐이었다. 그는 피와 살을 가진 사람의 실제적인 고뇌가 어떤 마법을 일으키는지 구체적으로 알지 못했다. 도망자의 호소하는 눈, 가냘프고 떨리는 손, 도움을 얻지 못할 때의 고통스럽고 절망적인 애원 등을 직접 보지 못했다. 상원의원은 도망자가 아무런 구호의 손길도 미치지 않는 힘없는 어머니와 연약한 아이일 수 있다는 걸 생각하지 못했다. 가령 그의 죽은 아들의 모자를 쓰고 있는 저 어린아이가 도망자가 될 수 있다는 것을 직접 목격하지 못했다. 우리의 상원의원은 목석이 아니라 사람이고 더구나 고상한 마음을 가진 사람이기 때문에, 누가 보더라도 무턱대고 애국심만 강조하는 그런 위인이 아니었다. 남부의 여러 주에 사는 선량한 동포들은 상원의원의 행동을 그리 이례적이라고 생각지 않을 것이다. 왜냐하면 이런 유사한 상황에 처한다면 그들도 그에 못지않게 선량한 행동을 하리라는 걸 우리는 어렴풋이 짐작하기 때문이다. 미시시피 주와 마찬가지로 켄터키 주에도 관대하고 넉넉한 마음을 가진 사람들이 많으며, 그들 또한 남이 고통 받는 얘기를 들으면 그냥 지나치지 않는 선린의식을 갖고 있는 것이다. 아, 선량한 동포여, 당신이 이런 상황에 처했다면, 당신의 고상하고 명예로운 마음이 허용하지 않았을 그런 서비스*를 우리에게 요구하겠는가?

아무튼 우리의 선량한 상원의원은 어쩔 수 없는 정치가였으므로 한밤중의 고행을 통하여 그것을 속죄하려 했다. 장마가 상당히 오래가고 있어 오하이오의 부드럽고 비옥한 흙은 거의 진흙 상태였다. 상원의원이 마차를 몰고 가야 할 길은 예전의 오하이오식 차로라는 것이었다.

"그게 어떤 길인데요?" 하고 동부의 여행자들은 물을 것이다. 그들은 매끈하게 잘 놓여 속도를 낼 수 있는 차로밖에 모를 테니까.

순진한 동부의 친구여, 이렇게 이해하면 될 것이다. 진흙층이 두터운 서부의 오지에서는, 땅 위에 둥근 통나무를 횡으로 나란히 놓고 그 사이를 흙과 뗏장과 기타 재료로 메워 도로를 만든다. 그리고 순진한 남부 사람들은 이런 것을 차로라고 부르면서 그 위로 마차를 몰고 다닌다. 하지만 장마철이 되면 비가 흙과 뗏장을 파헤치고 통나무들이 이탈해 이리저리 나뒹굴면서 흙으로 메운 공간에는 엄청난 틈새가 생

---

* 도망노예를 배척하고 고발하는 행위를 말함.

겨난다.

바로 이런 길 위로 우리의 상원의원은 덜컹거리며 마차를 타고 가면서, 상황이 허락하는 한 끊임없이 도덕적 반추를 거듭하고 있었다. 마차는 덜컹! 덜컹! 덜컹! 소리를 내며 굴러갔고, 상원의원과 여자와 아이는 갑자기 몸이 앞으로 쏠려 좌석의 위치가 바뀌는가 하면 창측으로 우르르 내몰리기도 했다. 마차는 진흙탕에 빠지기도 했고 마차를 몰고 있는 쿠조는 그럴 때마다 말들을 독려하느라 애를 먹었다. 말들을 이리 당기고 저리 당기면서 여러 번 시도해도 효과가 없어 마침내 상원의원이 짜증을 내려 하는 순간 마차가 제자리를 잡았으나, 갑자기 앞으로 튀어오르더니 다시 앞의 두 바퀴가 진흙탕 속으로 빠져들었다. 그러자 상원의원과 여자와 아이는 모두 뒤죽박죽이 되어 앞좌석 쪽으로 몸이 쏠렸다. 상원의원의 모자는 볼품없이 눈과 코를 찍어눌렀고, 그는 갑자기 심한 피로가 몰려오는 것을 느꼈다. 아이는 울기 시작했고, 쿠조는 말들을 채찍으로 후려치며 호령했다. 말들은 채찍이 계속 등 위에 떨어지자 진흙탕에서 빠져나오기 위해 앞다리를 공중으로 쳐들며 있는 힘을 다해 마차를 잡아당겼다. 마차가 제 위치를 찾는가 싶더니, 또다시 껑충 뛰어오르면서 이번에는 뒷바퀴가 빠졌다. 상원의원과 여자와 어린아이는 이번에는 뒷좌석 쪽으로 몸이 우르르 쏠렸다. 그의 팔꿈치가 여자의 모자를 눌렀고, 여자의 두 발이 그의 모자를 걷어차서 모자는 공중으로 날아올랐다. 마차는 잠시 뒤 구렁텅이를 빠져나왔고, 말들은 멈추어 선 채 숨을 헐떡거렸다. 상원의원은 모자를 집어들었고, 여자는 보닛을 바로 쓰고 아이를 진정시켰다. 그들은 이제 앞으로 벌어질 일에 대한 마음의 준비를 새롭게 했다.

마차가 차로를 달리는 동안 다양한 쿵! 쿵! 소리가 나고, 옆으로 밀리고 몸이 흔들리는 일이 벌어졌으나 그들은 이제 견딜 만하다는 생각을 갖게 되었다. 그러던 중 갑자기 마차의 바퀴가 움푹 팬 곳에 빠져들더니, 그들은 자기도 모르게 공중으로 발을 쳐들고 순식간에 좌석에서 미끄러졌다. 마차는 멈춰 섰고, 밖에서 쿵쾅 소리가 요란하게 나더니 쿠조가 마차 문 앞에 나타났다.

"나리, 아주 심하게 파인 곳에 빠졌습니다. 어떻게 빠져나가야 할지 모르겠습니다. 침목을 옮겨 바퀴 밑에다 대야 할 것 같습니다."

상원의원은 신음 소리를 내며 밖으로 나섰고 조심스럽게 발 디딜 자리를 찾았다. 하지만 한쪽 발이 아주 깊은 웅덩이에 빠져버렸다. 그는 급히 발을 빼내려다가 균형을 잃었고 그리하여 온몸이 진흙탕 속에 텀벙 빠져버렸다. 쿠조가 그를 건져냈지만 몰골이 말이 아니었다.

독자들의 기분을 생각하여 이제 더이상의 묘사는 삼가기로 하겠다. 서부의 여행자들은 한밤중에 진흙탕에 빠진 마차를 빼내기 위해 침목을 옮긴 고통스러운 경험을 대부분 가지고 있는데, 그들은 우리의 불운한 상원의원에게 깊은 동정심과 존경심을 느낄 것이다. 그렇다면 조용히 눈물 한 방울쯤 흘려줄 것이라 믿고 다음으로 넘어가기로 하자.

밤이 아주 깊어서야 마차는 물이 뚝뚝 떨어지는 초라한 몰골로 샛강을 건너 커다란 농가의 현관문 앞에 도착했다.

농장의 사람들을 깨우는 데는 상당한 인내심이 필요했다. 마침내 점잖은 주인이 나타나서 문을 열었는데, 체격이 당당하고 키가 커서 오손*같이 생긴 사람이었다. 양말만 신고도 190센티미터 가까운 키에 붉은색 플란넬 사냥셔츠를 입고 있었는데, 숱이 많은 연갈색 머리카락이 덥수룩했고 수염은 며칠이나 깎지 않아서 그리 상냥한 인상을 풍기지는 못했다. 그는 촛불을 높이 쳐들고 잠시 동안 의아해하고 당황한 표정으로 상대방을 쳐다보았는데, 그 모습이 다소 우스꽝스러웠다. 우리의 상원의원이 그에게 상황을 설명하는 데는 다소 노력이 필요했다. 그가 설명하는 동안 집주인을 조금 소개해보자.

정직한 존 밴 트럼프는 과거 켄터키 주에서 상당한 땅과 노예를 소유했던 대지주였는데, '겉만 곰같이 보일 뿐 속은 전혀 그렇지 않은' 사람이었다. 커다란 덩치 못지않게 관대한 마음을 지닌 그는 과거 몇 년 동안 노예제도가 가해자나 피해자 모두에게 나쁜 영향을 미치는 것을 불안한 시선으로 지켜보았다. 그러던 어느 날 존의 커다란 마음은 더 크게 부풀어올라 더이상 그런 불의를 용납하지 못하게 되었다. 그는 책상에서 수표책을 꺼내 챙겨서 오하이오로 건너가 마을이 하나 들어설 만큼 커다랗고 비옥한 지역의 4분의 1 정도를 사들였다. 그런 다음 그의 노예들(여자, 남자, 어린아이들)을 해방시키는 자유민 문서를 작성해준 뒤 모두 마차에 태워 가서 그 땅에 정착하게 했다. 이어 정직한 존은 시선을 샛강 위쪽으로 돌려서 아늑한 농가로 은퇴했고, 자신의 양심에 하등 거리낄 것 없이 명상의 생활을 하게 되었다.

"혹시 노예수색대로부터 쫓기는 불쌍한 여자와 아이를 보호해줄 수 있겠습니까?" 상원의원이 단도직입적으로 물었다.

---

* 중세의 기사 이야기에 등장하는 인물로 곰에게서 컸다. 여기서는 곰같이 건장하고 단단한 사람이라는 의미.

"그러지요." 정직한 존이 목소리에 상당히 힘을 주며 대꾸했다.

"그러실 줄 알았습니다." 상원의원이 말했다.

"수색대가 여길 찾아온다면," 정직한 존이 단단한 상체를 위로 약간 들어올리며 말했다. "나는 그들을 맞이할 준비가 되어 있습니다. 키가 180센티미터가 넘는 아들만 일곱 명이오. 내 아들이 그들과 대적할 겁니다. 수색대에게 안부나 전해주세요. 언제 들이닥친다 해도 상관 없다고." 존이 덥수룩한 머리카락 속으로 손가락을 집어넣어 슥슥 긁더니 커다란 웃음을 터뜨렸다.

지치고 맥이 풀린 엘리자는 잠에 떨어진 아이를 양팔로 안고 문 앞까지 걸어갔다. 곰 같은 남자는 그녀의 얼굴에 촛불을 비춰 보더니 동정하는 듯한 탄식을 내뱉었다. 그러고는 커다란 주방에 딸린 작은 침실의 문을 열어주며 들어가라고 손짓했다. 그는 촛대를 꺼내와 불을 켜서 테이블 위에 놓더니 엘리자에게 말했다.

"조금도 두려워할 필요 없습니다. 수색대가 찾아와도 다 대비가 되어 있으니까." 벽난로 위 선반에 걸려 있는 두세 자루의 총을 가리키며 그가 계속 말했다. "나를 아는 사람들은 내가 버티고 있는 한 이 농장에서 사람을 꺼내가려 하는 건 위험하다는 걸 압니다. 자, 이제 당신 어머니가 다독여주는 것처럼 마음 푹 놓고 잠들도록 하세요." 그는 그렇게 말하고 방 밖으로 나갔다.

"아주 예쁘게 생긴 여자로군요." 그가 상원의원에게 말했다. "예쁜 여자는 때때로 달아나야 할 이유가 더 많지요. 제대로 된 의식을 가진 여자라면 말이오. 이런 일은 잘 알고 있습니다."

상원의원은 엘리자의 배경을 간단하게 설명했다.

"오, 저런, 듣지 않아도 알겠소." 정직한 존이 가련하게 여기며 말했다. "그럼요, 그렇고말고요. 이렇게 행동하는 게 자연의 이치죠. 불쌍하게도 사슴처럼 쫓기다니. 자연스러운 감정이죠. 어머니라면 당연히 해야 할 일이고. 이런 얘기를 들으면 나도 모르게 저절로 욕설이 튀어나옵니다." 정직한 존이 반점이 있는 두툼하고 누런 손등으로 눈을 닦으며 말했다. "손님, 이런 얘기를 하나 해드리지요. 아주 여러 해 전에 나는 교회에 다녔습니다. 우리 고장의 목사들은 성경 구절을 들이대며 이 끔찍한 제도를 옹호했습니다. 나는 그들이 읊어대는 그리스어 구절과 히브리어 구절*에 대적할 수가 없었지요. 하지만 나는 성경과 목사 모두에게 등을 돌렸습니다. 그렇게 해서 교회에 다니지 않게 되었는데, 어느 날 그리스어와 히브리어도 그들에게 조금도 딸리지 않으면서도 노예제도에 철저하게 반대하는 목사를 만났습니다. 그래 이제야 제대로 된 목사를 만나서 다시 교회에 다니기 시작했습니다. 자, 이제야 빠졌네요." 말하는 중에 사이다 병의 코르크 마개를 계속 만지작거리던 존이 그 순간 코르크를 빼내어 상원의원에게 내밀었다.

"여기서 묵고 내일 아침에 가는 게 좋지 않겠어요?" 존이 다정한 목소리로 말했다. "우리 마누라를 불러서 선생 잠자리를 금방 봐드리도록 하겠습니다."

"감사합니다, 선생님. 하지만 지금 가서 콜럼버스행 새벽 역마차를 타야 합니다." 상원의원이 말했다.

---

* 성서의 원전은 구약은 히브리어로, 신약은 고대 그리스어로 되어 있다.

"아, 그렇군요. 그럼 저기 샛길까지만 같이 가드리죠. 오신 길보다 좀 낫습니다. 아까 그 길은 상당히 험했을 겁니다."

존은 옷을 입고 손에 제등(提燈)을 들고 나서며 농장 뒤쪽의 오지로 내려가는 길로 안내했다. 헤어질 때 상원의원은 존의 손에 십 달러를 쥐여주었다.

"그녀에게 주세요." 그가 간단히 말했다.

"알겠습니다." 존 역시 짧게 대답했다.

그들은 악수를 하고 헤어졌다.

10장
물건으로 운반되다

　톰 아저씨의 오두막에서 내다본 2월 아침은 흐린 데다 이슬비까지 내리고 있었다. 마음에 슬픔이 가득한 기죽은 사람의 표정 그대로였다. 벽난로 앞의 작은 테이블에는 다리미질할 옷들이 놓여 있었다. 방금 다리미질한, 낡았지만 깨끗한 셔츠 두 장이 벽난로 옆 의자 등에 걸려 있었다. 클로이 아줌마는 또 다른 셔츠를 자기 앞 테이블 위에 올려놓았다. 그녀는 아주 정성 들여서 셔츠의 주름과 접힌 부분을 다리미로 눌러댔고, 그러는 중에 왼손을 들어올려 뺨 위로 계속 흘러내리는 눈물을 닦아냈다.

　톰은 성경을 무릎 위에 올려놓고 손으로 머리를 괸 채 그 옆에 앉아 있었다. 두 사람은 아무 말이 없었다. 아직 이른 시간이었고, 아이들은 낡은 소형 침대에 누워서 자고 있었다.

톰은 이 불행한 종족이 모두 그러하듯이 온유하면서도 가정적인 사람이었다. 그는 의자에서 일어나 조용히 아이들 있는 곳으로 걸어가서 내려다보았다.

"이제 마지막이군." 그가 말했다.

클로이 아줌마는 아무 말도 하지 않았다. 이미 더이상 펼 수 없을 정도로 깨끗하게 다리미질된 낡은 셔츠를 누르고 또 누를 뿐이었다. 그녀는 갑자기 절망스러운 동작으로 다리미를 내려놓더니 테이블에 앉아 목청 높여 울음을 터뜨렸다.

"우린 체념하고 받아들여야 하나요? 오, 주님, 제가 어떻게 그리 할 수 있겠습니까? 당신이 어디로 가게 될지, 또 그들이 당신을 어떻게 대할지 안다면 좋으련만. 마님은 한두 해 안에 다시 데려오겠다고 하지만, 남쪽으로 팔려간 사람은 다시는 돌아온 일이 없으니! 거기선 사람을 죽인대요. 그곳 농장에서는 아주 죽어라 일만 시킨다는 얘기를 들었어요."

"클로이, 거기도 하느님이 계신 곳이야. 거기나 여기나 마찬가지야."

"그래요. 하느님은 어디나 계시겠지요. 하지만 주님은 때때로 끔찍한 일이 벌어져도 내버려두세요. 그러니 아무런 위안도 안 돼요."

"나는 주님 손 안에 있어." 톰이 말했다. "모든 일이 주님의 허락이 있어야 벌어지는 거야. 그리고 내가 주님께 감사드려야 할 것이 하나 있어. 팔려서 남쪽으로 가는 게 당신이나 애들이 아니라 나라는 거야. 당신은 여기 있으니 안전해. 무슨 일이 벌어져도 나 혼자만 감당하면 되는 거야. 그리고 주님께서 나를 도와주실 거야. 나는 그러시리라는 것을 알아."

아, 용감하고 사내다운 마음이여. 자신의 슬픔을 억누르고 사랑하는 사람들을 위로하려는 마음이여! 톰은 목에 뭐가 걸리는지 걸걸한 목소리로, 하지만 용감하고 강인하게 말했다.

"우리에게 내려진 자비를 생각해봅시다." 톰은 떨리는 목소리로 말했다. 그는 그런 자비를 정말로 확신하는 사람 같았다.

"자비라고요!" 클로이 아줌마가 말했다. "이런 일에 무슨 자비! 이게 올바른 일인가요. 나리는 빚 때문에 당신을 팔아버리는, 그런 식으로 일처리를 해서는 안 되는 거였어요. 당신은 나리가 해주는 것 두 배 이상으로 나리에게 해주었어요. 당신을 해방시켜준다고 약속했는데, 벌써 몇 해 전에 실천했어야죠. 지금으로선 어떻게 할 수가 없을지도 모르지요. 하지만 이건 잘못된 일이에요. 도대체 그런 생각을 지울 수가 없어요. 당신처럼 충실한 사람에게 이렇게 하다니. 자기 일은 제쳐놓고 오로지 나리 일만 생각하는 당신을 말이에요. 아내와 아이들보다 나리를 더 소중하게 생각해왔잖아요. 자신의 곤경에서 벗어나기 위해 진실로 사랑하고 마음의 피까지 바치는 사람을 팔아버리다니. 주님이 가만있지 않을 거예요!"

"클로이, 나를 사랑한다면 그렇게 말하지 마요. 우리가 이렇게 함께 있을 수 있는 마지막 시간에 왜 그런 말을 해. 클로이, 나리를 나쁘게 말하는 것은 나를 나쁘게 말하는 것과 같다는 걸 모른단 말이야? 나리는 갓난아이 때부터 내 품에서 자라셨어. 그러니 내가 나리 생각을 많이 하는 건 당연한 일이야. 나리가 불쌍한 톰을 특별하게 여겨주리라고 기대할 수는 없는 일이야. 주인님이라는 사람들은 대개 하인들을 이렇게 다루니까 당연히 대수롭지 않게 생각하는 거지. 하지만 우리 주인님을 다른 주인님들과 한번 비교해봐. 우리 나리처럼 나에게 잘 대해주고 또 편히 살게 해준 사람이 어디 있어? 나리는 이런 일이 벌어질 줄 알았다면 절대로 이걸 용납하지 않았을 거야. 나리는 정말 몰랐던 거야."

"아무튼 이건 잘못된 일이에요." 클로이 아줌마가 말했다. "아무리 말해도 소용없어요. 가서 옥수수케이크를 구워야겠어요. 당신에게 맛있는 아침식사를 차려줘야 하니까. 게다가 언제 당신이 이런 식사를 다시 하게 될지 아무도 모르잖아요."

남부로 팔려간 흑인들의 고통을 이해하기 위해서는 흑인들의 본능적인 애정이 아주 강하다는 것을 기억해야 할 필요가 있다. 그들은 자신이 나고 자란 고장에 대한 애착도 강하다. 흑인들은 원래 무모하거나 모험적이지 않으며 가정을 사랑하고 애정이 많은 사람들이다. 게다가 미지의 사항에 대한 무지는 공포를 불러일으킨다. 남부로 팔려간다는 것은 흑인들에게는 아주 어린 시절부터 최고의 징벌로 여겨졌다. 강 아래로 팔려간다는 위협은 채찍질이나 고문보다 더 그들을 두렵게 한다. 우리는 그들이 이런 감정을 표시하는 것을 여러 번 들었다. 그들끼리 잡담을 하다가도 '강 아래'에 대한 무서운 이야기가 나올 때마다 엄청난 공포심을 드러냈다. 그들에게 남부는 이렇게 묘사되는 곳이었다.

그 미지의 땅, 그 경계로부터
돌아온 여행자는 아무도 없노라.*

캐나다에서 도망자들과 함께 지냈던 한 선교사는 우리에게 이런 말을 전한다. 그들이 비교적 온후한 주인들로부터 도망쳐서 온갖 도주의 위험을 감내한 이유는, 대부분의 경우 언젠가 남부로 팔려갈지 모른다는 위협 때문이었다. 그것은 그들의 남편과 아내, 자식, 그리고 그들 자신의 머리 위에 매달려 있는 운명의 칼이었다. 이것이 흑인들을 불안하게 만들고, 그래서 원래 인내심 많고 수줍어하고 무모하지 않은 흑인들에게 영웅적인 용기를 불러일으키는 것이다. 그리하여 그들로 하여금 도망으로 겪게 될 기아와 혹한, 고통, 황야에서의 노숙, 다시 잡혀올 때의 아주 끔찍한 징벌을 모두 무시하고 도망치게 하는 것이다.

이제 간단한 아침식사가 테이블 위에서 모락모락 김을 내고 있었다. 셸비 부인은 그날 아침 저택에서의 아침식사 수발을 들지 않아도 좋다면서 클로이 아줌마를 하루 빼주었다. 불쌍한 클로이는 이 작별의 아침식사에 온 정성을 쏟았다. 가장 살찐 닭을 잡아서 요리했고, 남편의 입맛에 딱 맞게 옥수수케이크를 구웠다. 또 벽난로 선반에 놓여 있던 항아리들도 꺼내왔다. 그것은 아주 특별한 경우에만 내놓는 밑반찬이 들어 있는 항아리였다.

"야, 피트," 모스가 신이 나서 말했다. "아침 한번 거창한데!" 모스는 그렇게 말하면서 닭고기를 집어들었다.

클로이 아줌마가 모스의 귀를 후려쳤다. "이 바보 같은 놈! 불쌍한 아버지가 집에서 드실 마지막 아침식사를 눈앞에 두고 좋아서 지랄들

---

* 셰익스피어, 『햄릿』, 3막 1장 56~57행.

이야?"

"여보, 놔두구려." 톰이 부드럽게 말했다.

"나도 모르게 손이 나갔어요." 클로이 아줌마가 앞치마에 얼굴을 가리며 말했다. "내가 너무 당황해서 꼴사납게 굴었어요."

아이들은 조용히 서서 먼저 아버지를, 그리고 이어서 어머니를 쳐다보았다. 그러는 동안 갓난아이가 엄마 옷 위로 기어오르면서 요란하게 울어댔다.

"어이구, 내 새끼!" 클로이 아줌마가 눈을 훔치고 갓난아이를 들어올리면서 말했다. "자, 이제 다 준비됐어요. 드세요. 내가 준비한 제일 맛 좋은 닭고기예요. 너희들도 좀 먹어라. 불쌍한 것들! 엄마가 모질게 굴었구나."

아이들에겐 두 번 말할 필요가 없었다. 그들은 맹렬하게 음식에 달려들었다. 그러나 아이들의 그런 행동은 오히려 다행스러운 것으로, 그러지 않았더라면 그 순간 톰 가족이 자연스럽게 할 수 있는 일이라고는 아무것도 없었을 것이다.

"이제 당신 옷들을 챙겨야겠어요." 아침식사가 끝난 뒤 클로이 아줌마가 부산을 떨며 말했다. "이걸 다 가져가야 해요. 남자들은 지저분하게도 옷을 잘 안 빨아 입으니까. 관절염 도질 때 입는 플란넬 옷은 이 구석에다 넣었어요. 잘 기억해두세요. 이제 당신 옷을 챙겨줄 사람은 없으니까. 여기는 낡은 셔츠가 있고 저기엔 새 셔츠를 넣었어요. 당신 양말은 지난밤에 다 수선했어요. 이젠 누가 양말을 꿰매줄까?" 클로이 아줌마가 또다시 감정이 복받쳐서 트렁크 옆으로 고개를 떨구며 흐느꼈다. "생각해봐요! 아플 때나 건강할 때나, 이젠 당신을 돌봐줄 사람도 없게 됐으니! 나도 이젠 착실하게 살 필요도 없네요."

아침 식탁 위의 음식을 다 먹어치운 아이들은 이제 상황을 파악하기 시작했다. 엄마가 울고 아빠가 몹시 슬퍼하는 것을 보고서 그들은 훌쩍거리면서 손등으로 눈물을 닦아냈다. 톰 아저씨는 갓난아기를 무릎 위에 올려놓고 아이가 마음껏 놀도록 내버려두었다. 아이는 아빠의 얼굴을 긁거나 머리카락을 잡아당기다가 즐거운 듯 갑자기 까르르 작은 비명을 내지르기도 했다. 반사적으로 저절로 내는 탄성 같은 것이었다.

"그래, 즐거워해라, 불쌍한 것!" 클로이 아줌마가 말했다. "너도 그런 신세가 될 테지. 나중에 커서 남편이 팔려가는 꼴을 보게 되거나 어쩌면 네가 팔려갈지도 모르지. 그리고 여기 네 오빠들도 팔려가겠지. 좋은 값이 나갈 때 말이야. 하지만 정작 검둥이한테는 그 좋은 값이라는 게 아무 쓸모도 없지."

그때 사내아이들 중 하나가 소리쳤다. "마님이 오신다!"

"아무 도움도 주지 못할 거면서 여긴 뭣하러 와?" 클로이 아줌마가 구시렁거렸다.

셸비 부인이 들어서자 클로이 아줌마는 다소 거칠고 퉁명스러운 태도로 의자를 내왔다. 마님은 그런 행동이나 태도를 전혀 의식하지 못하는 것 같았다. 그녀는 창백하고 슬픈 표정이었다.

"톰, 내가 여기 온 건……" 그녀는 갑자기 말을 멈추더니, 아무 말이 없는 톰 가족을 돌아본 뒤 의자에 털썩 주저앉아 손수건으로 얼굴을 감싸면서 흐느껴 울기 시작했다.

"마님, 마님, 이러지 마세요!" 클로이 아줌마가 소리쳤다. 잠시 동안 그들은 함께 울었다. 신분이 높은 사람이고 낮은 사람이고 상관없이 그들이 한마음으로 흘린 눈물이 핍박당하는 사람들의 고뇌와 분노를 씻어내주었다. 오, 고통 받는 사람을 방문해본 자들이여, 아무리 값비싼 것이라 한들 그것이 차갑게 외면하는 얼굴에서 나오는 것이라면 진심에서 우러나온 정직한 눈물을 당하지 못한다는 것을 아는가?

"충직한 톰," 셸비 부인이 말했다. "내가 너한테 줄 수 있는 건 아무것도 없어. 돈을 준다 해도 그들이 빼앗아갈 테지. 하지만 내가 하느님 앞에서 이것만은 엄숙하게 맹세할게. 네가 가는 곳을 끝까지 추적해서 돈이 생기는 대로 너를 다시 데려올게. 그때까지 하느님을 믿고 건강해야 해!"

그 순간 아이들이 헤일리 나리가 온다고 소리쳤다. 그는 거칠게 발길질하면서 문을 열었다. 헤일리는 지난밤 아주 오래 말을 탔기 때문에 험악한 표정이었다. 또 도망간 노예도 잡아오지 못해서 열이 뻗쳐 있는 상태였다.

"이봐, 검둥이, 다 준비됐나?" 순간 셸비 부인을 본 그는 모자를 벗으며 목례를 했다.

클로이 아줌마는 주저앉아 트렁크를 닫고 끈으로 동여맸다. 이어 일어서더니 노예상인에게 차가운 시선을 던졌다. 그녀의 눈물이 갑자기 불꽃으로 바뀐 듯했다.

톰은 새 주인을 따라가기 위해 순순히 일어서면서 트렁크를 어깨에 둘러멨다. 그의 아내는 갓난아이를 품에 안은 채 그와 함께 마차 있는 곳까지 걸어갔고, 아이들은 아직도 울면서 그 뒤를 따랐다.

셸비 부인은 노예상인에게 걸어가 잠시 붙들고서 진지한 대화를 나누었다. 그녀가 얘기하고 있는 동안 톰의 가족은 문 앞에 대기 중인 마차까지 걸어갔다. 농장의 남녀노소 일꾼들은 오랜 동료에게 작별 인사를 하기 위해 마차 근처로 모여들었다. 톰은 농장에서 수석 하인 으로, 또 하느님의 말씀을 가르치는 신앙인으로 존중을 받는 사람이 었기 때문에 모두가 다 함께 슬퍼했고, 특히 여자들은 깊은 동정과 슬픔을 표시했다.

"클로이, 우리보다 더 잘 참고 있네!" 여자들 중 하나가 말했다. 그여자는 너무 슬퍼서 마구 눈물을 흘리다가 마차 옆에 우울하면서도 침착한 표정으로 서 있는 클로이를 보았다.

"눈물도 말랐어!" 그녀가 가까이 다가오는 노예상인을 쳐다보며 말했다. "저런 나쁜 놈 앞에서 눈물을 보이고 싶지도 않아."

"어서 타!" 헤일리가 톰에게 말했다. 그는 눈살을 찌푸리며 쳐다보는 하인들을 헤치고 걸어왔다.

톰이 마차에 올라타자 헤일리는 마차 좌석 아래에서 무거운 족쇄 한 짝을 꺼내 톰의 발목에 각각 채웠다.

사람들 사이에서 분노의 신음 소리가 터져나왔고, 셸비 부인이 베란다에서 말했다.

"헤일리 씨, 안심하세요. 그런 조치는 전혀 필요 없습니다."

"부인, 나는 이곳에서 오백 달러짜리를 잃어버렸습니다. 더이상 모험을 할 여력이 없습니다."

"마님은 도대체 저런 자에게서 뭘 바라시는 거야?" 클로이 아줌마가 화난 목소리로 말했다. 이제 아버지의 운명을 명확하게 알아본 두 아이는 엄마의 가운에 매달려 흐느껴 울며 신음 소리를 토해냈다.

"조지 도련님을 만나지 못하고 떠나게 되어 아쉽습니다." 톰이 말했다.

조지는 친구와 함께 이웃 농장에 사흘 정도 예정으로 놀러갔는데, 톰의 일이 알려지기 전 아침 일찍 길을 떠났기 때문에 톰이 팔려간다는 사실도 모르고 있었다.

"조지 도련님에게 잘 지내시라고 전해주십시오." 톰이 간절한 목소리로 말했다.

헤일리는 말에 채찍질을 했고, 톰은 슬픈 얼굴로 마지막 순간까지 농장에서 시선을 떼지 않은 채 떠나갔다.

그때 셸비 씨는 집에 없었다. 빚에 몰려 너무나 두려운 채권자로부터 벗어나기 위해 톰을 팔아야 했던 그가 매매계약을 체결한 후 처음 느낀 것은 안도감이었다. 하지만 아내의 간청이 절반쯤 잠들어 있던 그의 양심을 일깨워놓았다. 톰이 남자답게 의연히 불행을 견디는 것도 그의 뒤숭숭한 기분을 더욱 부채질했다. 나는 팔아버릴 수 있는 권리가 있어. 누구나 다 그렇게 해. 어떤 사람은 굳이 그럴 필요가 없는데도 노예를 팔아버려. 이렇게 중얼거리며 자신을 위로하려 해도 나쁜 기분이 가라앉지 않았다. 계약 이행의 불유쾌한 광경을 보고 싶지 않았던 그는 돌아오면 모든 일이 끝나 있기를 바라며 켄터키 북부 쪽으로 짧은 출장을 갔다.

톰과 헤일리는 진흙길을 따라가면서 낯익은 풍경들을 지나갔다. 농장의 경계선을 훨씬 지나 어느덧 큰길로 들어서게 되었다. 한 1.5킬로미터쯤 달려간 후에 헤일리는 갑자기 대장간 앞에 마차를 세웠다. 그는 수갑 한 쌍을 꺼내들고 대장간 안으로 들어갔다.

"이 수갑이 저 친구한테는 좀 작은 것 같은데." 헤일리가 톰을 가리키면서 대장장이에게 수갑을 건네며 말했다.

"아니, 저건 셸비 씨 댁 톰이 아닙니까! 톰을 팔았나요?" 대장장이가 물었다.

"그렇소." 헤일리가 대꾸했다.

"이렇게 할 필요 없습니다." 대장장이가 말했다. "어떻게 이런 생각을 했습니까? 톰에게는 수갑을 채울 필요가 없어요. 그는 아주 충직하고 좋은 친구입니다."

"그렇지요. 하지만 충직한 친구들이 또 달아나기도 잘하죠. 어리석은 자는 자기가 어디로 가든 신경을 쓰지 않아요. 쓸모없는 술주정뱅이도 그렇고. 그런 것들은 그냥 시키는 대로 하기 때문에 다른 데로 보내도 별 군소리 없이 갑니다. 그런데 똑똑한 놈들은 그런 걸 아주 싫어해요. 족쇄를 채워놓는 수밖에 없어요. 다리를 자유롭게 풀어놓으면 그걸 이용하려고 덤비니까."

"그런데 손님," 대장장이가 연장을 골라잡으며 말했다. "남쪽의 농장은 켄터키 검둥이들이 별로 가고 싶어하지 않는 곳이에요. 거기 간 검둥이들은 아주 빨리 죽잖아요. 그렇지 않아요?"

"그래요, 빨리 죽지요. 날씨가 덥고 또 다른 이유들도 있지요. 검둥이들이 그렇게 죽어나가기 때문에 시장이 활성화되는 겁니다."

"톰처럼 일 잘하고 조용하고 착한 친구가 남쪽으로 내려가 험한 농장에서 궂은 일을 해야 한다는 건 정말 안됐네요. 불쌍한 생각이 드는데요."

"잘해주겠다고 약속했어요. 운이 좋으면 남부의 유서 깊은 가문에 하인으로 들어갈 수도 있고. 그렇게 되어 남부의 무더운 날씨와 열병만 잘 견딘다면 검둥이로서 더이상 바랄 게 없는 좋은 곳에 자리를 잡을 수도 있으니까."

"아내와 아이들은 여기 다 두고 가겠지요?"

"그렇소. 가서 다른 여자를 얻으면 돼요. 어딜 가나 여자는 많으니까." 헤일리가 말했다.

이런 대화가 진행되는 동안에 톰은 대장간 밖 마차 안에 우울하게 앉아 있었다. 그때 갑자기 뒤에서 급한 말발굽 소리가 들려왔다. 그가 놀라서 고개를 쳐들기도 전에 조지 도련님이 마차 안으로 달려들어와 톰의 목에 양팔을 내던지며 껴안더니 큰 소리로 흐느껴 울기 시작했다.

"이건 정말 야비한 짓이야! 사람들이 뭐라고 하든 그 말을 믿지 않아. 정말 야비하고 부끄러운 짓이야. 내가 어른이라면 이런 짓은 절대로 못 하게 하겠어. 절대로 이렇게 해서는 안 되는 거야." 조지가 나지막하게 울부짖으면서 말했다.

"오, 조지 도련님, 정말 다행이에요!" 톰이 말했다. "도련님을 보지 못하고 떠나는 게 너무 가슴 아팠습니다. 이제 이렇게 만나고 가서 너무 기쁩니다." 그 순간 톰이 다리를 약간 움직이는 바람에 조지가 족쇄를 보게 되었다.

"아, 정말 부끄러운 일이야!" 조지가 양손을 쳐들며 말했다. "저 늙은 놈을 패버리겠어!"

"조지 도련님, 그러면 안 됩니다. 그렇게 큰 소리로 말해서도 안 됩니다. 저 사람을 화나게 하는 건 제게 아무런 도움이 안 됩니다."

"그럼, 톰 아저씨를 생각해서 하지 않을게. 하지만 아무리 생각해도 이건 너무 부끄러운 짓 아니야? 나를 부르러 사람을 보내지도 않았고 아무런 소식도 전해주지 않았어. 톰 링컨이 아니었더라면 이 소식을 못 들을 뻔했어. 집에 가서 모두 가만두지 않을 거야!"

"그건 옳은 일이 아니에요, 조지 도련님."

"어쩔 수 없어. 이건 정말 부끄러운 일이야. 톰 아저씨, 이걸 좀 봐." 그가 대장간을 등진 채 나지막한 목소리로 속삭이며 말했다. "내가 일 달러짜리 은전을 가지고 왔어."

"오, 조지 도련님, 그건 받을 수 없어요. 절대로 안 돼요." 톰이 말했다. 하지만 그는 굉장히 감동받았다.

"아니야, 꼭 받아. 이걸 봐. 클로이 아줌마에게 이렇게 하겠다고 말했더니 이 은전에다 구멍을 뚫어서 줄을 매달면 목걸이처럼 걸고 다닐 수 있다고 했어. 남의 눈에 안 띄게 말이야. 안 그러면 저 비열한 자가 이 은전을 빼앗아가겠지. 자, 톰 아저씨, 나는 지금 가서 저자에게 한바탕 욕을 해주고 올 테야. 그렇게 해야 내 기분이 좋아지겠어."

"조지 도련님, 그러지 마세요. 그래 봐야 제게 좋을 게 아무것도 없어요."

"그럼 아저씨를 봐서 참을게." 조지가 은전 목걸이를 톰의 목에 걸어주며 말했다. "자, 이제 상의 단추를 꼭 잠가. 그 은전을 잘 간수해. 그걸 볼 때마다 내가 언젠가 아저씨를 데리러 올 거라고 믿어. 클로이 아줌마와 그 문제에 대해서 얘기했어. 아줌마에게 걱정하지 말라고 했어. 내가 꼭 그렇게 할게. 아버지가 움직이지 않으면 내가 아버지를 못살게 굴어서 반드시 그렇게 하고 말 거야."

"오, 조지 도련님, 아버지에 대해 그렇게 말하면 안 됩니다."

"톰 아저씨, 나는 나쁜 뜻으로 말한 건 아니야."

"조지 도련님, 도련님은 착한 소년이 되어야 해요. 많은 사람이 도련님이 잘되기를 바란다는 걸 기억하세요. 늘 어머니의 뜻을 따르도록 하세요. 잘난 체하면서 어머니를 무시하는 그런 어리석은 아들이 되지 마세요. 조지 도련님, 이걸 하나 말씀드릴게요. 주님은 좋은 것들을 여러 번 내려주시지만 어머니는 한 번밖에 주지 않으세요. 조지 도련님, 도련님이 백 살까지 살아도 그렇게 좋은 어머니는 다시 만나기 힘들 거예요. 그러니 어머니의 뜻을 잘 따르면서 성장하여 어머니에게 위로가 되도록 하세요. 그렇게 해야 착한 소년인 겁니다. 그렇게 하시겠지요?"

"그렇게, 톰 아저씨." 조지가 진지하게 말했다.

"그리고 말을 조심해야 돼요, 조지 도련님. 어린 소년들은 도련님 나이 정도가 되면 제멋대로인 경우가 많아요. 아직 어리니까 그렇게 행동하는 것도 당연하지요. 하지만 내가 도련님에게 바라는 건 부모에게 절대 불손한 언사를 쓰지 않는 진짜 신사가 되는 거예요. 조지 도련님, 이렇게 말한다고 해서 기분 나쁘지 않지요?"

"아니, 톰 아저씨. 아저씨는 언제나 내게 좋은 말만 해주잖아."

"나는 나이가 들었잖아요." 톰이 두툼한 손으로 소년의 부드러운 곱슬머리를 쓰다듬으면서 여자같이 부드러운 목소리로 말했다. "오, 조지 도련님, 도련님은 좋은 것들을 많이 갖추고 있어요. 학식, 특권, 읽기와 쓰기 능력. 도련님은 나중에 크면 학식이 높고 선량하면서도 위대한 사람이 될 거예요. 농장의 일꾼들과 도련님의 부모님이 자랑스럽게 생각할 거예요. 아버지처럼 좋은 주인이 되세요. 어머니처럼 훌륭한 기독교 신자가 되세요. 젊은 시절에 알게 된 창조주를 늘 기억하세요. 조지 도련님."

"난 정말 좋은 사람이 될 거야, 톰 아저씨. 약속할게." 조지가 말했다. "난 으뜸가는 사람이 될 거야. 그리고 절대 낙담하지 마. 꼭 아저씨를 우리 농장에 다시 데려올 거야. 오늘 아침 클로이 아줌마에게 말한 것처럼 아저씨의 집을 새로 지을 거야. 내가 어른이 되면 아저씨는 카펫 깔린 거실이 있는 집에서 살게 될 거야. 앞으로 아주 호강하며 살 거야!"

그때 헤일리가 수갑을 든 채 마차 문 앞에 나타났다.

"이것 보세요." 조지가 아주 위엄 있게 마차 밖으로 나가면서 말했다. "당신이 톰 아저씨를 어떻게 대했는지 우리 부모님에게 다 말할 거예요."

"얼마든지." 노예상인이 말했다.

"평생 사람들을 사고팔면서 그들을 가축처럼 묶어놓는 일을 하다니 부끄러운 줄 아세요. 당신 자신도 그런 걸 부끄러워한다는 걸 나는 알아요."

"네가 말하는 그 잘난 양반들이 검둥이를 사고파는 한, 나도 그들 못지않게 선량한 사람이야. 검둥이들을 팔아먹는 자나 사들이는 자나 무슨 차이가 있다는 거야?" 헤일리가 말했다.

"난 어른이 되면 사지도 팔지도 않을 거예요. 나는 오늘 나 자신이 켄터키 사람이라는 게 부끄러워요. 전에는 늘 그 사실을 자랑스럽게 생각했는데." 조지는 말 위에 올라 똑바르게 정좌하고서 주위를 한 번 둘러보았다. 켄터키 주 전체가 그 자신의 의견을 경청해주기를 바란다는 듯이.

"톰 아저씨, 잘 가. 굳세게 견뎌." 조지가 말했다.

"잘 있어요, 조지 도련님." 톰이 사랑하고 존경하는 눈빛으로 조지를 쳐다보았다. "하느님께서 당신을 축복해주시기를! 아, 켄터키 주에는 도련님 같은 사람이 많지 않아요." 소년의 정직한 얼굴이 멀리 사라지는 동안, 톰은 가슴에 감동이 가득한 채로 말했다. 톰은 조지의 말발굽 소리가 마지막으로 들릴 때까지 그의 뒤를 지켜보았다. 그것은 고향의 마지막 소리요 풍경이었다. 하지만 그의 가슴에는 따뜻한 은전 목걸이가 걸려 있었다. 어린 조지가 정성스레 그의 목에 둘러준 일 달러 은전 목걸이. 그는 손으로 은전을 눌러 가슴에 꼭 갖다 댔다.

"자, 톰, 이걸 말해주지." 헤일리가 마차에 올라 수갑을 내던지며 말했다. "난 너한테 공정하게 대할 거야. 다른 검둥이들에게도 그렇게 했듯이 말이야. 그러니까 네가 나한테 공정하게 대하면 나도 너를 공정하게 대해주겠다 이거야. 난 내 소유의 검둥이들을 모질게 대한 적이 없어. 내가 할 수 있는 한 잘해주려 한다고. 자, 이제 편안하게 앉아 있으라고. 쓸데없는 술수를 부리려 들지 말고 말이야. 난 검둥이들이 부리는 온갖 술수를 훤히 꿰고 있어. 그러니 그런 건 나한테 안 통해. 네가 가만히 있으면서 달아날 생각을 하지 않는다면 아무 어려움이 없어. 하지만 그렇지 않고 자꾸 딴짓을 하려 들면 큰코다치게 될 거야. 그건 네 잘못이지 내 잘못이 아니야."

톰은 헤일리에게 달아날 생각이 조금도 없다고 안심시켰다. 사실 발에 무거운 족쇄를 차고 있는 검둥이에게 그런 식의 훈계는 불필요한 것이었지만, 자신이 사들인 노예들에게 그런 식으로 훈계하는 것이 헤일리의 상투적 수법이었다. 그것은 노예들을 안심시키고 신뢰하게 만들어 불쾌한 장면을 될 수 있으면 피해보자는 얕은 꾀였다.

그러면 여기서 잠시 톰을 떠나 다른 인물들의 행방을 추적해보기로 하자.

11장
물건의 물건답지 않은 생각

이슬비가 내리는 늦은 오후, 한 여행자가 켄터키 주 N마을의 자그마한 여관 현관문 앞에 내렸다. 술집으로 들어가자 잡다한 사람들이 모여 있었다. 우중충한 날씨 때문에 사람들이 술집으로 몰려들었고, 바는 이런 사람들이 만나서 사교하는 통상적인 장면을 보여주었다. 사냥셔츠를 입은, 키가 크고 뼈가 단단한 켄터키 사람들이 광활한 켄터키 주 일대를 돌아다니다가 그 바에 들어와 휴식을 취하는 중이었다. 그들의 사냥총과 탄약 주머니, 사냥감 주머니, 사냥개, 대동하고 다니는 어린 흑인들이 한구석에 몰려 있었다. 벽난로 양쪽 끝에는 다리 긴 신사가 한 명씩 앉아 있었다. 그들은 모자를 쓰고 진흙 묻은 장화를 벽난로 선반 위에 올려놓은 채 의자 등받이에 느긋하게 기대앉아 있었다. 그것은 서부의 술집에 들어온 사람들이 깊은 생각에 잠길

때 자주 취하는 자세였다. 여행자들은 이런 식으로 앉아서 생각을 가다듬는 것을 특히 좋아했다.

바 뒤에 서 있는 여관 주인은 그의 동향 사람들과 마찬가지로 키가 크고 선량하고 돌아다니기를 좋아하는 사람이었다. 주인은 머리숱이 엄청나게 많았고, 그 더부룩한 머리 위에 운두가 높은 모자를 쓰고 있었다.

사실 바에 앉아 있는 모든 사람이 남성 주권의 상징인 그 모자를 쓰고 있었다. 펠트 천으로 만든 것이든 종려나무 잎사귀로 만든 것이든 기름진 비버가죽으로 만든 것이든 새로운 유행을 따른 것이든, 모자들은 저마다 공화국의 진정한 독립을 상징하며 주인의 머리 위에 얹혀 있었다. 사실 모자는 주인의 개성을 드러내는 물건이었다. 어떤 사람은 모자를 한쪽으로 삐딱하게 기울여 썼다. 이런 사람들은 유머를 사랑하고 쾌활하면서도 자유롭고 또 화통한 자들이다. 어떤 사람들은 코 밑까지 꽉 눌러 쓴다. 이런 사람들은 심지가 굳은 완벽주의자인데 모자를 쓸 때는 반드시 그런 방식으로 써야만 직성이 풀린다. 모자를 뒤로 젖혀서 쓰는 사람들도 있다. 이들은 시원한 전망을 좋아하는 늘 깨어 있는 사람들이다. 반면에 부주의한 사람들은 자신이 어떻게 모자를 쓰고 있는지 의식하지 못하여 모자가 사방으로 흩날린다. 모자에도 셰익스피어 연구만큼 다양한 이야기가 담겨 있는 것이다.

헐렁한 바지에 꼭 끼는 셔츠를 입은 여러 명의 흑인들이 바 안을 왔다 갔다 하고 있었다. 하지만 그들은 특별히 하는 일이 없었고, 여관 주인과 손님들의 부름이 있으면 즉시 필요한 것을 다 대령하겠다는 막연한 의욕을 과시하는 중이었다. 벽난로에서는 탁탁 소리를 내며 불이 활활 타올랐다. 불꽃은 크고 넓은 굴뚝을 향해 밝고 환한 혀를 날름거리고 있었다. 바깥 문과 창문을 모두 활짝 열어놓아 캘리코 천으로 된 창문 커튼이 축축한 공기를 품은 산들바람에 너울너울 흔들리고 있었다. 이상이 켄터키 술집의 유쾌한 내부 풍경이다.

오늘날의 켄터키 사람들은 본능과 성격이 유전된다는 학설을 잘 예증하는 표본이다. 그들의 선조는 굉장한 사냥꾼이었다. 숲속에서 살며 탁 트인 하늘 아래 별들을 촛불 삼아 잠을 잤다. 그들의 후예는 오늘날까지도 집이 하나의 캠프인 양 행동한다. 하루 종일 모자를 쓰고 있고, 여기저기 어슬렁거리며, 의자 등받이나 벽난로 선반에 긴 다리를 올려놓는다. 그들의 아버지가 푸른 초원에서 뒹굴면서 나뭇가지와 통나무 위에 다리를 올려놓았다면 이제는 벽난로 앞에 다리를 올려놓는 것만 달라졌다. 그들은 여름이든 겨울이든 창문과 문을 죄다 열어놓는다. 그래야 그들의 커다란 폐 속으로 충분한 공기를 집어넣을 수 있다. 모든 사람을 향해 사람 좋은 목소리로 '낯선 양반'이라고 말하는, 이 세상에서 가장 정직하고 화통하고 유쾌한 사람들이 이 바에 모여 있다.

이런 화통하고 자유로운 사람들의 무리 속으로 우리의 여행자가 걸어들어왔다. 키가 작고 땅딸막한 그는 신사복을 아주 정성스럽게 갖춰 입었다. 얼굴은 통통하여 사람 좋게 보였는데, 외모에는 어딘지 모르게 약간 당황하는 데가 있었다. 손에는 여행용 손가방과 우산을 들고 있었는데, 하인들이 들어주겠다고 해도 완강하게 거부했다. 그는 약간 불안한 기색으로 바 안을 둘러보더니 자신의 소지품을 든 채 가장 따뜻한 구석으로 갔다. 그러고는 의자 밑에다 소지품을 내려놓고 앉아서 약간 두려운 눈빛으로 벽난로 옆에 앉아 있는 신사를 쳐다보았다. 신사의 발꿈치는 벽난로 선반의 끝에 가 있었고, 신사는 왼쪽에서 오른쪽으로 거침없이 침을 뱉고 있었다. 그 호기로운 태도는 허약한 심성과 독특한 습관을 가진, 방금 도착한 신사에게는 다소 위협적인 것이었다.

"낯선 양반, 안녕하슈?" 벽난로 쪽 신사가 새로 도착한 신사에게 인사 삼아 담뱃진 묻은 침을 날리면서 물었다.

"아, 네." 그가 인사차 날아온 침을 약간 놀라서 피하며 말했다.

"무슨 재밌는 소식이라도 있소?" 벽난로 신사가 씹는담배 한 조각과 커다란 사냥칼을 호주머니에서 꺼내며 물었다.

"뭐, 없는데요." 그가 대답했다.

"한 조각 씹어보시겠소?" 벽난로 신사가 담배 한 조각을 새로 도착한 신사에게 내밀며 말했다. 아주 다정한 자세였다.

"고맙지만 사양하겠습니다. 나와는 맞지가 않아서." 옆으로 피하면서 키 작은 신사가 대답했다.

"안 한다고요?" 그 신사가 담배 조각을 자신의 입속에 집어넣으며 말했다. 그는 담뱃진 묻은 침을 계속 우려내 필요한 곳에 뱉기 위해 열심히 담배를 씹어댔다.

늙은 신사는 다리 긴 벽난로 신사가 그의 쪽으로 침을 튀길 때마다 가볍게 놀라는 표정을 지었다. 벽난로 신사는 이것을 눈치채자 사람 좋게도 자신의 침 대포를 다른 쪽으로 돌리더니, 도시 하나를 함락시킬 만큼 정교한 타격으로 벽난로의 쇠 부지깽이를 향해 쏘아댔다.

"저건 뭐죠?" 나이 든 신사가 커다란 포스터 앞에 사람들이 모여

L. C. ROBARDS,
DEALER IN NEGROES,
LEXINGTON, KY.

PERSONS wishing to Buy or Sell Negroes, will, at all times, find a market for them by calling at my *NEW JAIL* a few doors below the "Bruen House" on Short street.

N. B. The highest cash price will be paid for Young and Likely Negroes.

july 2-81-y

Negroes Wanted.

THE undersigned wish to purchased a large number of **NEGROES**, of both sexes, for which they will

Pay the Highest Prices in Cash.

Office on Main-street, opposite the Phœnix Hotel, and 2d door above the Statesman Office, Lexington.

SILAS MARSHALL & BRO.

March 15, 1859-50-tf

도망노예를 잡아오면 상금을 준다는 공고문.

있는 걸 보고 물었다.

"도망간 검둥이를 찾는 공고요." 그들 중 한 사람이 말했다.

윌슨 씨(이게 나이 든 신사의 이름이다)는 의자에서 일어나 여행용 손가방과 우산을 잘 정돈한 다음 천천히 안경을 꺼내 코에 걸쳤다. 이 일련의 동작을 끝낸 다음 그는 공고문을 읽었다.

하기 서명자로부터 뮬라토 청년 조지가 도주했음. 키 183센티미터에 살결이 흰 뮬라토로, 갈색 곱슬머리이며 대단히 똑똑하고 세련되게 말하며 글을 읽고 쓸 줄도 알아 백인 행세를 할 가능성이 있음. 등과 어깨에 채찍 자국이 있음. 오른쪽 손바닥에 H라는 낙인이 찍혀 있음.

생포해 오면 사백 달러를 제공하겠으며, 죽였다는 확실한 증거를 제시해도 같은 금액을 제공하겠음.

노인은 마치 공고문을 연구라도 하듯이 처음부터 끝까지 나지막한 목소리로 읽었다.

쇠 부지깽이를 향해 침 대포를 날리던 다리 긴 신사는 이제 벽난로 선반에서 다리를 내리고 천천히 큰 키를 일으켜 세웠다. 그는 공고문 앞으로 오더니 아주 의도적으로 그 포스터를 향해 정면으로 침 대포를 발사했다.

"이게 내 대답이다." 그가 간단히 말하더니 다시 의자에 앉았다.

"낯선 양반, 그게 무슨 대답이라는 거죠?" 여관 주인이 물었다.

"나는 저 공고의 서명자에게도 똑같이 침을 뱉어주겠소. 만약 그가 여기에 있다면 말이오." 벽난로 신사가 씹는담배를 적당한 크기로 자르는 작업을 재개하면서 말했다. "저런 좋은 애를 데리고 있으면서도 더 잘 대해줄 방법을 모른다면 잃어버리는 수밖에 없소. 이런 포스터는 우리 켄터키의 수치요. 이게 내 생각이오. 주인장이 무슨 뜻이냐고 물었기에 한마디 했소이다."

"그건 그렇지요." 여관 주인이 회계장부에다 뭔가 기재하면서 말했다.

"나도 애들을 좀 데리고 있어요." 벽난로 신사가 쇠 부지깽이에 다시 침 대포를 날리며 말했다. "난 애들한테 이렇게 말해요. 너희들이 달아나고 싶으면 지금이라도 달아나. 난 너희들을 찾아나서지 않을 거야. 난 이런 식으로 우리 애들을 거느리고 있습니다. 자유롭게 달아나라고 내버려둡니다. 그러면 달아날 마음이 안 생기는 겁니다. 게다가 나는 애들 앞으로 노예 해방문서를 다 작성해놓았어요. 내가 갑자기 죽을 때를 대비해서 말입니다. 애들이 이런 사실을 다 알고 있어요. 그래서 우리 고장에서 나처럼 흑인들로부터 많은 소득을 올리는 사람이 없어요. 한번은 애들에게 오백 달러어치 망아지들을 신시내티에 가서 팔아오라고 했어요. 그랬더니 오백 달러를 들고 집으로 돌아오더라고요. 이런 일을 몇 번이나 시켰어요. 다 틀림없이 돌아왔습니다. 애들이 그렇게 반응하는 게 당연합니다. 뭐라고 할까, 애들을 개처럼 대하잖아요. 그러면 개 같은 일과 개 같은 행동이 보답으로 돌아옵니다. 애들을 사람으로 대접하잖아요. 그러면 사람다운 일이 보답으로 돌아옵니다." 이 정직한 가축상인은 득의양양하여 말했고, 신이 나서 그런지 벽난로의 쇠 부지깽이를 향해 완벽한 침 대포를 다시 한

번 발사했다.

"신사 양반의 말이 백 퍼센트 맞다고 생각하오." 윌슨 씨가 말했다. "저기 공고에 나온 흑인은 아주 훌륭한 청년이오. 그건 틀림없어요. 내가 운영하는 포대 자루 공장에서 육 년 동안 일했거든요. 내가 데리고 있는 일꾼 중에서 가장 훌륭한 일꾼이었지요. 손재주도 아주 좋아서 대마를 깨끗하게 정리하는 기계도 발명했어요. 아주 좋은 기계였고, 여러 공장에서 사용되었습니다. 하지만 그 기계의 특허권은 저 애의 주인이 가져갔습니다."

"그러니까 그 특허권을 가지고 거기서 돈을 챙겼겠지요." 가축상인이 말했다. "그러고는 태도 일변하여 저 애의 오른손에 낙인을 찍었군요. 일을 공정하게 처리하자면 난 그 주인이라는 자에게 낙인을 찍겠소. 그런 자야말로 낙인 찍혀야 할 자요."

"하지만 그런 똑똑한 애들은 언제나 잘난 척하고 또 건방집니다." 방의 다른 쪽에 앉아 있던 한 투박한 사람이 말했다. "그렇기 때문에 채찍질을 당하고 낙인을 찍히는 겁니다. 똑바로 행동했더라면 그런 대접을 당하지는 않았을 겁니다."

"내 말이 무슨 뜻이냐면 말이죠, 주님은 그들을 사람으로 만들었는데 그들을 짐승으로 만들려니 그토록 어려운 겁니다." 가축상인이 경멸하듯 말했다.

"똑똑한 검둥이는 주인에게 이로울 게 하나도 없어요." 천박하고 고집 센 사내는 상대방의 경멸을 전혀 눈치채지 못하고 계속 자기 말만 했다. "검둥이가 아무리 재주가 많아도 그걸 주인이 직접 사용하지 못한다면 무슨 소용입니까? 그들은 그런 재주를 이용하여 주인을 속이려고만 듭니다. 나도 똑똑한 검둥이가 한두 명 있었는데 간단히 강 아래로 팔아버렸습니다. 내가 팔아버리지 않으면 언젠가 도망갈 것 같아서 말입니다."

"차라리 주님에게 흑인 무리를 만들어주시되 그들의 영혼은 쏙 빼 달라고 주문을 넣는 게 어떨까요?"

이때 한 마리 말이 끄는 소형 마차가 여관 앞에 도착하여 대화가 중 단되었다. 아담한 마차였다. 잘 차려입은 신사가 뒷좌석에 앉아 있었 고 마부는 흑인이었다.

바의 일행은 새로 온 신사를 흥미롭게 지켜보았다. 비 오는 날에 바 에 앉아 있는 한량들은 당연히 새로 도착한 사람에게 관심을 쏟게 마 련이었다. 그는 키가 아주 컸고 스페인 사람처럼 얼굴이 약간 검었다. 반짝거리는 검은 눈에 반들거리는 곱슬머리 역시 검은색이었다. 윤곽 이 뚜렷한 매부리코, 일자로 다문 얇은 입술, 단정한 몸매의 팔다리 등은 바의 일행에게 아주 독특한 신사라는 인상을 심어주었다. 그는 사람들 사이로 자연스럽게 걸어와 여관의 웨이터에게 고개를 끄덕거 리며 트렁크를 놓을 자리를 일러주었다. 그러고는 사람들에게 목례를 한 후 손에 모자를 든 채 천천히 걸어와 자신을 셸비 카운티의 오클랜 즈에서 온 헨리 버틀러라고 소개했다. 그는 무심한 표정을 지으며 포 스터 쪽으로 걸어가 공고문을 소리 내어 읽었다.

"짐," 그가 하인에게 말했다. "이런 애를 버넌의 여관에서 본 것 같 은데, 그렇지 않나?"

"예, 나리. 하지만 손에 대해서는 잘 모르겠습니다." 짐이 말했다.

"그래, 그건 나도 보지 못했지." 낯선 신사가 무심히 하품을 하면서 말했다. 이어 그는 여관 주인에게 걸어가더니 급히 작성해야 할 문서가 있어서 그러니 독방을 내달라고 요구했다.

여관 주인은 여부가 있겠냐며 굽신거렸고, 남녀노소 일곱 명의 흑인 하인들이 마치 메추라기 떼처럼 무리를 지어 서둘러 객실로 올라가 방을 준비하는 동안, 새로 온 신사는 바 한가운데 앉아서 마침 그 옆에 앉아 있던 사람과 대화를 나누었다.

포대 자루 공장 사장 윌슨 씨는 그 신사가 들어오는 순간부터 당황하고 불안해하면서도 동시에 호기심을 가지고 그를 쳐다보았다. 윌슨 씨는 그 신사를 언제 어디선가 만난 것 같다는 느낌이 들었지만 그게 구체적으로 어디였는지는 기억이 나지 않았다. 그 신사가 말을 하고 몸을 움직이고 미소를 지을 때마다 윌슨 씨는 깜짝깜짝 놀라며 그를 빤히 쳐다보다가 황급히 시선을 돌렸다. 신사의 반짝거리는 검은 눈이 아무렇지도 않다는 듯 초연하게 윌슨 씨를 쳐다보았기 때문이었다. 마침내 윌슨 씨의 머릿속으로 어떤 기억이 떠올랐다. 그는 놀라면서도 당황하는 눈빛으로 신사를 다시 쳐다보았다. 그때 신사가 윌슨 씨에게 걸어왔다.

"윌슨 씨죠?" 신사가 손을 내밀며 상대방을 안다는 듯한 어조로 말했다. "진작 알아뵙지 못해서 죄송합니다. 선생이 나를 기억하는 듯해서 이렇게 인사드립니다. 나는 셀비 카운티의 오클랜즈에서 온 버틀러입니다."

"아, 아, 그렇군요." 윌슨 씨가 마치 꿈꾸는 사람처럼 말했다.

바로 그 순간 흑인 소년이 들어와 나리의 방이 다 준비되었다고 알렸다.

"짐, 트렁크를 챙기도록 해." 신사는 간단히 지시하고 다시 윌슨 씨에게 고개를 돌렸다. "괜찮으시다면 내 방에서 잠시 선생님과 사업상의 대화를 나누고 싶습니다."

윌슨 씨는 마치 꿈속에서 걸어가는 것처럼 신사를 따라갔다. 이층에 있는 커다란 방의 실내 벽난로에는 금방 지핀 불이 활활 타오르고 있었다. 여러 명의 하인들이 방 청소를 마무리하면서 바쁘게 움직였다.

청소가 끝나고 하인들이 물러가자 젊은 신사는 조심스럽게 방문을 잠그고 열쇠를 호주머니 안에다 집어넣었다. 그는 몸을 돌려 팔짱을 끼면서 윌슨 씨를 정면으로 쳐다보았다.

"조지!" 윌슨 씨가 말했다.

"예, 조지입니다." 젊은이가 대답했다.

"야, 이렇게 하고 다닐 줄은 생각도 못 했네."

"제가 변장을 꽤 잘했지요?" 젊은이가 미소지었다. "호두나무 껍질로 노란색 얼굴을 약간 갈색으로 만들었어요. 또 머리카락은 새까맣게 염색했지요. 그래서 공고문 속의 사람과는 전혀 달라졌지요."

"오, 조지! 하지만 넌 지금 위험한 장난을 벌이고 있어. 그런 행동은 권하고 싶지 않네."

"제 의지로 그렇게 했습니다." 조지가 자랑스럽게 미소를 지으며 말했다.

조지가 아버지 쪽으로 백인의 피를 물려받았음을 여기서 지적해둬야겠다. 흑인이었던 불쌍한 그의 어머니는 뛰어난 미모 때문에 소유주의 성적 노리개가 되었고, 그리하여 아버지를 알지 못하는 아이들을 낳게 되었다. 켄터키 주의 어떤 유서 깊은 가문으로부터 조지는 유럽인의 용모와 불굴의 정신을 물려받았다. 어머니로부터 뮬라토의 피부색을 살짝 물려받았지만, 함께 물려받은 아주 짙은 눈이 그것을 가려주고도 남을 정도였다. 피부 색깔을 약간 바꾸고 머리를 염색하자 그는 스페인 사람처럼 보였다. 우아한 동작과 신사다운 매너는 그에게 제2의 천성이나 다름없었으므로 백인 노릇에 아무런 어려움도 느끼지 않았다. 그런 변장술을 통해 조지는 하인을 데리고 여행하는 신사가 되었다.

마음이 착하기는 하지만 신중한 성격을 가진 노인 윌슨 씨는 방 안을 왔다 갔다 했다. 일찍이 존 버니언이 '마음속에 오만 가지 생각이 오갔다'고 표현한 바로 그대로였다. 그는 조지를 도와주어야 한다는 마음과, 법과 질서를 준수해야 한다는 생각 사이에서 갈등을 느꼈다. 그는 방 안을 한참 왔다 갔다 한 뒤 이렇게 말했다.

"조지, 자네는 합법적인 주인으로부터 달아나고 있는 중이야. 조지, 이렇게 된 게 유감이라는 걸 나는 말하지 않을 수 없어. 그걸 지적하는 게 내 의무라고 생각해."

"사장님, 뭐가 유감이라는 거죠?" 조지가 침착하게 물었다.

"자네가 자네 나라의 법과 정면으로 대치하는 게 말이야."

"제 나라라고요?" 조지가 아주 씁쓸한 어조로 말했다. "제게 무슨 나라가 있습니까? 무덤을 제외하고는. 차라리 무덤에 들어가버리고 싶다고 하느님께 말한 게 얼마나 여러 번인지 모릅니다."

"조지, 그건 안 돼. 그런 식으로 말하는 건 나빠. 성경의 가르침에도 어긋나. 조지, 네가 모진 주인을 만났다는 건 나도 알아. 그는 아주 끔찍하게 행동했지. 그를 옹호할 생각은 없어. 하지만 천사는 하갈에게 여주인에게로 돌아가 그 지시를 따르라고 명령했어. 사도 바울은 오네시모를 주인에게로 돌려보내지 않았나."

"윌슨 사장님, 그런 식으로 성경을 인용하지 마세요." 조지가 눈빛을 번들거리며 말했다. "제 아내는 기독교 신자이고, 또 저도 캐나다에 도착하면 신자가 될 생각이었어요. 하지만 저처럼 고단한 자에게 성경을 인용한다는 건 성경을 아예 포기하라고 말하는 것과 같아요. 저는 위대한 하느님께 호소했습니다. 이왕 이렇게 되었으니 제 사건을 기꺼이 하느님 앞에 가져갈 용의가 있어요. 주님께 자유를 추구하는 것이 잘못이냐고 묻고 싶습니다."

"조지, 그런 감정은 자연스러운 거지." 선량한 노인은 코를 훌쩍이며 말했다. "그건 인정해. 하지만 그런 감정을 억제시키는 게 나의 의무이기도 해. 조지, 자네는 정말 안됐어. 정말 나쁜 환경이야. 아주 나쁘지. 하지만 사도 바울은 말했어. '각 사람은 부르심을 받았을 때의 상태를 그대로 유지하십시오.'* 우리는 주님의 지시를 따라야 해. 조지, 내 말 알아듣겠지?"

조지는 고개를 뒤로 젖히고 팔짱을 낀 채 씁쓸한 미소를 지었다.

"윌슨 사장님, 인디언들이 사장님을 포로로 잡아서 처자식과 떼어놓은 채 사장님에게 평생 동안 호미질만 시킨다면, 그런 상태에서 묵묵히 지내는 것이 의무이며 그것이 부르심을 받은 상태라고 생각하시겠습니까? 차라리 지나가는 말에 올라타 도망치는 것이 주님의 뜻이 아닐까요? 그렇게 생각하지 않습니까?"

---

* 「고린도전서」 7:20.

키 작은 노인은 그 비유의 말을 듣고 조지를 빤히 쳐다보았다. 그는 논리적인 사람은 아니었으나, 그 문제에 관하여 일부 논리학자들과는 달리 상식은 갖고 있었다. 그의 상식은 할 말이 없을 때는 아무 말도 하지 않는 것이었다. 그는 선 채로 우산의 접힌 부분을 바르게 펴고 다시 그 부분을 손바닥으로 살짝 두드리면서 생각에 잠겼다가 다시 이렇게 권유했다.

"조지, 나는 늘 자네의 친구였지. 자네에게 이득이 되는 쪽으로만 말했지. 그런데 이 경우 자네는 심한 모험을 걸고 있는 거야. 그런 계획을 끝까지 밀고 나갈 수가 없어. 만약 자네가 잡히기라도 한다면 전보다 더 나쁜 상태로 굴러떨어질 거야. 자네를 괴롭히고 절반쯤 죽여놓을 거야. 그런 다음에 강 아래로 팔아버릴 거라고."

"윌슨 사장님, 그런 것쯤은 저도 다 압니다. 저는 정말 모험을 걸고 있습니다. 그러나……" 그는 외투를 열어서 두 자루의 권총과 사냥칼을 내보였다. "바로 이겁니다. 저는 준비가 되어 있습니다. 강 아래로는 절대로 가지 않을 거예요. 만약 그런 상황이 온다면, 제 몸 크기만 한 자유로운 땅을 비로소 얻게 되겠지요. 그건 제가 켄터키에서 소유한 최초의 땅이 되겠지요!"

"조지, 그런 마음가짐은 너무 끔찍한 거야. 그건 너무 지독하잖아. 조지, 난 걱정이 돼. 네 나라의 법을 깨뜨리려 한다는 게!"

"나의 나라라고요? 윌슨 사장님, 사장님은 나라가 있지만 제게 무슨 나라가 있습니까? 저처럼 노예 어머니에게서 태어난 자들이 무슨 나라입니까? 우리에게 무슨 법이 있습니까? 우리는 그 법을 만들지도 않았고, 동의하지도 않았고, 그런 법과는 아무런 상관도 없습니다. 그

법은 우리를 깨부수고 우리를 짓누를 뿐입니다. 저는 해마다 7월 4일이면 독립선언문을 들었습니다. 일 년에 한 번씩 정부는 피지배자들의 동의 아래 권력을 취한다는 얘기를 들었습니다. 이런 얘기를 듣는 사람이라면 뭔가 생각하지 않겠어요? 이런 얘기와 저런 얘기를 종합하여 뭔가 결론을 내리지 않겠어요?"

윌슨 씨의 마음은 솜덩어리의 상태와 비슷했다. 마치 솜털처럼 보송보송하고 부드럽고 자비롭고 흐릿하면서 혼란스러웠다. 그는 조지의 처지에 동정하면서 어떤 감정이 그 자신을 동요시키고 있다는 것을 흐릿하게 감지했다. 하지만 끈덕지고 줄기차게 조지에게 좋은 얘기를 해주는 것이 그의 의무라고 생각했다.

"조지, 그건 나빠. 내가 친구로서 한마디 해주겠는데, 그런 생각을 하는 건 좋지 않아. 그건 나쁜 결과만 가져올 뿐이야. 조지, 너 같은 상황에 있는 청년에게 그런 생각은 아주……" 윌슨 씨는 갑자기 의자에 주저앉더니 우산의 손잡이를 신경질적으로 만지작거렸다.

"이걸 좀 보세요, 윌슨 사장님." 조지가 가까이 다가와 윌슨 씨 옆에 앉았다. "자, 저를 보세요. 사장님 앞에 앉은 저는 사장님과 똑같은 사람이 아닌가요? 제 얼굴을 보십시오. 제 손을 보십시오. 제 몸을 보십시오." 젊은이는 그의 몸을 쭉 펴면서 말했다. "왜 저는 남들과 같은 사람 대접을 받지 못해야 합니까? 윌슨 사장님, 제 얘기를 좀 들어보십시오. 제게는 아버지가 있었습니다. 사장님처럼 켄터키 신사였습니다. 하지만 그 아버지는 저를 대단치 않게 생각했고, 죽을 때 영지의 채권자와 상속인을 만족시키기 위해 유언장에다 저와 개들과 말들을 팔아넘기라고 유언했습니다. 저는 어머니가 일곱 아이와 함께 유언집행 공매에 붙여지는 것을 보았습니다. 아이들은 어머니가 보는 앞에서 하나하나 다른 주인들에게 팔려갔습니다. 저는 그 일곱 아이의 막내였습니다. 어머니는 어떤 늙은 나리 앞으로 가서 무릎을 꿇고 부탁했습니다. 자식들 중에 하나라도 곁에 두고 싶다며 제발 어머니와 저를 함께 사달라고 애걸했습니다. 그 늙은 나리는 무거운 장화로 어머니를 걷어찼습니다. 제 눈으로 그 광경을 직접 보았습니다. 제가 마지막으로 들은 것은 어머니의 신음과 비명 소리였습니다. 저는 그 늙은 나리의 말에 묶여 그의 집으로 갔습니다."

"그래서 어떻게 되었나?"

"제 주인은 노예상인과 거래하여 저의 큰누나를 사들였습니다. 누나는 착하면서도 경건한 처녀였습니다. 침례교에 다녔어요. 그리고 불쌍한 우리 어머니만큼 예뻤습니다. 누나는 잘 자라서 행실이 좋았습니다. 처음에는 누나와 함께 있게 되어 좋다고 생각했어요. 가까이에 피붙이가 생겼으니까요. 하지만 곧 그게 더 고통스럽다는 걸 알게 되었어요. 저는 문 앞에 서서 누나가 매맞는 소리를 들어야 했습니다. 채찍이 내 영혼을 갈겨대는 것 같았지만 저는 아무것도 해줄 수가 없었습니다. 누나는 착한 기독교인처럼 살기를 바랐는데, 그것 때문에 매질을 당한 것이었습니다. 사장님이 말하는 법이라는 건 노예 소녀에게 사람답게 살 권리를 보장하지 않았어요. 마침내 올리언스의 시장에 내다 팔기 위해 누나를 노예상인에게 넘기는 걸 보았습니다. 단지 기독교 신자처럼 살고 싶어했다는 이유 때문에 그런 식으로 팔려가게 된 겁니다. 그게 제가 마지막으로 본 누나의 모습이었습니다. 그후 저는 자랐습니다. 여러 해 동안 아버지도 어머니도 누나도 없이,

저를 생각해주는 사람은 아무도 없이 자랐습니다. 한 마리의 들개나 다름없었습니다. 제게 돌아오는 건 매질과 비난과 굶주림뿐이었습니다. 어떤 때는 너무 배가 고파서 그들이 개에게 던져주는 뼈를 집어먹고 싶었습니다. 하지만 어릴 때 밤새 잠 못 자고 울었던 건 배고픔 때문도 매질 때문도 아니었습니다. 사장님, 제가 그렇게 울었던 건 저의 어머니와 누나들 때문이었습니다. 저를 사랑해줄 사람이 이 세상에 아무도 없었기 때문입니다. 저는 마음의 평화와 안락함을 전혀 몰랐습니다. 사장님 공장에 가서 일할 때까지 아무도 제게 다정한 말을 해주지 않았습니다. 월슨 사장님, 사장님은 제게 잘 대해주었습니다. 일을 잘하도록 격려해주었고, 읽고 쓰기를 배우게 해주었고, 제 자신이 더 훌륭한 사람이 되도록 지원해주었습니다. 제가 사장님을 얼마나 고맙게 생각하는지 그건 하느님도 아세요. 그리고 사장님, 그러는 가운데 아내도 만났습니다. 사장님은 제 아내를 보셨지요? 정말 아름다운 여자예요. 그녀가 절 사랑한다는 걸 알았을 때, 그녀와 결혼했을 때, 이게 정말 생시인가 하는 느낌이 들었고 너무 행복했습니다. 아내는 아름다울 뿐만 아니라 선량합니다. 그런데 그다음에 어떻게 되었습니까? 저의 주인이라는 사람이 갑자기 나타나서 저를 공장과 친구들과 일로부터 떼어놓았고, 저를 흙 속에 처박았습니다. 왜? 그 주인의 말로는 제가 제 주제를 망각했다는 겁니다. 그래 봐야 검둥이에 지나지 않는다는 걸 상기시켜주겠다고 주인은 말했어요. 게다가 그는 저와 아내 사이에 끼어들어 아내를 포기하고 다른 여자와 살아야 한다고 말했어요. 사장님이 말씀하신 법이 그 주인에게 이런 짓을 해도 괜찮다는 권리를 주고 있어요. 하느님의 가르침과 인간의 양심은 다

무시하고 말입니다. 윌슨 사장님, 이걸 한번 보십시오. 제 어머니와 누나와 제 아내와 저의 가슴을 찢어놓은 이런 잔인한 짓들은 모두 하나같이 당신의 법이 허용한 것들입니다. 켄터키의 모든 사람에게 그런 짓을 하도록 권리를 부여하고 있습니다. 아무도 그런 짓을 한 자에게 안 돼, 하고 말하지 못합니다. 과연 이런 게 '제' 나라의 법률입니까? 사장님, 저는 아버지가 없듯이 조국도 없습니다. 저는 이런 조국은 필요 없습니다. 그저 절 조용히 내버려두었으면 좋겠습니다. 전 이 나라로부터 조용히 빠져나갈 생각입니다. 저를 인정해주고 보호해주는 캐나다로 가게 되면 그곳이 제 나라가 될 겁니다. 그 나라의 법에 복종하겠습니다. 만약 어떤 사람이 가로막으려 든다면 그 사람은 조심하는 게 좋을 겁니다. 저는 막다른 골목에 내몰렸으니까요. 저는 마지막 숨이 붙어 있는 순간까지 저의 자유를 위해 싸울 겁니다. 사장님은 선조들이 자유를 위해 싸웠다고 말했습니다. 그들이 한 행동이 옳다면 제 행동도 옳습니다!"

조지는 때로는 테이블에 앉은 채로 때로는 방 안을 서성거리면서 이런 웅변을 토했다. 눈물과 번들거리는 눈빛과 절망적인 제스처가 가미되었다. 그 웅변을 들은 선량한 노인은 깊이 감동하여 호주머니에서 노란 비단 손수건을 꺼내 얼굴을 박박 문질렀다.

"빌어먹을 인간들!" 그가 갑자기 소리쳤다. "내가 늘 말하지 않았어? 그런 자들은 지옥에나 떨어져야 할 저주받은 자들이라고. 욕을 하면 안 되는데 저절로 욕이 나오는군. 조지, 계획대로 밀고 나가. 하지만 조심해야 돼. 조지, 사람을 쏘는 건 안 돼. 아주 불가피한 상황이 아니라면. 그래도 총을 쏘는 건 안 돼. 나라면 그 누구에게도 총을 쏘지 않겠어. 조지, 자네 아내는 어디 있나?" 윌슨 씨가 불안하게 의자에서 일어나 방 안을 서성거리며 물었다.

"아이를 품에 안고 북극성을 따라서 주님만이 아는 곳으로 가버렸습니다. 우리가 언제 만날지, 과연 이승에서 다시 만날 수 있을지 아무도 모릅니다."

"그게 가능한 일인가? 정말 놀라워! 그런 자상한 집안에서 말이야."

"자상한 집안도 빚을 질 수 있지요. 이 나라의 법은 집안의 가장이 빚을 갚기 위하여 어린아이를 어머니의 품 안에서 떼어내는 것을 허용하고 있습니다." 조지가 씁쓸하게 말했다.

"그래, 그렇게 되었군." 정직한 노인이 호주머니를 뒤지면서 말했다. "이렇게 하면 내가 내 신념을 따르지 않는 게 되는데, 에라 모르겠다, 내 신념을 따르지 않겠어." 그는 호주머니에서 지폐 다발을 꺼내 조지에게 주면서 말했다. "자, 이걸 받게."

"아, 사장님, 아닙니다. 사장님은 이미 제게 많은 것을 해주셨습니다. 이렇게 하시면 사장님도 난처해지실 수 있어요. 저도 필요한 만큼 돈이 충분히 있습니다."

"아니야, 조지, 이 돈을 받도록 하게. 돈은 어디서나 큰 도움을 주지. 정직하게 벌었다면 아무리 많아도 괜찮은 거야. 자, 이걸 받아. 지금 당장. 이건 내 진심이야!"

"사장님, 그렇다면 언젠가 이걸 되갚는다는 조건으로 받겠습니다." 조지가 돈을 받으며 말했다.

"그런데 조지, 얼마나 오래 이런 식으로 여행을 하려는 건가? 이렇게 해서는 멀리 가지도 못하고 오래 버티지도 못해. 그럴듯한 계획이기는 하지만 너무 대담해. 그리고 저 흑인 친구는 누군가?"

"좋은 친구입니다. 일 년 몇 개월 전에 캐나다로 건너간 친구예요. 거기서 그의 전 주인이 너무 화가 나서 그의 불쌍한 노모를 매질한다는 얘기를 들었어요. 그래서 어머니 때문에 일부러 여기까지 내려왔어요. 기회 봐서 어머니를 데려가려고 한대요."

"그래 어머니를 빼왔나?"

"아직요. 그 근처를 배회하고 있는데 아직 기회를 못 잡았어요. 그가 저와 함께 오하이오까지 가서 그를 도와주었던 친구들을 소개시켜 줄 겁니다. 그런 다음 여기로 되돌아와서 어머니를 모시고 가겠대요."

"위험해. 너무 위험해!" 노인이 말했다.

조지가 의자에서 일어서더니 가볍게 경멸하는 듯한 미소를 지었다.

노인은 정말 놀랍다는 듯이 그를 머리에서 발끝까지 훑어보았다.

"조지, 자네는 정말 크게 달라졌군. 고개를 빳빳이 쳐들고 신사처럼 행동하고 말하는군."

"왜냐하면 자유인이 되었으니까요. 나는 이제 그 누구에게도 주인 나리라고 말하지 않습니다. 나는 자유예요!" 조지가 의기양양하게 말했다.

"하지만 조심해. 아직 안심하기엔 일러. 언제든 잡힐 수 있어."

"윌슨 사장님, 만약 그렇게 된다 해도 인간은 모두 '무덤 속에서는' 자유롭고 평등하죠."

"나는 자네의 대담함이 놀랍기만 하네. 이렇게 가까운 여관에 투숙하다니."

"윌슨 사장님, 정말 대담한 계획이지요. 이 여관은 아주 가깝기 때문에 아무도 여기를 의심하지는 않을 겁니다. 그들은 여기보다 더 북쪽을 뒤지겠지요. 사장님도 저를 여기서 만나리라고는 생각하지 않으셨잖아요. 짐의 전 주인은 이 카운티에 살지 않아요. 짐은 이 일대에 얼굴이 알려져 있지 않아요. 게다가 그를 추적하는 건 이제 포기했기 때문에 아무도 그를 찾지 않아요. 또 공고문을 보고서 저를 알아볼 사람은 없다고 생각합니다."

"하지만 손에 낙인이 있잖아."

조지는 장갑을 벗고서 깨끗하게 아문 손바닥의 상처를 보여주었다.

"해리스 씨가 작별 인사로 해준 것이지요." 그가 경멸하듯이 말했다. "이 주 전 그는 이런 낙인을 찍어두어야겠다고 생각한 것 같아요. 내가 언제라도 도망칠지 모른다면서. 정말 웃기는 사람 아닙니까?" 조지가 장갑을 다시 끼면서 말했다.

"자네의 형편과 자네의 위험을 생각하니 이 늙은이도 피가 얼어붙는군!"

"제 피는 벌써 여러 해 전에 차갑게 식었습니다. 하지만 윌슨 사장님, 지금은 분노로 끓어서 넘치려고 해요."

"그런데 사장님," 조지가 잠시 뜸을 들인 뒤 말했다. "아까 사장님이 저를 알아보는 것 같았어요. 그래서 먼저 사장님과 얘기를 해야겠다고 판단했어요. 사장님의 놀란 표정 때문에 정체가 탄로 날지 모른다는 생각이 들어서요. 저는 내일 아침 일찍 동틀 무렵에 이곳을 떠납니다. 내일 밤이면 오하이오에서 편안하게 잘 수 있을 거예요. 낮동안만 여행하고 저녁에는 제일 좋은 여관에 묵으면서 지역 유지들의 저녁 식탁에만 앉을 겁니다. 자, 사장님, 그럼 안녕히 가십시오. 만약 제가 잡혔다는 소식을 들으신다면 그땐 제가 죽었다고 생각하십시오!"

조지는 암석처럼 우뚝 일어서서 왕자처럼 손을 내밀었다. 다정한 노인은 그 손을 꼭 잡았고, 또다시 조심하라는 말을 건넨 뒤 우산을 꼭 쥐고서 방문 쪽으로 걸어갔다.

조지는 노인이 문을 닫는 것을 생각에 잠긴 얼굴로 쳐다보았다. 그때 어떤 생각이 그의 머리를 스쳐 지나갔다. 그는 황급히 문 쪽으로 걸어가서 문을 열며 말했다.

"윌슨 사장님, 한마디만 더 말씀드리겠습니다."

노신사는 다시 방 안으로 들어왔고, 조지는 아까와 마찬가지로 문을 잠갔다. 그러고도 마음을 정하지 못한 듯 멍하니 서서 방바닥을 내려다보았다. 마침내 그가 고개를 쳐들며 말했다.

"윌슨 사장님, 당신은 진정한 기독교 신자처럼 제게 정말 잘해주셨습니다. 사장님께 마지막으로 기독교인답게 한 가지 선행을 베풀어주시기를 간청합니다."

"뭔가, 조지?"

"아까 사장님이 말씀하신 것이 맞습니다. 저는 엄청난 모험을 하고 있습니다. 설사 제가 죽더라도 이 세상에는 신경 써줄 사람이 아무도 없습니다." 그는 심호흡을 하더니 아주 힘들게 말했다. "제가 죽는다면 개처럼 걷어차이고 묻히겠지요. 그다음날이 되면 곧바로 다들 잊어버릴 겁니다. 제 불쌍한 아내를 제외하곤! 불쌍한 사람! 아내는 슬퍼하고 괴로워할 겁니다. 윌슨 사장님, 혹시 할 수 있으시다면 이 작은 핀을 그녀에게 좀 보내주십시오. 아내가 제게 크리스마스 선물로 준 겁니다. 이걸 전해주시면서 제가 마지막 순간까지 그녀를 사랑했다고 말해주세요. 꼭 그렇게 해주시겠지요?" 조지가 간절하게 말했다.

"꼭 그렇게 해주지. 불쌍한 친구!" 노신사가 눈물 젖은 눈으로 그 핀을 받아들며 말했다. 그의 목소리는 가볍게 떨렸다.

"그녀에게 이거 한 가지만 말해주세요." 조지가 말했다. "이건 저의 마지막 소원입니다. 만약 아내가 캐나다로 갈 수 있다면 어떤 수를 써서라도 가라고 해주세요. 그녀의 마님이 아무리 친절하다고 해도, 고향을 아무리 사랑한다고 해도 그곳으로 되돌아가지 말라고 해주세요. 노예 신세는 언제나 비참하게 끝나니까요. 우리 애를 자유인으로 키우라고 말해주세요. 저처럼 고통 받지 않게 말입니다. 윌슨 사장님, 이 얘기를 꼭 해주실 거죠?"

"조지, 해주겠네. 하지만 나는 자네가 죽지 않으리라 믿네. 용기를 내. 자네는 용감한 청년이야. 조지, 주님을 믿게. 나도 마음속으로 자네가 안전하기를 간절히 빌겠네. 이건 진심일세."

"과연 믿을 만한 하느님이 있는 걸까요?" 조지가 노신사의 말을 가로막으며 아주 절망적으로 말했다. "평생 동안 수많은 끔찍한 일을 겪으면서 하느님은 없다고 느끼게 되었어요. 기독교 신자들은 우리가 그런 험한 일을 겪으면서 어떤 심정이 되었는지 잘 알지 못합니다. 사장님 같은 분들에게는 하느님이 있을지 모르지만, 과연 우리에게도 하느님이 있을까요?"

"이봐, 제발 그렇게 말하지 말게." 노인이 거의 흐느끼듯이 말했다. "제발 그렇게 생각하지 말게. 물론 그분은 계시지. 안개와 구름에 둘러싸여도 정의와 공정이 그분 옥좌의 바탕이지.* 조지, 하느님은 분명 계셔. 그걸 믿게. 그분이 틀림없이 자네를 도와주실 걸세. 모든 것이다 괜찮아질 거야. 이승에서가 아니라면 저승에서라도 말이야.”

순박한 노인의 경건함과 자비심이 노인의 말에 위엄과 권위를 부여
했다. 조지는 멍하니 방 안을 왔다 갔다 하던 발걸음을 멈추고 조용히
말했다.

“친절하신 사장님, 그렇게 말씀해주셔서 감사합니다. 그 말씀을 깊
이 생각해보겠습니다.”

---

*「시편」 97:2.

12장
합법적 거래의 선별된 사례

> 라마에서 통곡 소리가 들린다. 애절한 울음소리가 들린다.
> 라헬이 자식을 잃고 울고 있구나. 그 눈앞에 아이들이 없어
> 위로하는 말이 하나도 귀에 들어가지 않는구나.
> ─「예레미야서」 31:15.

 헤일리 씨와 톰은 마차를 타고 가면서 각자 생각에 빠졌다. 나란히
앉은 두 사람의 생각은 기이했다. 같은 의자에 앉아 같은 눈과 귀와 손
과 발을 가졌고 같은 풍경을 보고 있으되, 그들의 생각은 서로 달랐다.
 가령 헤일리 씨는 먼저 톰의 신장과 덩치를 생각하면서, 시장에 내
놓을 때까지 건강하고 상태가 좋으면 값을 얼마나 받을 수 있을까를
생각했다. 또 이번에 데리고 갈 노예들의 구색을 어떻게 꾸릴까도 생
각했다. 그 구색에 들어갈 남녀 및 어린아이의 시장가격이 어떻게 형
성될지 미리 점쳐보고, 그 외의 여러 가지 거래 관련 세부사항을 궁리
했다. 이어 자기 자신에 생각이 미치면서 자신이 아주 인간적인 사람
이라고 느꼈다. 다른 업자들은 검둥이들의 손과 발에 사슬을 채우지
만 그는 발에만 족쇄를 채워 톰이 두 손을 자유롭게 사용하도록 해주

었다. 단 그가 처신을 제대로 할 경우에 한해서였다. 헤일리는 인간의 사악한 성품을 개탄했다. 톰이 자신의 그런 자비를 과연 알아줄 것인지 의심마저 들었다. 그는 이처럼 사정을 봐주었던 '검둥이들'에게 속은 것이 한두 번이 아니었다. 그런데도 자신이 아직도 선량한 사람으로 남아 있다는 것이 기특하다는 생각마저 들었다.

톰은 어떤 생각을 할까. 그는 별 인기가 없는 오래된 책의 구절이 자꾸만 자신의 머릿속에 떠오르는 것을 느꼈다. "이 땅 위에는 우리가 차지할 영원한 도성이 없습니다. 우리는 다만 앞으로 올 도성을 바라고 있을 뿐입니다. 하느님은 우리를 위해 그런 도성을 준비하셨기 때문에 우리의 하느님이라고 불리어도 조금도 거리낄 것이 없습니다."* '무식하고 배운 것 없는 사람들'이 주로 받들었던 이 오래된 책의 말씀들은 오랜 세월 동안 톰처럼 가난하고 순박한 사람들의 마음에 기이한 위력을 발휘해왔다. 그 말씀은 깊은 곳에 감추어진 영혼을 일깨웠고, 마치 트럼펫 소리나 되는 것처럼, 암울한 절망만이 남아 있는 곳에서 용기와 정력과 열광을 불러일으켰다.

헤일리 씨는 호주머니에서 각종 신문들을 꺼내 아주 흥미롭게 광고를 읽기 시작했다. 그는 글을 빨리 읽는 사람이 아니었기 때문에 자신의 눈이 본 것을 귀에다 확인시키기 위해 절반쯤 소리 내어 읽는 습관이 있었다.

유언집행인의 공매─흑인 판매!

---

* 「히브리서」 13:14.

법원 명령에 의해 켄터키 주 워싱턴의 법원 앞에서 2월 20일 화요일에 다음 흑인들을 판매함. 해거 60세, 존 30세, 벤 21세, 솔 25세, 앨버트 14세. 제시 블러치포드 씨 영지의 채권자들과 상속자들을 위해 판매되는 것임.

유언집행인 새뮤얼 모리스, 토머스 플린트

"이거 가서 한번 봐야겠는걸." 그는 마땅한 말 상대가 없어서 톰에게 말했다.

"톰, 너와 함께 엮어넣을 멋진 구색을 갖추어야 해. 그들은 너에게 재미있고 유쾌한 길동무가 될 거야. 우선 당장 워싱턴으로 마차를 몰고 가야겠어. 내가 일을 보는 동안 너를 구치소에 맡겨야겠는데."

톰은 길동무가 생길 거라는 소식을 온유하게 받아들였다. 팔려오는 흑인들 중에 처자식을 거느린 자가 몇 명이나 될까, 그들도 자신처럼 처자식을 두고 떠나는 슬픔을 느낄까, 하는 생각을 했다. 자신을 구치소에 맡긴다는 얘기는 불쌍한 톰에게 결코 좋은 기분을 안겨주지 못했다. 그는 평생 동안 정직하고 올바르게 살아왔다고 자부하는데 구치소라니! 사실 불쌍한 톰은 자신이 정직한 사람이라는 것에 대해 강한 자부심을 갖고 있었다. 상류층에 속하는 사람이었더라면 결코 이런 곤경 속으로 전락하지는 않았으리라. 하지만 날은 어느덧 저물었고, 밤이 되자 헤일리와 톰은 워싱턴에 도착했다. 헤일리는 여관으로 갔고, 톰은 구치소에 맡겨졌다.

그다음날 오전 열한시쯤 법원의 계단 앞에는 잡다한 사람들이 모여 있었다. 그들은 각자의 취미와 습관에 따라 담배를 피우고, 씹는담배를 씹고, 침을 뱉고, 욕설을 하고, 대화를 나누면서 경매가 시작되기를 기다렸다. 판매 대상인 흑인 남녀들은 한쪽에 따로 떨어져 앉아 자기들끼리 나지막한 어조로 수군거렸다. 해거라는 이름으로 광고에 나온 여자는 이목구비와 신체가 전형적인 아프리카인이었다. 예순 살쯤 되었을 것 같았으나 험한 일과 질병으로 실제보다 더 늙어 보였고 절반쯤 눈이 먼 데다 신경통으로 사지가 휘어져 있었다. 그녀 옆에는 유일하게 남아 있는 아들 앨버트가 서 있었는데 열네 살의 똑똑한 소년이었다. 소년은 그 여자의 많은 자식들 중 유일하게 남아 있는 혈육이었는데, 다른 자식들은 차례로 남부 시장에 팔려갔다. 어머니는 떨리는 양손으로 그 아들을 붙잡고 있었고, 아들을 검사하러 오는 사람들을 아주 겁먹은 눈빛으로 쳐다보았다.

"해거 아줌마, 겁먹지 마세요." 흑인들 중 제일 나이 든 남자가 말했다. "내가 토머스 나리에게 말했어요. 그랬더니 어떻게든 모자를 함께 팔아보겠다고 했어요."

"나보고 늙고 힘없다고 하지 마." 그녀가 떨리는 손을 쳐들며 말했다. "난 아직 요리도 할 수 있고 청소도 할 수 있고 심부름도 잘해. 싼값에 내놓으면 아직도 사갈 사람 많아. 그 사람들한테 그걸 말해야 해." 그녀가 진지한 목소리로 말했다.

이때 헤일리가 흑인들 무리 사이로 들어와 그 나이 든 흑인 남자에게 다가가더니 입을 벌려 그 안을 들여다보고, 이빨도 흔들어보고, 일어서서 허리를 굽혀보라고 하고, 여러 가지 동작을 취하게 하여 근육의 강도를 살폈다. 이어 그 옆의 남자에게 가더니 똑같은 동작을 해보라고 시켰다. 맨 마지막으로 소년에게 다가가더니 그의 팔을 잡아보고, 양손을 펴라고 해서 손가락을 살핀 다음 얼마나 민첩한지 알아보려고 뜀뛰기를 시켰다.

"저 앤 나하고 함께 팔려갈 거예요!" 늙은 여자가 강한 어조로 말했다. "저 애와 나는 함께 가야 해요. 나리, 나는 아직도 튼튼합니다. 많은 일을 할 수 있어요."

"농장에서?" 헤일리가 경멸하는 어조로 말했다. "괜한 소리!" 그는 신체검사를 만족스럽게 끝내고서 밖으로 걸어나가 그들을 계속 지켜보았다. 그는 양손을 호주머니에 찔러넣고, 입술에는 시가를 문 채 모자를 한쪽으로 삐딱하게 걸치고 응찰에 나설 준비를 갖추었다.

"물건들이 어떻습니까?" 헤일리의 검사를 지켜보면서 마치 그의 판단에 따라서 의사결정을 할 것처럼 한 남자가 물었다.

"글쎄요." 헤일리가 침을 뱉으며 말했다. "저 젊은 친구들과 소년을 살까 합니다."

"소년은 노파와 함께 팔 거라던데요."

"별 매력 없는 애긴데요. 저 노파는 뼈밖에 남은 게 없어요. 제 몫을 못 합니다."

"그럼 함께 사지 않겠다는 건가요?"

"바보나 그렇게 하겠지요. 노파는 눈이 절반쯤 먼 데다 관절염으로 사지가 휘어졌고 게다가 어리석기까지 합니다."

"저런 늙은 노파를 사들이는 사람도 있습니다. 겉보기보다 속으로 훨씬 단단한 노파도 있어요." 상대방 남자가 생각에 잠긴 어조로 말했다.

"당치 않은 소리." 헤일리가 말했다. "공짜로 줘도 받지 않겠습니다. 다 살펴봤습니다."

"아들과 함께 사지 않겠다면 낭패인데. 노파의 마음은 온통 아들에게 쏠려 있던데. 아주 싼값에 준다면 어떨까요?"

"글쎄요, 돈이 넘쳐나는 사람이라면 그런 식으로 돈을 쓸 수도 있겠지요. 난 저 소년을 농장 일꾼으로 사들일 생각입니다. 노파는 관심 없어요. 그냥 준다고 해도 싫습니다."

"노파가 아주 섭섭하게 생각하겠군."

"그러라죠." 헤일리가 차갑게 말했다.

그때 사람들 사이에 시끄러운 소리가 나면서 대화가 중단되었다. 키 작은 경매인이 목에 힘을 주고 황급히 사람들 사이를 헤치며 앞으로 나왔다. 노파는 심호흡을 하면서 본능적으로 아들을 쳐다보았다.

"앨버트, 엄마 옆에 바싹 붙어 있어. 우리 둘을 함께 팔 거야."

"오, 어머니, 그렇게 하지 않을 것 같아요." 소년이 말했다.

"함께 팔려가야 해. 그렇지 않으면 난 살아갈 수가 없어." 노파가 열띤 목소리로 말했다.

경매인이 커다란 목소리로 경매가 곧 시작되니 경매대 근처를 비워달라고 소리쳤다. 경매대 근처가 비워지자 곧 입찰이 시작되었다. 경매 리스트에 나와 있는 여러 남자들이 곧 이런저런 가격에 낙찰이 되었는데, 그것은 시장의 수요가 많다는 뜻이었다. 그들 중 두 명이 헤일리에게 떨어졌다.

"자, 애야," 경매인이 경매 망치로 소년을 살짝 건드리면서 말했다. "경매대 위에 훌쩍 올라서."

"우리 둘을 함께 올려줘요, 나리." 노파가 소년을 꼭 붙들면서 말

노예 경매.

했다.

"저리 가." 경매인이 노파의 손을 뿌리치면서 퉁명스럽게 말했다.
"너는 제일 나중에 올라와. 자, 애야, 어서 올라와." 그 한마디와 함께
그는 소년을 경매대 위에 올렸고, 그의 뒤에서는 깊고 무거운 신음 소
리가 터져나왔다. 소년은 걸음을 멈추고 뒤돌아보았다. 그러나 더이
상 지체할 시간이 없었다. 소년은 밝고 커다란 눈에서 눈물을 뿌리며
경매대 위에 올라섰다.

소년의 멋진 몸매, 민첩한 사지, 밝은 얼굴로 인해 순식간에 경쟁이
붙었다. 무려 여섯 사람이 동시에 입찰 호가를 불러댔다. 절반쯤 겁먹
고 긴장한 소년은 좌우를 두리번거리면서 여기저기서 터져나오는 요
란한 응찰 가격 소리를 들었다. 마침내 경매 망치가 내리쳐졌고, 헤일
리가 소년을 사들였다. 소년은 경매대에서 내려져 새 주인 쪽으로 밀

려갔다. 그는 잠시 걸음을 멈추고 뒤돌아보았다. 불쌍한 늙은 어머니가 사지를 떨면서 힘없는 손을 소년 쪽으로 내뻗고 있었다.

"나리, 제발, 저도 함께 사가주세요. 저를 사주세요. 그러지 않으면 저는 죽어버릴 겁니다."

"너는 내가 사준다 해도 곧 죽게 되어 있어. 그게 곤란한 문제란 말이야. 못 사!" 헤일리는 그렇게 말하고 몸을 돌렸다.

노파에 대한 입찰은 간단히 끝났다. 아까 헤일리와 대화하면서 다소간의 동정심을 표시했던 남자가 헐값에 노파를 사들였고, 구경꾼들은 흩어지기 시작했다.

팔린 노예들 가운데 한 집에서 여러 해 동안 같이 살아왔던 노예들은 절망하는 노파 근처에 모여들었다. 절망한 노파의 행색은 그냥 보기에도 너무나 가련했다.

"그래, 아들 한 명도 못 남겨준다는 말인가? 나리는 언제나 내게 한 명은 남겨준다고 했지." 그녀는 가슴이 찢어지는 목소리로 그 말을 되풀이했다.

"해거 아줌마, 주님을 믿으세요." 노예들 중 가장 나이 든 자가 말했다.

"그게 무슨 소용이야?" 노파가 격정적으로 흐느껴 울며 말했다.

"어머니, 어머니, 울지 마세요!" 소년이 말했다. "사람들이 그러는데 어머니 주인은 좋은 분이래요."

"그게 무슨 소용이야, 그게 무슨 소용이냐고. 앨버트, 내 새끼. 내게 마지막으로 남아 있던 새끼. 오, 주님, 제가 이걸 어떻게 감당하겠습니까?"

"자, 저 여자를 떼어내. 어서 움직여." 헤일리가 냉정하게 말했다. "그런 식으로 울어봐야 아무 소용도 없어."

무리들 중 나이 든 남자들이, 절망적으로 붙잡으려는 노파의 손을 완력으로 뿌리치기도 하고 설득도 하면서 떼어냈다. 그들은 노파를 새 주인의 마차로 데려가며 위로했다.

"자, 이제 가자!" 헤일리가 수갑을 꺼내 새로 사들인 세 노예 앞으로 내밀었다. 그는 세 흑인의 손목에 수갑을 채우고 이어 그 수갑들을 쇠사슬로 연결시킨 후 그들을 구치소로 데려갔다.

며칠 뒤 헤일리는 새로 사들인 흑인들을 데리고 오하이오 강의 증기선에 안전하게 승선했다. 그것은 흑인 상품의 구색을 갖추는 첫 시작이었다. 증기선이 강 아래로 내려가는 동안 자신이 직접 사거나 그의 대리인이 강안의 각 기항지에서 사들인 흑인 상품들을 승선시켜 보강할 계획이었다.

라 벨 리비에르* 호는 같은 이름을 가진 강** 위를 운항하는 그 어떤 배에 견주어도 조금도 손색이 없는 당당하고 멋진 배였다. 청명한 하늘 아래 강 하류로 유유히 떠내려가고 있는 배의 선수에 미국의 성조기가 표표히 휘날렸다. 갑판은 청명한 날씨를 즐기며 산책하는 잘 차려입은 신사 숙녀들로 넘쳐났다. 모든 것이 생기가 넘쳤고, 활기차고 즐거웠다. 하지만 다른 화물들과 함께 배의 하갑판에 앉아 있는 헤일리의 구색 상품들은 그런 경쾌함과 즐거움을 전혀 느끼지 못했다. 그들은 무리를 이루어 앉아 나지막한 목소리로 속삭였다.

---

* '아름다운 강'이라는 뜻의 프랑스어.
** 미시시피 강을 말함.

"이봐들," 헤일리가 씩씩하게 걸어오며 말했다. "좋은 기분을 가지고 쾌활하게 지내도록 해. 퉁명스러운 태도는 안 돼. 자, 씩씩하게 건더라고. 너희들이 나한테 잘해주면 나도 너희들한테 잘해준다 이거야."

흑인들은 그럴 때면 어김없이 "예, 나리" 하고 대답했다. 그것은 오랜 세월 동안 불쌍한 아프리카인의 표어이기도 했다. 하지만 그들은 그리 즐거운 기분이 아니었다는 사실을 밝혀둬야겠다. 그들은 뒤에 남겨두고 온 가족, 마지막으로 본 아내와 어머니와 누나와 아이들을 애틋하게 생각하고 있었다. "우리를 끌어온 그 사람들이 기뻐하라고 졸라댔다"*라는 구절이 있기는 하지만, 그들은 별로 흥이 나지 않았다.

"난 아내가 있습니다." 경매 리스트에 '존 30세'로 기록되었던 상품이 톰의 무릎 위에 쇠사슬 묶인 손을 내려놓으며 말했다. "그런데 아내는 이 일을 전혀 몰라요. 불쌍한 여자!"

"부인은 어디 사는데요?" 톰이 물었다.

"여기서 조금만 더 가면 나오는 술집에서 일합니다." 존이 말했다. "이승에서 다시 볼 수 있을지 모르겠습니다. 그럴 수 있다면 정말 좋겠는데."

불쌍한 존! 당연하게도 그가 말하는 순간 눈에서 눈물이 흘러내렸다. 설사 백인이라 해도 그런 상황이었다면 똑같은 반응을 보였을 것이다. 톰은 쓰린 가슴으로 심호흡을 하면서 나름대로 존을 위로하려고 애썼다.

---

* 「시편」 137:3.

222

한편 위의 선실에는 아버지들과 어머니들, 남편들과 아내들이 앉아 있었다. 그들 주위에는 아이들이 마치 자그마한 나비들처럼 뛰놀고 있었다. 모든 것이 평화롭고 편안했다.

　"엄마," 선창에서 위로 올라온 소년이 말했다. "이 배에 노예상인이 타고 있어. 저기 하갑판에 흑인 네다섯 명을 데리고 있어."

　"불쌍한 흑인들!" 그 어머니가 슬픔과 분노의 어조로 말했다.

　"무슨 얘기예요?" 다른 숙녀가 물었다.

　"배 아래에 불쌍한 노예들이 있다는군요." 어머니가 말했다.

　"게다가 쇠사슬에 묶여 있어요." 소년이 말했다.

　"이런 광경이 날마다 연출되다니 우리나라는 부끄러운 줄 알아야 해!" 또 다른 숙녀가 말했다.

　"그 문제에 대해서는 적잖은 찬반 양론이 있어요." 배의 특별실 문 앞에 앉아서 바느질을 하고 있던 한 온유한 부인이 말했다. 그녀의 어린 남매는 주위에서 장난을 하고 있었다. "난 남부 지방을 많이 보았어요. 흑인들은 자유롭게 되는 것보다 지금 그대로 있는 게 더 낫다고 생각해요."

　"어떤 면에서 일부 흑인들은 유복하게 지내고 있지요. 그건 인정합니다." 노예제가 나라의 부끄러움이라고 말했던 숙녀가 대답했다. "노예제도의 가장 나쁜 점은 사람의 감정과 애정에 모욕을 가한다는 겁니다. 가령 가족을 서로 떼어놓는다는 거지요."

　"그건 정말 나쁜 일이에요." 바느질로 어린애의 옷을 금방 완성한 부인이 그것을 쳐들고 가장자리의 장식을 유심히 살피면서 말했다. "하지만 그런 일이 자주 벌어지지는 않죠."

"아니에요. 자주 벌어집니다." 노예제의 나쁜 점을 지적한 숙녀가 열띤 목소리로 말했다. "나는 켄터키와 버지니아에서 여러 해 살았습니다. 그리고 사람들의 가슴을 아프게 하는 일들을 많이 보았습니다. 부인, 당신의 두 아이가 갑자기 당신과 헤어져서 팔려나간다면 기분이 어떻겠습니까?"

"우리의 감정 기준을 저들에게 적용할 수는 없겠지요." 상대방 부인이 소모사를 무릎 위에 올려놓고 분류하면서 말했다.

"그렇게 말씀하신다면 부인은 저들에 대해서 아무것도 알지 못하는 겁니다. 나는 그들 사이에서 태어나고 성장해서 그들의 감정을 잘 압니다. 우리 감정 못지않게 그들도 예민한 감정을 가지고 있다는 걸 확실하게 알고 있어요."

뜨개질을 하던 부인은 "그렇군요!" 하면서 하품을 하더니 선실 창문 밖을 한 번 내다보다가 아까 했던 말로 마무리를 지었다. "아무튼 흑인들은 자유롭게 되는 것보다 지금 그대로 있는 게 더 낫다고 생각해요."

그때 선실 문 앞에 앉아 있던, 검은 옷을 입은 진중한 신사요 목사인 사람이 대화에 끼어들었다. "아프리카 종족은 하인이 되어 낮은 계급에서 살아야 하는 것이 신의 섭리입니다. 성경은 이렇게 말하고 있습니다. '가나안은 저주를 받아 형제들에게 천대받는 종이 되어라.'"*

"그러니까 낯선 양반, 그게 성경 말씀이라는 겁니까?" 그 옆에 서 있던 키 큰 남자가 물었다.

---

* 「창세기」 9:25.

"그럼요. 어떤 심오한 이유가 있어서 아주 오래전에 그 종족을 노예로 지정한 게 신의 뜻이었고, 그 실천은 하느님을 기쁘게 했습니다. 우리는 그 사실에 대해서 이의를 제기하면 안 됩니다."

"그렇다면 우리는 모두 앞장서서 흑인들을 사들여야겠군요." 키 큰 남자가 말했다. "선생 말씀대로 그게 신의 뜻이라면 말입니다. 그렇지 않습니까?" 키 큰 남자가 헤일리에게 고개를 돌리며 물었다. 헤일리는 난로 옆에 서서 호주머니에 양손을 찔러넣은 채 그 대화를 흥미롭게 듣고 있었다.

"그 말씀대로라면," 키 큰 사람이 계속 말했다. "우리는 신의 섭리를 겸허히 받아들여야겠군요. 흑인들을 팔아먹고 이리저리 내돌리고 억압해야 되겠군요. 그런 대접을 받는 게 그들의 운명이니까. 이 견해가 당신에게는 그럴듯하지 않습니까, 낯선 양반?" 그가 다시 헤일리에게 말했다.

"난 그 문제는 생각해보지 않았습니다." 헤일리가 말했다. "나는 학식이 없어서 거기에 대해 길게 말하지는 못합니다. 단지 생계를 위해서 이 일을 하고 있을 뿐입니다. 만약 이 일이 옳지 않다면 앞으로 적당한 때에 회개할 생각입니다."

"뭐, 그러실 필요가 없겠는데요." 키 큰 남자가 말했다. "성경을 잘 알면 말입니다. 여기 이분처럼 성경을 연구하여 저주 운운하는 말씀을 오래전부터 알고 있었더라면 그런 고민은 아예 할 필요가 없지요. 그냥 이렇게 말하면 만사 오케이니까. (거 뭐였지요, 그 이름이?) 저주를 받으리라 운운하면 되지요. 그러면 만사 오케이라 이겁니다." 그키 큰 남자는 우리가 이미 켄터키 여관의 바에서 보았던, 침 대포를 멀리 쏘아대던 정직한 가축상인이었다. 그는 의자에 앉아서 담배를 피우기 시작했다. 길쭉하고 수척한 얼굴에 기이한 미소가 번져나갔다.

그때 한 젊은이가 대화에 끼어들었다. 풍부한 감성과 지성을 갖춘 얼굴에 키가 홀쩍 큰 날렵한 청년이었다. "'가나안은 저주를 받으리라'도 그렇지만, '너희는 남에게서 바라는 대로 남에게 해주어라'* 또한 성경 말씀입니다."

"우리같이 단순한 사람들에게는 그 말씀이 정말 알아듣기 쉽군요." 화산처럼 담배 연기를 뿜어내며 가축상인 존이 말했다.

젊은이는 뭔가 더 말하려는 듯이 입술을 달막거렸으나 마침 그때 배가 멈춰 섰다. 증기선에 탄 사람들이 대부분 그러하듯이, 어떤 기항지에 들어섰는지 알기 위해 사람들은 배의 난간으로 달려갔다.

"저 두 사람은 목사요?" 가축상인 존이 선실 밖으로 나가면서 옆에 있던 남자에게 물었다.

남자는 고개를 끄덕거렸다.

배가 멈춰 서자 한 흑인 여자가 뱃전의 판자 위로 황급히 걸어와 사람들 속으로 뛰어들더니 노예들이 앉아 있는 곳으로 달려갔다. 그리고 앞에서 말한 '존 30세'라고 기재된 불쌍한 상품의 목에다 양팔을 감고서 흐느껴 울며 남편의 신세를 한탄했다.

날마다 벌어지는 이 가슴 아픈 이야기를 더 해서 무엇하랴. 힘센 사람들의 이익과 편의를 위해 힘없는 사람들의 가슴이 깨지고 부서진 얘기를! 하지만 그런 얘기가, 비록 오래 침묵하시지만 귀멀지 않은

---

* 「마태복음」 7:12.

'그분'의 귀에 날마다 속삭여지고 있다.

인정과 하느님의 자비를 말했던 젊은 목사는 팔짱을 낀 채 이 광경을 지켜보았다. 그 옆에는 헤일리가 서 있었다. 젊은 목사는 감정이 격해진 듯 걸걸한 목소리로 말했다. "여보세요, 당신은 어떻게 날마다 이런 일을 감히 저지르고 있습니까? 저 불쌍한 사람들을 보십시오! 나는 고향의 아내와 아이를 보러 간다고 마음이 들떠서 여기 이렇게 서 있습니다. 나를 고향으로 데려다주는 증기선의 종소리가 저 불쌍한 남편과 아내에게는 영원한 작별의 소리입니다. 내 말을 새겨들으십시오. 하느님은 이 일로 당신을 심판하실 겁니다."

노예상인은 아무 말도 하지 않고 고개를 돌렸다.

그때 가축상인이 그의 팔꿈치를 건드리며 말했다. "같은 목사라도 서로 다른가 보지요? '가나안은 저주를 받으리라'라는 얘기는 이 젊은 목사한텐 안 통하는 것 같은데."

헤일리는 불안한 듯 툴툴거렸다.

"하지만 그보다 더 무서운 상황이 있습니다." 존이 말했다. "주님 앞에서도 그런 얘기는 안 통할 겁니다. 누구나 다 그렇듯이, 주님 앞에서 최후의 심판을 받는 날에는 말입니다."

헤일리는 생각에 잠겨 배의 반대편으로 걸어갔다.

'앞으로 한두 번 더 거래를 해서 큰돈을 벌면 이 일은 이제 그만두어야겠어. 이건 정말 위험해지고 있어.' 헤일리는 그런 생각을 하면서 회계용 수첩을 꺼내 소득으로 추가되는 금액을 적어넣었다. 그건 헤일리 이외의 많은 신사들이 자신의 불편한 양심을 달래주고 싶을 때 쓰는 신경안정제 같은 것이었다.

증기선은 강안에서 서서히 멀어져 이제 다시 힘차게 남쪽으로 내려가기 시작했다. 남자들은 잡담을 하고 어슬렁거리거나 책을 읽거나 담배를 피웠다. 여자들은 바느질을 하고, 아이들은 장난질을 치고, 배는 유유히 강 위를 떠갔다.

어느 날 배가 켄터키의 작은 마을에 기항하자 헤일리는 간단한 사무를 보기 위해 그 마을 안으로 들어갔다.

족쇄를 차고 있지만 가볍게 걷는 데는 문제가 없던 톰은 배의 옆쪽으로 걸어가서 난간 너머를 멍하니 쳐다보았다. 잠시 뒤 그는 노예상인이 어린아이를 품에 안은 흑인 여자와 함께 재빠른 걸음으로 배에 오르는 것을 보았다. 여자는 옷을 잘 차려입었고, 흑인 남자 하나가 소형 트렁크를 들고 그 뒤를 따라왔다. 여자는 트렁크 든 남자와 얘기를 나누며 쾌활하게 걸어와 뱃전의 판자를 건너 배 안으로 들어섰다. 다시 종이 울렸고, 증기선은 부두에서 선수를 돌렸다. 증기 엔진이 커다란 기침을 뿜어내고, 배는 유유히 강 아래로 흘러내려갔다.

그 여자는 하갑판의 상자들과 짐 꾸러미들 사이를 걸어와 빈 곳에 앉더니 아이를 어르느라 정신이 없었다.

헤일리는 배를 한두 바퀴 돌고 나서 하갑판으로 내려와 그녀 옆에 앉더니 무심한 어조로 뭔가를 말했다.

톰은 곧 여자의 얼굴에 짙은 먹구름이 드리우는 것을 보았다. 그녀는 아주 격앙된 듯 빠른 어조로 대답했다.

"난 그 말을 믿지 못하겠어요. 아니, 믿지 않겠어요!"그녀가 말하는 소리가 톰에게 들려왔다. "당신은 농담을 하고 있는 거지요?"

"내 말을 못 믿겠다면 이걸 봐!"헤일리가 문서를 꺼내면서 말했다.

"이건 매매문서고 여기 네 주인의 서명이 들어 있어. 난 이 문서를 체결하느라고 거액의 현찰을 지불했다고. 자, 이제 내 말을 믿겠어?"

"나리가 이런 식으로 나를 속였을 리가 없어요. 그건 사실이 아니에요!" 여자가 더욱 동요하면서 큰 목소리로 말했다.

"여기 지나가는 사람 아무나 붙들고 물어봐." 그때 옆을 지나가던 남자에게 헤일리가 소리쳤다. "여보시오, 이 문서를 좀 읽어주시겠소? 내가 사실을 말해주었는데도 이 여자가 내 말을 도통 믿질 않아."

"존 포스딕이라는 사람이 서명한 매매문서로군요." 그 남자가 말했다. "루시라는 여자와 여자의 아이를 넘겨준다는 내용입니다. 아주 분명하게 기재되어 있군요."

여자의 날카로운 비명 소리가 주위의 사람들을 끌어들였고, 노예상인은 그들에게 소란의 이유를 간단히 설명했다.

"주인님은 내가 루이빌로 갈 거라고 했어요. 제 남편이 일하고 있는 루이빌에 요리사로 임대되었다고 했어요. 나리가 직접 그렇게 말했어요. 그런데 그게 거짓말이었다니 믿을 수가 없어요." 여자가 말했다.

"하지만 이 불쌍한 여자야, 그 사람은 너를 팔았어. 거기에 대해선 의문의 여지가 없어." 매매문서를 읽어주었던 사람 좋아 보이는 남자가 말했다. "그가 직접 문서에 서명했다고. 틀림없어."

"그렇다면 아무리 말해봐야 소용이 없겠군요." 여자가 갑자기 잠잠해지면서 말했다. 여자는 아이를 가슴에 꼭 끌어안고 자신의 트렁크 위에 앉아서 사람들에게 등을 돌린 채 하염없이 강을 내다보았다.

"저러다가 말 거야." 노예상인이 말했다. "여자들은 강단이 있어서 체념도 잘하니까."

증기선이 강 하류로 내려가는 내내 여자는 침착해 보였다. 시원하고 부드러운 여름 바람이 그녀의 머리카락 위로 동정의 손길처럼 지나갔다. 그 시원한 바람은 상대가 흑인인지 백인인지를 따지지 않고 불어왔다. 그녀는 물 위에 떨어진 햇볕이 황금 물결을 만들어내는 걸 보았고, 주위의 사람들이 어디에서나 느긋하고 즐겁게 말하는 소리를 들었다. 하지만 그녀의 마음은 커다란 돌덩어리가 놓인 듯 무거웠다. 아들은 엄마 품에 꼭 기대어 작은 두 손을 들어올려 엄마의 뺨을 쓰다듬었다. 일어났다 앉았다 하고 소리를 지르며 재잘거리는 품이 엄마의 기분을 풀어주려는 것 같았다. 그녀는 갑자기 아이를 잡아당기더니 품에 꼭 껴안았다. 이어 눈물이 한 방울 두 방울 어리둥절해하는 아이의 얼굴 위로 떨어졌다. 그러고는 조금씩 침착해지더니 여자는 아이를 돌보고 보살피는 일에 정신을 집중했다.

생후 십 개월쯤 되는 사내아이는 몸집도 아주 크고 사지에 힘이 넘쳤다. 가만있지를 않고 천방지축으로 움직이는 아이를 제자리에 붙들어놓느라고 엄마는 정신이 없었다.

"아주 활기찬 놈이로군!" 어떤 남자가 호주머니에 양손을 찔러넣은 채 갑자기 아이 앞에 나타났다. "얼마나 되었지?"

"열 달 반 되었어요." 여자가 말했다.

남자는 아이에게 휘파람을 불면서 과자를 한 조각 떼어 주었다. 아이는 그것을 꼭 붙들더니 곧 아이의 창고인 입으로 집어넣었다.

"튼튼한 놈이군! 뭐가 뭔지 금방 알아보네." 남자는 휘파람을 한 번 불고 다른 데로 걸어갔다. 배의 반대편에 도달한 남자는 그곳에서 상자 더미 위에 앉아 담배를 피우던 헤일리와 마주쳤다.

남자가 성냥을 꺼내 시가에 불을 붙이면서 말했다.

"낯선 양반, 저기 아주 괜찮은 여자를 구했구려."

"아주 괜찮은 여자죠." 헤일리가 담배 연기를 내뿜으며 말했다.

"저 여자를 남부로 데려갈 겁니까?"

헤일리가 고개를 끄덕이며 계속 담배를 피워댔다.

"농장 일꾼으로요?"

"농장에서 인력 주문이 와서 그걸 채우는 중이오. 저 여자를 거기다 채워넣을 수도 있죠. 요리를 잘한다고 하니까 요리사로 써먹을 수도 있고, 여의치 않으면 목화 따는 일꾼으로 써먹을 수도 있어요. 손가락을 보니 그런 일도 잘하게 생겼어요. 어느 쪽으로 써먹든 좋은 값을 받을 겁니다." 헤일리는 다시 시가를 뻑뻑 빨았다.

"농장에서 갓난애는 필요가 없을 텐데."

"그래서 기회가 생기면 바로 팔아버릴 생각이오." 헤일리가 새 시가를 꺼내 불을 붙이며 말했다.

"싼값에 팔 의사가 있다면……" 낯선 남자가 상자 더미 위에 올라가 편안한 자세로 앉으면서 말했다.

"싸게 팔 생각은 없소. 애도 쓸 만하니까. 아픈 데도 없고 살이 오른 데다 힘도 세고, 게다가 살이 벽돌처럼 단단해요."

"그건 그래요. 하지만 애를 키우는 노고와 비용이 만만치 않죠."

"말도 안 되는 소리!" 헤일리가 말했다. "검둥이 애들 키우는 건 별로 힘들지 않아요. 강아지 키우는 거와 비슷해요. 저 애는 앞으로 한 달이면 뛰어다닐 겁니다."

"내게는 애들을 키울 수 있는 좋은 장소가 있어요. 그래서 애들을 좀더 받아들일 생각이오." 낯선 남자가 말했다. "지난주에 젊은 요리사가 어린애를 잃었어요. 어미가 빨래를 너는 동안 애가 빨래통에 빠져 죽은 겁니다. 그래서 저 애를 요리사에게 가져다주고 키우면 괜찮을 것 같아요."

헤일리와 낯선 남자는 잠시 묵묵히 담배를 피웠다. 둘 다 상대방의 의중을 떠보는 말은 먼저 꺼내지 않았다. 마침내 그 남자가 말했다.

"아무튼 저 애를 곧 처분해야 하니까 십 달러 이상은 생각하지 않으시겠지요?"

헤일리는 머리를 흔들면서 탁 하고 침을 뱉었다.

"그렇게는 안 되겠습니다." 그는 다시 시가를 뻑뻑 빨았다.

"그럼 얼마를 보신다는 겁니까?"

"이보세요," 헤일리가 말했다. "내가 저 애를 직접 키울 수도 있고 아니면 남한테 맡겨서 키울 수도 있습니다. 붙임성도 좋고 건강한 아이니까 앞으로 육 개월 뒤면 백 달러는 너끈히 나갈 겁니다. 그리고 일이 년 지나면 이백 달러도 문제없어요. 사람만 잘 만나면 말입니다. 그러니 오십 달러에서 한 푼도 빼드릴 수 없습니다."

"이봐요, 그건 너무 황당한 가격 아니오?"

"절대 그렇지 않습니다." 헤일리가 결연히 고개를 끄덕이며 말했다.

"그럼 삼십 달러 드리지요. 그 이상은 안 됩니다."

"그럼, 이렇게 합시다." 헤일리가 다시 침을 뱉으며 결연한 어조로 말했다. "서로 양보해서 사십오 달러에 합시다. 그 이하는 절대 안 됩니다."

"좋아요. 동의합니다." 그 남자가 잠시 뒤 말했다.

"그럼 계약이 체결된 겁니다. 당신은 어디서 내립니까?" 헤일리가 물었다.

"루이빌."

"루이빌이라, 아주 좋아요. 석양 무렵이면 거기 도착할 겁니다. 그때쯤이면 애는 잠들어 있을 거니까 조용히 데려갈 수 있을 겁니다. 비명 소리도 안 나고 얼마나 좋습니까. 나는 모든 걸 조용히 처리하는 걸 좋아합니다. 소란과 법석은 딱 질색이에요." 지폐 다발이 남자의 수첩에서 노예상인의 수첩으로 건네졌고, 헤일리는 다시 시가를 빡빡 빨았다.

증기선이 루이빌 부두에 도착했을 때는 밝고 평온한 저녁이었다. 여자는 깊은 잠에 빠져든 아이를 품에 안고 앉아 있었다. 그녀는 기항지의 이름을 크게 외치는 소리를 듣고서 상자들 사이의 빈 공간에 마련된 요람에다 먼저 자신의 겉옷을 깔고 이어 아이를 그 위에 내려놓았다. 그러고는 자리에서 일어나 곧바로 뱃전으로 달려갔다. 부두에 모여든 여러 명의 호텔 종업원들 중에서 혹시 남편을 발견하지 않을까 하는 희망 때문이었다. 그녀는 난간 앞쪽으로 나아가 부두 쪽으로 상체를 내밀면서 부두에 서 있는 사람들을 부지런히 살펴보았다. 그리하여 어머니와 아이 사이에 사람들이 북적거리게 되었다.

"자, 바로 이때입니다." 헤일리가 잠든 아이를 집어들어 낯선 남자에게 건네주며 말했다. "깨우지 마세요. 울면 골치 아프니까. 여자가 미친 듯이 날뛸 겁니다." 그 남자는 아이가 든 강보를 조심스럽게 받아들고서 부두로 올라가는 사람들 사이로 사라졌다.

증기선이 칙칙거리고 삐걱거리는 소리를 내며 부두로부터 멀어지면서 속도를 높이자, 여자는 아까 앉아 있던 자리로 돌아왔다. 노예상인이 거기 앉아 있었고, 아이는 사라지고 없었다!

"아니, 애가 어디에?" 그녀는 당황하고 놀란 목소리로 말했다.

"루시," 노예상인이 말했다. "네 아이는 다른 사람한테 줬어. 네가 제일 먼저 알아야 할 것 같아서 말해주는 거야. 그 애를 데리고 남부에 갈 수는 없어. 마침 내가 좋은 집에 팔아버릴 기회를 잡았어. 너보다 더 잘 키울 거야."

노예상인은 북부의 일부 목사와 정치가들이 권장하는 기독교적, 정치적 완숙의 단계에 도달해 있었고, 그 덕분에 모든 인간적 약점과 편견을 완벽하게 극복할 수 있었다. 그의 마음은 적절한 노력과 훈련을 통하면 누구나 도달할 수 있는 그런 무감각의 지점에 도달해 있었다. 그 여자가 고뇌와 절망 속에서 지어 보이는 정신 나간 표정은, 노예상인처럼 완벽하게 숙달된 사람이 아니라면 난감하게 바라보았을 것이다. 하지만 노예상인은 그런 표정에 이골이 난 사람이었다. 누구나 훈련을 거치면 그런 일에 얼마든지 숙달될 수 있다. 최근 들어 연방의 영광을 위해, 북부 공동체 전체를 그런 일들에 숙달시키려는 노력이 집요하게 경주되고 있다. 그래서 노예상인은 저 이글거리는 검은 눈, 꽉 쥔 손, 가쁜 숨 등에서 엿볼 수 있는 치명적 고뇌를 매매업에 부수되는 성가신 조건 정도로 여기면서, 그녀가 비명을 지를 것인지 아니면 배 위에서 난동을 부릴 것인지 그것만 계산하고 있었다. 우리나라의 이 특이한 제도를 지지하는 사람들이 그러하듯이, 그 또한 난동이라면 딱 질색이었다.

하지만 여자는 비명을 지르지 않았다. 그 충격은 그녀의 심장을 관통하여 꿰뚫었기 때문에 그녀는 소리칠 수도 울 수도 없었다.

그녀는 현기증을 느끼며 주저앉았다. 양손은 맥없이 옆구리에 축 늘어졌다. 그녀의 두 눈은 앞을 바라보았으나 아무것도 보지 못했다. 배의 온갖 소음과 증기 기관의 신음 소리가 그녀의 멍한 귀 속으로 꿈처럼 흘러들었다. 충격에 빠진 이 불쌍한 여인은 울거나 소리쳐서 자신의 비참함을 표현하지도 못했다. 그녀는 아주 조용했다.

자신의 우월한 입장을 잘 아는 노예상인은 자칭 인간적이라는 우리의 일부 정치가들* 못지않게 인간적이었고, 그래서 상황이 허락하는 범위 내에서 그녀를 위로해야 할 의무를 느꼈다.

"루시, 처음에는 좀 충격이 있을 거야. 하지만 너처럼 똑똑하고 합리적인 여자는 그런 충격에 굴복하지 않을 거야. 너도 알다시피 그건 필요한 일이었어. 어쩔 수 없었다고!"

"오, 나리, 제발." 여자가 숨넘어가는 목소리로 말했다.

"루시, 넌 똑똑한 여자야." 그는 계속 말했다. "난 너한테 잘해주려고 해. 강 아래로 가서 좋은 곳을 알아봐줄게. 너같이 예쁜 여자는 곧 새 남편을 얻게 될 거야."

"오, 나리, 제발 더이상 말하지 말아주세요." 여자가 하도 간절하고 괴로운 목소리로 그렇게 말하자 노예상인은 이 경우에는 자신의 관리 방식이 안 통한다는 것을 느꼈다. 그는 일어섰고, 여자는 고개를 돌리면서 겉옷에 자신의 얼굴을 파묻었다.

---

* 온갖 구실을 들이대며 노예제도를 지지하는 정치가들을 의미함.

노예상인은 잠시 그 주위를 왔다 갔다 하다가 가끔 그녀 앞에 멈춰 서서 그녀를 내려다보았다.

"다른 사람들보다 더 심하게 충격을 받았군. 하지만 조용하게 앉아 있네. 며칠만 더 괴로워하다가 곧 정상으로 돌아올 거야. 서서히!" 그는 혼잣말을 중얼거렸다.

처음부터 끝까지 그 거래를 지켜본 톰은 그 결과가 어떻게 되리라는 것을 완벽하게 알고 있었다. 끔찍하고 잔인한 일이었다. 그러나 불쌍하고 무식한 흑인인 톰은 그런 사건을 보고 종합적으로 추론할 수 있는 능력이 없었고, 개별 사건을 벗어나 대국적으로 사태를 파악하는 지능이 없었다. 그가 기독교의 일부 목사들*로부터 교육을 받았더라면 그런 대국적 식견을 갖출 수 있었을 것이고, 따라서 그것이 날마다 벌어지는 합법적 거래라고 분류할 줄도 알았을 것이다. 미국의 일부 성직자들 말마따나 그런 거래가 사회의 제도를 지탱하는 핵심적 기둥이라고 판단했을 테고, 또 그것이 악한 일은 아니며, 사회생활이나 가정생활 등 여러 관계들을 유지하기 위해서는 불가피하다고 주장했을 것이다.

하지만 우리가 살펴본 바와 같이, 톰은 불쌍하고 무식한 흑인인 데다 읽은 책이라고는 『신약성서』밖에 없었기 때문에 이런 고매하고도

---

* 작가 스토는 『톰 아저씨의 오두막』 초판에서 이 부분에 조엘 파커 목사의 실명을 썼다. 그러나 파커 목사가 소송을 제기하자 이후 판본에서는 실명을 빼고 이렇게 막연하게 묘사했다. 조엘 파커(1799~1873)는 뉴욕, 뉴올리언스, 필라델피아, 뉴저지 등에서 목회활동을 한 장로교 목사로, 1840~42년에는 뉴욕 시의 연합신학교 학장을 지냈다. 노예제를 지지하는 발언을 해놓고도 소설에서 실명으로 거론되자 그런 말을 한 적이 없다며 자신의 발언을 부인했다.

대국적인 견해로 자신을 위로할 수가 없었다. 상자들 위에 부러진 갈대처럼 누워서 괴로워하는 저 여자에게 가해진 끔찍한 처사 때문에 톰의 영혼은 피를 흘리고 있었다. 감정을 갖고 있고, 살아 있고, 피 흘리고, 불멸의 영혼을 가진 이 '물건'을, 미국의 국법은 톰이 누워 있는 짐 꾸러미, 짐 뭉치, 상자들과 똑같이 판매 가능한 '물건'으로 분류하는 것이다.

톰은 그녀에게 다가가 뭔가 위로의 말을 해주려 했다. 하지만 그녀는 신음 소리만 냈다. 그는 뺨에 눈물이 줄줄 흘러내리는 상태로, 하늘에 계신 사랑의 아버지, 동정심 가득한 예수, 영원한 도시 등에 대해서 진지하게 말했다. 하지만 여자의 귀는 열려 있으되 아무것도 들을 수가 없었고 마비된 가슴은 아무것도 느끼지 못했다.

고요하고 움직임 없는, 영광스러운 밤이 찾아왔다. 무수하게 많은 엄숙한 천사의 눈들이 반짝거리는, 아름답고 고요한 밤이었다. 저 먼 하늘로부터는 아무런 말도, 언어도, 동정하는 목소리도, 도움을 주는 손도 나타나지 않았다. 일을 보거나 즐거움을 찾는 사람들의 목소리도 하나씩 둘씩 잦아들었다. 배 위의 사람들은 모두 잠이 들었고, 뱃전의 물결 소리는 아주 또렷하게 들렸다. 톰은 상자 위에 누워 있었다. 엎드린 여자가 조용히 내지르는 숨죽인 울음소리 같은 흐느낌이 들렸다. "아, 나는 어쩌면 좋아? 오 주님! 오, 좋으신 주님, 나를 도와주소서!" 이어 그 중얼거림은 정적 속으로 잦아들었다.

자정 무렵에 톰은 갑자기 놀라서 깨어났다. 뭔가 검은 것이 그의 옆을 스쳐 지나가 배의 옆구리로 달려갔고 곧 풍덩 하는 소리가 들려왔다. 톰 이외에는 아무도 보지도 듣지도 못했다. 고개를 들어 보니 여

아이를 빼앗기고 절망하여 강물에 투신자살하는 루시.

자가 있던 자리가 비어 있었다! 일어나서 주위를 두리번거려봤지만 여자는 보이지 않았다. 속으로 피 흘리던 여자의 심장은 마침내 잠잠해졌다. 강은 가볍게 물결치면서 잔물결을 일으키는 품이, 마치 그 심장을 삼키지 않은 듯, 아무 일도 없었던 듯했다.

이런 포악한 짓에 분노하여 가슴이 벌렁거리는 자들이여, 참아라! 참아라! 압제받는 자들의 아픈 가슴과 그들이 흘리는 눈물을 '비탄의 사람'인 영광의 주님께서는 조금도 잊지 않으신다. 그 크고 넓은 가슴에 그분은 세상의 모든 고뇌를 감당하신다. 당신도 그분처럼 참으면서 사랑 속에서 분투하라. 그분은 하느님이시므로, "마침내 복수할 해가 올 것이다."*

다음날 아침 노예상인은 상쾌한 기분으로 잠에서 깨어나 자신의 살아 있는 가축을 돌보러 왔다. 이제 그가 당황하며 주위를 뒤질 차례가 되었다.

"도대체 이 여자 어디 갔지?" 그가 톰에게 물었다.

침묵의 지혜를 잘 아는 톰은 자신이 본 것과 짐작되는 내용을 말해줄 기분이 아니었고, 그래서 모른다고 대답했다.

"밤중에 정박지에서 몰래 빠져나갔을 리는 없어. 배가 멈출 때마다 내가 잠에서 깨어 살폈으니까. 나는 이런 감시를 남한테 맡기는 법이 없어."

그는 마치 그게 톰의 깊은 관심사나 되는 것처럼 아주 자신 있는 목소리로 말했다. 톰은 아무 대답도 하지 않았다.

---

* 「이사야」 63:4.

노예상인은 선미에서 선수까지, 상자들, 짐보따리들, 통들, 기관실, 굴뚝 등을 모두 뒤졌으나 여자를 찾아내지 못했다.

"자, 톰, 솔직하게 말해봐." 그는 아무리 뒤져도 여자가 나오지 않자 톰이 서 있는 곳으로 돌아오면서 말했다. "넌 뭔가 알고 있어. 모른다고 하지 마. 다 알고 있단 말이야. 밤 열시에도 여기에 엎드려 있는 것을 보았고 열두시, 한시와 두시 사이에도 여기서 보았어. 그러다가 네시쯤에 사라졌단 말이야. 너는 바로 옆에서 자고 있었어. 그러니 뭔가 알고 있어. 틀림없이."

"나리," 톰이 말했다. "새벽녘에 뭔가 내 옆을 스쳐 지나갔습니다. 나는 그때 반쯤 잠에서 깬 상태였습니다. 그러다가 풍덩 하고 크게 소리가 나는 것을 들었어요. 그때 완전 잠이 깼지요. 그리고 여자는 사라졌습니다. 그게 내가 알고 있는 전부입니다."

노예상인은 충격을 받지도 놀라지도 않았다. 앞에서도 말했듯이 그는 사람들이 잘 모르는 많은 사건들에 이미 숙달되어 있는 사람이었다. 죽음이라는 무서운 존재도 그에게 오싹한 느낌을 안겨주지 못했다. 그는 죽음을 여러 번 보았다. 노예 매매를 하던 중에 만나 이제는 아주 익숙해졌다. 그는 죽음을 자신의 사업 운영을 아주 불공정하게 뒤흔들어놓는 고약한 친구 정도로 생각했다. 헤일리는 그 여자를 건방진 년이라고 생각했고, 자신은 지독하게 재수가 없었을 뿐이라고 판단했다. 일이 이런 식으로 진행된다면 이번 여행에서는 한 푼도 수입을 올리지 못하겠다는 생각도 들었다. 간단히 말해서, 그는 너무 억울하다는 생각을 했다. 하지만 그건 어쩔 수 없는 일이었다. 그 여자는 도망자를 절대로 내놓지 않을 나라로 도망쳤으니까 말이다. 영광스러운 미국 연방이 아무리 내놓으라고 요구해도 소용이 없을 터였다. 그리하여 노예상인은 낙심한 채로 주저앉아서 작은 회계장부를 꺼내 사라진 그 여자를 '손실' 항목에다 기재했다!

"저자는 정말로 끔찍한 친구야. 저 노예상인 말이야. 저처럼 무감각하다니. 정말 끔찍한 자야."

"아무도 저런 노예상인들을 좋게 생각하지 않아. 일반적으로 경멸받고 있어. 점잖은 사회에서는 안 끼워준다고."

하지만 누가 노예상인을 만드는가? 누가 더 비난을 받아야 하는가? 노예상인을 필연적으로 만들어내는 제도를 지지하는 똑똑하고 교양 있고 지성미 넘치는 사람인가, 아니면 저 불쌍한 노예상인인가? 그 똑똑한 사람이 노예제도를 공개적으로 지지하는 바람에, 노예상인은 타락할 대로 타락하여 그 일에서 아무런 부끄러움도 느끼지 못하게 되었다. 그렇다면 그 똑똑한 사람이 과연 어느 면에서 이 노예상인보다 더 나은 사람인가?

당신은 교양 있고 저 노예상인은 무식하고, 당신은 높고 저 사람은 낮고, 당신은 세련되고 저 사람은 투박하고, 당신은 재주가 있고 저 사람은 단순한가?

하지만 나중에 최후의 심판의 날이 온다면, 이런 불리한 상황이 당신보다는 그에게 더 유리하게 작용할지 모른다.

합법적 거래의 이런 선별 사례를 보고 독자는 이렇게 생각하기 쉽다. "우리 정부가 이런 노예 거래를 보호하고 지속시키기 위하여 많은 노력을 기울인다는 점으로 미루어 볼 때, 미국의 입법가들은 인정이라고는 조금도 없는 사람들이다." 하지만 그렇게 생각하지 말기를 요청한다.

우리의 위대한 정치가들이 '해외의' 노예무역을 비난하는 문제에서는 다투어 앞장선다는 사실을 부정하는 사람이 누가 있겠는가? 그 문제에서라면 우리들 중에도 클라크슨이나 윌버포스 같은 사람들이 많이 있으며, 그들을 쳐다보고 또 그들의 말을 듣고 있노라면 교화되는 바가 많다. 독자들이여, 아프리카에서 흑인을 모집하여 노예로 데려오는 일은 정말로 끔찍한 일이다! 그건 생각조차 할 수 없는 일이다! 하지만 켄터키에서 노예를 매매하는 일은 전혀 다른 문제라는 것이다!*

---

* 토머스 클라크슨(1760~1846)과 윌버포스(1759~1833)는 영국의 노예제 폐지론자였다. 영국은 1807년에 노예무역을 불법화했고, 1834년에는 카리브 해의 모든 노예들을 공식적으로 해방했다. 1807년 토머스 제퍼슨은 아프리카 노예를 미국으로 수입하는 것을 금지하는 의회법에 서명했다.

13장
퀘이커교도의 정착촌

 이제 우리 앞에 아주 고즈넉한 풍경이 나타난다. 크고 널찍하고 깨끗하게 칠을 한 주방, 노란 바닥은 먼지 하나 없이 반들반들하고 매끄럽다. 잘 닦아놓은 검은색의 취사용 난로, 일렬로 늘어선 반짝거리는 주석 식기들은 형언하기 어려울 정도로 군침 도는 좋은 음식들을 떠올리게 한다. 반들거리는 초록색의 나무 의자들은 오래되었지만 단단했다. 의자 밑부분에 판석을 깐 자그마한 흔들의자가 하나 있었는데, 앉는 부분에는 서로 다른 색깔의 털실로 만든 얼룩무늬 쿠션이 하나 놓여 있었다. 그 옆에 있는 조금 더 큰 안락의자는 어머니 같은 고풍스러운 분위기를 풍기는데, 그 넓은 팔걸이는 어서 와 앉아보라고 초대하는 듯했고, 거기에 놓인 깃털 쿠션이 그런 느낌을 더했다. 낡았지만 정말로 편안하고 쾌적한 의자였고, 가정의 단란함을 만끽할 수 있다는 점에서 플러시 천이나 능직 천으로 만든 귀족용 소파 열두어 개쯤은 거뜬히 물리치고도 남을 만한 가구였다. 바로 이 의자에, 앞뒤로 몸을 가볍게 흔들면서 시선을 바느질감에 고정시킨 우리의 엘리자가 앉아 있다. 그녀는 켄터키 집에 있을 때보다 더 창백하고 수척했다. 기다란 속눈썹 그늘에는 고요한 슬픔이 어렸는데, 그 슬픔이 그녀의 단정한 입술 윤곽을 더욱 돋보이게 했다. 무거운 슬픔의 단련을 받아 그녀의 마음은 더욱 원숙하고 단단해졌다. 그녀는 이제 커다란 검은 눈을 들어 어린 해리가 깡충거리는 모습을 뒤쫓았다. 해리는 마치 열대 나비처럼 주방 바닥에서 이리저리 돌아다녔다. 엘리자는 과거 행복한 시절에는 결코 상상해볼 수 없었던 치열한 결의와 확고한 의지를 내보였다.

그녀의 옆에는 한 여자가 밝은 색깔의 주석 냄비를 무릎에 내려놓고 앉아서 말린 복숭아를 조심스럽게 분류하고 있었다. 그녀는 쉰다섯이나 예순쯤 되어 보였다. 하지만 시간이 갈수록 더 밝아지고 단정해지는 얼굴이었다. 퀘이커교 양식의 단정한 무늬를 본떠 만든 실크 모자, 쫙 펴서 가슴에 달아놓은 하얀 모슬린 손수건, 회색 숄과 드레스 등이 그녀가 소속된 공동체를 잘 말해주었다. 그녀의 얼굴은 붉고 둥글었으며 솜털처럼 부드러운 인상은 잘 익은 복숭아를 연상시켰다. 나이 들어 반백이 된 그녀의 머리카락은 시원한 이마 뒤로 단정하게 빗겨져 있었다. 시원한 이마에는 시간이 아무런 흔적을 남기지 않은 채, 오로지 지상의 평화와 인간에 대한 선의만이 빛나고 있었다. 그 이마 밑에는 밝고 정직하고 사랑스러운 갈색 눈이 반짝거렸다. 그 눈을 빤히 쳐다보면 여인의 가슴속에 뛰노는 선량하고 진실한 기운의 밑바닥까지 도달할 것 같은 느낌을 갖게 된다. 젊은 처녀들의 아름다움에 대해서는 많이 칭송하고 노래하면서 왜 나이 든 여자의 아름다움에 대해서는 아무도 노래하지 않는지 모르겠다. 이 문제에 대해 어떤 영감을 얻고자 하는 자가 있다면 우리의 좋은 친구 레이철 할리데이를 참고해보라고 말하고 싶다. 그녀는 지금 자그마한 흔들의자에 앉아 있다. 의자에서는 약간 삐걱거리는 소리가 난다. 어쩌면 의자가 소싯적에 감기를 심하게 앓았을 수도 있고, 천식 기질이 있을 수도 있고, 아니면 신경쇠약의 징후일 수도 있다. 아무튼 레이철이 앉아서 그 의자를 부드럽게 흔들면 숨죽인 '끼익 끼익' 소리가 나는데, 만약 다른 의자에서 그런 소리가 났더라면 못 참아주었을 것이다. 하지만 남편 시미언 할리데이는 그걸 음악 소리나 다름없다고 말했고, 자녀들은 어머니의 의자에서 나는 소리를 이 세상 어느 것과도 바꾸지 않겠다고 공언했다. 왜? 지난 이십여 년 동안 그 의자로부터 사랑의 말씀, 온유한 훈계, 자애가 넘치는 어머니의 친절한 음성이 흘러나왔기 때문이다. 온갖 두통과 울분의 치료제가 흘러나왔고, 정신적이고 세속적인 어려움들도 이 사랑 가득한 선량한 어머니에 의해 해결이 되었던 것이다.

"엘리자, 넌 아직도 캐나다로 갈 생각을 하는 거냐?" 그녀가 말린 복숭아들을 분류하면서 말했다.

"예, 사모님. 가야 해요. 멈춰 설 수가 없어요." 엘리자가 확고하게 말했다.

"거기 가서는 뭐 할 건데? 딸아, 그것도 생각해봐야 하지 않니?"

레이철 할리데이의 입술에서는 '딸'이라는 말이 자연스럽게 흘러나왔다. 그녀를 표현하는 말로는 '어머니'라는 말이 이 세상에서 가장 자연스럽기 때문이었다.

엘리자의 손이 떨리면서 눈물이 바느질거리 위로 떨어졌다. 하지만 그녀는 단호히 말했다.

"제가 거기서 할 수 있는 일이라면 뭐든지 다 하겠어요. 뭔가 찾을 수 있을 거예요."

"너는 여기 원하는 만큼 머무를 수 있어." 레이철이 말했다.

"감사합니다." 그녀는 해리를 가리키며 계속 말했다. "하지만 여기서는 밤에 잠을 잘 수가 없어요. 통 쉴 수가 없어요. 지난밤에는 그 남자가 마당 안으로 들어오는 꿈을 꾸었어요." 그녀가 몸을 부르르 떨며 말했다.

"불쌍한 것!" 레이철이 눈가를 훔치며 말했다. "애야, 그런 생각은 할 필요 없어. 주님이 명령하셔서 우리 정착촌에서는 도망자를 빼내 가는 일이 없어. 네가 그런 일을 당하는 첫번째 희생자가 되는 일은 없을 거야."

그때 문이 열리면서 키가 작고 통통하게 살찐 여자가 문 앞에 나타났다. 그녀의 쾌활하고 붉은 얼굴은 잘 익은 사과를 연상시켰다. 그녀는 레이철과 마찬가지로 칙칙한 회색 옷을 입고 있었고, 통통한 가슴에는 모슬린 천을 쫙 펴서 단정하게 매달아놓았다.

"루스 스테드먼." 레이철이 기쁜 표정으로 나서며 말했다. "루스, 어떻게 지냈어?" 그녀가 양손으로 루스의 손을 잡으며 물었다.

"잘 지냈어요." 루스가 회색 보닛을 벗어 손수건으로 먼지를 털면서 대답했다. 보닛을 벗으니 그녀의 동그란 머리가 드러났는데, 머리에는 귀엽게 퀘이커교도 모자를 쓰고 있었다. 모자 주인이 통통한 손으로 아무리 조심스럽게 매만져놓아도 여전히 모자에서는 쾌활한 분위기가 풍겨 나왔다. 루스의 곱슬머리가 여기저기 제멋대로 비어져 나와 있어서 잘 매만져 제자리에 돌려놓아야 했다. 스물다섯 살쯤 되어 보이는 여자는 몸단장을 하던 자그마한 거울 앞에서 몸을 돌렸는데, 아주 유쾌한 표정을 하고 있었다. 그녀를 쳐다보는 사람들도 똑같이 유쾌한 표정이 되었다. 그녀는 아주 쾌활하고 선량하고 즐겁게 말하는 여자였기 때문이다. 남자들은 누구나 그녀를 만나면 가슴이 따뜻해졌다.

"루스, 여기는 엘리자 해리스야. 애는 내가 말했던 아이이고."

"엘리자, 만나서 정말 반가워요." 루스가 엘리자와 악수를 하며 말했다. 그녀는 오래 기다리던 친구를 대하듯이 엘리자를 대했다. "그리고 얘는 당신의 귀여운 아들이로군요. 아이에게 줄 과자를 좀 가지고 왔어요." 그녀가 작은 하트 모양의 과자를 내밀자 해리는 가까이 다가와 곱슬머리 사이로 올려다보다가 수줍게 받아들었다.

"루스, 네 애는 어디에 있니?" 레이철이 물었다.

"아, 함께 왔어요. 여기 들어오는데 메리가 붙잡아서 헛간에 데려갔어요. 다른 아이들에게 보여준다면서."

그 순간 문이 열리면서 메리가 방 안으로 들어섰다. 정직하고 혈색 좋은 메리는 어머니를 닮아 커다란 갈색 눈을 하고 있었다. 그녀는 루스의 아이와 함께 들어왔다.

"어머, 이게 누구야?" 레이철이 일어나 덩치 크고 뚱뚱한 백인 아이를 품에 안으며 말했다. "정말 잘생겼구나! 정말 많이 컸어!"

"정말 그렇죠." 키 작은 루스가 법석을 떨면서 말했다. 그녀는 아이를 품에 안고서 푸른색 두건을 머리에서 떼어낸 후 이어 겉옷들을 벗겨내기 시작했다. 루스는 아이를 이쪽으로 한번 당겨보고 저쪽으로 한번 밀어보고 하며 이리저리 옷매무새를 챙겼다. 그러고는 아이에게 열렬히 키스한 다음 아이를 바닥에 앉혀놓고 저 혼자 놀게 했다. 아이는 그런 절차에 익숙해져 있는 듯했다. 아이는 (마치 그게 정해진 절차인 양) 엄지손가락을 입속에 집어넣고 곧 자기 생각에 몰두하기 시작했다. 그동안 엄마도 의자에 앉아서 파란색과 흰색 실이 섞인 기다란 스타킹을 꺼내 부지런히 뜨개질을 하기 시작했다.

"메리, 주전자 물을 좀 채워 오는 게 좋지 않겠니?" 어머니가 부드럽게 말했다.

메리는 주전자를 들고서 우물에 갔다가 곧 돌아와 난로 위에다 주전자를 올려놓았다. 가족적 단란함과 유쾌한 분위기를 말해주기라도 하듯이, 곧 주전자에서 물 끓는 소리가 났다. 레이철의 온유한 속삭임에 복종이라도 하듯이, 잘 손질된 말린 복숭아는 곧 같은 손에 의해 불 위의 스튜 냄비 속에 들어가게 되었다.

레이철은 이제 과자 굽는 하얀 판을 내려서 앞치마를 두르고 비스킷을 굽기 시작했다. 그러면서 메리에게 말했다. "메리, 존에게 닭고기를 준비하라고 말하는 게 좋겠어." 메리는 곧 밖으로 나갔다.

"참, 애비게일 피터스는 상태가 어떻지?" 레이철이 비스킷을 구우면서 말했다.

"좀 좋아졌어요." 루스가 말했다. "오전에 가서 침대를 정돈하고 집 청소를 해드렸어요. 오후에는 레아 힐스가 가서 며칠 치 빵과 파이를 구웠어요. 오늘밤에는 제가 가서 좀 일으켜드리려고 해요."

"그럼 나는 내일 가서 나머지 청소를 하고 옷 수선을 해야지." 레이철이 말했다.

"아, 그렇게 하는 게 좋겠네요. 해너 스탠우드가 아프다는 얘기를 들었어요. 존이 지난밤에 가봤다고 하는군요. 저도 내일 가봐야겠어요." 루스가 말했다.

"당신이 하루 종일 가 있을 거라면 존이 여기 와서 식사하는 게 좋겠는데." 레이철이 말했다.

"감사합니다, 레이철. 내일 상황 봐서요. 시미언 씨가 오시네요."

키가 크고 단정하고 근육질인 시미언 할리데이가 회색 외투와 바지에 챙 넓은 모자를 쓴 차림으로 들어섰다.

"잘 지냈어, 루스?" 그가 커다란 손으로 그녀의 통통하고 작은 손을 잡으며 물었다. "존은?"

"존은 잘 있어요. 나머지 식구들도 건강하고요." 루스가 쾌활하게 말했다.

"여보, 무슨 소식이라도 있어요?" 레이철이 비스킷을 오븐에 넣으며 물었다.

"피터 스테빈스가 그러는데, 그들이 일행과 함께 오늘 저녁 여기에 올 거라는군." 시미언이 뒤쪽 현관의 작은 싱크대에서 손을 씻으면서 의미심장한 목소리로 말했다.

"그래요?" 레이철이 엘리자를 쳐다보며 생각에 잠긴 목소리로 말했다.

"당신 이름이 해리스라고 했나?" 시미언이 주방 안으로 다시 들어오면서 물었다.

엘리자는 떨리는 목소리로 "예"라고 대답했고, 레이철은 재빨리 남편을 쳐다보았다. 늘 공포에 사로잡혀 있는 엘리자는 그녀의 도주를 알리는 공고문이 나붙었나 보다 하고 생각했다.

"여보!" 시미언이 뒤쪽 현관으로 나가서 다시 레이철을 불러냈다.

"왜 그래요, 여보?" 레이철이 밀가루 묻은 손을 비비면서 현관으로 나갔다.

"저 여자의 남편이 우리 정착촌에 들어와 있어요. 오늘밤 여기로 올 거요."

"그게 정말이에요, 여보?" 레이철이 기쁨으로 얼굴이 환해지며 말했다.

"사실이오. 피터가 어제 마차를 가지고 다른 퀘이커 정착촌에 들렀는데, 거기서 노파 한 명과 남자 둘을 만났다는군. 그중 한 명의 이름이 조지 해리스였대. 그가 자신의 이력을 간단히 말했는데, 나는 금방 누군지 알겠더군. 총명하고 붙임성이 좋은 친구야. 지금 저 여자에게 이 소식을 말해줄까?"

"루스에게 먼저 말합시다. 루스, 이리로 좀 와봐." 레이철이 말했다.

루스는 뜨개질거리를 내려놓고 뒷현관으로 나왔다.

"루스, 이걸 어떻게 생각해? 남편이 그러는데, 엘리자의 남편이 최근에 우리 정착촌으로 도피해 온 사람들 무리 속에 들어 있다는 거야. 그래서 오늘밤 여기로 올 거래."

키 작은 퀘이커교 여신도의 입에서 환희의 비명이 터져나오는 바람에 대화가 잠시 중단되었다. 그녀는 깡충 뛰어오르며 박수를 쳤고, 그러는 바람에 퀘이커교 모자 밑으로 곱슬머리가 살짝 비어져 나와 하얀 목도리 위에 흩어졌다.

"쉿, 조용!" 레이철이 부드럽게 말했다. "루스, 이 소식을 지금 저 애에게 말해주는 게 좋을까?"

"그럼요, 당장 말해줘야죠. 그게 제 남편 존이었다면 제 기분이 어땠을까요? 지금 당장 말해요."

"자기 자신을 통해 이웃을 사랑하는 법을 배우는군, 루스." 시미언이 환히 웃는 얼굴로 루스를 바라보며 말했다.

"그게 우리의 임무 아니에요? 제가 존과 우리 아이를 사랑하기 때문에 저 여자의 기분도 너무 잘 아는 거예요. 자, 어서 가서 빨리 말해요. 어서!" 루스는 레이철의 팔을 부드럽게 잡아끌며 말했다. "그녀를 부인 침실에 데려가서 말하세요. 그동안 저는 닭고기를 튀기고 있을게요."

레이철은 엘리자가 바느질을 하고 있던 주방 안으로 들어와, 자그마한 침실의 문을 열면서 부드럽게 말했다. "아가, 이리 좀 들어와봐. 네게 해줄 얘기가 있단다."

엘리자의 창백한 얼굴에 피가 몰렸다. 그녀는 불안에 떨면서 일어나 어린 아들을 내려다보았다.

"아니, 아니. 그게 아니에요." 루스가 다가와 그녀의 손을 잡으며 말했다. "그렇게 겁먹지 마요. 엘리자, 이건 좋은 소식이에요. 자, 어서 들어가요!" 루스는 그녀를 방 안으로 밀어넣고 문을 닫았다. 그런 다음 어린 해리를 품에 안고 키스했다.

"애야, 넌 곧 아버지를 만나게 될 거야. 그걸 알고 있니? 네 아버지

가 온다니까." 그녀가 같은 말을 되풀이했고, 아이는 멍하니 루스를
쳐다보았다.

침실 안에서는 또 다른 광경이 연출되고 있었다. 레이철 할리데이
는 엘리자를 끌어안으며 말했다. "딸아, 주님께서 네게 자비를 베푸셨
다. 네 남편이 예속의 집으로부터 도망쳤다는구나."

엘리자의 뺨에 갑자기 피가 몰려와 뜨거워지더니 이어 그 피가 심
장으로 몰려들었다. 그녀는 창백하고 기절할 듯한 얼굴로 털썩 주저
앉았다.

"애야, 기운을 내." 레이철이 그녀의 머리에 손을 올려놓으며 말했
다. "네 남편은 보호자들과 함께 있어. 그 사람들이 오늘밤에 이리로
데려올 거야."

"오늘밤!" 엘리자가 같은 말을 되풀이했다. 말들은 갑자기 의미를
상실했다. 그녀의 머리는 꿈꾸는 듯 혼란스러웠다. 모든 것이 잠시 동
안 안개 속인 양 불투명했다.

깨어나보니 그녀는 담요를 뒤집어쓴 채 침대 위에 편안하게 누워
있었고, 키 작은 루스가 장뇌로 그녀의 양손을 비비고 있었다. 그녀는
꿈꾸는 듯 나른한 상태로 눈을 떴다. 오랫동안 무거운 짐을 들고 있다
가 이제 그 짐이 사라져서 편히 쉬는 느낌이었다. 도망치던 순간부터
잠시도 그녀를 떠나지 않았던 긴장감이 사라졌고, 안전하고 편안하다
는 낯선 느낌이 그녀를 사로잡았다. 그녀는 침대에 누운 채 크고 검은
눈을 뜨고서 꿈속의 장면을 뒤쫓듯이 주위 사람들이 움직이는 모습을
지켜보았다. 다른 방으로 통하는 문이 열리는 것을 보았다. 하얀 식탁

보를 씌운 저녁 식탁을 보았고, 노래하듯 폭폭 끓고 있는 찻주전자의 중얼거림을 들었다. 루스가 과자와 설탕조림이 든 쟁반을 들고 바쁘게 움직이다가 해리의 손에 과자를 하나 쥐여주고, 머리를 쓰다듬고, 아이의 긴 곱슬머리를 그녀의 하얀 손으로 빗겨주는 것을 보았다. 몸집이 큰, 어머니 같은 레이철이 침대 곁에 와서 이불을 부드럽게 펴고 여기저기 잡아당겨 바로잡아주는 다정스러운 모습을 보았다. 레이철의 맑고 큰 갈색 눈에서 뿜어져나오는 환한 빛도 느껴졌다. 루스의 남편이 방 안으로 들어오자 루스가 그에게 달려가 뭔가 나지막하게 속삭이고, 이어 인상적인 자세를 취하면서 자그마한 손가락으로 방 쪽을 가리키는 것을 보았다. 루스가 어린애를 안고 다탁(茶卓)에 앉아 있는 것을 보았다. 그들은 모두 테이블에 앉아 있었고, 어린 해리는 레이철의 넓은 날개와도 같은 그늘 아래에 있는 높은 의자에 앉아 있었다. 사람들이 나지막하게 얘기를 나누는 소리, 차 스푼이 찻잔에 부딪히는 소리, 찻잔과 받침이 가볍게 덜그덕거리는 소리 등이 즐거운 휴식의 꿈 속에서 뒤섞였다. 엘리자는 차가운 별빛 아래 아이를 안고 도망쳤던 그 무서운 밤 이래 제대로 잠을 자본 적이 없었는데, 이제 곤하게 잠들었다.

그녀는 아름다운 나라에 있는 꿈을 꾸었다. 그녀가 보기에 평온한 휴식의 나라였다. 초록의 해안, 상쾌한 섬들, 멋지게 반짝거리는 물. 사람들이 친절한 목소리로 이곳이 당신의 집이라고 말해주는 그곳에서 어린 아들이 자유롭고 행복한 아이가 되어 뛰어노는 것을 보았다. 그녀는 남편의 발걸음 소리를 들었고, 그가 가까이 다가온다고 느꼈다. 남편이 그녀의 어깨에 팔을 두르자 그의 눈물이 그녀의 얼굴 위로 떨어졌다. 그녀는 깨어났다! 그것은 꿈이 아니었다. 대낮의 햇빛은 사라진 지 이미 오래였다. 그녀의 아이는 침대 옆에서 편안히 잠들어 있었다. 협탁 위에는 촛불이 희미하게 빛났고, 그녀의 남편은 머리맡에서 흐느껴 울고 있었다.

그다음날 아침 퀘이커교도의 집안 분위기는 쾌활했다. '어머니'는 일찍 일어나서 바쁘게 돌아치는 아들과 딸들에게 둘러싸여 있었다. 어제는 아들딸들을 소개할 시간이 없었는데, 아무튼 그들은 레이철의 온유한 "이렇게 해주겠니?" 혹은 더 은근한 "이렇게 하면 좋지 않겠니?"라는 권유에 복종하며 바쁘게 아침식사를 준비했다. 인디애나의 삼림 무성한 계곡들에 자리 잡은 퀘이커 정착촌에서, 아침식사는 복잡하면서도 다양한 형태를 띠고 있었다. 그것은 비유적으로 말하자면 천상의 낙원에서 장미 잎사귀를 줍고 키 작은 나무들을 다듬는 것과 비슷했으며, 육신의 어머니의 손길이 아닌 다른 천상의 손길이 작용하는 것처럼 신성하고 평온한 분위기를 풍겼다. 존이 샘에 신선한 물을 길으러 간 동안, 시미언 주니어는 옥수수케이크를 만들기 위해 옥수수 가루를 체에다 걸렀고, 메리는 커피를 갈았으며, 레이철은 조용히 움직이면서 비스킷을 만들고 닭고기를 자르면서 모정(母情)의 환한 빛을 주방 전체에 뿌리고 있었다. 일하는 젊은이들이 많고 또 의욕에 넘쳐서 마찰이나 갈등의 위험이라도 있을 것 같으면, 그녀가 부드럽게 "자, 그만해!" 또는 "지금은 그럴 때가 아니잖아" 정도로 말하면 충분히 그런 위험을 사전에 제압할 수 있었다. 음유시인들은 '비너스의 허리띠'*가 대대로 세상을 매혹시켜 사람들의 머리를 돌아가게 했다고 노래했다. 그렇다면 우리는 이 장면에서 레이철 할리데이의 허리띠가 사람들을 진정시켜서 더이상 머리가 돌아가지 않게 만들어 모든 일을 원만하게 진행시켰다고 말할 수 있으리라. 우리 시대에 더 어울리는 고사 아닌가.

모든 준비가 착실하게 진행되고 있는 동안, 시미언 씨는 셔츠만 입은 채 구석의 작은 거울 앞에서 가부장의 일반적 체통과는 좀 동떨어지게 면도를 하고 있었다. 커다란 주방에서는 모든 일이 화목하게, 조용하게, 또 조화롭게 굴러갔다. 모든 사람이 자신이 하는 일을 즐겁게 했으며, 상호 신뢰와 우정의 느낌이 흘러넘쳤다. 식탁 위에 오르는 나이프와 포크도 그런 분위기에 맞추어 즐겁게 덜그덕 소리를 내는 듯했다. 냄비 속의 닭고기와 햄도 상쾌하게 지글지글 소리를 내는 것이, 마치 다른 곳이 아니라 이곳에서 요리되는 것을 즐기는 듯했다. 조지와 엘리자와 어린 해리는 주방에 들어서면서 너무나 따뜻하고 정성스러운 환영을 받아서 마치 꿈을 꾸는 느낌이었다.

마침내 모두가 아침 식탁에 앉았다. 메리는 난로 옆에 서서 핫케이크를 굽고 있었다. 케이크가 잘 구워져서 노릇노릇한 색깔을 내는 순간 꺼내어 아주 날렵하게 식탁으로 건넸다.

식탁의 상석에 앉은 레이철은 정말로 행복해 보였다. 과자 그릇을 넘겨주거나 커피를 따르는 그녀의 동작에는 모정과 온정이 충만하여, 그 음식과 음료에도 그런 따사로움을 전해주는 듯했다.

조지가 백인의 식탁에 동등한 자격으로 앉아본 것은 그때가 처음이

---

* 미의 여신 비너스의 허리띠에는 애정을 불러일으키는 장식이 있었다고 함.

었다. 그는 처음에는 약간 긴장하고 어색하게 느껴졌다. 하지만 아침 햇살처럼 밝게 흘러넘치는 친절 앞에서 그런 불편함은 안개처럼 사라졌다.

그것은 정말로 정다운 집, 그때까지 조지가 한 번도 가져보지 못했던 그런 집이었다. 하느님에 대한 믿음과 그분의 섭리에 대한 신뢰가 그의 가슴에서 생겨났다. 살아 있는 복음의 빛 앞에서 음울함, 염세, 번뇌, 무신론적인 회의와 극심한 절망을 말끔히 씻어내는 것 같았다. 그 복음은 무수한 사랑과 선의의 행동에 의해 설교되고, 그리하여 살아 있는 사람들의 얼굴에 부드러운 숨결처럼 내뿜어졌다. 그 사랑과 선의는 사도의 이름으로 내밀어진 한 잔의 냉수 같은 것으로서, 언제나 보답을 받는 것이었다.

"아버지, 또다시 발각되면 어떻게 하실 거예요?" 시미언 주니어가 케이크에 버터를 바르며 물었다.

"벌금을 내야겠지." 시미언이 조용히 말했다.

"하지만 투옥시키겠다고 하면요?"

"그렇다면 너하고 어머니가 농장을 관리하면 되지 않니?" 시미언 씨가 미소 지으며 말했다.

"어머니는 뭐든지 다 하실 수 있어요." 아들이 말했다. "하지만 이런 법을 제정하다니 그들은 부끄럽지도 않을까요?"

"시미언, 너의 통치자들에 대해서 나쁘게 말하면 안 돼." 그의 아버지가 엄숙하게 말했다. "주님은 정의와 자비를 베풀라고 우리에게 세속적인 것들을 주셨어. 만약 통치자들이 우리의 정의와 자비에 대하여 대가를 요구한다면 우리는 내놓아야 해."

"난 저 완고한 노예 소유주들을 증오해요." 아들이 말했다. 그는 현대의 개혁가들과 마찬가지로 노예 소유주들을 증오하고 용서하지 못한다는 점에서 다소 기독교인답지 않은 태도를 취하고 있었다.

"애야, 네 말이 정말 놀랍구나." 시미언 씨가 말했다. "네 어머니는 그렇게 가르치지 않았을 텐데. 만약 주님이 고난에 빠진 노예 소유주를 내 문 앞에 데려다놓으신다면, 도망노예에게 하듯이 그에게도 똑같이 대해줄 생각이다."

시미언 주니어는 얼굴이 새빨개졌다. 하지만 그의 어머니는 미소를 지으며 말했다. "시미언은 착한 아이예요. 앞으로 나이가 들면 점점 더 아빠를 닮을 거예요."

"선생님, 저희들 때문에 선생님이 어떤 어려움이라도 겪지 않게 되기를 바랍니다." 조지가 불안해하며 말했다.

"조지, 아무것도 두려워하지 마. 우리는 이런 일을 하기 위해 이 세상에 보내진 사람들이니까. 좋은 일을 하는 과정에서 어려움을 피하려 든다면, 우리는 제 이름값을 하지 못하는 게 돼."

"하지만 저 때문에 어려움을 당하신다면 너무 괴로울 것 같습니다." 조지가 말했다.

"조지, 너무 걱정하지 마. 우리가 이렇게 하는 것은 자네 때문이 아니라 하느님과 인간들 때문이야. 자, 오늘 하루는 조용히 쉬도록 하게. 오늘밤 열시에 피니어스 플레처가 자네를 다음 정착촌으로 데려가기 위해 올 거야. 자네와 처자식을 말일세. 추적대가 자네 뒤를 바싹 뒤쫓고 있기 때문에 지체해서는 안 되네."

"사정이 그렇다면 왜 저녁까지 기다려야 합니까?" 조지가 물었다.

"낮 동안에는 여기 있는 게 안전해. 정착촌 사람들은 모두 친구이고 또 망을 봐주니까. 하지만 이동은 밤중에 하는 게 더 안전하지."

14장
에반젤린

> 삶을 비추는 젊은 별!
> 그 깨끗한 얼굴은 거울에 비추기도 무색하구나!
> 가까스로 피어난 사랑스러운 존재여,
> 가장 향기로운 잎사귀조차 채 피우지 못한 장미여.*

미시시피! 마치 마법의 막대기를 휘두른 듯, 앞으로 나아갈수록 그 풍경이 바뀌는 강! 일찍이 샤토브리앙**은 자신의 산문시에서, 꿈꾸지 않는 식물과 동물의 경이로움 사이로 구불구불 흘러가는 강력하면서도 일관된 고독을 가진 강이라고 노래했었다.

하지만 한 시간만 이 강을 타고 나아가면 꿈과 로맨스의 강은 그렇게 화려하지도 몽상적이지도 않은 모습으로 나타난다. 이 강처럼 한 국가의 부(富)와 모험을 그 가슴에 안고 대양으로 나아가는 강이 또 있을까? 게다가 그 국가는 열대와 남북극 사이에서 생산되는 모든 산

---

* 조지 고든 바이런(1788~1824)의 장시 「돈 후안」의 14:43.
** 프랑스의 정치가이자 작가(1768~1848). 1826년에 발표한 산문시 「나체즈」에 미시시피 강에 대한 묘사가 나온다.

물을 포용하고 있다! 급하게 거품을 내고 굉음을 지르며 내달리는 이 강은, 일찍이 구세계가 본 적 없는 열성적이고 정력적인 종족이 강 연안에서 벌이는 각종 번잡한 사업의 물결을 닮았다. 하지만 이 강의 물결은 아주 끔찍한 화물도 실어 나르고 있으니, 압제받는 자의 눈물, 도움받지 못하는 자의 한숨, 가난하고 무식한 자가 하느님에게 올리는 씁쓸한 기도가 바로 그것이다. 하느님은 비록 알 수가 없고 보이지 않고 또 침묵을 지키고 계시지만, "언젠가 그분의 옥좌에서 나와 이 세상의 가난한 자들을 모두 구제할 것"이다.

석양의 뉘엿뉘엿한 햇빛은 바다 같은 강물 위에서 가볍게 춤춘다. 승객과 화물을 가득 실은 증기선이 앞으로 나아가는 동안, 가볍게 몸을 떠는 사탕수수와, 검고 음침한 이끼의 화관을 두른 크고 어두운 사이프러스 나무들이 석양의 햇빛을 받아 밝게 빛났다.

증기선은 여러 농장에서 받아들인 목면 덩어리를 갑판과 뱃전에 가득 실어서, 멀리서 보면 회색의 거대한 네모 덩어리처럼 보였다. 그렇지만 쉼 없이 다음 시장을 향해 나아갔다. 이제 이 혼잡한 갑판에서 시선을 돌려 우리의 겸손한 친구 톰을 찾아보기로 하자.

셸비 씨의 추천서에서 자신감을 얻기도 하고 또 톰의 온유하고 조용한 성격에 안심되기도 하여, 마침내 헤일리 같은 노예상인도 톰을 신임하게 되었다. 물론 톰이 의식하지 못하는 사이에 그렇게 된 것이었다.

처음에는 낮에는 철저히 감시하고 밤에는 반드시 족쇄를 채웠다. 하지만 톰이 아무런 불평도 하지 않고 그것을 참아내고 또 온유한 태도를 보이자 헤일리는 만족하여 서서히 족쇄 채우기를 하지 않게 되었고, 그리하여 톰은 일종의 명예로운 집행유예를 당분간 즐기게 되었다. 그는 배 위에서 어디든지 마음대로 돌아다닐 수 있는 자유를 얻었다.

늘 조용하고 남에게 친절하며 아래층의 일꾼들에게 비상 사태가 발생하면 도움을 아끼지 않았던 톰은 모든 일꾼들로부터 호평을 받았고, 켄터키 농장에서 일할 때처럼 선의를 보이면서 그들의 일을 여러모로 도와주며 시간을 보냈다.

특별히 할 일이 없을 때는 상갑판에 있는 목면 더미 사이의 구석으로 올라가서 열심히 성경 공부를 했다. 지금 그 구석에 톰이 앉아 있다.

뉴올리언스에서 160킬로미터 이상 위로 올라가면 강의 수면이 주변 지대보다 높은 곳이 나온다. 여기서는 6미터 높이로 쌓은 거대한 제방 사이로 무시무시한 강물이 하류로 흘러가고 있다. 증기선의 갑판에 오른 여행자는 마치 공중에 떠 있는 성의 꼭대기에 올라온 것처럼 수킬로미터에 걸친 인근 지대를 굽어보게 된다. 톰 역시 자신의 눈앞에 무수히 펼쳐진 농장들을 조감할 수 있었는데, 그런 농장들은 이제부터 그가 감수해야 할 생활의 예고편 같은 것이었다.

멀리 떨어진 농장에서 일하고 있는 노예들이 보였고, 농장마다 일렬로 늘어서서 반짝거리는 마을 오두막들도 보였다. 그 마을은 농장주의 으리으리한 저택과 정원으로부터는 상당히 떨어져 있었다. 눈앞에 그런 풍경이 펼쳐지자 그의 마음은 자연스럽게, 시원한 그늘을 던지는 너도밤나무가 있는 켄터키 농장을 떠올렸다. 넓고 시원한 홀이 있는 주인 나리의 저택, 그 옆에 있는 다양한 꽃들과 능소화가 피어 있는 오두막, 어릴 때부터 함께 자랐던 친숙한 동료들의 얼굴도 보였다. 저녁식사를 준비하느라 바쁘게 움직이는 아내도 보였고, 장난을 치는 두 아들의 즐거운 웃음소리와 무릎 위에 올려놓고 얼러댔던 갓난아이의 옹알이 소리도 들려왔다. 문득 몽상에서 깨어나자 이 모든 것들이 사라지면서, 그는 등나무와 사이프러스 나무와 농장들이 스쳐지나가는 주변 풍경과 증기 기관의 삐걱거리는 소리로 다시 돌아왔다. 그런 풍경과 소음은 과거의 추억들이 영원히 사라져버렸음을 일러주고 있었다.

이런 상황이라면 보통 사람은 아내에게 편지를 쓰고 자식에게 소식을 전할 것이다. 그러나 톰은 글을 쓸 줄 몰랐다. 그런 그에게 우편이란 존재하지 않는 것이나 마찬가지였으니, 편지도 전신도 이 처참한 이산가족에게 가교 역할을 해주지 못했다.

목면 더미 위에 성경을 올려놓고 손가락으로 그 말씀 하나하나를 짚어가며 미래의 약속을 가슴에 새기는 동안, 굵은 눈물방울이 톰의 성경 위로 떨어졌다. 나이 들어 글을 배운 톰은 성경 말씀을 아주 천천히, 한 줄 한 줄 어렵게 읽었다. 다행스럽게도 그가 열심히 읽고 있는 책은 천천히 읽는 것이 별로 문제가 되지 않는 책이었다. 마음이 그 말씀의 무한한 가치를 제대로 받아들이려면 단어 하나를 마치 금궤 한 덩어리인 양 무게를 달아가며 읽어야 했다. 그가 단어들을 천천히 읽어나가는 모습을 따라가보자.

"너희는…… 걱정하지…… 마라. 내…… 아버지…… 집에는…… 있을…… 곳이…… 많다. 나는…… 너희가…… 있을…… 곳을…… 마련하러…… 간다."*

키케로도 하나뿐인 귀여운 딸을 땅에 묻었을 때는 불쌍한 톰처럼 가슴에 슬픔이 가득했을 것이다. 하지만 두 사람 다 남자이니 어머니만큼 슬픔이 크지는 않았으리라. 아무튼 슬픔을 당한 키케로는 숭고한 희망의 말씀을 접할 수도 없었고 미래의 재회를 내다볼 수도 없었다. 만약 그에게 이런 희망의 말씀이 제시되었다 해도 십중팔구 믿지 않았을 것이다. 그는 먼저 원고의 신빙성에 대해 수천 가지 의문을 가졌을 것이고, 번역이 제대로 되었는지 의심했을 것이다. 그러나 불쌍한 톰에게 그 말씀은 정말로 긴요한 것이었고 너무나 진실하고 신성하기 때문에 의문이 떠오를 가능성은 전혀 없었다. 그건 틀림없는 진실이었다. 만약 그게 진실이 아니라면 그는 어떻게 살아갈 수 있겠는가?

톰의 성경에는 주석도 없고 또 유식한 논평가가 여백에 덧붙여놓은 해설도 없었지만, 톰이 스스로 만들어낸 길잡이 표시가 들어 있었다. 그것은 유식한 논평들보다 훨씬 유용했다. 그는 주인댁 아이들, 특히 조지 도련님에게 성경을 읽어달라고 부탁해서 특히 마음에 들거나 감동적인 구절에다 잉크 묻힌 펜으로 아주 굵고 분명하게 표시를 하거나 줄을 쳤다. 이렇게 하여 그의 성경은 처음부터 끝까지 다양한 기호와 부호로 뒤덮여 있었다. 그 덕분에 그는 단어들을 일일이 확인하지 않고도 자신이 좋아하는 구절을 곧바로 끄집어낼 수 있었다. 그의 앞에 놓여 있는 성경은 과거 켄터키의 집에서 즐겁게 살던 때를 떠올리게 했다. 이 때문에 톰에게 있어 성경은 그의 기억 속에 남아 있는 지난 인생의 버팀목일 뿐만 아니라 죽음 후의 삶에 대한 약속이기도 했다.

---

* 「요한복음」 14:1~2.

증기선의 승객들 중에는 유서 깊은 가문 출신의 재산가인 젊은 신사가 있었는데, 그의 이름은 세인트클레어였고 집은 뉴올리언스였다. 그는 대여섯 살 되어 보이는 어린 딸을 대동했고, 부녀 옆에는 그들의 친척뻘 되는 듯한 숙녀도 있었다. 그 여자는 특히 어린 여자아이를 돌보는 게 주된 임무인 듯했다.

톰은 종종 그 어린 여자애를 보았다. 아이는 햇빛이나 여름 바람이 한 군데 가만있지 못하는 것처럼 아주 바쁘게 여기저기 돌아다녔다. 한 번 보면 쉽사리 잊어버릴 수 없는 그런 아이였다.

어린애들이 흔히 그렇듯 통통하거나 야윈 구석이라곤 전혀 없이, 이 소녀는 완벽하게 아름다운 아이의 모습을 갖추고 있었다. 부드럽게 물결치는 공기 같은 우아함은 신화나 이야기 속에 등장하는 요정을 연상시켰다. 아이의 얼굴은 이목구비의 아름다움보다는 꿈꾸는 듯한 독특한 표정 때문에 더 인상적이었다. 이상을 추구하는 사람들도 그 표정을 보면 놀라서 다시 돌아보게 되고, 둔하고 답답한 사람들조차도 왜 그런지 이유는 알지 못하지만 그 표정에 감동을 받았다. 단정한 머리, 고상한 목과 가슴, 얼굴을 구름처럼 감싸고 있는 황갈색 머리카락, 그 머리카락이 그늘을 드리우는 이마, 정신적 깊이가 엿보이는 푸른 눈, 이런 것들은 그 아이를 다른 아이와 구분해주는 뚜렷한 특징이었다. 그 아이가 배 위에서 깡충깡충 걸어다니면 모두들 고개를 돌려서 쳐다보았다. 소녀에게 우울함이라든가 슬픔이라든가 하는 따위의 기색은 전혀 없었다. 그와는 반대로 공기처럼 가볍고 바람처럼 빠른 장난기가 그녀의 어린 얼굴과 환한 이목구비 위에서 여름 잎사귀의 시원한 그늘을 드리워주었다. 아이는 장미처럼 붉은 입술에 절반쯤 미소를 띠고서 쉼 없이 움직였다. 마치 구름처럼 여기저기 날아다니면서 행복한 꿈을 꾸고 있는 양 자기 자신을 향해 노래했다. 아이의 아버지와 보호자는 아이를 쫓아다니느라고 언제나 바빴다. 하지만 붙잡혀도 잠시 함께 있을 뿐, 곧 여름 구름처럼 그들로부터 벗어났다. 아이가 어떤 짓을 해도 어른들은 비난이나 질책의 말을 하지 않았기 때문에 아이는 배의 구석구석을 제멋대로 돌아다녔다. 늘 흰옷을 입고 그림자처럼 배 안을 돌아다녔지만 옷에 얼룩을 묻히지는 않았다. 상갑판이든 하갑판이든 그 요정의 발길이 미치지 않는 구석이나 공간은 없었고, 꿈꾸는 듯한 황금색 머리카락과 깊고 푸른 눈은 그 어느 곳이든 자유롭게 드나들었다.

땀을 뻘뻘 흘리며 일하던 증기 기관의 화부도 고개를 들어 그 아이의 푸른 눈을 쳐다보며 미소 지었다. 아이의 눈은 기관의 내부 깊숙한 곳을 꿰뚫어 보면서, 마치 화부가 큰 위험에 놓여 있는 듯 그를 걱정하며 근심하는 표정을 지었다. 조타실의 조타수도 그림 같은 황금색 머리가 둥그런 방 안으로 고개를 들이밀면 동작을 멈추고 미소를 지어 보였다. 하지만 아이는 한 군데 오래 머무르는 법이 없어 곧 다른 데로 가버렸다. 아이가 지나갈 때마다 하루에도 몇 번씩 거친 목소리들이 그녀를 축복했고, 사람들의 차가운 얼굴에는 전에 없던 부드러운 미소가 스쳐 지나갔다. 겁 없이 위험한 곳을 나다니면 검댕 묻은 거친 손이 어디선가 튀어나와 구해주고 아이의 앞길을 편안하게 해주었다.

온유한 자기 종족의 부드러운 성품을 물려받은 톰은 늘 순박하고 어린이다운 것을 동경했다. 그는 날마다 더욱 흥미를 느끼면서 그 어린 소녀를 지켜보았다. 그녀는 톰에게 거의 신적인 존재였다. 황금빛 머리와 푸른 눈이 목면 더미 뒤에서 불쑥 나타나거나 짐 꾸러미의 꼭 대기에서 그를 내려다볼 때면, 그는 자신이 갖고 있는 『신약성서』의 책갈피에서 천사가 갑자기 걸어나온 게 아닌가 하고 생각했다.

아이는 헤일리의 노예 상품들이 쇠사슬에 묶여 있는 곳을 점점 더 자주 찾아왔고, 그때마다 걱정하는 표정을 지었다. 아이는 노예들 사이를 돌아다니면서 당황하고 슬퍼하는 눈빛으로 그들을 쳐다보았다. 때로는 가녀린 손으로 쇠사슬을 들어보다가 슬프다는 듯이 한숨을 내쉬고는 다른 곳으로 사라졌다. 아이는 그들 앞에 불쑥 나타나서는, 매번 과자나 땅콩, 오렌지 같은 걸 들고 와서 즐거이 나누어주고서는 곧 가버렸다.

톰은 그 어린 숙녀를 오랫동안 지켜보다가 마침내 그녀와 친해지기로 마음먹고 조심스럽게 접근했다. 어린아이들의 환심을 살 수 있는 간단한 행동을 많이 알고 있던 톰은 그 기술을 써먹기로 했다. 그는 버찌씨를 가지고 자그마한 바구니를 만들 수도 있었고, 히커리 열매 껍질에다 기이한 얼굴을 새길 수도 있었으며, 양딱총나무로 괴상한 자세의 인물상을 만들 수도 있었다. 그는 갖가지 크기와 형태의 호루라기를 마음대로 만들 수 있는 목양신(牧羊神) 같은 사람이었다. 언제나 그의 호주머니에는 이런 소품들이 들어 있었다. 옛 주인의 아이들에게도 자주 건네주곤 하던 것들이었다. 그는 이제 이런 소품들을 하나씩 조심스레 꺼내 주면서 그 어린 숙녀와 사귀어볼 생각을 했다.

어린 숙녀는 주위의 모든 사물에 관심이 많지만 수줍음을 탔고, 그래서 친해지기가 쉽지 않았다. 그녀는 소품을 만들고 있는 톰 근처의 상자와 짐 꾸러미 위에 카나리아 새처럼 가볍게 날아와 앉았다가, 그가 내민 소품들을 아주 수줍어하면서 받아들었다. 그러다가 그들은 마침내 서로 친밀하게 대화를 나누는 사이가 되었다.

"어린 아가씨의 이름은 뭐지요?" 이런 질문을 해도 괜찮겠다 싶을 정도가 되었을 때 톰이 물었다.

"에반젤린 세인트클레어." 어린 소녀가 대답했다. "하지만 아빠도 사람들도 모두 에바라고 불러. 아저씨 이름은?"

"내 이름은 톰이에요. 켄터키에 있을 때는 아이들이 톰 아저씨라고 불렀지요."

"그럼 나도 톰 아저씨라고 부를게. 왜냐하면 아저씨도 알다시피 나는 아저씨를 좋아하니까. 그런데 톰 아저씨는 어디로 가는 중이지?"

"모릅니다, 에바 아가씨."

"모른다고?"

"예. 나는 누구한테 팔려가는 중인데 그가 누구인지는 몰라요."

"우리 아빠가 아저씨를 사면 되는데." 에바가 재빨리 말했다. "만약 아빠가 사면 아저씨는 편하게 살 수 있을 거야. 오늘 당장 아빠에게 말해보겠어."

"감사합니다, 어린 숙녀님."

이때 증기선은 나무를 적재하기 위해 작은 기항지에 들렀다. 에바는 아버지의 목소리를 듣고서 재빨리 사라졌다. 톰은 자리에서 일어나 나무 적재하는 일을 돕겠다고 지원하여 곧 일꾼들 사이에서 바쁘게 일했다.

에바와 아버지는 배가 기항지에서 멀어지는 광경을 보기 위해 난간 뒤에 함께 서 있었다. 그때 배의 타륜이 물속에서 두세 바퀴 요동을 쳤고, 갑작스러운 진동에 에바는 몸의 균형을 잃고서 배 위로 튕겨져 나가 물속으로 떨어지고 말았다. 아이의 아버지는 자신이 무슨 행동을 하는지도 모르는 채 딸의 뒤를 쫓아 물속으로 뛰어들려 했으나, 그의 뒤에 있던 사람이 제지했다. 더 헤엄을 잘 치는 사람이 그 딸을 구하려고 이미 물속에 뛰어든 광경을 보았던 것이다.

에바가 물속에 떨어지는 순간, 톰은 그녀 바로 밑의 하갑판에 서 있었다. 그러다가 에바가 물속으로 가라앉는 것을 보고 곧바로 물속에 뛰어들었다. 가슴이 넓고 완력이 대단한 톰은 헤엄치는 것쯤은 일도 아니었다. 그는 에바가 물 위로 떠오르기를 기다렸다가 아이를 양팔로 잡고서 뱃전으로 헤엄쳐 와서 온몸이 젖은 그녀를 배 위로 밀어올렸다. 배 위에서는 수백 개의 손들이 뻗어나와 마치 한 사람의 손인 양 아이를 건져올리려 하고 있었다. 잠시 뒤 아이의 아버지는 온몸이 젖은 채 의식을 잃은 아이를 숙녀용 선실로 데려갔다. 그곳에서는 여성 승객들 사이에 선의의 다툼이 벌어졌다. 그들은 좋은 뜻으로 그렇게 부산을 떨었지만 치료를 해준다기보다 소란을 피웠고, 아이의 회복을 돕기보다 오히려 지장을 주고 있었다.

무더운 날이었고, 내일은 운항 마지막 날이었다. 증기선은 이제 뉴올리언스에 가까이 다가갔다. 접안(接岸)을 기대하며 배에서 내릴 준비를 하느라고 배 안은 전반적으로 부산한 분위기였다. 선실에서는 사람들이 물건을 꺼내 정리하면서 상륙할 준비를 했다. 증기선의 선원들과 하녀들은 항구에 당당하게 접안하기 위해 그 멋진 배를 청소하고 수리하고 정돈하느라 바빴다.

하갑판에는 우리의 친구 톰이 팔짱을 낀 채, 배의 한쪽 구석에 서 있는 사람들을 불안하게 쳐다보았다.

거기에는 어제보다 더 창백해 보이는 에반젤린이 서 있었다. 아이에게는 창백한 얼굴색 이외에는 어제 사고의 흔적은 전혀 없었다. 우아하고 균형 잡힌 몸매의 신사가 그녀 옆에서 목면 더미 위에 한쪽 팔꿈치를 기댄 채 서 있었다. 그의 앞에는 커다란 회계용 수첩이 놓여 있었다. 한눈에 봐도 신사가 에바의 아버지인 것은 분명했다. 그는 에바처럼 머리 생김새가 고상하고, 깊고 푸른 눈에 황금색 머리카락을 가지고 있었다. 하지만 얼굴 표정은 아주 달랐다. 맑고 푸른 큰 눈은 형태와 색채는 에바와 똑같았으나 꿈꾸는 듯한 표정의 깊이가 없었다. 모든 것이 분명하고 대담하고 밝았으나, 그것을 밝혀주는 빛은 모두 이 세상에서 나오는 것이었다. 아름다운 입술 윤곽에는 오만하면서도 다소 냉소적인 기운이 어려 있었다. 하지만 그런 오만한 분위기는 그의 날렵한 신체의 우아한 움직임과 멋지게 어우러지는 듯했다. 그는 사람 좋은 무심한 태도, 반쯤은 익살스럽고 반쯤은 경멸하는 태도로 헤일리의 말을 듣고 있었다. 헤일리는 그들이 흥정하고 있는 상품의 품질을 장황하게 설명하고 있었다.

"도덕이라든지 기독교의 가치 따위는 검은색 염소가죽에다 단단히 붙들어매두었군." 헤일리가 설명을 끝내자 세인트클레어가 말했다. "이봐요, 켄터키 사람들이 말하는 대로 비용이 얼마라는 거요? 간단히 말해서, 이 건에 대해 얼마를 내면 되겠소? 나한테서 얼마를 속여 먹으려는 거요? 자, 어서 말해봐요!"

"글쎄요." 헤일리가 말했다. "저 친구한테 천삼백 달러를 부르면 겨우 본전밖에 안 됩니다. 이런 값을 부르면 안 되는데."

"그러니까, 나를 특별히 생각해서 그 값에 저 친구를 주겠다, 이건가요?" 젊은 신사가 조롱하는 듯한 날카로운 시선을 헤일리에게 던지며 말했다.

"저 어린 숙녀가 저 친구를 특별히 좋아하잖아요. 물론 그건 당연한 일이지만."

"자, 친구, 이제 당신의 자비에 좀 기대보겠소. 그러니까 기독교적 자비를 베풀어서, 저 친구를 좋아하는 어린 숙녀에게 선심을 쓰기 위해 얼마나 싸게 내게 넘겨주겠소?"

"자, 이걸 한번 생각해보세요." 노예상인이 말했다. "저 팔다리와 가슴을 보세요. 말처럼 단단합니다. 저 머리를 한번 보세요. 훤한 이마는 저 친구가 머리 있는 검둥이라는 걸 보여줍니다. 그는 머리 쓰는 일은 뭐든지 잘할 겁니다. 내 보장합니다. 저 정도 덩치에 완력을 갖고 있는 검둥이는 상당히 값이 나갑니다. 설사 멍청하더라도 덩치 하나로 그런 값이 나가는 거지요. 그런데 저 친구는 머리까지 좋아요. 아주 뛰어나다고요. 그러니 값이 더 올라갈 수밖에요. 저 친구가 전 주인의 농장 업무를 다 맡아서 했다니까요. 업무 능력이 뛰어나다고요."

"너무 많이 안다는 건 좋지 않아. 아주 좋지 않아." 젊은 신사가 말했다. 예의 그 조롱하는 미소가 그의 입술에서 떠나지 않았다. "그건 이 세상에서 별 도움이 안 되는 거라고. 똑똑한 친구들은 말이야, 달아나거나 말을 훔치거나 악마 같은 장난질을 친단 말이야. 그 똑똑함 때문에라도 이백 달러는 빼줘야겠소."

"똑똑한 게 별 도움이 안 된다고 생각하면, 그의 성격과 관련해서도 또 다른 면이 있어요. 전 주인과 다른 사람들이 써준 추천서도 보여줄 수 있어요. 저 친구는 아주 경건해요. 정말 겸손하고 늘 기도하고 신앙심이 독실하죠. 자기 고향의 검둥이들 사이에서 목사라고 불릴 정도였어요."

"그렇다면 가족 목사로 써도 되겠군." 젊은 신사가 냉소적으로 말했다. "그거 좋은 아이디어인데. 우리 집에서 신앙심은 별로 찾아보기 어려운 물건이라서 말이오."

"지금 농담하는 거지요?"

"내가 왜 농담을 합니까? 당신이 목사로도 적당하다고 하지 않았습니까? 종교회의나 협의회에서 안수를 받았습니까? 어디, 그 추천서를 한번 보여주시오."

노예상인이 상대방의 커다란 푸른 눈에서 사람 좋은 눈빛을 보고서 이런 농담이 결국 돈 되는 일로 연결되리라고 확신하지 않았더라면, 그는 아마도 화를 냈을 것이다. 그는 목면 더미 위에 때 묻은 수첩을 내려놓고 그 안에서 열심히 서류를 찾았다. 젊은 신사는 그 옆에 서서 무심하면서도 장난기 어린 표정으로 내려다보고 있었다.

"아빠, 어서 사요! 가격은 문제가 아니잖아요." 에바가 짐 꾸러미 위에 앉아 있다가 일어서서 아버지의 목에 팔을 두르며 부드럽게 속삭였다. "아빠는 돈이 많잖아요. 난 저 아저씨가 필요해요."

"애야, 뭣 때문에? 저 친구를 장난감 상자로 삼을 거냐, 아니면 흔들거리는 회전목마로 삼을 거냐? 도대체 뭣 때문에?"

"나는 저 아저씨를 행복하게 만들어주고 싶어요."

"아주 독창적인 이유로구나."

이때 노예상인이 셸비 씨가 서명한 추천서를 내밀었다. 젊은 신사는 그 서류를 기다란 손가락으로 집어들고서 무심히 읽어보았다.

"신사다운 필체이고 철자도 정확하군요. 하지만 나는 이 신앙심의 문제에 대해서는 확신이 서질 않아요." 예의 영악한 눈빛이 그의 눈에 어른거렸다. "이 나라는 신앙심 깊은 백인들 때문에 거의 망할 지경이에요. 선거 때 표를 달라고 호소하는 정치가들도 다 독실한 기독교인이죠. 교회와 정부의 각 부문에서 소위 경건한 일을 활발하게 벌이고 있지만, 사람들은 다음에 누구한테 속을지 모를 지경이죠. 왜 신앙심이 시장에 물품으로 나왔는지 모르겠군요. 요사이 신문을 보지 않아서 시가를 잘 모르겠소. 이 신앙심에 대해 당신은 웃돈을 얼마나 요구하는 겁니까?"

"농담을 좋아하시는군요." 노예상인이 말했다. "하지만 선생 말에도 분명 일리가 있습니다. 신앙심이라고 해도 분명 차이가 있다는 걸 알아요. 형편없는 것도 있죠. 모여서 노래 부르고 소리 지르고 하면서 경건한 신앙심이니 뭐니 하는 것들 말이죠. 그런 건 백인이나 흑인이나 마찬가지죠. 하지만 여기 이런 사람들은 달라요. 나는 종종 검둥이들 중에서도 그런 사람을 보았어요. 부드럽고 조용하고 꾸준하고 정직하고 경건한 검둥이 말입니다. 온 세상이 유혹한다 해도 이건 잘못이다, 라고 생각하면 그들은 절대 그 일을 하지 않습니다. 그리고 이 추천서에서 톰의 옛 주인은 그런 점을 분명히 밝히고 있습니다."

"그렇다면 말이오." 젊은 신사가 자신의 지갑을 엄숙하게 내려다보면서 말했다. "이걸 하나 보장하시오. 내가 그런 신앙심을 돈 주고 사

272

들이면, 그렇게 사들인 신앙심이 천상에 있는 회계장부에서 내 소유로 기재될 수 있겠소? 만약 그렇다면 추가로 더 돈을 내놓을 용의가 있소. 어떻게 생각하시오?"

"그런 보장은 못 하겠네요." 노예상인이 말했다. "천상에 가서는 누구나 자기의 선악 계량기에 올라서야 하니까요."

"신앙심 때문에 추가로 돈을 내야 하는 사람에게는 다소 섭섭한 얘기로군요. 자신이 가장 원하는 천상의 거래는 인정이 안 된다고 하니까. 그렇지 않소?" 젊은 신사는 지폐 다발을 세면서 그렇게 말했다. "자, 늙은 양반, 돈을 세어보시오." 그가 노예상인에게 돈다발을 내밀며 말했다.

"좋아요, 맞습니다." 헤일리는 좋아서 얼굴이 환하게 빛났다. 그는 낡은 잉크통을 꺼내더니 매매증서에 필요사항을 기재하고 서명을 한 후 젊은 신사에게 건네주었다.

"이거, 이런 생각이 드는군." 젊은 신사가 서류를 훑어보며 말했다. "내 몸을 분해하여 각 부분에 가격을 매긴다면 얼마나 나올까. 가령 내 머리에 얼마, 내 이마에 얼마, 내 양팔과 양손과 양다리에 얼마, 그런 다음 나의 교양과 학식, 재주, 정직성, 신앙심 등에 얼마, 이런 식으로 가격을 매긴다면 말이야. 그런데 신앙심에 대해서는 별로 값이 안 나올 것 같군. 자, 가자, 에바!" 그는 딸의 손을 잡고 증기선 한구석에 서 있던 톰에게 다가와 손가락 끝으로 톰의 턱을 살짝 찌르면서 사람 좋게 말했다. "이봐, 톰, 자네의 새 주인이 어떻게 생겼는지 좀 보게."

톰은 고개를 처들었다. 젊고 쾌활하고 잘생긴 얼굴을 바라보는 것은 즐거운 일이었다. 톰은 진심으로 감사하는 마음으로 "주님께서 당신을 축복하시길, 나리!" 하고 말하면서 자신의 눈에 눈물이 몰려오는 것을 느꼈다.

"아마 축복해주실 걸세. 자네 이름이 뭐였더라? 톰? 어느 모로 보나, 내가 요청한 것 못지않게 자네의 요청 덕분에 축복을 내려주실 거야. 톰, 말을 몰 줄 아나?"

"평생 말을 다루어왔습니다." 톰이 말했다. "셸비 나리는 말을 많이 키웠습니다."

"자넬 마부로 쓸 생각이야. 특별한 비상 사태를 제외하고 일주일에 한 번 이상 술을 마시지 않는다는 조건으로 말이야."

톰은 놀란 표정을 지으면서도 다소 기분 나쁜 어조로 말했다. "나리, 저는 술을 마셔본 적이 없습니다."

"톰, 그런 얘기는 전에도 많이 들었네. 하지만 어디 두고 보자고. 만약 자네가 술을 마시지 않는다면 우리 모두에게 아주 좋은 일이 될 테지. 하지만 너무 신경 쓰지 말게." 그는 톰이 아직도 심각한 표정인 것을 보고서 사람 좋게 말했다. "자네가 좋은 뜻으로 그렇게 말했다는 걸 알아."

"정말 좋은 뜻으로 말했습니다, 나리." 톰이 말했다.

"이제 아저씨는 편안하게 지낼 거야." 에바가 말했다. "아빠는 누구에게나 잘해줘. 그리고 누구한테나 잘 웃어."

"아빠는 네가 저 친구를 추천해줘서 고맙게 생각한다." 세인트클레어는 웃으면서 말했다. 그는 곧 몸을 돌려 걸어가기 시작했다.

15장
톰의 새 주인과 여러 가지 일들

　우리의 비천한 주인공의 인생 스토리가 상류 계층의 인사들과 얽히게 되었으므로, 여기서 그들을 간단히 소개할 필요가 있을 듯하다.

　오거스틴 세인트클레어는 루이지애나의 부유한 농장주의 아들로 태어났다. 그의 아버지 가문은 캐나다에 뿌리를 두고 있었다. 기질과 성품이 비슷한 아버지의 두 형제 중 형은 버몬트의 번성하는 농장에 정착했고, 동생인 오거스틴의 아버지는 루이지애나의 부유한 농장주가 되었다. 오거스틴의 어머니는 위그노교도인 프랑스 숙녀였는데, 루이지애나에 프랑스인들이 정착하던 초창기에 이주해 온 가정의 딸이었다. 오거스틴에게는 쌍둥이 형이 하나 있었다. 오거스틴은 어머니로부터 아주 섬약한 체질을 물려받아, 소년 시절에는 주치의의 권유에 따라 여러 해 동안 버몬트에 있는 큰아버지 집에서 지내기도 했다. 원기를 돋우는 북부의 차가운 기후에 적응하여 체질을 강화시키려는 의도였다.

소년 시절의 그는 아주 감수성이 예민하여, 그 부드러운 성품이 남자보다 여자에 가까울 지경이었다. 시간이 지나면서 이 부드러움에 남성다움의 외피가 씌워지기는 했지만, 아직도 그 마음의 중심에는 온유함과 부드러움이 남아 있었다. 그러나 그것을 눈치채는 사람들은 별로 많지 않았다. 그는 뛰어난 재주를 가지고 있었지만, 그의 정신은 이상(理想)과 미학(美學)에 기울어지는 경향을 보였다. 그는 주변의 일상적 잡무를 싫어하는 태도를 보였는데, 바로 이상과 미학이 결합될 때 나타나는 일반적인 결과였다. 대학을 졸업한 직후, 그는 격정적이면서도 강렬한 낭만의 열정에 사로잡혔다. 딱 한 번 오는 '그때'가 온 것이었다. 지평선에 그의 별이 떠올랐다. 그러나 그 별은 허망하게도 꿈속의 일로만 기억에 남게 되는 경우가 너무나 많은 별이었다. 아무튼 그의 별은 흘러가고 말았다. 이제 이런 비유를 그만두고 좀더 사실적으로 표현해보기로 하자. 그는 북부의 어떤 주에 체류하던 시절 마음이 고결하고 아름다운 여자를 만나 그녀의 사랑을 얻었고, 그리하여 약혼까지 하게 되었다. 그런데 남부로 돌아와 결혼 준비를 하던 중 뜻밖에도 그의 편지들이 반송되어 돌아왔다. 그 편지 뭉치에는 약혼녀의 후견인이 쓴 간단한 노트가 붙어 있었다. 그 노트가 그에게 도착되기도 전에 약혼녀는 이미 다른 남자의 아내가 되어 있을 거라는 내용이었다. 미쳐버릴 정도로 충격을 받은 그는, 다른 많은 남자들이 그렇게 하듯 단 한 번의 필사적인 노력으로 그 모든 일을 털어버리려 했다. 너무 자존심이 강해 약혼녀에게 해명을 요구하는 일조차 포기해버린 그는 곧바로 남부의 사교계에 뛰어들었고, 그 충격적인 편지를 받은 날로부터 이 주 만에 당시 남부 사교계의 최고 미녀로 꼽히던 여자의 공식 애인이 되었다. 곧 새로 만난 여자와의 결혼 준비가 완료되었고, 그는 검은 눈동자와 아름다운 몸매, 십만 달러의 지참금을 갖고 온 여자의 남편이 되었다. 모두들 그를 행복한 남자라고 생각했다.

신혼부부는 밀월여행을 즐겼고, 폰차트레인 호수 근처에 있는 그들의 멋진 저택으로 상류층 친구들을 초대해 연회를 열었다. 그러던 어느 날 그에게 편지가 한 통 배달되었는데, 그가 잘 기억하는 그 여자의 필체였다. 편지가 도착한 것은 그가 방 안을 가득 메운 친구들과 즐겁고 유쾌한 대화를 나누던 순간이었다. 그는 그녀의 필체를 알아보고 얼굴이 창백해졌지만 그래도 마음의 평온을 유지하면서 바로 앞에 앉아 있던 숙녀와의 가벼운 말장난을 끝까지 마무리했다. 그는 잠시 뒤 그들로부터 빠져나왔다. 자신의 방으로 들어간 그는 혼자서 그 편지를 개봉하여 읽었다. 하지만 이제는 읽어봐야 아무 소용도 없고 오히려 가슴만 아픈 내용이었다. 편지는 그녀가 후견인의 집안으로부터 받은 박해를 자세히 적고 있었다. 그 후견인이 그녀를 자신의 아들과 결혼시키려고 온갖 농간을 부렸다는 것이었다. 그 때문에 그가 보낸 편지들이 오랫동안 그녀에게 전달되지 않았고, 그녀 역시 여러 번 편지를 보냈지만 아무런 답장이 없어서 초조해지고 또 의심하게 되었다는 것이었다. 그런 근심 걱정 때문에 그녀는 건강을 해치기까지 했다. 그러다가 마침내 그 후견인이 그와 그녀에게 한 짓을 알게 되었다는 것이다. 그녀는 편지 끝부분에서 고마움과 희망을 표시하면서 변함없는 애정을 고백했다. 하지만 그것은 불운한 젊은이에게 죽음보다 더 쓸쓸한 고백일 뿐이었다. 그는 여자에게 곧장 답변을 보냈다.

"당신의 편지를 받았지만 너무 늦게 받았습니다. 나는 그가 한 말을 모두 믿었습니다. 그래서 절망적인 상태에 빠져 있었습니다. 나는 현재 결혼을 했고 모든 것이 끝났습니다. 잊어주세요. 이제 그것이 당신이나 내가 할 수 있는 일의 전부입니다."

이렇게 하여 오거스틴 세인트클레어의 로맨스와 이상은 끝나고 말았다. 하지만 현실은 그대로 남아 있었다. 미끄러지듯 앞으로 나아가는 배와 하얀 날개를 가진 범선들과 노 젓는 소리와 뱃전에 와서 부딪치는 물소리와 반짝거리는 푸른 파도가 사라지고 난 뒤에도, 평평하고 살벌하고 진흙이 스며나오는 뻘밭 같은 현실은 여전히 거기에 남아 있었다.

물론 소설 속에서는 주인공이 상심하고 죽어버리면 그것으로 스토리는 끝난다. 소설 속에서는 그런 식으로 간편하게 처리가 된다. 하지만 현실에서, 사람들의 삶에 빛을 주던 것이 사라진 뒤에도 사람들은 간단히 죽어버리는 것이 아니라 계속해서 살아나간다. 먹고, 마시고, 옷 입고, 산책하고, 이웃을 방문하고, 물건을 사거나 팔고, 대화를 나누고, 독서를 하는 등 이런 중요하면서도 바쁜 일상의 일을 하면서 삶을 영위하고 또 그것을 계속 되풀이한다. 이런 일들이 오거스틴에게 고스란히 남아 있었다. 그의 아내가 온전한 여자였더라면 그에게 뭔가 도움을 주었을 것이다. 따뜻한 여자들이 그렇게 하듯이, 끊어진 인생의 스토리를 이어주고, 그것을 다시 짜서 밝게 만들어주었을 것이다. 하지만 마리 세인트클레어는 그 스토리가 끊어져 있다는 것을 간파하지도 못했다. 앞에서 말한 것처럼 그녀는 검은 눈동자와 아름다운 몸매, 십만 달러의 지참금을 갖고 온 여자일 뿐이었다. 하지만 그런 것들은 병든 마음을 고치는 데는 아무 쓸모가 없었다.

오거스틴이 아주 창백한 얼굴로 소파에 누워 갑작스러운 두통을 호소하자, 그녀는 그에게 녹각정*의 냄새를 맡으라고 말했다. 하지만 여러 주가 지나도 얼굴의 창백함과 두통이 사라지지 않자 그녀는 세인트클레어가 이렇게 허약할 줄은 몰랐다고 했다. 그러나 그가 이렇게 자주 두통에 시달리는 건 그녀에게도 불운한 일이었다. 왜냐하면 두통이 생기면서 남편은 그녀와 함께 다니는 것을 꺼려했기 때문이었다. 신혼의 여자가 혼자 외출을 다니는 것은 좀 괴이한 일이었다. 오거스틴은 속으로 마리처럼 분별력 없는 여자와 결혼한 것이 오히려 잘되었다고 자신을 위로했다. 하지만 신혼의 화려함과 달콤함이 사라지자, 그는 평생을 시중과 아첨을 받으며 살아온 아름다운 젊은 여자가 가정생활에서는 아주 가혹한 안주인 노릇을 한다는 걸 발견했다. 마리는 애정이나 감수성이 별로 없었고 그나마 약간 남아 있던 감성은 아주 고집스러운 무의식적인 이기심 속으로 녹아들었다. 그것은 자기의 요구 사항 이외에 남의 요구 사항은 전혀 의식하지 않는 완고한 이기심이었기 때문에 더욱 희망이 없는 것이었다. 그녀는 어린아이 시절부터 자신의 비위를 맞춰주기만 하는 하인들에 둘러싸여 성장했다. 그 하인들도 감정을 갖고 있고 나름대로 권리를 주장할 수 있다는 생각은 그녀의 머릿속에는 아예 들어 있지 않았다. 그녀의 아버지는 외동딸을 위해서라면 그가 할 수 있는 모든 것을 베풀었다. 그녀가

---

* 각성제로, 사슴뿔에서 뽑아 암모니아 수용액의 원료로 삼았음.

잘 꾸며진 아름다운 상속녀의 자격으로 사교계에 데뷔하자 합당한 남성이나 합당하지 않은 남성이나 모두 그녀의 발밑에서 한숨을 내쉬었고, 그녀는 자신을 차지한 오거스틴이 이 세상 최고의 행운아라고 믿어 의심치 않았다. 매정한 여자가 애정의 교환에서 상대방에게 관대한 채권자 노릇을 하리라고 예상하는 것은 단단히 잘못된 일이다. 완벽하게 이기적인 여자는 상대방에게 사랑을 요구할 때 무자비할 정도로 과도하게 요구한다. 자신이 사랑받지 못한다는 느낌이 들면 들수록 그에 비례하여 상대방의 사랑을 마지막 한 방울까지 짜내기 위해 온갖 질투와 앙탈을 부린다. 세인트클레어가 구애 시절에 습관적으로 내보였던 우아한 태도와 사소한 배려를 모두 내던진 후에도 그의 독재적인 여왕은 자신의 신하를 조금도 놓아줄 기미가 없었다. 걸핏하면 눈물을 흘리거나 입을 비죽거리거나 화를 냈고, 또 어떤 때는 불만이 가득한 얼굴로 고통을 호소하며 남편을 질책했다. 선량하고 관대한 세인트클레어는 선물과 아첨으로 아내를 무마하려고 애썼다. 마리가 예쁜 딸을 낳자 그는 잠시 각성하여 부드러운 마음을 갖기도 했다.

세인트클레어의 어머니는 아주 고결하고 순수한 성품의 소유자였다. 세인트클레어는 자신의 딸에게 돌아가신 어머니의 이름을 붙여주면서 딸이 어머니와 똑같은 사람이 되기를 바랐다. 아내는 그런 희망에 심술궂은 질투심을 보였고, 딸을 편애하는 남편을 의심과 증오의 눈빛으로 쳐다보았다. 딸한테 가는 애정은 그만큼 자기가 빼앗긴 것이라고 생각했다. 아이를 출산한 후부터 마리의 건강은 점점 나빠졌다. 정신적으로나 육체적으로나 활동이 별로 없는 생활을 평생 영위해온 데다가 끊임없는 권태와 불만에 스스로를 들볶고, 임신기간에 수반되는 일반적인 체력 저하까지 겹쳐서 건강이 나빠진 것이었다. 그리하여 마리는 출산 후 몇 년 사이에 꽃 같은 젊은 여성에서 얼굴이 누렇게 뜬 수척한 병든 여인으로 변해버렸다. 마리는 다양한 상상 질병을 앓으며 시간을 보내면서 자신을 이 세상에서 가장 학대받고 고통 받는 여자라고 생각했다.

그녀의 다양한 불평사항은 끝이 없었지만 그중에서도 주무기는 두통이었다. 한번 도지면 일주일에 사흘은 침대에 드러누워버렸고, 물론 모든 가정사는 하인들의 손에 맡겨졌다. 세인트클레어는 그런 집안 꼴에 마음이 편치 않았다. 그의 외동딸 에바는 아주 몸이 허약했다. 아이를 제대로 돌봐주는 사람이 없다면 딸애의 건강과 생활이 부주의한 어머니 때문에 희생될지도 모른다는 걱정이 들었다. 그는 딸아이를 데리고 버몬트로 가서, 사촌 누나인 오필리어 세인트클레어에게 남부로 내려와 집안일을 좀 돌봐달라고 호소했다. 그렇게 해서 그들은 지금 증기선을 타고 뉴올리언스로 내려가는 중이었던 것이다.

자, 이제 뉴올리언스의 돔과 첨탑이 아스라이 보이는 상황에서 미스 오필리어를 잠시 소개해보자.

뉴잉글랜드 지역을 여행해본 사람이라면 어떤 시원한 마을에 들어가, 정원 잔디가 깨끗하게 정돈되어 있고, 사탕단풍나무가 무성한 그늘을 드리우는 커다란 농가를 본 적이 있을 것이다. 또 그 농가의 조용하면서도 반듯한 분위기, 영원불변할 것 같은 평온한 분위기도 기억할 것이다. 그 어떤 것도 질서정연한 구도에서 벗어나는 법이 없다. 나무 울타리의 널이나 말뚝이 흔들거리는 법이 없고, 창문 아래 라일락이 자라는 잔디 정원에는 단 한 점의 쓰레기도 떨어져 있는 법이 없다. 농가 안의 넓고 깨끗한 방들도 기억할 것이다. 그 방 안에서는 어떤 일도 벌어질 것 같지 않다. 모든 것이 이미 완료되어 영원히 고정되어 있는 듯하며, 집안 관리는 구석에 세워놓은 오래된 괘종시계의 움직임처럼 정확하게 돌아간다. 그 가정의 '거실'에는 전면에 유리를 두른, 차분하면서도 점잖은 오래된 서가가 있다. 그 안에는 샤를 롤랭의 『역사』, 밀턴의 『실낙원』, 버니언의 『천로역정』, 토머스 스콧의 『가정 성경』 등이 다른 근엄하고 품격 있는 책들과 함께 질서정연하게 꽂혀 있다. 집에 하인들은 없고 하얀 모자에 안경을 쓴 안주인이 딸들과 함께 앉아 매일 오후에 바느질을 한다. 다른 할 일이라고는 아무것도 없다는 듯이. 안주인과 딸들은 오전 중에 일을 다 해놓기 때문에 오후에는 언제 누가 봐도 말끔한 상태다. 오래된 주방 바닥에는 얼룩이나 오물이 떨어져 있는 법이 없다. 식탁과 의자, 다양한 조리 기구들이 흐트러져 있거나 어질러져 있는 경우도 없다. 하루에 서너 끼의 밥이 거기서 준비되고, 세탁과 다리미질이 거기서 이루어지고, 몇 파운드의 버터와 치즈가 조용하면서도 신비한 방식으로 거기서 만들어지지만, 주방의 정리정돈은 그처럼 완벽하다.

이런 농가, 이런 집안에서 미스 오릴리어는 지난 사십육 년간을 조용하게 살아왔는데, 그녀의 사촌이 이제 남부의 저택으로 그녀를 초대한 것이다. 대가족 집안의 맏딸인데도 그녀는 아직도 부모님에게 '어린애' 취급을 당했고, 올리언스로 가자는 초대는 식구들에게 아주 중대한 제안으로 받아들여졌다. 머리가 하얗게 센 아버지는 서가에서 모스의 지도책을 꺼내들고 그 도시의 정확한 위도와 경도를 살폈다. 또 그 지방의 풍속을 완전하게 파악하기 위하여 플린트가 쓴 남부와

서부 여행 안내서를 읽었다.

선량한 어머니는 "올리언스가 사악한 곳이 아니냐"고 염려하면서 "그곳으로 가는 것은 샌드위치 제도*나 이교도들이 우글거리는 땅으로 가는 것과 비슷하다"고 말했다.

오필리어 세인트클레어가 사촌과 함께 올리언스로 '내려갈지도 모른다'는 소문'이 목사관과 의사의 집, 미스 피바디의 모자 가게에도 알려졌다. 물론 온 마을 사람들이 그 중요한 소문이 널리 퍼져나가는 데 일조를 했다. 노예제 폐지를 강력히 지지하는 목사는, 이번 일이 남부인들로 하여금 노예제에 집착하게 만드는 계기가 되지 않을까 우려했다. 반면에 열렬한 식민주의자인 의사는 미스 오필리어가 그곳에 가서 올리언스 사람들에게 북부인들이 노예제를 그리 나쁘게 생각하지 않는다는 것을 보여주어야 한다는 의견을 피력했다. 그는 한술 더 떠서 남부인들을 격려해야 한다는 입장이었다. 아무튼 그녀가 남부로 내려갈 의사가 확고하다는 것이 사람들에게 널리 알려지자, 그녀는 이 주 동안 친지와 이웃들의 다과모임에 초대받아 앞으로의 계획과 전망에 대한 문의와 조사를 받았다. 드레스 만드는 걸 도와주기 위해 세인트클레어 댁을 들락거린 미스 모즐리는 미스 오필리어에게 허용된 의상과 관련하여 날마다 중요한 정보를 입수했다. 싱클레어 씨(그의 이웃들은 세인트클레어라는 이름을 줄여서 이렇게 불렀다)가 딸에게 오십 달러를 주면서 제일 좋은 옷을 사라고 했다는 사실도 알려졌다. 그리하여 두 벌의 새 실크 드레스와 보닛이 보스턴에서 배달되

---

* 하와이 제도의 옛 이름.

었다. 이런 특별한 비용의 지출에 대해 사람들의 의견은 엇갈렸다. 어떤 사람들은 평생에 한 번 있는 일이므로 모든 것을 감안할 때 잘 지불했다는 의견이었고, 또 어떤 사람들은 그 돈을 선교사들에게 보냈더라면 훨씬 좋았을 것이라고 말했다. 하지만 뉴욕에서 주문해 받은 양산은 그 일대에서 처음 보는 것이었고, 또 오필리어의 실크 드레스 한 벌은, 그 옷의 주인에 대해서 무슨 말을 하든, 정말 멋진 옷이라고 다들 입을 모아 말했다. 헴스티치 자수로 장식을 한 손수건에 대해서도 그럴듯한 소문이 퍼졌다. 또 미스 오필리어가 레이스 장식의 손수건을 갖고 있다는 얘기도 나왔고, 심지어 네 귀퉁이 모두 그런 레이스 장식을 달았다는 얘기까지 나왔다. 하지만 네 귀퉁이 운운하는 얘기는 완전히 확인된 것이 아니었고, 그리하여 오늘날까지도 미확인 상태로 남아 있다.

미스 오필리어는 이제 아주 반짝거리는 여행용 갈색 리넨 드레스를 입고 서 있다. 그녀는 키가 크고 야윈 체형에, 얼굴은 작았지만 그 윤곽은 날카로웠다. 입술은 모든 문제에 대해 분명하게 결정을 내리는 습관을 가진 사람처럼 꽉 다물어져 있었다. 날카로운 검은 눈은 마치 뭔가를 보살펴야 한다는 듯이, 모든 것을 관찰하면서 깊숙이 꿰뚫어보았다.

그녀의 모든 동작은 날카롭고 결연하고 정력적이었다. 말수가 많은 사람은 아니었지만 일단 입을 열면 용건에 맞게 아주 직접적으로 말했다.

그녀는 습관적으로 질서, 효율적 방식, 정확성을 숭상했다. 시계처럼 시간을 엄수했고, 철도의 증기 기관처럼 정확하게 움직였다. 그녀는 질서와 효율성과 시간 엄수라는 원칙을 위반하는 것을 아주 경멸하고 혐오했다.

그녀가 볼 때 모든 사악함의 총합이라고 할 수 있는 대죄는 '한심한'이라는 평범하면서도 중요한 단어로 표현되었다. 그녀가 '한심한'이라는 단어를 강하게 발음하면 그것이 곧 최고의 경멸감의 표시였다. 그녀는 명확한 의도의 성취와 직접적인 관계가 없는 모든 행동 방식을 '한심한' 일로 치부했다. 아무것도 하지 않는 사람, 자신이 무엇을 하려고 하는지 명확하게 모르는 사람, 자신의 의도를 달성하기 위해 가장 빠른 길을 가지 않는 사람 등은 그녀가 경멸해 마지않는 대상이었다. 그녀는 그런 경멸감을 말로 표현하는 것이 아니라, 그 문제는 더이상 얘기하고 싶지 않다며 돌같이 차가운 표정을 짓는 것으로 대신했다.

그녀의 정신도 아주 군건했다. 그녀는 분명하고 강인하고 활동적인 마음의 소유자였다. 역사와 영국 고전을 많이 읽고 한정된 지식의 폭을 갖고 있었지만, 그 범위 내에서 아주 분명하게 사고했다. 그녀의 신학적 교리는 모두 확립되어 긍정적이고 구체적인 형태로 분류되어 있고, 그녀의 여행용 가방에 들어간 내용물처럼 잘 정리되어 있었다. 그런 교리들이 너무 많았기 때문에 새로운 것이 비집고 들어올 틈은 없었다. 각종 집안일의 관리와 고향 마을의 정치적 관계 등 실용적인 사무에서도 그녀는 동일한 태도를 유지했다. 그녀의 존재를 지탱하는 가장 깊고 가장 넓고 가장 높은 원칙은 바로 양심에 따라 사는 것이었다. 뉴잉글랜드의 여자들은 이 양심을 가장 중요한 원칙으로 여겼다. 그것은 마음속 깊숙이 묻혀 있는 화강암 구조였고, 양심의 높이는 심지어 가장 높은 산의 꼭대기와 어깨를 겨루었다.

미스 오필리어는 '마땅히 해야 함'의 사도였다. 그녀가 통상적으로 말하는 '의무의 길'이 어떤 방향에서 파악되었다면, 물불을 가리지 않고 그 길을 향해 나아갔다. 거기에 의무의 길이 있다고 확신하면 우물 속이나 장전된 대포의 포구 속으로도 마땅히 걸어들어갈 사람이었다. 그녀가 신봉하는 올바름의 기준은 너무 높고 너무 포괄적이고 너무 자세하지만 인간의 허약함은 거의 인정하지 않는 그러한 기준이었다. 그녀는 그것을 성취하기 위해 영웅적인 열성과 노력을 기울이지만 실제로 달성하지는 못했고, 그래서 끊임없이 자신이 뭔가 결핍된 사람이 아닌가 하는 고민을 안고 살았다. 이러한 고민은 그녀의 종교적 특성에 엄격하면서도 약간 어두운 그림자를 던졌다.

그런데 미스 오필리어가 어떻게 오거스틴 세인트클레어와 어울릴 수 있을까? 유쾌하고, 느긋하고, 시간을 잘 안 지키고, 비실용적이면서 회의적인 사람, 간단히 말해서 그녀가 가장 소중하게 여기는 습관과 의견을 뻔뻔스러울 정도로 무심하고 자유롭게 무시해버리는 오거스틴이 어떻게 미스 오필리어와 잘 어울리게 되었을까?

진실을 말하자면, 미스 오필리어는 사촌 동생을 사랑했다. 그가 어린아이였을 때 교리문답을 가르쳐주고, 그의 옷을 수선해주고, 그의 머리를 빗겨주고, 그에게 앞으로 나아가야 할 길을 일러준 사람이 바로 미스 오필리어였다. 그녀가 이처럼 동생을 좋게 보는 경향이 있었기 때문에, 오거스틴은 대부분의 사람들을 상대로 할 때 그렇듯이 그녀의 마음을 쉽게 자기 편으로 끌어들일 수 있었다. 그는 '의무의 길'이 뉴올리언스 쪽으로 나 있다고 설득하는 데 성공했고, 그와 함께 남부로 내려가서 에바를 돌봐주고, 아내의 빈번한 질병 때문에 집안일이 엉망으로 되어버리는 것을 막아주어야 한다고 역설했다. 집안일을 돌봐줄 사람이 없다는 얘기는 그녀의 마음을 움직였다. 대부분의 사람들이 그렇듯이, 그녀 또한 어린 에바를 사랑했다. 그녀는 오거스틴을 이교도라고 생각했지만 그를 사랑했고, 그의 농담에 웃음을 터뜨렸으며, 그의 단점을 잘 참아주었다. 그런 관대함은 그를 잘 아는 사람들이 옆에서 볼 때 너무나 의아한 것이었다. 이제 미스 오필리어에 대해 우리의 독자들이 더 알고 싶다면 손수 발견해보기 바란다.

지금 그녀는 선실에 앉아 각종 크고 작은 여행용 가방과 상자, 바구니 등에 둘러싸여 있다. 그녀는 아주 진지한 얼굴로 그런 가방과 짐 꾸러미를 묶고 조이고 포장하고 고정시키는 일을 하고 있다.

"자, 에바, 네 짐들을 다 세어보았니? 물론 세지 않았겠지. 어린애들은 그런 일을 하지 않으니까. 우선 얼룩무늬 여행용 가방과 네 보닛이 들어 있는 자그마한 푸른색 원통형 박스가 있어. 이게 첫째와 둘째고, 인도 고무로 만든 작은 가방이 셋째야. 내 테이프와 바늘 상자가 넷째고, 내 손가방이 다섯째, 칼라를 넣어두는 박스가 여섯째야. 그리고 저 자그마한 털 달린 트렁크가 일곱째야. 네 양산은 어딨니? 그걸 내게 다오. 그걸 내 양산과 함께 내 우산에다 묶어놓아야지. 자, 어서 다오."

"고모, 우리는 이제 집으로 갈 건데 그게 무슨 소용이에요?"

"애야, 뭐든지 잘 간수를 해야 한단다. 물건을 제대로 지니려면 간수가 최고야. 자, 에바, 네 골무는 세워놓았니?"

"고모, 난 잘 모르겠어요."

"좋아, 신경 쓰지 마. 내가 네 박스를 한번 살펴볼 테니까. 골무, 왁스, 실패 두 개, 가위, 칼, 바늘. 좋아. 여기다 넣어. 얘야, 네 아빠랑 단둘이 여행할 때는 어떻게 했었니? 네 소지품을 상당히 많이 잃어버렸을 것 같다."

"맞아요, 고모. 난 물건 많이 잃어버렸어요. 하지만 중간 기착지의 항구에 도착하면 아빠가 잃어버린 것보다 더 많이 사주셨어요."

"어머나, 얘야, 어떻게 그런 방식으로 살아가니!"

"고모, 그게 더 편해요." 에바가 말했다.

"그건 정말 한심한 방식이야." 고모가 말했다.

"고모, 근데 이거 어떻게 하지요? 이 트렁크는 물건이 너무 많이 들어가 안 닫힐 거 같아요."

"그래도 닫아야 해." 물건들을 안으로 들이밀고 뚜껑을 쾅 내려 닫으면서 고모가 장군 같은 어조로 말했다. 그래도 트렁크의 한쪽 구석에는 약간의 틈새가 남아 있었다.

"에바, 여기 올라서봐!" 미스 오필리어가 씩씩하게 말했다. "한 번 닫혔던 건 다시 닫힐 수 있는 거야. 그러니 이 트렁크는 마땅히 닫혀야 해. 이랬다 저랬다 한다는 건 있을 수 없어."

그런 단호한 말에 겁을 먹은 듯 트렁크는 항복했다. 걸쇠는 딱 소리를 내며 구멍에 들어가 박혔고 미스 오필리어는 자물쇠를 잠근 뒤 의기양양하게 열쇠를 호주머니에 챙겼다.

"자, 이제 우리는 준비가 끝났다. 네 아빠는 어디에 있니? 이 짐들을 이젠 내가야 할 텐데. 에바, 주위를 한 번 둘러봐라. 네 아빠가 어디 있는지."

"아빠는 저기 반대쪽 신사용 선실에서 오렌지를 먹고 있어요."

"이제 목적지에 다 왔다는 걸 모르고 있는 것 같구나. 어서 달려가서 아빠에게 말해주지 않겠니?"

"아빠는 무슨 일이든 서두르는 법이 없어요. 게다가 우리는 아직 선착장에 도착하지도 않았어요. 고모, 여기 난간에 와보세요. 저기 우리 집이 보여요. 저 거리 위쪽에!"

증기선은 묵직한 신음 소리를 내면서 몸집 큰 피곤한 괴물처럼 부두에 정박된 여러 척의 배들 사이로 파고들어갈 준비를 했다. 에바는 신이 나서 고향 도시의 다양한 첨탑과 돔과 도로 표시를 가리켰다.

"그래, 그래. 애야, 정말 멋진 도시로구나." 미스 오필리어가 말했다. "어머나, 이제 배가 멈췄네! 네 아빠는 어디 있니?"

증기선이 선착장에 도착하자 평소와 마찬가지로 사람들이 부산하게 움직였다. 웨이터들은 사방으로 달려갔고, 남자들은 트렁크와 여행용 소가방과 박스를 잡아당겼고, 여자들은 조급한 목소리로 애들의 이름을 불러댔다. 모두들 선착장으로 향하는 널판 앞으로 북적대며 몰려갔다.

미스 오필리어는 좀 전에 정복한 트렁크 위에 단호하게 앉아서, 위수지의 초병처럼 자신의 물건들을 살피며 그것들을 끝까지 지킬 각오였다.

"부인, 트렁크를 들어드릴까요?" "가방을 들어드릴까요?" "마님, 제가 짐을 들어다드리겠습니다." "마님을 위해 이것들을 날라드릴까요?" 이런 질문들이 그녀의 머리 위로 소나기처럼 퍼부어졌다. 그녀는 판에다 박아놓은 큰 바늘처럼 오뚝하게 허리를 펴고 자신의 양산과 우산을 꼭 쥔 채, 단호한 결의를 내보이며 짐꾼들을 오싹하게 만들 만한 어조로 필요 없다고 대꾸했다. 그러면서 간간이 "도대체 네 아빠는 무슨 생각을 하고 있는 거냐? 갑자기 배 밖으로 떨어진 건 아닐 테고, 뭔가 일이 벌어진 게 틀림없어"라고 에바에게 말했다. 그녀가 심각하게 고민하는 순간, 그가 예의 그 느긋한 동작으로 천천히 걸어와 에바에게 자기가 먹고 있던 오렌지 4분의 1조각을 건네며 말했다.

"자, 버몬트 누님, 이제 다 준비가 되셨겠지요?"

"얘, 난 준비해놓고 한 시간은 기다렸다. 슬슬 네 걱정을 하던 참이야." 미스 오필리어가 말했다.

"그거 참 잘하셨네요. 마차도 기다리고 있고 사람들은 거의 빠져나갔으니 이제 기독교인답게 우아하게 걸어나가면 되겠습니다. 뒤에서 밀거나 잡아당기는 일은 없을 겁니다. 이봐." 그가 뒤에 서 있던 짐꾼에게 말했다. "이것들 좀 내가게."

"난 가서 저 사람이 물건들을 제대로 넣는지 살펴봐야겠다." 미스 오필리어가 말했다.

"아이고, 누님, 그럴 필요 없어요!" 세인트클레어가 말했다.

"아무튼 내가 이거, 이거, 이거는 들고 가야겠어." 미스 오필리어가 세 개의 박스와 자그마한 여행용 가방을 가리키며 말했다.

"버몬트 누님, 그린 산맥*의 방식을 우리에게 강요하지 마세요. 여기 남부에 왔으니 남부의 원칙을 따라야 해요. 그렇게 짐을 들고 밖으로 나가면 안 됩니다. 사람들이 누님을 하녀라고 생각할 거예요. 그

---

* 버몬트 주에 있는 산맥. 버몬트는 프랑스어로 그린 산맥이라는 뜻임.

짐들을 이 친구에게 주세요. 계란인 것처럼 조심하면서 집어넣을 겁니다."

미스 오필리어는 사촌 동생이 그 보물들을 빼앗아가는 동안 절망적인 표정을 지었다. 하지만 마차에 들어가서 짐들이 잘 간수되어 있는 것을 보자 만족했다.

"톰은 어디 있어요?" 에바가 물었다.

"애야, 그는 밖에 있단다. 화해 선물로 네 엄마에게 톰을 갖다 바칠 예정이야. 마차를 뒤집어엎은 그 술주정뱅이 대신으로 말이야."

"톰은 훌륭한 마부가 될 거예요." 에바가 말했다. "아저씨는 술을 전혀 안 마신대요."

마차는 스페인과 프랑스 건축 스타일이 기이하게 뒤섞인 오래된 저택 앞에 멈춰 섰다. 이런 양식의 저택이 아직도 뉴올리언스 일부 지역에 남아 있는데, 무어 양식으로 건축된 그 집은 네모난 건물이 안뜰을 둘러싸고 있었다. 마차는 아치형 대문을 지나 안으로 들어갔다. 안뜰은 시각적이고 감각적인 이상을 만족시킬 수 있게 단장되어 있었다. 저택의 네 면을 둘러싼 널찍한 회랑은 무어식 아치, 날렵한 기둥, 아라베스크 장식 등을 자랑했는데, 마치 아득한 꿈속에서 동양적 로맨스가 판치던 스페인으로 보는 이를 이끄는 듯했다.* 안뜰 한가운데에는 은빛 물살을 높이 쏘아올리는 분수가 있었는데, 공중에 올라간 물줄기는 다시 물보라를 이루며 대리석 수반(水盤) 위로 흩어졌고, 수반의 가장자리에는 향기로운 바이올렛 꽃들이 장식되어 있었다. 수정

---

* 스페인은 8세기부터 14세기까지 이슬람의 지배를 받았다.

처럼 맑은 분수의 물속에는 금빛, 은빛의 수많은 물고기들이 살아 있는 보석들처럼 반짝거리며 물살을 헤쳤다. 분수 주위에는 자갈로 모자이크된 산책로가 환상적인 여러 무늬를 자랑하고 있었다. 산책로 주위에는 초록의 벨벳 같은 잔디밭이 둘러쌌고, 안뜰 전체를 둘러싸며 마차 진입로가 깔려 있었다. 향기로운 꽃망울이 가득한 오렌지나무 두 그루가 시원한 그늘을 던졌다. 잔디밭에는 아라베스크풍의 대리석 화분들이 원형으로 놓여 있었고, 그 안에는 정선된 열대 화초들이 담겨 있었다. 반짝거리는 잎사귀와 불꽃 같은 꽃들을 매단 거대한 석류나무들, 은빛 별들을 매단 듯한 잎사귀 검은 아라비아 재스민, 제라늄, 풍성한 꽃들의 무게에 고개를 숙인 장미들, 황금빛 재스민, 레몬 향기가 나는 마편초 등이 어우러져 그윽한 향기를 내뿜었다. 또 여기저기 심어놓은 기이하면서도 거대한 잎사귀를 가진 알로에는 백발이 성성한 늙은 마술사처럼 보이기도 했는데, 금방 시드는 꽃망울과 향기 속에 둘러싸여 그 위엄이 이채로워 보였다.

안뜰을 둘러싼 회랑에는 무어식 직물로 만든 커튼이 장식되어 있어서, 햇빛을 차단하고 싶으면 언제든 그 커튼을 내리면 되었다. 전체적으로 보아 저택의 분위기는 호화로우면서도 낭만적이었다.

마차가 안으로 들어가자 에바는 즐거움에 겨운 나머지, 새장에서 밖으로 튀어나가려는 새처럼 보였다.

"너무 아름답고 사랑스러워요! 우리 집은 정말 예뻐요!" 아이가 미스 오필리어에게 말했다. "정말 아름답지 않아요?"

"정말 예쁜 집이구나." 미스 오필리어가 마차에서 내리며 말했다. "하지만 좀 옛날식에다 이교도풍으로 보이는구나."

톰은 마차에서 내려 주위를 돌아다보며 평온하고 즐거운 마음으로 그 저택을 감상했다. 흑인이란 이 세상의 멋지고 아름다운 고장을 금방 알아보는 특이한 존재임을 알아둘 필요가 있다. 톰의 가슴속 깊은 곳에는 화려하고 풍요롭고 환상적인 것에 대한 열정이 감추어져 있다. 훈련되지 않은 감각으로 그러한 열정을 마음껏 탐닉하기 때문에 보다 초연하고 세련된 백인들의 조롱을 받기도 하지만 말이다.

미스 오필리어가 그의 저택에 대하여 이교도풍 운운하는 동안 시적인 감수성이 풍부한 세인트클레어는 톰에게 고개를 돌렸다. 톰은 숭배의 표정으로 얼굴을 환히 빛내며 열심히 저택 주위를 살피고 있었다.

"톰, 이 집이 자네 마음에 드는가 보군."

"예, 나리. 정말 멋진 집입니다."

이런 대화를 나누는 동안 마부가 짐가방을 모두 내려놓고 수고비를 받아갔다. 곧 남자, 여자, 아이들이 남녀노소 구분 없이 회랑의 위아래에서 우르르 쏟아져나왔다. 모두 나리가 집 안으로 들어서는 것을 환영하기 위해 달려온 것이었다. 그중에서 가장 눈에 띄는 자는 멋지게 옷을 차려입은 젊은 물라토 남자였는데, 최첨단 유행의 옷을 아주 멋지게 떨쳐입고 있었다. 그는 향수 뿌린 아마포 손수건을 손에 들고서 우아하게 흔들어댔다.

남자는 아주 민첩하게 집안의 노예들을 모두 베란다 한쪽 구석으로 몰아넣었다.

"저쪽 뒤로 물러서! 너희들, 부끄럽지도 않나?" 그가 위엄 있는 목소리로 말했다. "돌아오신 나리가 집안 식구들을 만나는 걸 방해할 셈이냐?"

아주 당당하게 내뱉은 이 말 한마디에 다들 기가 죽어서, 튼튼한 짐꾼 둘을 제외하고는 멀찍이 서서 구경만 했다. 짐꾼들은 가까이 다가와서 짐을 나르기 시작했다.

아돌프의 단호한 조치로 인해, 세인트클레어가 마부에게 마찻삯을 치르고 돌아섰을 때는 근처에 아돌프 이외에는 아무도 없었다. 공단 조끼에 황금의 조끼 체인, 흰색 바지를 입은 그가 우아하고 멋지게 주인에게 인사를 올렸다.

"오, 아돌프, 너로구나." 그의 주인이 손을 내밀며 말했다. "그래, 어떻게 지냈나?" 아돌프는 이 주 전부터 아주 조심스럽게 준비한 환영사를 유창하게 읊조리기 시작했다.

"됐어, 됐어, 답변이 아주 길구먼." 세인트클레어가 예의 그 장난스러운 표정을 지으며 말했다. "얼마나 연습한 대사인가, 아돌프? 짐이 제대로 왔는지 살피도록 해. 잠시 뒤에 애들을 만나보도록 하지." 그렇게 말하면서 그는 미스 오필리어를 베란다 쪽으로 문이 열려 있는 넓은 거실로 데려갔다.

이런 일이 벌어지는 동안, 에바는 새처럼 날아서 현관과 거실을 지나 역시 베란다로 문이 열리는 자그마한 규방으로 갔다.

키가 크고 눈이 검고 핼쑥한 여자가 누워 있던 소파에서 몸을 반쯤 들어올렸다.

"엄마!" 에바가 아주 기뻐하며 그녀의 목에 매달려 몇 번이고 키스를 했다.

"애야, 이제 됐다. 그만해. 엄마 머리가 아프잖니." 어머니가 나른하게 딸아이에게 키스한 다음 말했다.

곧이어 세인트클레어가 방 안으로 들어와 진정 남편다운 자세로 아내를 포옹하고는 사촌 누나에게 아내를 소개했다. 마리는 다소 궁금하다는 듯이 커다란 눈을 들어 미스 오필리어를 쳐다보더니 나른한 태도로 환영했다. 이제 하인들 무리가 규방 문 앞에 몰려와 있었다. 그중에는 아주 점잖은 모습의 중년 뮬라토 여인도 있었는데, 그녀는 문 옆에서 기대와 환희로 몸을 떨면서 기다리고 있었다.

"아, 매미가 왔다!" 에바는 방 안을 가로질러 가 그 여인의 품에 몸을 내던지면서 여러 번 키스했다.

이 여자는 에바에게 머리가 아프다고 하지도 않았고, 오히려 에바를 꺼안으며 웃음과 울음을 번갈아 터뜨렸기 때문에 정신상태가 의심스러워 보일 정도였다. 그다음에 에바는 하인들과 한 사람 한 사람 악수를 나누며 키스를 했다. 미스 오필리어는 그 광경을 보고 속이 메슥거렸고, 잠시 후 그런 심경을 말했다.

"애, 남부의 어린애들은 내가 할 수 없는 일도 척척 해내는구나." 미스 오필리어가 말했다.

"또 뭡니까, 누님?" 세인트클레어가 말했다.

"난 모든 사람에게 친절하고 싶고 남의 감정을 건드리고 싶지는 않아. 하지만 저 키스만은……"

"흑인들하고 키스는 못 하겠다 이거죠?"

"그래, 그거야. 저 애는 어떻게 저리도 자연스럽지?"

세인트클레어가 복도로 나가면서 웃음을 터뜨렸다. "야, 동전 나눠 줄 친구들이 많구나. 매미, 지미, 폴리, 수키, 주인이 돌아오니 반가운가?" 그는 하인들과 돌아가며 악수를 했다. "아기들 조심해!" 그가 기어다니고 있는 흑인 갓난아이에게 발이 걸려 넘어질 뻔하자 익살스럽게 말했다. "혹시 내가 애를 밟을지도 모르니까 애들한테 조심하라고 해."

다들 웃음을 터뜨리며 나리를 축복했고, 세인트클레어는 그들에게 소액의 동전을 나눠주었다.

"자, 이제 그만들 나가봐." 그러자 흑인과 뮬라토 하인들의 무리는 베란다로 나가는 커다란 문을 통해 사라졌다. 그 뒤를 에바가 커다란 가방을 들고서 따라갔다. 그 가방에는 그녀가 집으로 오는 길에 모아두었던 사과와 견과류, 캔디, 리본, 레이스, 각종 장난감 등이 가득 들어 있었다.

세인트클레어가 몸을 돌리는 순간 그의 시선이 톰에게 멈췄다. 톰은 불안하게 서서 오른쪽 다리와 왼쪽 다리를 번갈아 들었다 놓았다 하고 있었다. 아돌프는 난간에 기대서서 오페라 안경을 통해 톰을 관찰하고 있었는데, 그 모습이 영락없는 한량 신사였다.

"이런, 한심한 친구." 그의 주인이 오페라 안경을 탁 치면서 말했다. "그게 자네 동료를 대하는 태도인가? 그리고 말이야," 그는 아돌프가 입고 있는, 우아한 무늬가 새겨진 공단 조끼를 손끝으로 가볍게 건드리며 말했다. "이건 내 조끼인 것 같은데."

"아, 주인님. 이 조끼에는 온통 와인 자국이 묻어 있습니다. 나리 같은 품위 있는 신사는 이런 지저분한 조끼는 못 입으십니다. 그래서 제가 입어도 괜찮겠다고 생각했습니다. 이 옷은 저 같은 흑인에게나 어울립니다."

그러면서 아돌프는 머리를 뒤로 한 번 젖히고서 손가락을 향수 뿌린 머리카락 속에 집어넣어 우아하게 훑어내렸다.

"그래?" 세인트클레어가 아무렇지도 않다는 듯이 말했다. "이봐, 난 여기 톰을 안주인에게 소개시킬 작정이야. 그다음엔 자네가 톰을 주방으로 데려가도록 하게. 그리고 톰한테 그 잘난 체는 좀 하지 말게. 톰은 자네 같은 친구 두 명을 가져다줘도 안 바꿀 친구야."

"나리는 언제나 농담을 좋아하셔서." 아돌프가 웃으며 말했다. "주인님이 늘 그렇게 유쾌하신 게 정말 좋습니다."

"자, 톰, 따라와." 세인트클레어가 고갯짓을 하면서 말했다.

톰은 방 안으로 들어갔다. 벨벳 양탄자를 조심스럽게 내려다보던 그는 멋진 거울과 그림, 소입상, 커튼 등 전에는 상상해보지 못한 화려한 물건들에 압도되어, 마치 솔로몬 왕을 대한 시바 여왕처럼 정신이 없는 상태였다. 양탄자 위에 서 있는 것조차 죄송하다는 생각이 들 정도였다.

"여길 좀 봐, 마리." 세인트클레어가 아내에게 말했다. "당신 주문대로 마부를 한 명 데려왔어. 술 안 마시고 근엄하기로는 딱 영구차야. 장례식에 가는 것처럼 엄숙하게 당신 마차를 몰아줄 거야. 자, 눈을 뜨고 저 친구를 좀 봐. 이제 내가 여행갈 때 당신 생각을 안 한다는 말은 하지 마."

마리는 눈을 떴지만 몸은 일으키지 않은 채 톰에게 시선을 고정시켰다.

"틀림없이 술을 마실 거예요." 그녀가 말했다.

"아니야. 경건하고 신앙심이 깊은 데다 술을 안 마신다고 보증을 받았어."

"정말 그 말대로였으면 좋겠군요. 내가 그 이상 기대할 게 뭐가 있겠어요."

"돌프, 톰에게 아래층을 안내해줘. 그리고 내가 말한 대로 행동해."

아돌프가 날렵하게 앞장을 섰고 톰이 어슬렁거리며 그 뒤를 따라갔다.

"아주 거인이로군요." 마리가 말했다.

"자, 마리." 세인트클레어가 소파 옆의 작은 의자에 앉으며 말했다. "좀 우아하게 대할 수 없어? 새로 온 하인에게 다정한 말도 좀 하고 말이야."

"당신은 예정보다 이 주나 더 북부에 머물렀어요." 그녀가 입을 비죽 내밀며 말했다.

"당신한테 사유를 알리는 편지를 썼잖아."

"그렇게 짧고 냉담한 편지가 어디 있어요!"

"이봐, 우편 마차가 곧 떠날 판이었어. 그런 편지라도 보낸 게 다행이지 아니면 아예 편지를 못 보낼 뻔했다니까."

"당신은 늘 그런 식이었어요. 무슨 구실을 붙여서든 여행 기간은 길게 하고 편지는 짧게 썼어요."

"자, 이걸 좀 봐." 그가 호주머니에서 우아한 벨벳 케이스를 꺼내 열어 보였다. "내가 당신 주려고 뉴욕에서 가져온 선물이야."

그것은 판화처럼 뚜렷하고 부드러운 은판 사진이었는데, 에바와 아빠가 손을 맞잡고 나란히 앉아 있는 모습이었다.

마리는 못마땅한 표정으로 그것을 바라보았다.

"왜 이런 어색한 자세로 찍었어요?" 그녀가 말했다.

"자세에 대해서는 사람마다 의견이 다를 수 있겠지. 하지만 부녀가 똑같이 생긴 건 어떻게 생각하오?"

"자세에 대한 나의 의견을 우습게 본다면, 부녀의 비슷함에 대한 내 의견도 우습게 보겠지요." 마리가 은판 사진을 닫으며 말했다.

'이 빌어먹을 여자!' 세인트클레어는 속으로 그런 생각을 했으나 일부러 큰 소리를 내어 말했다. "자, 마리, 부녀가 비슷하게 생긴 걸 어떻게 생각해? 그렇게 심술 사납게 굴지 말고."

"세인트클레어, 내 의견을 그처럼 강요하다니 정말 무심한 사람이에요. 내가 두통이 나서 하루 종일 누워 있다는 건 누구보다도 당신이 잘 알아요. 게다가 당신이 도착해서 그런지 집안이 너무나 소란스러워요. 난 거의 죽을 지경이에요."

"두통이 있어요?" 커다란 안락의자에 조용히 앉아서 가구를 둘러보며 속으로 그 가격을 따져보던 미스 오필리어가 의자에서 일어나면서 물었다.

"네, 난 거의 매일 두통을 달고 살아요."

"두통에는 주니퍼베리 차가 좋대요." 미스 오필리어가 말했다. "에이브러햄 페리 집사의 아내인 오거스트가 늘 그렇게 말했지요. 그녀는 아주 훌륭한 간호사예요."

"분수 옆에 있는 우리 정원에서 주니퍼베리가 익자마자 그것으로 차를 끓여야겠군." 세인트클레어가 초인종 줄을 잡아당기며 말했다. "누님, 이제 누님 방으로 가시지요. 장거리 여행을 했으니 좀 쉬셔야죠. 돌프, 매미한테 여기로 좀 오라고 해." 에바가 그토록 열렬하게 키스를 퍼부었던 얌전한 물라토 여자가 나타났다. 그녀는 단정하게 옷

을 입었고, 빨간색과 노란색이 섞인 터번을 머리에 두르고 있었다. 그
것은 방금 전에 에바가 준 선물로, 아이가 직접 매미의 머리에 씌워준
것이었다. "매미," 세인트클레어가 말했다. "이분을 모시고 가도록
해. 지금 피곤해서 휴식이 필요하신 분이야. 방에 모셔다드리고 불편
한 게 없는지 잘 살펴." 미스 오필리어는 매미의 뒤를 따라갔다.

16장
톰의 안주인과 그녀의 의견들

"자, 마리." 세인트클레어가 말했다. "당신의 황금시대가 열리고 있어. 이제 업무에 밝고 일도 잘하는 뉴잉글랜드 누님이 오셨잖아. 누님은 당신에게서 근심 걱정을 싹 덜어줄 것이고 그러면 당신은 심기일전하여 앞으로 더 젊어지고 아름다워질 거야. 열쇠를 내주는 의식은 빨리 치르는 게 좋겠는데."

이 말은 미스 오필리어가 도착한 지 며칠 뒤 아침 식탁에서 나온 말이었다.

"형님이 오신 건 환영이에요." 마리가 자신의 머리를 한쪽 손에 나른하게 기대면서 말했다. "형님이 제대로 조사한다면 한 가지 사항은 확실하게 파악할 거예요. 그건 뭐냐면요, 여기서는 우리 안주인들이 실상은 노예라는 사실이에요."

"물론 누님은 그걸 발견하실 테지. 그 외에 여러 가지 진실도 알아 내실 거야. 틀림없어." 세인트클레어가 말했다.

"당신은 우리가 노예를 두는 것이 우리의 편의를 위한 것인 양 말하죠. 하지만 그걸 곰곰이 생각해보면 편의는커녕 괴로움만 안겨주고 있어요. 그러니 차라리 노예들을 모두 내보내는 게 좋을지 몰라요."

에반젤린은 커다란 눈을 들어 어머니를 빤히 쳐다보았는데, 그 얼굴에 당황하는 표정이 스쳐 지나갔다. "그럼 엄마, 뭣 때문에 노예들을 두고 있는 거지?" 에바가 물었다.

"그건 나도 모르겠다. 애물단지라는 점밖에는. 그것들은 내 인생의 애물단지야. 다른 어떤 것보다도 그것들 때문에 내 병이 도지고 있어. 내가 보기에 우리 집 노예들은 최악의 애물단지야."

"오, 마리, 오늘 아침에 또 우울증이 도지나 보구려." 세인트클레어가 말했다. "사정이 그렇지 않다는 건 당신이 잘 알잖소. 이 세상에서 가장 훌륭한 친구라고 할 수 있는 매미도 있고. 그녀가 없었더라면 도대체 당신은 어떻게 할 뻔했소?"

"매미는 내가 알고 있는 가장 훌륭한 노예예요. 하지만 이기적이죠. 지나칠 정도로. 그건 흑인이라는 종족의 나쁜 점이에요."

"이기적인 마음가짐은 정말 끔찍한 잘못이오." 세인트클레어가 진지하게 말했다.

"매미가 그렇다니까요." 마리가 말했다. "밤중에 그렇게 곤히 자는 건 이기적이기 때문에 그래요. 내 병이 크게 도질 때면 한 시간마다 시중을 들어야 한다는 걸 잘 알면서도 말이죠. 게다가 일단 잠이 들면 깨우기가 어려워요. 지난밤 매미를 깨우려고 얼마나 애를 썼던지, 그

때문에 오늘 아침에 너무 컨디션이 나빠요."

"엄마, 매미가 요즘 계속 엄마 곁에서 밤을 새우지 않았어?" 에바가 말했다.

"너 그걸 어떻게 아니?" 마리가 날카롭게 말했다. "매미가 너한테 불평을 했던 게로구나."

"매미는 불평 안 해. 엄마가 며칠 동안 잠을 잘 자지 못했다고 말했잖아. 연속해서 여러 날 밤을 말이야."

"하루 이틀 정도 매미 대신에 제인이나 로자를 옆에 두면 안 될까? 매미가 좀 쉬게." 세인트클레어가 말했다.

"당신, 어떻게 그런 말을 할 수 있어요? 세인트클레어, 당신은 너무 무심해요. 난 너무 신경이 날카로워져서 조그마한 숨소리에도 머리카락이 쭈뼛 서요. 내 주위에 낯선 여자가 어정거린다는 건 나를 미치게 만들 거예요. 만약 매미가 나한테 관심이 있다면 좀더 쉽게 잠에서 깨야 마땅해요. 마음만 먹으면 얼마든지 그렇게 할 수 있다고요. 충실한 하인을 둔 사람들 얘기는 많이 들었건만 나한테는 하인 복이 없나 봐요." 마리가 한숨을 내쉬었다.

미스 오필리어는 진지하고 날카로운 표정을 지으며 이 대화를 들었다. 그녀는 어떤 의견을 말하기 전에 자신의 지위와 입장을 확실히 알아야겠다는 듯이 입술을 굳게 다물고 있었다.

"물론 매미한테도 좋은 점은 있어요." 마리가 말했다. "모든 것이 원만하고 또 점잖아요. 하지만 속으로는 이기적이에요. 자기 남편에 대한 근심과 걱정을 그치지 않아요. 내가 결혼해서 여기로 오게 되면서 매미를 함께 데려와야 했어요. 하지만 친정아버지는 매미의 남편을 놓아줄 형편이 되지 못했어요. 그 남편은 대장장이여서 아주 필요한 일꾼이었거든요. 나는 결혼 전에 매미와 남편이 어차피 한 군데서 같이 못 산다면 서로 헤어지는 게 편리하지 않나 생각했어요. 지금 와서 이야기지만 그 당시 내 주장을 고집해서 매미를 다른 남자와 결혼시키지 못한 게 후회돼요. 나는 어리석은 데다 관대해서 그렇게 고집하지를 못했어요. 그래서 매미에게 다짐을 했어요. 앞으로 평생 동안 남편을 한두 번 정도밖에 못 만날 거라고. 아버지 농장의 날씨는 내 체질과 맞지 않고, 그래서 거긴 다시 가지 않을 생각이었으니까. 나는 매미에게 다른 남자와 결혼하는 게 어떻겠느냐고 떠보기도 했어요. 그런데 싫다더군요. 매미는 때때로 고집스러운 데가 있어요. 다른 사람들은 그 점을 잘 못 보지만 나는 훤히 꿰뚫어 봐요."

"그녀에게 애가 있나요?" 미스 오필리어가 물었다.

"네. 둘 있어요."

"아이들과 떨어져 있으니 좀 울적하겠군."

"하지만 난 그 애들을 데리고 올 수가 없었어요. 아주 지저분해서 주위에 둘 수가 없어요. 게다가 애들은 매미의 시간을 너무 많이 잡아먹어요. 그런데 매미는 이것 때문에 속으로 심통을 내고 있어요. 그녀는 다른 사람과는 결혼을 하려고 하지 않아요. 자기가 내게 아주 필요하고 또 내 건강이 형편없다는 걸 잘 알면서도, 내일이라도 남편에게 돌아갈 수 있다면 그렇게 할 여자예요. 흑인들은 다 이렇게 이기적이에요. 그중에서 가장 낫다는 사람도 이 모양이라니까요."

"골치 아프군." 세인트클레어가 무미건조하게 말했다.

미스 오필리어는 사촌 동생을 날카롭게 살펴보았다. 그의 얼굴에는 굴욕과 억제된 분노의 붉은 빛이 떠올랐고, 입술은 조롱하듯 살짝 비틀어졌다.

"나는 늘 매미한테 잘 대해주었어요. 북부의 하인들더러 매미의 옷장을 한번 구경해보라고 하세요. 각종 비단과 모슬린, 리넨 아마포 등으로 만들어진 옷들이 쫙 걸려 있어요. 나는 매미가 파티에 간다고 해서 쓰고 갈 모자를 손봐주느라고 오후 내내 붙들고 있었던 게 한두 번이 아니에요. 매질이라고는 당해본 적이 없어요. 아마 평생 한두 번 맞았을까 말까 할 거예요. 그리고 매일 흰 설탕을 넣어서 커피와 차를 마시죠. 정말 끔찍한 일이에요. 하지만 세인트클레어는 아래층 하인들이 고상하게 살기를 바라고, 그래서 아주 제멋대로들 살고 있어요. 사실을 말하자면 우리 하인들은 너무 후한 대접을 받아서 버릇이 없어졌어요. 그들이 이기적이 되어 버릇없는 아이처럼 행동하는 건 우리 잘못도 일부 있다고 생각해요. 나는 입술이 부르트도록 이 점에 대해 세인트클레어에게 말했지만 아무런 반응도 없었어요."

"그 문제라면 나도 입술이 부르틀 정도로 말했지." 세인트클레어가 아침 신문을 집어들며 말했다.

아름다운 에바는 그녀 특유의 신비하고 진지한 표정을 지으며 선 채로 어머니의 말을 들었다. 에바는 어머니의 의자에 살그머니 다가가 그녀의 목에 양팔을 둘렀다.

"또 뭐냐, 에바?" 마리가 말했다.

"엄마, 내가 엄마를 하룻밤 돌보면 안 될까? 딱 하룻밤만. 엄마를 신경질 나게 하지도 않고 또 잠도 자지 않을게. 난 밤에 생각에 잠기면서 잠을 못 자는 때가 많아."

"애야, 무슨 말도 안 되는 소리! 넌 정말 이상한 애로구나!" 마리가 말했다.

"엄마, 그렇게 하면 안 될까? 매미는 몸이 안 좋아. 요새 늘 머리가 아프다고 했어."

"또 매미의 두통 타령이냐? 매미도 다른 하인들과 마찬가지야. 머리가 아프다, 손가락이 아프다, 온갖 핑계를 둘러대며 칭얼대기만 해. 그런 걸 오냐오냐하며 다 받아주면 절대로 안 돼. 절대로!" 마리가 미스 오필리어에게 고개를 돌리며 말했다. "형님, 절대로 오냐오냐하면 안 되요. 하인들에게 불편한 감정을 다 토로하게 하고 또 사소한 질병까지 모두 말하도록 내버려두면 나중에는 너무 많아서 감당하지 못해요. 나는 불평 따위는 절대로 하지 않아요. 아무도 내가 얼마나 참고 있는지 알지 못해요. 나는 조용히 참아넘기는 걸 의무로 생각하고 실제로 그렇게 하고 있어요."

미스 오필리어는 그녀의 논리에 깜짝 놀라면서 눈을 동그랗게 떴다. 세인트클레어는 아내의 말이 너무나 우스꽝스러워 크게 웃음을 터뜨렸다.

"세인트클레어는 내가 건강에 대해서 조금이라도 입을 벙긋하면 저렇게 웃음을 터뜨려요." 마리가 고통 받는 순교자의 목소리로 말했다. "그러면서도 자기가 그렇게 잔인하게 대했다는 걸 조금도 의식하지 못해요." 마리는 손수건으로 눈가를 찍어냈다.

당연히 좌중에는 어색한 침묵이 흘렀다. 이윽고 세인트클레어가 의자에서 일어나 손목시계를 보면서 밖에서 약속이 있다고 말했다. 에바는 아빠를 따라 밖으로 나갔고 이제 미스 오필리어와 마리만이 식탁에 남았다.

"세인트클레어는 늘 저런 식이에요." 마리는 이제 자신의 슬픔으로 죄책감을 안겨주고 싶은 대상이 사라지자 좀 전에 눈가를 찍어내던 손수건을 재빨리 치우면서 말했다. "내가 여러 해 동안 고통 받아왔다는 사실을 결코 깨닫지 못하고, 앞으로도 깨닫지 못할 거예요. 내가 불평하기 좋아하고 내 병에 대해서 법석 떨기 좋아하는 여자였다면 그걸 실천할 구실은 얼마든지 있어요. 하지만 남편은 불평하는 아내에게 곧 싫증을 느껴요. 그래서 나 혼자 속으로 삭이면서 참고 또 참았어요. 그러다 보니 세인트클레어는 내가 뭐든지 다 참을 수 있다고 생각하게 되었어요."

미스 오필리어는 그 말에 어떻게 대답해야 할지 난감했다.

그녀가 대답을 생각하고 있는 동안 마리는 천천히 눈물을 닦아내고, 마치 비둘기가 물 세례를 받은 후에 자기 깃털을 다듬어 물방울을 모두 털어내는 것처럼 자신의 옷맵시를 전반적으로 가다듬었다. 마리는 이어 찬장, 옷장, 리넨 보관장, 물품창고 등과 관련된 가정주부의 일에 대해 말하기 시작했다. 앞으로는 미스 오필리어가 그런 일들을 다 떠맡기로 협의된 상황이었다. 마리가 얼마나 많은 주문과 책임을 일러주었던지, 오필리어처럼 체계적이고 사무적인 사람이 아니었더라면 아마도 현기증과 피로감을 동시에 느꼈을 것이다.

"자, 형님, 이제 모든 걸 다 말씀드린 듯해요. 내가 다음번에 아파 누우면 형님이 나한테 물어볼 필요 없이 알아서 잘 꾸려나가실 것으로 생각합니다. 하지만 에바는 좀 주의가 필요해요."

"아주 좋은 아이 같아 보이는데. 나는 그 애보다 더 착한 아이는 보지 못했어." 오필리어가 말했다.

"에바는 아주 특별한 아이예요. 아주 특이해요. 그 애는 전혀 나 같지 않아요. 조금도 닮지 않았어요." 마리는 그것이 정말 우울한 사실이라는 듯 한숨을 내쉬었다.

미스 오필리어는 속으로 이렇게 생각했다. '그 애가 당신을 닮지 않은 건 정말 다행이지.' 하지만 현명하게도 입 밖에 내서 말하지는 않았다.

"에바는 늘 하인들과 함께 어울려 놀려고 해요. 물론 다른 아이들도 그런 점이 있지요. 나도 어릴 때는 친정집에서 흑인 아이들과 어울려 놀았어요. 그게 나한테 아무런 피해를 입히지는 않았지만요. 그런데 에바는 뭐가 문제냐면, 자기 가까이 오는 모든 흑인들을 자기와 동격으로 생각하는 거예요. 에바는 그 점이 아주 기이해요. 난 그 애의 그런 버릇을 고쳐놓지 못했어요. 세인트클레어가 에바의 그런 태도를 옆에서 부추기니까요. 남편은 자기 아내를 빼고 이 집에 사는 모든 사람들에게 관대하게 대해요."

또다시 오필리어는 멍하니 침묵을 지키며 앉아 있었다.

"하인들을 그렇게 다루어서는 안 되는 거예요. 언제나 억눌러서 버릇을 들여야 해요. 어린 시절부터 그렇게 하는 게 자연스럽다고 생각해왔어요. 에바가 집안의 하인들을 다 버려놨어요. 에바가 앞으로 커서 저택의 안주인이 되면 어떻게 하려는지 정말 갑갑해요. 나는 하인들에게 친절하려고 애써요. 하지만 하인들에게 그들의 처지를 똑바로 인식시키는 게 중요해요. 에바는 절대로 그렇게 하지 않아요. 하인의 처지가 어떤 것인지 아무리 알려주려고 해도 에바의 머릿속으로 들어가지 않아요. 매미에게 휴식 시간을 주기 위해 밤중에 나를 간호하겠다는 얘기를 들었지요? 에바가 하자는 대로 내버려두면 늘 그런 식으로 행동할 거예요. 매미 대신 간호하겠다는 얘기가 대표적인 사례라고요."

"하지만 하인들도 인간이니 피곤할 때는 좀 쉬는 게 좋지 않을까?" 오필리어가 불쑥 말했다.

"물론이죠. 난 하인들에게 필요한 것은 다 가지도록 해줍니다. 아주 이례적인 게 아니라면 말입니다. 매미는 얼마든지 다른 시간에 모자라는 잠을 보충할 수 있어요. 그렇게 하는 데 아무런 어려움이 없어요. 매미 같은 잠꾸러기가 없어요. 바느질하면서, 서 있으면서, 앉아 있으면서 툭하면 졸아요. 어디서든 하시라도 잘도 자죠. 매미는 아무런 어려움 없이 잠을 충분히 잘 수 있어요. 하지만 하인들을 이국적인 꽃이나 값비싼 도자기처럼 대하는 건 정말 우스꽝스러운 일이에요." 마리는 쿠션이 좋고 아늑한 소파에 나른하게 몸을 기대면서 각성제가 들어 있는 예쁘장한 유리병을 자신의 코에다 가져다 댔다.

"이거 보세요, 오필리어 형님." 그녀는 숙녀다운 가냘픈 목소리로 말했는데, 그것은 죽어가는 아라비아 재스민의 마지막 숨결, 또는 그와 유사한 호흡을 연상시켰다. "나는 내 일에 대해서 자주 말하지 않아요. 그렇게 하는 건 나의 습관이 아니고 또 내게 맞는 일도 아니죠. 사실 그렇게 할 힘도 남아 있지 않아요. 하지만 세인트클레어와 나는 몇 가지 다른 점이 있어요. 세인트클레어는 결코 나를 이해하지 못하고 또 나를 평가해주지 않을 겁니다. 그게 내 병의 근원이라고 생각해요. 세인트클레어가 선의를 갖고 있다는 건 나도 알아요. 하지만 남자들은 체질적으로 이기적이고 여자들에게 무심해요. 그게 나의 전반적인 인상이에요."

뉴잉글랜드의 신중함이 몸에 밴 오필리어는 남의 가정사에 끼어드는 건 위험하다는 걸 잘 알고 있었다. 하지만 이제 곧 자신이 남의 가정사에 끼어들지도 모르겠다고 예감했다. 그것을 막기 위해 그녀는 근엄한 중립적 표정을 지으며 1미터가 넘는 스타킹을 꺼내들고 열심히 뜨개질을 하기 시작했다. 일찍이 와츠 박사는 아무 할 일 없이 게으름을 피우는 사람들을 파고드는 것이 악마의 습관이라고 갈파했는데, 오필리어는 그런 게으름을 다스리는 처방으로 뜨개질을 선택했다. 그녀의 입술은 굳게 다물어져 있었으나 마치 이렇게 말하는 것처럼 보였다. "나한테 말을 걸려고 해봐야 소용없어. 나는 올케 일에 끼어들지 않겠어." 그녀는 사자(獅子) 석상(石像)만큼이나 냉담했지만 마리는 그것을 눈치채지 못했다. 그녀는 누군가 대화 상대가 생겼고, 그를 상대로 말하는 것이 그녀의 의무라고 생각했으며, 그것이면 족했다. 각성제 병을 들어 다시 한번 냄새를 맡아 힘을 얻은 뒤 그녀는 계속 말했다.

"난 세인트클레어와 결혼하면서 내 재산과 함께 하인들도 데리고 왔어요. 그런 만큼 하인들을 내 방식으로 관리할 법적 권리를 갖고 있어요. 세인트클레어도 자신의 재산과 하인들을 갖고 있는 만큼 그들에 대해서는 자기 방식으로 관리하는 건 좋아요. 하지만 세인트클레어는 간섭을 했어요. 그는 여러 가지 일들에 대해, 특히 하인들의 대우에 대해서 아주 괴상한 생각을 갖고 있어요. 그는 나보다 하인들을 더 생각하는 것처럼 행동해요. 어쩌면 자기 자신보다 하인들에게 더 잘해줘요. 하인들이 온갖 말썽을 피워도 손 하나 까딱하지 않아요. 그렇지만 어떤 문제들에 대해서는 세인트클레어도 아주 무서워요. 전반적으로는 선량한 사람처럼 보이지만 말이에요. 그는 이걸 하나의 철칙으로 내세웠어요. 우리 집에서는 무슨 일이 있어도 매질은 안 된다는 거였어요. 자기나 내가 직접 때리는 걸 제외하고는 말이에요. 그가 너무나 엄숙하게 그 철칙을 내세웠기 때문에 나는 감히 거스를 수가 없어요. 그런 원칙을 세워놓으니 결과가 어떻게 되었겠어요? 엉망이 되어버렸지요. 왜냐하면 무슨 짓을 해도 매질을 당하지 않는다는 걸 알았으니까요. 하인들이 버릇없이 기어올라도 다 내버려두었어요. 남편이 그런 상황이다 보니 내가 앞장서서 매질을 하겠다고 할 수가 없었어요. 그 결과 우리 집 하인들은 버릇없이 큰 아이들같이 되어버렸어요."

"나는 그런 문제에 대해서는 잘 몰라. 이렇게 잘 모르는 걸 하느님께 감사드려." 오필리어가 간단히 말했다.

"하지만 형님도 곧 이 문제에 대해서 알게 될 거예요. 여기 오래 머물러 그걸 알게 되면 얼마나 형님이 희생해야 하는지 알게 될 거예요. 우리 집 하인들이 얼마나 버릇없고 우둔하고 부주의하고 황당하고 아이 같고 감사할 줄 모르는 한심한 자들인지, 형님은 모르실 거예요."

마리는 하인 얘기만 나오면 놀랍게도 힘이 솟는 듯했다. 그녀는 평소의 나른함 따위는 다 잊어버리고 이제 눈을 크게 뜨고 힘찬 목소리로 말했다.

"이런 하인들을 다루어야 하는 안주인이 일상적으로, 매일매일 시시각각 겪게 되는 시련을 형님은 모르실 거예요. 하지만 이걸 세인트클레어에게 불평해봐야 아무 소용 없어요. 그는 아주 황당무계한 얘기만 늘어놔요. 우리가 그들을 그렇게 만들었으니 당연히 그걸 참아주어야 한다는 거예요. 그들이 잘못을 저지르는 건 모두 우리 때문이니, 잘못을 저지르게 해놓고 그다음에 처벌을 하는 건 병 주고 약 주는 일이라는 거예요. 우리가 그들의 입장이 되어도 그들보다 더 잘하지는 못할 거라고요. 마치 그들의 일과 우리의 일이 동일 선상에 있다는 논리예요."

"주님께서 그들도 우리와 똑같은 인간으로 만들었다고 생각하지 않나?" 오필리어가 간단히 물었다.

"난 그렇게 생각하지 않아요. 그건 정말 황당한 얘기예요. 그들은 타락한 종족이에요."

"올케는 그들이 불멸의 영혼을 갖고 있다고 보지 않는다는 거야?" 오필리어가 약간 분노하는 어조로 말했다.

"아, 그거요?" 마리가 하품을 하며 말했다. "그거야 물론 의심하지 않죠. 하지만 그들을 우리와 동일 선상에 놓는다는 거, 그들이 우리와 비교의 대상이 된다는 거 따위는 황당한 얘기죠. 세인트클레어는 매미를 남편으로부터 떼어놓는 것은 나를 그로부터 떼어놓는 것과 똑같다고 해요. 이런 식으로 비교를 하다니 정말 황당무계하죠. 매미는 내가 갖고 있는 그런 감정을 가질 수가 없어요. 그건 전혀 다른 거예요. 그럼요, 다르고말고요. 그런데 세인트클레어는 그걸 모르는 척하는 거예요. 내가 에바를 사랑하는 것처럼 매미도 그 지저분한 흑인 애들을 사랑할 수 있다고 보는 거예요! 그런데도 세인트클레어는 매미를 돌려보내고 그 자리에 다른 여자를 데려와야 한다고 나를 강력하게 설득하려 들었어요. 내가 이렇게 몸이 아파서 고통을 받고 있는데도 말이에요. 그런 주문은 잘 참는 나로서도 도저히 참아주지 못하겠더 군요. 나는 감정을 잘 드러내지 않아요. 모든 것을 말없이 참는 게 내 원칙이에요. 아내의 힘든 운명이려니 하면서 참는다고요. 하지만 그런 주문에는 도저히 참을 수가 없어서 한바탕했어요. 그랬더니 더이상 그 얘기는 안 꺼내요. 하지만 그의 표정, 그가 무심히 던지는 사소한 말 등에서 여전히 그런 생각을 한다는 걸 알아요. 이건 너무 괴로워요. 너무나 화가 나요!"

미스 오필리어는 도저히 더 들어줄 수가 없어서 무슨 말인가 해야 겠다는 듯한 표정이었다. 하지만 그녀는 코바늘을 흔들면서 꾹 참았다. 그런 동작은 많은 것을 암시하고 있는 것으로, 만약 마리가 좀더 눈치 빠른 여자였다면 알아차릴 수도 있었을 것이다.

"자, 형님, 이제 아셨지요?" 마리가 계속 말했다. "형님이 어떤 하인들을 상대해야 하는지. 우리 집은 아무런 규칙도 없어요. 하인들은 제멋대로 말하고 행동해요. 건강이 나쁜 내가 가까스로 단속할 때를 제외하고는 언제나 천방지축이에요. 나는 채찍을 가지고 있고 때때로 꺼내놓기도 해요. 하지만 매질을 한다는 건 나로서는 감당하기 어려운 일이에요. 세인트클레어가 다른 주인들처럼 때때로 그걸 해준다면……"

"세인트클레어에게 바라는 게 뭔가?"

"그들을 구치소에 보내거나 매질하는 태형장에다 보내는 거죠. 그게 유일한 방법이에요. 내가 이렇게 병약하지 않았더라면 세인트클레어보다 두 배는 더 힘을 내서 집안일을 관리했을 거예요."

"그럼 세인트클레어는 어떻게 집안일을 관리하지? 매질은 하지 않는다고 했잖아." 오필리어가 물었다.

"남자들은 여자보다 더 위압하는 힘이 있잖아요. 그러니 관리하기가 한결 쉬워요. 게다가 그의 눈매가 보통이 아니에요. 그 눈을 한번 자세히 들여다보세요. 뭔가 단호하게 말할 때는 거기서 불꽃이 튀어요. 나도 그 눈매는 무서워요. 그런 눈매로 뭔가 말하면 하인들도 그때는 복종해야 한다는 걸 알아요. 내가 아무리 화를 내고 질책을 해도 세인트클레어가 차가운 눈빛을 한 번 던지는 것만 못해요. 세인트클레어는 아무런 문제나 불편함이 없어요. 그 때문에 그는 점점 더 내게 무신경한 거예요. 하지만 형님도 곧 발견하게 되겠지만, 엄격하게 대하지 않으면 그들을 다스릴 수가 없어요. 그들은 너무 버릇없고, 너무 잘 속이고, 너무 게을러요."

"또 우리 하인들 얘기요?" 세인트클레어가 방 안으로 들어서며 말했다. "저 사악한 무뢰배들을 어떻게 단단히 다스릴까 하는 얘기겠군. 특히 그들의 게으름에 대해서 말이야. 누님, 한번 들어보세요." 그가 마리 반대편의 소파에 몸을 쭉 펴고 앉으면서 말했다. "마리와 내가 보여주는 모범을 생각하면, 그들은 용서받을 수가 없어요. 그렇게 게으르다니 말예요."

"그만하시죠. 당신은 정말, 너무 나빠요." 마리가 말했다.

"내가 나쁘다고? 나는 좋은 말을 하고 있다고 생각했는데. 마리, 난 늘 당신의 말대로 하인들을 단속하려고 애쓰고 있어."

"세인트클레어, 그렇게 할 생각이 없으면서 말로만 그러는 거죠?" 마리가 말했다.

"아, 그렇다면 내가 당신한테 오해를 샀구먼. 아무튼 여보, 내 잘못을 지적해줘서 고마워."

"당신은 내 부아를 돋우려고만 해요."

"자, 마리, 그렇지 않아도 날이 더워지고 있어. 게다가 나는 돌프와 장시간 언쟁을 했더니 아주 피곤하군. 그러니 좀 상냥하게 나와봐. 당신의 따뜻한 미소 속에서 좀 쉴 수 있게 해달라고."

"돌프는 또 무슨 짓을 저질렀어요?" 마리가 물었다. "그 녀석의 뻔뻔스러움은 도저히 봐줄 수가 없어요. 그놈은 한동안 무자비하게 다루어야 해요. 기를 완전히 꺾어놓아야 한다고요."

"여보, 당신의 말에 평소의 날카로움과 분별이 그대로 드러나는구려. 돌프의 경우는 이렇소. 그놈은 오랫동안 내 인품과 교양을 흉내 내는 데 열중하여 마침내 자기 자신을 주인과 착각하게 되었소. 그래서 그건 잘못된 것이라고 좀 일러줄 필요가 있다고 느꼈소."

"어떻게요?" 마리가 말했다.

"내 옷은 내가 입는 용도로만 쓰이는 것이라고 분명하게 말해주었지. 향수를 펑펑 쓰는 것도 양을 제한시켰고, 좀 잔인하긴 해도 내 아마포 손수건은 열두 장 이상 사용해서는 안 된다고 말해주었지. 그 점에 대해서 무척 마음 아파하더군. 하지만 잘 알아듣도록 아버지처럼 일러줬이."

"오, 세인트클레어, 언제 하인을 제대로 다루는 법을 배우겠어요? 정말 끔찍해요, 당신이 그들을 봐주는 태도가!"

"불쌍한 강아지가 주인 흉내를 좀 내기로서니 뭐 그리 큰 죄겠소? 향수와 아마포 손수건보다 더 좋은 것을 바라보도록 키우지 못한 게 내 잘못이라면, 왜 그런 물건쯤 건네주지 못한단 말이오?"

"그렇다면 너는 왜 더 좋은 것을 바라보도록 키우지 않았니?" 오필리어가 결연한 목소리로 물었다.

"그건 너무 힘든 일이에요. 누님. 게으름 탓이 크지요. 게으름은 누님이 비난하는 것보다 훨씬 많은 사람을 파탄시켰어요. 만약 내가 게으르지 않았다면 나도 완벽한 천사가 될 수 있었을 겁니다. 버몬트의 보더렘 선생이 말한 것처럼, 게으름은 '도덕적 사악함의 본질'이 아닌가 싶어요. 그건 정말 감당하기 어려운 문제죠."

"노예 주인들은 엄청난 책임감을 느껴야 한다고 생각해." 오필리어가 말했다. "난 이 세상을 다 준다고 해도 노예 주인이 되지는 않을 테야. 노예 주인들은 데리고 있는 노예를 교육시켜야 하고 합리적인 인간으로, 또 불멸의 영혼을 가진 인간으로 대우해줘야 해. 그런 다음 하느님의 법정에서 심판을 받아야 해. 그게 내 생각이야." 오전 내내 쌓여왔던 마음속의 열기를 그런 식으로 터뜨리며 오필리어가 말했다.

"오, 누님, 우리들에 대해서 뭘 안다고 그런 말씀을 하십니까?" 세인트클레어는 재빨리 일어나 피아노 앞에 가서 앉아 발랄한 소곡을 연주했다. 그는 음악에 상당한 소질이 있었다. 건반 치는 솜씨는 화려하면서도 분명했고, 그의 손가락은 건반 위를 새처럼 가볍게 날아다니면서도 확실하게 짚어야 할 곳을 짚었다. 그는 소곡을 거푸 연주했는데, 연주를 통해 기분을 전환하려는 것 같았다. 이윽고 그는 악보를 옆으로 밀치고 일어나서 상냥한 목소리로 말했다. "누님은 우리에게 좋은 말씀을 해주시고, 그렇게 소임을 다하시는군요. 누님이 더 존경스러워집니다. 제게 다이아몬드 같은 진실을 가르쳐주셨습니다. 하지만 처음에는 제 얼굴을 너무 정면으로 때려서 좋게 받아들이기가 어려웠습니다."

"이런 얘기는 아무 소용도 없어요." 마리가 말했다. "우리처럼 하인들에게 잘해주는 사람이 있다면 그게 누구인지 한 번 보고 싶군요. 하지만 그건 하인들에게 아무런 도움이 안 돼요. 아니, 전혀 도움이 안 돼요. 그들은 점점 더 나빠질 뿐이에요. 그들을 말로 타이르고 의무를 알려주는 거요? 나도 목이 쉬고 피곤해질 때까지 해봤지만 다 소용없었어요. 그들은 원하기만 하면 교회에도 갈 수 있어요. 하지만 돼지나 마찬가지로 설교의 말씀은 단 한 마디도 이해하지 못해요. 그러니 내가 볼 때 그들이 교회에 간다는 건 무의미해요. 하지만 그들은 여전히 교회에 다니고, 좋은 기회는 다 누리고 있어요. 그렇지만 앞에서도 말했듯이 그들은 타락한 족속이에요. 아무리 애를 써도 그들을 가지고 뭔가 만들어낼 수가 없어요. 오필리어 형님, 나는 해봤고 형님은 아직 해보지 않았습니다. 나는 여기서 태어나 그들 사이에서 자라났어요. 그들에 대해 잘 안다고요."

오필리어는 자신이 할 말을 다 했다고 생각했으므로 아무런 대꾸도 하지 않았다. 세인트클레어는 휘파람으로 노래를 불렀다.

"세인트클레어, 제발 그 휘파람 좀 불지 마요. 그 소리를 들으면 내 머리가 더 아파진단 말이에요."

"안 할게. 당신은 내가 하는 거라면 뭐든지 다 반대하니까. 당신, 혹시 내가 해주기를 바라는 게 있소?"

"있어요. 나는 당신이 나의 시련에 좀더 관심을 가져주었으면 좋겠어요. 당신은 나에게 너무 무심해요."

"비난만 하는 나의 천사여!"

"그런 식으로 말하는 것도 기분 나빠요."

"그럼 어떻게 말해주는 게 좋겠소? 당신이 시키는 대로 말하리다. 당신을 기쁘게 하기 위해서라도."

안뜰에서의 명랑한 웃음소리가 베란다의 실크 커튼을 뚫고 들어왔다. 세인트클레어는 밖으로 나가 커튼을 들치고 따라 웃었다.

"뭐야?" 오필리어가 난간으로 나오면서 물었다.

안뜰의 이끼 낀 자리에 톰이 앉아 있었는데, 제복의 모든 단춧구멍에 재스민 꽃이 꽂혀 있었다. 에바는 명랑하게 웃으면서 그의 목에 장미 화관을 걸어주었다. 그러고는 여전히 웃으면서 참새처럼 그의 무릎에 앉았다.

"오, 톰 아저씨, 너무 웃겨!"

톰은 진지하면서도 인자한 미소를 머금고 있었고, 그의 어린 여주인 못지않게 그 장난을 즐기는 것 같았다. 그는 고개를 쳐들다가 주인과 시선이 마주치자 죄송하고 겸연쩍은 표정을 지었다.

"어떻게 애를 저렇게 내버려두지?" 오필리어가 말했다.

"왜요?"

"글쎄, 좀 창피해서."

"누님, 어린애가 커다란 검둥이 개를 쓰다듬는 건 아무렇지도 않으시죠? 그렇지만 생각하고 추론하는 불멸의 영혼을 가진 사람과 함께 장난하는 건 보기 흉하다는 건가요? 자, 솔직히 고백하세요, 누님. 나는 북부 사람들의 감정을 잘 알고 있습니다. 우리 남부인이 그런 혐오의 감정을 갖고 있지 않은 건 하나의 미덕이다, 이렇게 말하려는 건 아니에요. 하지만 남부의 관습은 기독교에서 마땅히 하라고 가르치는 것을 하고 있어요. 개인적 편견의 느낌을 없앴다는 거죠. 나는 북부로 여행할 때마다 북부 사람들의 편견이 우리보다 훨씬 강하다는 느낌을 받아요. 북부인은 뱀이나 두꺼비를 싫어하는 것처럼 흑인들을 싫어해요. 그러면서도 그들이 학대받는 사실에 대해서는 분개합니다. 흑인들이 학대받는 것은 싫어하지만 그렇다고 해서 흑인들을 가까이 두려고 하지도 않아요. 그들을 아예 아프리카로 보내서 그 모습이나 냄새를 아예 제거하고 싶어하죠. 그런 다음에 아프리카로 선교사 한두 명 보내서 그들을 간단히 칭찬해주며 자기 속죄를 하려고 해요."

"그래, 그 말에도 일리가 있어." 오필리어가 생각에 잠긴 얼굴로 말했다.

"저 불쌍하고 비천한 자들이 어린아이가 없다면 어떻게 삶을 견딜 수 있겠습니까?" 세인트클레어가 난간에 기대어, 에바가 톰을 끌어당겨 다른 데로 가고 있는 모습을 내려다보며 말했다. "어린아이는 진정한 민주주의자입니다. 톰은 이제 에바에게 영웅이 되었습니다. 그의 이야기는 딸애의 눈에 경이이고, 그의 노래와 감리교 찬송가는 오페라보다 더 재미있습니다. 간단한 소품과 온갖 잡다한 쓰레기들이 들어 있는 그의 주머니는 보석의 저장소 같은 곳이죠. 톰은 검은 피부로 태어난 사람들 중에서 가장 경이로운 사람입니다. 그동안 축복을 받지 못했던 불쌍하고 비천한 자들을 위해 주님께서 특별히 보내주신 에덴의 장미인 것이죠."

"그거 참 기이한 비유로구나." 오필리어가 말했다. "네가 하는 말을 들으니 꼭 교수 같다는 착각이 들 정도야."

"교수요?"

"응, 종교학 교수."

"도시 사람들이 말하는 그 교수? 당치도 않아요. 게다가 더 나쁜 것은 내가 신앙을 착실히 실천하는 사람도 아니라는 거죠."

"그렇다면 왜 그런 식으로 말하는 거지?"

"말처럼 쉬운 것은 없죠. 셰익스피어의 대사에도 이런 말이 나와요. '스무 명의 사람들에게 어떤 일을 하면 좋은지 말해줄 수는 있다. 하지만 나 자신이 말한 것을 직접 실천하기는 어려운 일이다.'* 그래서 분업이 중요한 겁니다. 나의 장점은 말하는 데 있고, 누님의 장점은 실천하는 데 있지요."

이 무렵 톰의 외적인 상황은 불만족스러운 데가 하나도 없었다. 어린 에바는 그를 좋아했다. 그녀는 고상한 성품을 가진 사람의 본능적인 미덕과 감사하는 마음을 베풀면서 아버지에게 요청해 톰을 자신의 특별 수행원으로 만들었다. 그래서 그녀가 산책을 나가거나 말을 타는 등 하인의 경호를 받아야 할 때는 톰이 나서게 되었다. 에바 아가씨가 찾으면 하던 일을 중단하고 아가씨의 일부터 하라는 요지의 명령도 있었다. 독자들도 짐작하겠지만 톰에게 나쁠 게 없는 명령이었다. 세인트클레어는 하인들의 복장에 대해 아주 신경을 썼으므로 톰은 아주 말끔한 옷을 입었다. 그의 마구간 보직은 한직이나 다름없어서 날마다 감독만 하면 되었고, 실무는 그의 밑에 있는 하인이 담당했

---

* 셰익스피어, 『베니스의 상인』, 1막 2장.

다. 마리 세인트클레어가 자신의 마부가 가까이 다가올 때 말 냄새가 나는 게 너무 싫다고 했기 때문이었다. 그 덕분에 톰은 말 냄새 풍기는 일에서 면제가 되었다. 안주인의 신경은 그런 종류의 시련을 당하기에는 너무나 예민했으므로 조심해야 했다. 그녀의 설명에 의하면, 불쾌한 냄새를 맡으면 그 순간 흥이 깨져버리면서 뭔가 해보려던 노력이 갑자기 시들해져서 하지 않게 된다는 것이었다. 그래서 톰은 잘 손질한 광폭 양복, 부드러운 비버털 모자, 반짝거리는 구두, 완벽한 손목 밴드와 칼라를 착용했다. 이런 복장은 그의 진지하고 선량한 얼굴과 잘 어우러져, 예전의 다른 시대 같았으면 카르타고의 주교라고 해도 될 정도로 점잖은 모습을 갖추게 되었다.

게다가 그는 아름다운 저택에 와 있었고, 감수성 풍부한 그의 종족은 그런 아름다움에 결코 무관심하지 않았다. 그는 마음속에 조용한 기쁨을 느끼며 새와 꽃, 분수, 향수, 안뜰의 빛과 아름다움을 감상했고, 거실을 알라딘의 별궁처럼 만들어놓고 있는 실크 장식물과 그림들, 광채, 소입상, 도금장식 등을 찬탄하며 바라보았다.

만약 아프리카인이 우수하고 교양 있는 종족임을 보여주는 시대가 언젠가 온다면(문명의 발전 단계에서 아프리카인이 중심에 우뚝 서는 존재로 등장하는 날이 언젠가 온다면) 그곳의 삶은 우리 서구의 냉정한 종족들이 일찍이 꿈꾸어보지 못한 장엄함과 화려함의 빛을 떨칠 것이다. 황금과 보석, 향료, 살랑거리는 종려나무, 멋진 꽃들과 신비한 풍요로움이 넘쳐나는 저 먼 신비의 땅에서, 새로운 형태의 예술과 새로운 양식의 찬란함이 생겨날 것이다. 더이상 학대받거나 압제당하지 않는 흑인들은 인간적 삶의 의미에 대한 가장 멋지면서도 가장 새로운 계시를 드러낼 것이다. 그들은 충분히 그렇게 할 수 있을 것이다. 그들의 온유함, 그들의 순종하는 마음, 고상한 정신과 고상한 힘에 머무르려는 그들의 적응 능력, 어린애같이 단순한 그들의 애정 표현, 용서하는 능력 등이 그런 결과를 만들어낼 것이다. 이 모든 것에서 그들은 기독교적 삶의 가장 높은 형태를 보여줄 것이다. 하느님이 사랑하는 사람들에게 시련을 안겨주시듯이, 그분은 불쌍한 아프리카를 시련의 용광로에 집어넣으셨고, 그리하여 아프리카에 가장 고상하고 높은 왕국을 세우게 하실 것이다. 다른 모든 왕국이 시험을 당했으되 실패한 곳에서 아프리카는 성공할 것이다. 왜냐하면 하느님의 왕국에서는 지상에서 맨 앞에 있던 자가 맨 뒤가 되고, 가장 뒤에 있던 자가 가장 앞이 되기 때문이다.

일요일 아침 멋진 옷을 입고 베란다에 서서 가느다란 손목에 다이아몬드 팔찌를 채우던 마리 세인트클레어는 흑인들에 대해 이런 생각을 했을까? 물론 평소의 그녀라면 그런 생각을 하지 않았을 가능성이 높다. 그녀는 아마도 세속의 다른 어떤 것을 더 먼저 생각했을 것이다. 왜냐하면 마리는 좋은 물건들을 사랑하기 때문이다. 그녀는 지금 다이아몬드와 실크, 레이스, 보석 등을 떨쳐입고 부유층이 모이는 교회에 나가 경건한 종교적 태도를 보여줄 계획이다. 날씬하고 우아하며 공기처럼 가볍게 몸을 움직이는 그녀를 레이스 스카프가 안개처럼 감싸 안고 있었다. 그녀는 우아한 여인이었고, 자신이 아주 멋지고 예쁘다고 느꼈다. 옆에 있는 오필리어는 그녀와 완벽한 대조를 이루었다. 물론 그녀도 마리 못지않게 멋진 실크 드레스와 숄과 훌륭한 손수건으로 꾸미고 있었다. 그러나 뻣뻣하고 야윈 몸에 힘주어 우뚝 서 있는 꼿꼿한 자세는, 그 옆에서 우아함으로 하늘거리는 올케에 비하면 아주 생뚱맞은 존재라는 느낌을 주기에 충분했다. 그러나 마리의 우아함은 하느님의 뜻에 맞는 우아함일까? 아니다. 그것은 전혀 별개의 문제이다.

"에바는 어디 있죠?" 마리가 물었다.

"계단에 서서 매미에게 뭔가 말을 하고 있어."

에바는 계단에서 매미에게 뭐라고 말했을까? 자, 어디 한번 들어보자. 마리는 듣지 못하는 그 대화를.

"매미의 머리가 계속 아프다는 걸 알아."

"감사합니다, 미스 에바. 내 머리는 요즘 늘 아파요. 그러니 걱정할 필요 없어요."

"아무튼 밖으로 나가게 되어 잘되었어." 어린 에바는 매미의 목에 양팔을 둘렀다. "매미, 이 각성제 통을 가져."

"뭐라고요? 다이아몬드가 박힌 금제 통을요? 아가씨, 그렇게 하면 안 됩니다."

"왜? 매미는 이게 필요하고 나는 필요 없어. 엄마는 머리 아플 때마다 이걸 늘 사용해. 그러니 매미도 이걸 쓰면 머리가 좀 덜 아플 거야. 자, 어서 받아. 나를 기쁘게 해줘."

"세상에 저런 천사가 있을까!" 에바가 그것을 매미의 가슴 안에다 밀어넣고 계단 아래 어머니 쪽으로 달려갈 때 매미가 중얼거렸다.

"무슨 일로 늦었니?" 마리가 딸에게 물었다.

"매미에게 내 각성제 통을 주느라고 늦었어. 그걸 교회에 갈 때 가져가라고 했어."

"에바!" 마리가 화를 내며 발을 굴렀다. "너의 금제 각성제 통을 매미에게! 넌 언제 철이 들겠니? 당장 가서 도로 받아와, 어서!"

에바는 실망하고 낙담하는 표정을 지으며 천천히 몸을 돌렸다.

"마리, 그냥 내버려두구려. 애가 하고 싶은 대로 내버려둬." 세인트클레어가 말했다.

"세인트클레어, 저 애는 어떻게 세상을 살아나갈까요?" 마리가 말했다.

"그건 주님이 알아서 해주시겠지. 저 애는 당신이나 나보다 천국에서 더 잘살 거야."

"오, 아빠, 그렇게 말하지 마요." 에바가 아빠의 팔꿈치를 부드럽게 만지면서 말했다. "그런 말은 엄마를 심란하게 만들어요."

"이봐, 동생, 자네도 교회에 가지 않겠나?" 오필리어가 세인트클레어를 빤히 쳐다보며 물었다.

"감사합니다만, 나는 가지 않겠습니다."

"난 세인트클레어가 교회에 다녔으면 좋겠어요. 하지만 그는 단 한 조각의 신앙심도 없어요. 정말 부끄러운 일이에요." 마리가 말했다.

"잘 알고 있으니까. 자, 숙녀분들은 교회에 가서 세상에서 어떻게 살아나가야 하는지 배우기 바랍니다. 두 분의 경건함이 내게 신앙심의 빛을 안겨줄 겁니다. 만약 내가 교회에 간다면 매미가 다니는 곳으로 가겠어요. 적어도 거긴 졸리지는 않잖아요."

"뭐라고요? 소리나 지르는 감리교도들한테? 끔찍해요!" 마리가 말했다.

"죽은 바다 같은 점잖은 교회는 정말로 싫소. 마리, 나보고 그런 데

가자고 하는 건 너무 큰 요구요. 에바, 넌 가고 싶니? 자, 집에서 나하고 놀자."

"고마워요, 아빠. 하지만 난 교회에 갈래요."

"너무 피곤하지 않니?" 세인트클레어가 물었다.

"피곤하고 때로는 졸리기도 해요. 하지만 잠들지 않으려고 노력해요."

"그렇게 졸리는데 뭣하러 가지?"

"아빠, 저번에 고모가 그러시는데 하느님은 우리를 만나기를 원하신대요." 에바가 속삭였다. "그분은 우리에게 모든 것을 주셨어요. 그분이 우리를 만나길 원하신다면 순종하는 건 그리 어려운 일이 아니에요. 또 그렇게 피곤한 일도 아니고."

"이 착하고 아름다운 영혼!" 세인트클레어가 딸에게 키스하며 말했다. "그럼 가, 착한 딸. 아빠를 위해 기도해주고."

"그럼요. 난 늘 아빠를 위해 기도해요." 에바가 엄마를 따라 마차 안으로 들어가면서 말했다.

계단 앞에 서 있던 세인트클레어는 마차가 떠나가자 손에다 키스하여 딸에게 불어 보냈다. 그의 눈에는 커다란 눈물방울이 맺혀 있었다.

"오, 에반젤린! 정말 적절한 이름이야." 그가 말했다. "너는 하느님이 내게 보내주신 복음*이야."

그는 잠시 이런 감회에 젖어 있다가 시가를 피우고 피카윤 신문을 읽으면서 그의 어린 복음은 잊어버렸다. 그는 다른 사람들과 많이 다

---

* 'evangel'은 '복음'이라는 뜻이다.

른 사람일까?

마차를 타고 가면서 에바의 어머니가 말했다. "에반젤린, 하인들에게 잘해주는 건 옳고 좋은 일이지만, 그들을 우리의 친척이나 우리와 같은 계급으로 대접하는 건 옳지 않아. 가령 매미가 아프다고 해서 네 침대에 재워서는 안 되는 거야."

"엄마, 나는 그 생각을 했어. 그렇게 하면 매미를 보살피는 게 한결 쉬울 테니까. 또 내 침대가 매미 것보다 더 좋아."

마리는 도덕적 분별력이 전혀 없는 그런 대답을 듣고서 심한 절망에 빠졌다.

"이 애한테 내 말을 알아듣게 하려면 어떻게 해야 할까?" 마리가 말했다.

"아무것도 할 필요 없어." 오필리어가 의미심장하게 말했다.

에바는 낙담하여 잠시 시무룩해 보였다. 하지만 어린애들은 한 가지 감정에 오래 머무르는 법이 없다. 잠시 뒤 그녀는 마차 창밖으로 펼쳐지는 다양한 풍경을 바라보면서 즐겁게 웃기 시작했다.

"자, 숙녀분들," 그들이 저녁 식탁에 편안하게 앉자 세인트클레어가 말했다. "오늘 교회에서는 무슨 얘기가 나왔나요?"

"오, G선생님이 정말 멋진 설교를 했어요." 마리가 말했다. "당신이 꼭 들었어야 할 그런 설교였어요. 내가 하고 싶은 말을 속 시원히 다 해주더군요."

"교양을 높여주는 설교였겠군. 주제도 광범위하고." 세인트클레어가 말했다.

"사회와 기타 문제들에 대한 나의 견해를 그대로 대변하는 것이었어요." 마리가 말했다. "설교의 주된 텍스트는 '그분은 이 세상 모든 것을 계절에 맞게 아름답게 만드신다'는 것이었어요. 사회 내의 모든 질서와 구분이 하느님으로부터 나온다는 거죠. 가령 어떤 사람은 높고 어떤 사람은 낮으며, 어떤 사람은 통치하기 위해 태어나고 어떤 사람은 노예로 태어나는 것은 적절하면서도 아름다운 질서라는 거죠. G선생님은 노예제도에 대한 우스꽝스러운 논쟁에 대해 그 논리를 아주 적절히 적용했어요. 성경이 우리 편이고 우리의 제도를 지지한다는 걸 아주 설득력 있게 증명했어요. 당신이 그 설교를 들었더라면 좋았을 텐데."

"난 그런 설교 필요 없어." 세인트클레어가 말했다. "그 정도의 가르침은 피카윤 신문에서도 얼마든지 얻을 수 있어. 게다가 신문을 읽으면서 시가도 피울 수 있잖아. 교회에 가면 못 하는데."

"그럼 동생은 그런 견해를 믿지 않는다는 건가?" 오필리어가 말했다.

"나 말입니까? 나는 너무나 우아하지 못한 놈이라서 그런 주제의 설교에 별로 감동을 느끼지 못합니다. 노예제에 대해서 내 의견을 말하라면 이렇게 말하겠습니다. '우리는 그것을 지지한다. 우리는 그 제도를 시행 중이고 계속 유지하려 한다. 그것은 우리의 편의와 이익을 위한 것이다.' 나는 이게 사태의 본질이라고 봅니다. 사람들이 장황하게 설명하고 있는데 결론은 결국 이거죠. 이건 어느 곳에 사는 누구에게나 쉽게 이해가 될 겁니다."

"오거스틴, 당신은 너무 불손해요!" 마리가 말했다. "당신의 말은 너무 충격적이에요."

"충격이라고! 이건 사실이야. 이 문제에 대한 설교를 조금만 더 밀고 나가면 어떻게 되는지 알아? 술을 많이 마시고, 도박 테이블에 붙어 앉아 있고, 기타 각종 타락 행위들이 젊은 사람들 사이에 아주 만연해 있지. 그것도 계절에 맞게 피어난 아름다운 현상인가? 그런 설교를 조금만 더 확대해보면 결국 그런 결론이 나온다고."

"동생은 노예제에 대해서 어떻게 생각하나? 나쁘다는 건가, 좋다는 건가?" 오필리어가 물었다.

"누님, 그런 뉴잉글랜드식 직설법에는 대답하지 않겠습니다." 세인트클레어가 쾌활한 어조로 말했다. "내가 그 질문에 대답하면 누님은 다른 질문을 대여섯 가지는 퍼부을 것이고, 질문의 강도는 갈수록 세지겠지요. 그래서 내 입장을 명확히 밝히지 않겠습니다. 나는 다른 사람들의 유리집에 돌을 던지는 인생을 살아왔지, 남들이 돌을 던지는 유리집을 짓는 그런 인간은 아니죠."

"저이는 늘 저런 식으로 말해요." 마리가 말했다. "저이한테서는 시원한 대답은 듣지 못해요. 종교를 싫어하니까요. 늘 저런 식으로 빠져나가요."

"종교!" 세인트클레어가 큰 소리로 말하자 두 숙녀는 놀라서 그를 쳐다보았다. "두 분이 교회에서 들은 게 종교라고? 이기적이고 세속적인 사회의 괴기스러운 편의에 따라 이리저리 굽어지고 올라갔다 내려갔다 하는 게 종교라고? 세속적이고 눈멀고 비종교적인 내 성격보다도 양심적이지도 않고 관대하지도 않고 정의롭지도 않고 배려하지도 않는 그게 종교라고? 절대 아니야! 내가 종교를 바라볼 때는 나보다 위에 있는 어떤 것을 찾지 나보다 못한 것을 찾지는 않아."

"그럼 성경이 노예제를 정당화한다고 보는 거니, 아니면 거부한다고 보는 거니?" 오필리어가 물었다.

"성경은 내 어머니의 책이었어요. 어머니는 그 책에 따라 살고 죽으셨어요. 성경이 노예제를 정당화한다고 생각하지 않아요. 성경을 그런 식으로 곡해하면 안 돼요. 그건 내가 술 마시고 담배 피우고 욕설하는 것을 정당화하기 위해, 그런 짓이 옳은 행동이라고 증명하기 위해, 나의 어머니 역시 술 마시고 담배 피우고 욕설했다고 말하는 거나 마찬가지예요. 그런 식의 억지 논리를 들이댄다고 해서 나 자신에 대해 더 만족감을 느끼게 되는 것도 아니고, 어머니를 존경하면서 얻는 마음의 위안을 빼앗기는 것도 아니에요. 간단히 말해서," 그는 갑자기 쾌활한 어조로 말하기 시작했다. "내가 말하고자 하는 건, 종류가 다른 것들은 서로 다른 상자에 넣어서 보관해야 한다는 거죠. 미국과 유럽의 사회 구조는 아주 엄격한 도덕성의 기준을 충족시키지 못하는 그런 다양한 것들로 구성되어 있어요. 사람이 절대선을 획득할 수 없다는 건 널리 인정되는 사실이고, 그런 만큼 세상 사람들 정도로만 잘하면 된다는 거지요. 가령 어떤 사람이 앞에 나서서 사내답게 이렇게 말한다고 해봐요. 노예제는 우리에게 필요하다. 우리는 그것 없이는 살 수가 없다. 우리가 그것을 포기하면 삶이 어려워질 것이다. 그러니 우리는 그 제도를 유지하겠다. 이것은 강력하고 분명하고 확실한 입장 표명이에요. 거기에는 어느 정도 진실이 깃들어 있어요. 만약 사람들의 구체적 실천을 가지고 어떤 제도의 가치를 판단한다면, 이 세상 대부분의 사람들은 우리의 노예제 운영을 지지할 겁니다. 하지만 어떤 사람이 심각한 얼굴을 하고서, 콧소리로 성경을 인용하며 노예제는 당연한 것이다, 하는 식의 이론적인 주장을 하고 나선다면 그런 사람 얘기는 별반 들어볼 게 없다고 생각합니다. 그는 자신이 말하는 것처럼 그리 당당한 사람이 아닙니다."

"당신은 정말 자비로운 마음이라고는 조금도 없는 사람이에요." 마리가 말했다.

"가령," 세인트클레어가 말했다. "무슨 엄청난 일이 발생해서 목면 가격이 완전 폭락하여 회복되지 못한다고 해봐요. 그러면 목화를 딸 노동력은 필요가 없어질 것이고 덩달아 흑인 노예는 시장에서 전혀 안 팔리는 상품이 될 겁니다. 자연히 노예제가 폐지되겠지요. 이럴 경우에도 성경 문구를 들이대며 그걸 합리화할 겁니까? 갑자기 교회에 새로운 발견의 빛이 쏟아져 들어와서, 성경과 인간의 논리가 지금과는 정반대의 방향으로 움직이게 되는 겁니까? 틀림없이 그런 식으로 주장하고 나서겠지요!"

"아무튼," 마리가 소파에 몸을 기대며 말했다. "나는 노예제가 시행되는 곳에 태어나서 감사해요. 그 제도가 옳다고 생각해요. 틀림없이 옳다고 느껴요. 아무튼 나는 그 제도가 없으면 살아갈 수가 없어요."

"얘야, 넌 어떻게 생각하니?" 그때 손에 꽃을 들고 방 안으로 들어온 에바에게 아버지가 물었다.

"뭐에 대해서요, 아빠?"

"버몬트의 할아버지 집처럼 사는 게 좋아, 아니면 우리처럼 하인들이 가득한 집에서 사는 게 좋아?"

"물론 우리처럼 사는 게 훨씬 좋죠."

"왜?" 세인트클레어가 그녀의 머리를 쓰다듬으며 물었다.

"주위에 사랑해줄 수 있는 사람들이 많잖아요." 에바가 진지한 얼굴로 쳐다보며 말했다.

"과연 에바다운 답이군." 마리가 말했다. "예의 괴상한 얘기가 또 나오는구나."

"이게 괴상한 얘기예요, 아빠?" 에바가 아빠의 무릎에 앉으며 속삭이듯 말했다.

"이 세상의 방식대로라면 그렇지." 세인트클레어가 말했다. "우리 예쁜 딸 에바는 저녁 시간에 어디 가 있었어?"

"톰의 방에 가서 노래 부르는 걸 들었어요. 다이나 아줌마가 저녁을 줬어요."

"톰이 노래하는 걸 들었다고?"

"네! 새로운 예루살렘, 밝게 빛나는 천사, 가나안 땅에 대한 아주 아름다운 노래를 불렀어요."

"그랬구나. 오페라보다 더 재미있었지?"

"네. 나한테 그 노래들을 가르쳐줄 거예요."

"노래 부르기 연습? 정말 기대되겠구나."

"네. 톰이 나한테 노래를 불러주면 나는 내 성경을 펴서 읽어줘요. 그러면 톰이 그 구절의 의미를 설명해줘요."

"정말 웃기는군." 마리가 웃으며 말했다. "그건 요사이 유행하는 최신 농담인가 보지."

"톰은 성경을 정말 잘 설명해요." 세인트클레어가 말했다. "경건한 신앙심을 타고났어. 오늘 아침에 말들을 일찍 꺼내야 할 일이 있어서 마구간에 갔다가 한쪽 구석의 물품창고에서 톰이 혼자서 기도를 올리고 있는 걸 봤어. 톰의 기도처럼 감동적인 기도는 근래에 들어보지 못했어. 거의 사도와 같은 열성으로 나를 위해 기도하더군."

"당신이 듣고 있다는 걸 의식하고서 그러는 거겠죠. 그런 술수는 예전에 어디서 들어본 것 같아요."

"만약 그랬다면 그는 아주 어리숙한 친구지. 왜냐하면 그는 주님에게 나에 대한 생각을 아주 자유롭게 토로하고 있었거든. 톰은 나한테 개선해야 할 여지가 있으며, 또 내가 개과천선해야 한다고 생각하더군."

"동생이 그것을 명심했으면 좋겠네." 오필리어가 말했다.

"누님도 톰과 같은 생각이신가 보군요." 세인트클레어가 말했다.
"두고 보면 알겠죠. 그렇지, 에바?"

17장
자유인의 정당방위

오후가 저물어갈 무렵 퀘이커교도의 집에서는 사람들이 조용하면서도 분주하게 움직였다. 레이철 할리데이는 그날 저녁에 떠날 사람들을 위해 필요한 물품들을 가능한 한 작은 꾸러미로 만들려고 애쓰면서 여기저기 조용히 움직이고 있었다. 오후의 그림자가 동쪽으로 길어졌고, 붉은 태양은 지평선에 잠시 머물면서 석양의 햇빛을 조지와 그의 아내가 앉아 있는 자그마한 침실에 비추었다. 그는 아내의 손을 잡은 채 아이를 무릎 위에 올려놓고 앉아 있었다. 부부는 진지한 생각에 잠긴 얼굴이었고, 뺨에는 눈물 흔적이 남아 있었다.

"엘리자, 당신이 한 말이 모두 진실이라는 것을 알아. 당신은 좋은 사람이야. 나보다 훨씬 좋은 사람이야. 앞으로 당신이 하자는 대로 할게. 자유인에 걸맞게 행동하려고 애쓸게. 기독교인처럼 행동하려고 노력할게. 전능하신 하느님은, 모든 것이 불리하게 돌아가는 상황에서도 내가 선의를 가지고 행동했다는 걸 아실 거야. 이제 과거는 모두 잊어버리고, 온갖 비참하고 씁쓸한 기분은 떨쳐내고, 성경을 읽으며 좋은 남자가 되도록 할게."

"우리가 캐나다에 도착하면," 엘리자가 말했다. "나도 당신을 도울 수 있어요. 옷 만드는 것도 아주 잘하고 세탁하고 다리미질하는 것도 능숙해요. 당신과 내가 힘을 합치면 생계를 꾸려갈 수 있을 거예요."

"그래, 엘리자. 우리가 아이를 데리고 함께 살 수만 있다면 뭐든 못 하겠어. 남자가 처자식을 거느린다는 게 얼마나 축복인지 사람들이 알았으면 좋으련만. 처자식이 골칫거리라고 말하는 사람들을 보면 의아한 생각이 들어. 맨손밖에 없지만 가족과 함께 있으면 마음이 풍요롭고 힘이 넘쳐나는 느낌이야. 하느님에게 이 이상 뭘 더 요구할 게 있을까 싶은 심정이야. 나는 스물다섯이 될 때까지 매일 열심히 일했지만 단 한 푼도 못 벌고, 내 머리를 덮어줄 지붕도 없고, 내 것이라고 할 땅도 없어. 하지만 저들이 나를 그냥 내버려둔다면 그걸로 만족하고 또 감사하겠어. 열심히 일해서 번 돈을 당신과 아이에게 보내겠어. 나의 옛 주인은 나한테 투자한 데 비해 다섯 배 이상을 벌었어. 그러니 나는 그에게 아무런 빚도 없어."

"하지만 당신은 위험을 완전히 벗어난 건 아니에요." 엘리자가 말했다. "우린 아직 캐나다에 도착하지 못했어요."

"그건 그렇지. 그러나 나는 자유로운 공기의 냄새를 맡을 수 있어. 그것만으로도 힘이 나."

그때 바깥에서 심각한 대화를 나누는 사람들의 목소리가 두런두런

들려왔다. 곧 노크 소리가 났고, 엘리자는 일어서서 문을 열었다.

시미언 할리데이가 문 앞에 서서 그와 함께 온 피니어스 플레처라는 퀘이커교도를 소개했다. 피니어스는 키가 크고 홀쭉한 체격에 머리카락이 붉은색이었는데, 날카로우면서도 예리한 인상이었다. 시미언 할리데이처럼 차분하고 평온하고 세속적이지 않은 사람은 아니었다. 자신이 무엇을 하려 하는지 분명하게 알고서 장래를 밝게 내다보는 노련하고 유능한 사람 같았다. 그런 외양은 넓은 모자 챙과 뻣뻣한 말투와는 다소 어울리지 않았다.

"조지, 우리의 친구 피니어스가 자네 일행이 흥미롭게 여길 만한 중요한 정보를 가져왔어." 시미언이 말했다. "자네가 들어두면 도움이 될 거야."

"유익한 정보가 있어요." 피니어스가 말했다. "어떤 곳이든 한 귀를 열어놓고 잠을 자는 것이 정말 중요하다는 걸 다시 한번 깨달았어요. 지난밤 나는 여기서 좀 떨어진 도로변의 작은 여관에 머물렀어요. 시미언, 우리가 지난해 사과를 팔았던 그 집을 기억할 겁니다. 커다란 귀고리를 한 뚱뚱한 여자가 주인인 집 말입니다. 나는 말을 오래 타서 피곤하여 저녁을 먹고서, 구석에 쌓아놓은 짐 더미 위에 드러누워 버펄로가죽 담요를 뒤집어썼지요. 내 방의 침대가 준비되기를 기다리면서 말이에요. 그런데 깜빡 잠이 들고 말았습니다."

"한 귀를 열어놓고 말인가, 피니어스?" 시미언이 조용히 말했다.

"아닙니다. 귀도 뭐도 다 닫아놓고 한두 시간 잠을 잤습니다. 정말 피곤했던가 봐요. 잠시 뒤 깨어보니 남자 몇이 들어와 테이블 주위에 앉아서 술을 마시며 얘기를 하고 있었습니다. 정신이 아직 완전하게 돌아오지 않은 상태였지만 뭘 하는 자들인지는 알아보았습니다. 그들 중 하나가 퀘이커교도에 대해서 이렇게 말하는 걸 들었어요. '그놈들은 틀림없이 퀘이커 정착촌에 있어.' 그래서 양쪽 귀를 열고 엿들었는데 조지 일행에 대해서 말하고 있는 거였어요. 그래서 나는 누운 채로 그들의 계획을 다 엿들었습니다. 그들 말에 의하면, 여기 조지는 켄터키의 주인한테 보낼 거라더군요. 호된 징벌을 내려서 다시는 농장의 흑인들이 도망치지 못하도록 본을 보이겠다는 거였습니다. 조지의 아내에 대해서는, 그들 중 두 친구가 뉴올리언스로 데려가 팔아버린 후 그 돈을 자기들이 챙기겠다고 했어요. 천육백 달러에서 천팔백 달러를 생각하고 있더군요. 그리고 아이는 그 아이를 사들인 노예상인에게 넘겨줄 거라고 했어요. 그리고 짐과 그의 어머니는 켄터키의 주인한테 돌려줄 거라더군요. 그 여관에서 조금만 더 가면 나오는 마을에서 경관 두 명을 데리고 추적하여 조지 일행을 잡아들일 거라고 했어요. 조지의 아내는 판사 앞으로 데리고 가서, 그들 중 키가 작고 말 잘하는 친구가 자신의 소유물로 선서하고 증명을 받은 다음, 정식으로 자기 물건으로 인도받아 남부로 갈 거라고 하더군요. 그들은 우리가 오늘밤에 가려고 하는 길을 정확하게 알고 있었어요. 총 여섯에서 여덟 명 되는 추적대가 뒤쫓아올 겁니다. 그러니 이제 어떻게 하죠?"

이런 소식이 전해지고 난 직후 조지 일행이 제각기 서 있는 모습은 그림으로 그려놓아도 좋을 만큼 인상적이었다. 그 소식을 듣기 위해 비스킷 덩어리에서 손을 빼고 있던 레이철 할리데이는 밀가루가 묻은 양손을 공중으로 쳐들고 아주 근심스러운 표정을 지었다. 시미언은 깊은 생각에 잠겼다. 엘리자는 남편의 목에 양팔을 두르고서 그를 올려다보았다. 조지는 양손을 꼭 쥐고 눈을 이글거리며 서 있었다. 아내가 경매 시장에 팔려갈지 모르고 아들은 노예상인에게 보내질 운명을 앞에 둔 가장이라면 당연히 그렇듯 격분해 있었다. 처자식을 가정에서 떼어내어 판매하는 행위가 기독교 국가의 법에 의해 보호되고 있는 것이었다.

"조지, 우린 어떻게 해요?" 엘리자가 가녀린 목소리로 말했다.

"난 내가 무엇을 해야 할지 알아." 조지는 작은 방으로 들어가 두 자루의 권총을 만지작거렸다.

"이봐요, 시미언," 피니어스가 시미언에게 고개를 끄덕였다. "결과가 어떻게 될지 예측되시지요?"

"그렇군." 시미언이 한숨을 쉬며 말했다. "하지만 그렇게 되지 않기를 빌겠네."

"저 때문에 제삼자를 여기 개입시키고 싶지 않습니다." 조지가 말했다. "마차를 빌려주고 길을 알려준다면 혼자서 마차를 몰아 다음 정착촌으로 가겠습니다. 짐은 힘이 장사이고 절망이나 죽음 앞에서도 용감합니다. 그건 저도 마찬가지고요."

"하지만, 친구," 피니어스가 말했다. "아무리 그렇다 하더라도 마부가 필요해요. 당신 생각대로 싸움은 당신 혼자서 하도록 해요. 나는 이 일대의 길을 알고 있지만 당신은 지리를 잘 모르잖아요."

"하지만 당신을 개입시키고 싶지 않습니다." 조지가 말했다.

"개입이라." 피니어스가 날카로우면서도 기이한 표정을 지으며 말했다. "그럼 나중에 개입시킬 의사가 있으면 그때 알려주시오."

"피니어스는 현명하고 노련한 친구야." 시미언이 말했다. "조지, 그의 판단을 따르는 게 좋을 거야." 시미언은 조지의 어깨에 자상하게 손을 얹으면서 두 자루의 권총을 가리켰다. "그걸 너무 황급히 사용하지는 말게. 젊은이의 피는 쉽게 끓어오르니까."

"저는 그 어떤 사람도 먼저 공격하지 않습니다." 조지가 말했다. "제가 이 나라에 원하는 건 저를 조용히 내버려두라는 겁니다. 그러면 저는 조용히 나가겠습니다." 그는 잠시 말을 멈추었다. 그의 얼굴은 어두워졌고 표정은 일그러졌다. "그 뉴올리언스 시장에서 누나가 팔려갔어요. 내 식구가 팔려가서 어떻게 되는지 너무나 잘 압니다. 그런데 또 아내와 아들이 잡혀가 팔려가는 걸 구경만 하라는 겁니까? 하느님은 내게 아내를 보호하라고 튼튼한 두 팔을 주셨습니다. 나는 절대로 용납하지 않겠습니다. 하느님, 저를 도와주소서! 만약 저들이 제 아내와 아이를 데려가려 한다면 저는 마지막 숨이 붙어 있을 때까지 싸우겠습니다. 이런 저를 당신은 비난하시겠습니까?"

"조지, 어떻게 자네를 비난할 수 있겠나. 피와 살을 가진 사람이라면 그렇게 반응할 수밖에 없을 걸세." 시미언이 말했다. "사람을 죄짓게 하는 이 세상은 참으로 불행하다. 이 세상에 죄악의 유혹은 있게 마련이지만 남을 죄짓게 하는 사람은 참으로 불행하다!"*

"선생님이 제 입장이라면 저처럼 하지 않겠습니까?"

"나는 시련에 들지 않게 해달라고 기도하겠네." 시미언이 말했다. "육체는 허약하니까."

"이런 경우, 제 육체는 아주 강인하다고 생각합니다." 피니어스가

---

* 「마태복음」 18:7.

풍차의 날개처럼 양팔을 내뻗으며 말했다. "조지, 당신이 어떤 자와 대결해야 할 상황이 된다면 주저하지 않고 당신을 돕겠소."

"악에 저항하는 일이라고 생각한다면," 시미언이 말했다. "조지는 그들을 상대로 자유롭게 저항할 수 있겠지. 하지만 우리 퀘이커교도의 지도자들은 더 좋은 방법을 가르쳤어. 인간의 분노는 하느님의 정의를 실현하지 못한다는 거야. 하느님의 정의는 인간의 불완전한 의지와는 반대로 움직여. 그렇지만 하느님이 내리는 정의의 응징은 오로지 그것을 받을 만한 자에게만 가해져. 그러니 주님에게 시련에 들지 않게 해달라고 기도하자고."

"나도 그렇게 기도하겠습니다." 피니어스가 말했다. "하지만 저들이 우리에게 너무 가혹한 시련을 주려 한다면, 그때는 저들도 조심해야 할 겁니다."

"자네가 퀘이커교도로 태어나지 않은 건 분명해." 시미언이 미소 지으며 말했다. "자네는 옛 기질이 아직도 상당히 많이 남아 있네."

사실을 말하자면, 피니어스는 소박하면서도 정력적인 숲속의 남자였고 힘이 넘치는 사냥꾼이었으며 사슴을 쏘면 백발백중인 사수였다. 하지만 어여쁜 퀘이커 여신도에게 구애하면서 그녀의 매력에 넘어가 인근의 퀘이커 정착촌에 들어가게 되었다. 그는 정직하고 금주(禁酒)하는 유능한 회원이었고, 그에 대해서 특별히 흠잡을 점은 없었다. 하지만 퀘이커교도들 중 정신적인 측면을 중시하는 사람들은 그의 성장배경에 신학적 열정이 크게 부족하다고 생각했다.

"피니어스 형제는 자기 고집대로 하려고 하지요." 레이철 할리데이가 미소 지으며 말했다. "하지만 그의 마음은 올바른 곳에 있다고 믿어요."

"그럼," 조지가 말했다. "출발을 서두르는 게 좋지 않을까요?"

"나는 새벽 네시에 일어나 전속력으로 이곳까지 달려왔어요. 그들보다 두세 시간 앞서 있어요. 그들이 계획대로 출발했다면 말이죠. 하지만 어두워지기 전에 출발하는 건 안전하지 않아요. 우리가 거쳐 가야 할 마을에 사악한 사람들이 있어서 우리 일에 개입하려 들지 몰라요. 우리 마차를 본다면 말이죠. 그렇게 되면 여기서 어둡기를 기다리는 것보다 더 지체하게 될 겁니다. 하지만 앞으로 두 시간 내에는 출발해야 돼요. 나는 마이클 크로스에게 가서 부탁을 하려고 해요. 날쌘 말을 타고 우리 뒤를 따라오면서 망을 보다가 추적대가 나타나면 즉시 알려달라고 할 거예요. 마이클은 보통 말들보다 훨씬 빨리 달리는 말을 갖고 있거든요. 위험의 기미가 포착되면 즉시 말을 달려 우리에게 알려줄 겁니다. 나는 이제 밖에 나가서 짐과 그 어머니에게 출발준비를 하면서 말을 살펴보라고 하겠소. 꽤 빨리 출발하는 거니까 잘하면 추적대가 우리를 따라잡기 전에 다음 정착촌에 도착할 수 있을 겁니다. 그러니 조지, 용기를 내세요. 내가 당신 같은 사람들을 도와주면서 어려운 일을 겪은 게 이번이 처음은 아닙니다." 피니어스는 문을 닫고 밖으로 나갔다.

"피니어스는 정말 날카로운 친구야." 시미언이 말했다. "조지, 그는 자네를 위해 최선을 다할 걸세."

"위험한 일에 끌어들여서 정말 죄송합니다." 조지가 말했다.

"조지, 그 점에 대해서는 더이상 얘기하지 않는 것이 우리 마음이 편하겠네. 우리는 양심에 따라서 이 일을 하고 있을 뿐이야. 달리 행동할 길이 없어. 자, 여보." 시미언이 레이철에게 고개를 돌리며 말했다. "준비를 서두르도록 하구려. 굶겨서 보낼 수는 없으니까."

레이철과 그녀의 자녀들이 옥수수케이크와 햄, 닭 요리, 기타 저녁 식탁에 올라갈 것들을 바쁘게 준비하는 동안, 조지와 그의 아내는 작은 방에 앉아 서로 포옹한 채 대화를 나누었다. 앞으로 몇 시간 후면 영원히 헤어질지도 모르는 남편과 아내의 처절한 대화였다.

"엘리자." 조지가 말했다. "친구와 집, 땅, 돈 같은 가치 있는 것들을 가진 사람들은 맨주먹인 우리만큼 서로를 사랑하지는 못해. 엘리자, 당신을 만나기 전까지는 불쌍한 어머니와 누나를 빼고는 아무도 나를 사랑해주지 않았어. 나는 그날 아침 노예상인이 불쌍한 에밀리 누나를 데려가는 것을 보았어. 떠나기 전에 누나는 내가 자고 있던 곳으로 다가와서 말했지. '불쌍한 조지, 너의 마지막 친구가 이렇게 가버리게 되었으니, 너는 어떻게 될까? 불쌍한 동생!' 나는 일어나 누나의 목을 양팔로 감싸안으며 흐느껴 울었고 누나도 울었지. 그게 내가 지난 십 년 동안에 들었던 유일하게 다정한 말이었어. 내 마음은 쪼그라들었고 재처럼 바싹 타버렸지. 그러다가 당신을 만난 거야. 당신은 나를 사랑해주었고, 그건 죽은 자들 사이에서 나를 일으켜 세우는 것 같았지. 나는 그때 이후 새사람이 되었어! 엘리자, 이제 나는 당신을 위해 내 몸에 있는 마지막 한 방울의 피까지 다 바칠 거야. 그들은 결코 내게서 당신을 빼앗아가지 못해. 당신을 빼앗아가려는 자는 내 시체 위를 걸어가야 할 거야."

"오, 주님, 자비를 베푸소서." 엘리자가 흐느끼며 말했다. "우리가 이 나라를 무사히 빠져나갈 수만 있다면! 그게 우리가 요구하는 것의 전부인데."

"하느님은 그들의 편인가?" 조지는 아내에게 말한다기보다 자신의 비통한 생각을 토로하고 있었다. "그분께서는 저들이 하고 있는 짓을 다 보고 계신가? 왜 그분은 이런 일이 벌어지는 걸 허용하실까? 저들은 성경이 그들 편이라고 말하고 있어. 게다가 모든 권력이 그들의 편이지. 그들은 부유하고 건강하고 행복해. 교회에 다니면서 천국에 갈 거라고 생각해. 이 세상을 아주 쉽게 헤쳐나가고 있고 모든 걸 그들 마음대로 해. 하지만 가난하고 정직하고 충성스러운 기독교인들(이들은 그들 못지않게 선량하거나 아니면 더 착해)은 그들의 발밑에 엎드려 먼지 속에서 딩굴고 있어. 저들은 이 불쌍한 사람들을 사고팔면서, 이 불쌍한 사람들의 피와 신음과 눈물을 거래하고 있어. 그런데도 하느님은 그들을 가만 내버려두고 있어."

"조지," 시미언이 주방에서 말했다. "시편의 이 말씀을 들어보게. 그러면 좀 위안이 될 거야."

조지가 문 쪽으로 의자를 바싹 당겼고 엘리자도 눈물을 닦아내며 앞으로 나왔다. 시미언은 다음과 같이 읽어내려갔다.

"나는 미끄러져 거의 넘어질 뻔하였습니다. 어리석은 자들을 부러워하고 악한 자들이 잘사는 것을 시샘한 탓이옵니다. 그들은 피둥피둥 살이 찌고 고생이 무엇인지 조금도 모릅니다. 사람들이 당하는 고통을 겪지 않으며 사람들이 당하는 쓰라림은 아예 모릅니다. 거만이 그들의 목걸이요, 횡포가 그들의 나들이옷입니다. 그 비곗덩어리에서 악이 나오고 그 마음에서 못된 생각이 흘러넘칩니다. 그들은 낄낄대며 악을 뿌리고 거만하게 으르메며 억누릅니다. 하늘을 쳐다보며 욕설 퍼붓고 혓바닥으로 땅을 휩쓸고 다닙니다. 그리하여 내 백성마저 그들에게 솔깃하여 그들의 물에 흠뻑 젖어들었습니다. 그러면서 한다는 말은, '하느님이 어떻게 알랴, 가장 높은 분이라고 세상일을 다 아느냐?'"

"조지, 지금 자네의 심정이 이렇지 않은가?"

"정말로 그렇습니다. 마치 제가 직접 쓴 것 같습니다." 조지가 말했다.

"그럼 더 들어보게." 시미언이 말했다. "혼자 생각하며 깨치려 하였습니다. 그러나 눈이 아프도록 고생스러웠습니다. 마침내 당신의 성소에 들어와서야 그들의 종말을 깨달았습니다. 당신은 그들을 미끄러운 언덕에 세우셨고 패망으로 빠져들게 하셨습니다. 잠에서 깨어난 사람의 허황된 꿈처럼 주님은 일어나셔서 그들의 몰골을 멸시하십니다. 그래도 나는 당신 곁을 떠나지 않아 당신께서 나의 오른손을 잡아주셨사오니, 나를 타일러 이끌어주시고 마침내 당신 영광에로 받아들여주소서. 하느님 곁에 있는 것이 나는 좋사오니, 이 몸 둘 곳 주님이시라."*

자상한 노인이 읽어주는 거룩한 믿음의 말씀은 괴로워하는 조지의 영혼에 신성한 음악처럼 스며들었다. 시미언이 읽기를 마치자 조지의 잘생긴 얼굴에 평온하고 절제된 표정이 떠올랐다.

"조지, 이 세상이 스토리의 전부라면," 시미언이 말했다. "주님은 도대체 어디에 계신가? 하고 자네는 묻겠지. 하지만 그분은 이승에서

---

* 「시편」73:2~28.

아주 하잘것없던 사람을 그분의 왕국에 맞아들인다네. 그분을 믿게. 이곳에서 자네에게 무슨 일이 벌어지든 그분은 앞으로 모든 일을 제대로 처리해주실 걸세."

만약 이런 말씀이 자기만족에 빠진 권사의 입에서, 고난에 처한 사람을 형식적으로 위로하는 수사적인 문구로 흘러나왔더라면, 그 말씀은 별 효과를 갖지 못했을 것이다. 하지만 하느님과 인간의 대의를 위해 날마다 벌금과 투옥을 감수하고 싸우는 사람의 입에서 나왔기 때문에 묵직한 무게가 느껴졌다. 그리하여 불쌍하고 절망적인 두 도망자는 그 말씀에서 평온함과 강건함을 얻었다.

이제 레이철이 다정하게 엘리자의 손을 잡고 그녀를 저녁 식탁으로 인도했다. 그들이 의자에 앉는 순간, 문에서 노크 소리가 나더니 루스가 안으로 들어왔다.

"아이한테 줄 양말을 가지고 왔어요." 그녀가 말했다. "따뜻한 모직으로 짠 것 세 켤레예요. 캐나다는 아주 춥다고 하니까. 엘리자, 이제 힘이 좀 나요?" 그녀는 엘리자가 앉아 있는 식탁 쪽으로 걸어가서 그녀와 따뜻하게 악수하며 해리의 손에 캐러웨이 씨가 든 과자 한 조각을 주었다. "아이 주려고 과자 봉지를 가지고 왔어요." 그녀가 호주머니에서 봉지를 꺼내며 말했다. "애들은 늘 뭔가 먹고 싶어하니까."

"오, 감사합니다. 정말 친절하시군요." 엘리자가 말했다.

"루스, 너도 앉아서 식사해." 레이철이 말했다.

"안 돼요. 존에게 아이를 맡겨놓았고 비스킷도 오븐에 넣어놓고 왔어요. 오래 있을 수 없어요. 존이 비스킷을 태워먹고 아이에게 통 속에 든 설탕을 다 줘버릴 거예요. 그는 늘 그런 식이에요." 키 작은 퀘이커 여신도가 웃으며 말했다. "자, 엘리자, 잘 가요. 조지, 잘 가요. 주님께서 당신들에게 안전한 여행을 허락하실 거예요." 루스는 재빨리 방 밖으로 달려나갔다.

저녁식사가 끝나자 커다란 포장마차가 문 앞에 와 섰다. 별빛이 청명한 밤이었다. 피니어스는 승객들을 마차로 안내하기 위해 좌석에서 가뿐하게 내려섰다. 조지는 한쪽에 어린아이를, 다른 한쪽에는 아내의 손을 잡고 문밖으로 나왔다. 발걸음은 묵직했고 얼굴은 결연하고 단호했다. 레이철과 시미언이 그들 뒤를 따라 나왔다.

"잠깐만 내리세요." 피니어스가 마차 안에 있던 사람들에게 말했다. "마차 뒷좌석을 여자들과 아이용으로 만들어야 하니까."

"여기 버펄로가죽 담요 두 장이 있어요." 레이철이 말했다. "좌석을 편안하게 만들어요. 밤새 달리려면 힘들 테니까."

짐이 먼저 마차에서 내려 조심스럽게 노모가 밖으로 나오는 것을 부축했다. 노모는 아들의 팔에 매달리면서 금방이라도 누가 쫓아올까 봐 두려워하는 표정이었다.

"짐, 자네 권총들은 준비되어 있겠지?" 조지가 낮으면서도 확고한 목소리로 물었다.

"그럼." 짐이 말했다.

"만약 그들이 쫓아온다면 어떻게 해야 할지 알고 있겠지?"

"물론이지. 여부가 있겠나." 짐이 넓은 가슴을 쭉 내밀고 심호흡을 하면서 말했다. "그자들이 내 어머니를 다시 잡아가도록 내가 내버려 두겠나?"

이런 간단한 대화가 오가는 동안 엘리자는 자상한 친구 레이철에게 작별 인사를 하고, 시미언의 도움을 받으며 마차 안으로 들어가 아이와 함께 버펄로가죽이 놓인 뒷좌석에 앉았다. 짐의 노모는 엘리자 옆에 앉았다. 조지와 짐은 여자들 앞의 널빤지 좌석에 앉았다. 피니어스는 마부석에 앉았다.

"잘 가요, 친구들." 시미언이 마차 밖에서 말했다.

"주님께서 당신을 축복하시기를!" 마차 안에 있던 사람들이 일제히 대답했다.

마차는 얼어붙은 길 위를 덜그덕거리며 달려갔다.

길이 험한 데다 바퀴 소리가 요란해서 대화를 할 수는 없었다. 마차는 길고 어두운 숲, 넓고 황량한 들판을 지나 언덕을 올라가고 계곡으로 내려가는 식으로 여러 시간을 달렸다. 아이는 곧 엄마의 무릎 위에 엎드려 잠이 들었다. 겁먹은 노모도 마침내 공포심을 잊어버렸다. 밤이 깊어가면서 근심 많은 엘리자도 눈꺼풀이 자꾸 드리우는 것을 막아내기 어려웠다. 피니어스는 그들 중에서 가장 활기차 보였다. 말을 몰아 앞으로 나가는 장시간 동안 전혀 퀘이커교도답지 않은 노래들을 휘파람으로 불렀다.

그러나 새벽 세시 무렵, 조지는 그들 뒤 조금 떨어진 곳에서 황급히 달려오는 말발굽 소리를 듣고서 피니어스의 팔꿈치를 살짝 찔렀다. 피니어스는 마차를 멈춰 세우고 그 소리를 귀 기울여 들었다.

"마이클일 거야." 그가 말했다. "그의 말발굽 소리를 알아요." 그는 마부석에서 일어서서 고개를 길 뒤쪽으로 쭉 내밀었다.

저 멀리 언덕 윗부분에서 황급히 말을 타고 달려오는 사람의 모습이 희미하게 보였다.

"그래, 저기 그가 오는 것 같군!" 피니어스가 말했다. 조지와 짐은 벼락같이 일어나 마차 밖으로 튀어나왔다. 그들은 다가오는 메신저 쪽으로 고개를 돌리고서 아무 말 없이 서 있었다. 그는 이제 계곡 아래쪽으로 내려갔기 때문에 그들은 그 모습을 볼 수가 없었다. 하지만 날카로운 말발굽 소리가 서둘러 더 가까이 다가오고 있음을 알았다. 마침내 그 사람이 소리쳐 부를 수 있는 언덕 꼭대기에 나타났다.

"그래, 마이클이로군! 어어, 어서 오게, 마이클!" 피니어스가 큰 소리로 말했다.

"피니어스! 자넨가?"

"응. 그래 무슨 소식이라도? 그들이 오고 있나?"

"바로 뒤에서 쫓아와. 여덟에서 열 명쯤 돼. 술을 마셔서 얼굴이 벌건 상태로, 늑대처럼 입에 거품을 물고 욕설을 하며 달려오고 있어."

마이클이 그렇게 말하는 동안, 그들을 쫓아오는 추적대의 희미한 말발굽 소리가 바람에 실려 들려왔다.

"자, 친구들, 어서 마차 안으로 들어가요." 피니어스가 말했다. "저들과 싸울 생각이라면, 여기서 조금 더 가면 좋은 곳이 나오니 내가 안내할 때까지 기다려요." 그 말과 함께 두 남자는 마차 안으로 들어갔고, 피니어스는 말들에게 채찍질을 가하며 앞으로 달려나갔다. 마이클은 바로 뒤에서 따라왔다. 마차는 얼어붙은 길 위로 거의 날아가듯 달려갔다. 그러나 추적대의 말발굽 소리는 점점 더 크게 들려왔다. 여자들도 그 소리를 들었다. 고개를 돌려 뒤를 바라보니, 동트는 여명의 하늘 밑에 말을 재촉해 쫓아오는 자들의 모습이 보였다. 고개 하나의 거리였다. 추적대는 하얀 덮개를 둘러 멀리서도 잘 보이는 피니어스의 마차를 이미 보고 있었다. 야비하게 시시덕거리며 외치는 소리가 바람에 실려 들려왔다. 엘리자는 두려움에 떨며 아이를 가슴에 꼭 끌어안았고, 노모는 신음 소리를 내며 기도했다. 조지와 짐은 절망에 빠진 채 권총을 꽉 움켜쥐었다. 추적대는 점점 더 빠르게 거리를 좁혀왔다. 그때 마차가 갑자기 방향을 틀어서 가파른 바위산 쪽으로 접근했다. 평평하고 넓은 땅에서 커다란 암석들이 갑자기 위로 솟으며 형성된 산이었는데, 주위가 탁 트여서 앞쪽이 잘 내다보였다. 바위산의 암석들 일부는 차양막을 두른 것처럼 앞으로 비죽 튀어나와 있었다. 울퉁불퉁한 암석들은 밝아오는 새벽 하늘을 배경으로 검고 무겁게 웅크리고 있었는데, 은신처로는 제격인 것 같았다. 피니어스는 사냥을 다니던 시절에 그 일대를 자주 돌아다녀서 그 바위산을 잘 알았다. 그가 맹렬하게 마차를 몰고 온 목적지가 바로 이 바위산이었다.

"자, 다 왔다!" 피니어스는 급히 말들을 멈춰 세우더니 마부석에서 뛰어내렸다. "자, 다들 빨리 내려요. 나와 함께 저 바위산으로 올라가는 겁니다. 마이클, 자네는 자네 말을 저 마차에 묶은 다음 마차를 몰아 아마리아의 집으로 가도록 해. 그런 다음 아마리아와 그의 아들들을 데리고 와서 이 사람들을 지원해줘."

곧 그들은 모두 마차에서 내렸다.

"자." 피니어스가 해리의 손을 잡으며 말했다. "당신 둘은 여자들을 맡도록 해요. 그리고 있는 힘을 다해 뛰어요."

더이상 설명이 필요 없었다. 그들은 울타리를 넘어 있는 힘을 다해 바위산 쪽으로 달려갔다. 그동안 마이클은 자신의 말을 마차의 고삐에 고정시키고 재빨리 출발했다.

"자, 올라가요." 그들이 바위산에 접근하자 피니어스가 말했다. 별빛과 새벽녘의 희부연 공기 속에서 바위들 사이의 길에 사람 발자국이 찍혀 있는 것이 보였다. "여긴 전에 내가 사냥을 다닐 때 이용했던 아지트요. 어서 올라가요!"

피니어스는 아이를 양팔로 안고 염소처럼 가뿐하게 바위들 사이로 뛰어올라갔다. 짐이 떨고 있는 노모를 둘러업고 두번째로 나섰다. 조지와 엘리자는 맨 뒤였다. 추적대는 이제 울타리까지 다가왔고, 고함과 욕설을 내지르며 말에서 내려 바위산까지 따라올 기세였다. 잠시후 그들은 암석이 툭 튀어나온 부분에 도달했다. 거기서 길은 급격히 좁아져서 한 번에 한 사람씩만 걸어갈 수 있었는데, 그 길을 따라 조금 더 걸어가면 갑자기 길이 끊어지면서 낭떠러지가 되었고 그 앞은 폭이 1미터 가까이 되는 허공이었다. 그 건너편에는 또 다른 암석들의 덩어리가 펼쳐졌는데, 허공 바로 뒤의 암석 하나는 10미터 정도 높이로 우뚝 솟아 있었고, 그 사방 둘레는 가파른 벼랑이었다. 피니어스는 가볍게 그 허공을 건너뛰어 아이를 그 암석 위 이끼 낀 평평한 곳에다 내려놓았다.

"자, 건너와요! 어서 뛰어요. 살 길은 이것밖에 없어요." 그들이 한명씩 건너뛸 때마다 그가 소리치며 격려했다. 거대한 암석 주위에는 책상만 한 바위가 비죽비죽 솟아 있어서 자연스레 흉벽(胸壁) 구실을 하고 있어 그들은 그 바위 뒤에 숨어서 아래쪽을 관찰할 수 있었다.

"자, 이곳은 안전해요." 피니어스가 흉벽을 통해 추적대를 내려다보면서 말했다. 그들은 밑에서 열심히 바위산을 올라오고 있었다. "올수 있으면 이리 와보라지. 접근하려면 두 암석 사이의 비좁은 길로 걸어와야 해요. 그러면 당신들의 사정권 안에 들어오게 되지요. 친구들, 총 쏠 준비는 됐겠죠?"

"물론입니다." 조지가 말했다. "이건 우리 문제니까, 우리가 모든 위험을 감수하고 싸움에 나서겠습니다."

"조지, 당신 혼자서 맡겠다면 환영하오." 피니어스가 체커베리 잎 사귀를 씹으면서 말했다. "나는 옆에서 구경만 하면 되니까. 저 친구들 저기서 위를 올려다보며 자기들끼리 의논을 하고 있군요. 마치 횃대 위로 날아가려는 암탉들처럼 말이오. 오기 전에 충고의 말을 한마디 해두는 게 좋지 않겠소? 가까이 오면 총알 세례를 받을 거라고 말이지."

아래쪽에 있는 사람들은 이제 환해진 새벽 공기 속에서 모습이 뚜렷하게 보였다. 그들은 우리가 이미 알고 있는 톰 로커와 마크스, 두 명의 경찰관, 마을 여관에서 급조한 깡패 그룹이었다. 술 한잔 얻어먹고 흑인들을 체포하는 재미있는 구경거리에 자발적으로 끼어든 자들이었다.

"톰, 이제 검둥이들은 다 잡은 거나 마찬가지군." 마크스가 말했다.

"그렇지. 그놈들이 저기로 올라가는 것을 봤으니까." 톰이 말했다. "여기 길이 있군. 내가 먼저 올라가지. 저놈들 반대편으로 재빨리 도망치지 못할 거야. 그러니 일망타진하는 건 시간문제야."

"하지만 톰, 저놈들이 바위 뒤에 숨어서 총을 쏴댈지도 몰라." 마크스가 말했다. "그러면 아주 고약해지는데."

"뭐야?" 톰이 경멸하는 어조로 말했다. "자네는 언제나 몸 사리는 얘기만 하는군, 마크스! 아무 위험도 없어. 검둥이들은 말이야, 엄청

겁이 많다고."

"몸 사리는 게 어때서?" 마크스가 말했다. "안전이 제일이야. 게다가 검둥이들은 때때로 미친 놈들처럼 싸운다니까."

그때 조지가 그들 위의 암석 꼭대기에 나타나서 침착하고 분명한 목소리로 말했다.

"거기 아래쪽에 있는 분들. 도대체 용건이 뭡니까?"

"우리는 도망친 검둥이들을 잡으러 왔다." 톰 로커가 말했다. "조지 해리스, 엘리자 해리스, 이 둘의 아들, 짐 셀던, 그리고 늙은 노파다. 우리는 여기 경찰관을 두 분 모시고 왔고 체포영장도 갖고 있다. 그래서 영장을 집행할 계획이다. 너는 조지 해리스지? 켄터키 주 셸비 카운티의 해리스 씨가 소유한?"

"나는 조지 해리스다. 켄터키 주의 해리스 씨라는 사람이 과거에 나를 그의 재산이라고 말했다. 하지만 이제 나는 하느님의 자유로운 땅 위에 서 있는 자유인이다. 내 아내와 아이는 나의 소유다. 짐과 그의 노모도 여기에 있다. 우리는 방어용 무기를 갖고 있고 필요하다면 그것을 사용할 생각이다. 당신들은 원한다면 이곳으로 올라올 수 있다. 하지만 사격 범위 내에 들어오는 첫번째 사람은 곧 죽게 될 것이다. 그다음, 그다음, 그리하여 마지막 한 사람까지 모두 죽게 될 것이다."

"무슨 소리를 지껄이는 거야?" 키가 작고 뚱뚱한 남자가 앞으로 나서면서 코를 풀었다. "이봐, 젊은이, 그따위로 말해서는 안 되는 거야. 우리는 법을 집행하는 경찰관이다. 우리는 법의 지원을 받고 있고 또 권력도 가지고 있다. 그러니 평화롭게 자수하는 게 좋다. 결국 너는 포기하게 될 것이다."

자유인의 정당방위.

"법과 권력이 당신 편이라는 것은 나도 안다." 조지가 비통하게 말
했다. "너는 내 아내를 데려가 뉴올리언스로 팔아넘기고, 내 아이를
가축처럼 노예상인의 우리에다 집어넣을 속셈이냐? 또 짐의 노모를
도망친 짐 때문에 가혹하게 학대한 그 주인에게 도로 돌려주려는 것
이냐? 너는 짐과 나를 소위 주인이라는 자한테 돌려주어 우리가 채찍
질당하고 고문당하면서 개돼지 취급 받기를 바라느냐? 물론 너희 법
은 그런 학대를 모두 적법한 것으로 승인하고 있다. 부끄러운 줄 알아
라! 너희는 우리를 잡아갈 수 없다. 우리는 너희의 법을 인정하지 않
는다. 너희의 나라를 나라로 인정하지 않는다. 우리는 여기 하느님의
하늘 아래 너희만큼이나 자유로운 사람으로 서 있다. 우리를 창조하
신 위대한 하느님을 믿으며, 우리의 자유를 위해 죽을 때까지 싸울 것
이다."

이렇게 독립 선언을 하는 조지는 바위 꼭대기 위에 서 있었기 때문에 전신이 훤히 노출되었다. 새벽 공기에 그의 거무스레한 뺨이 상기되었고, 비통한 분노와 절망으로 검은 눈이 이글거렸다. 마치 하느님의 정의를 요청하는 인간처럼 그는 오른손을 하늘 높이 들어올렸다.

만약 그가 오스트리아에서 미국으로 도망치는 난민들을 산간 오지에서 수호하는 헝가리 청년이었다면, 그의 행위는 숭고한 영웅적 행동으로 칭송되었을 것이다.* 하지만 그는 미국에서 캐나다로 도망치는 흑인들을 산간 오지에서 수호하는 흑인 청년이기 때문에 국법을 지켜야 하는 애국적인 사람들은 그를 영웅이라고 칭송하지 못하는 것이다. 만약 우리의 독자가 조지의 행동을 영웅적이라고 칭송하고 싶다면 그건 독자의 책임 아래 해야 할 것이다. 합법적인 정부의 수색영장과 권위에 맞서서 헝가리 난민들이 미국에 도착하면, 언론과 정부 관계자들은 칭송과 환영으로 그들을 맞았다. 하지만 절망에 빠진 흑인 도망자가 똑같은 행동을 했을 때, 그에 대한 반응은 어떠한가?

아무튼 암석 위에서 독립을 선언하는 청년의 태도와 눈빛과 목소리와 자세가 너무나 의젓했기 때문에 아래쪽의 일행들은 잠시 조용해졌다. 가장 잔인한 사람들조차도 그 대담함과 결단력 앞에서는 잠시 주춤거렸다. 하지만 마크스는 그런 연설에 조금도 감동받지 않았다. 그는 권총을 잘 겨냥하여 조지의 연설이 끝난 직후 정적을 틈타서 한 방을 발사했다.

"켄터키에서는 살아 있는 놈이나 죽은 놈이나 똑같이 보상금을

---

* 1848~49년에 오스트리아로부터 독립하려는 헝가리의 거사가 실패로 돌아가자 1850년대에 약 1만 명에 달하는 헝가리 사람들이 미국 이민길에 올랐다.

줘." 그가 총구를 상의 소매로 닦으며 냉정하게 말했다.

조지는 뒤로 나자빠졌고 엘리자가 비명을 내질렀다. 총알은 그의 머리카락 위를 스쳐 지나가 엘리자의 뺨을 가까스로 피해 위쪽의 나무둥치에 박혔다.

"엘리자, 아무것도 아니야." 조지가 재빨리 말했다.

"연설을 할 때는 보이지 않는 곳에서 해야 돼요. 저들은 아주 야비한 자들이에요." 피니어스가 말했다.

"자, 짐," 조지가 말했다. "자네 권총이 잘 장전되어 있는가 살펴보고, 나와 함께 저 좁은 길을 망보도록 해. 저 길에 사람이 나타나면 내가 먼저 쏠게. 자네가 그다음 사람을 쏴. 우리 둘이 같은 사람에게 총을 쏘는 건 총알 낭비야."

"만약 자네가 맞히지 못한다면?"

"난 맞힐 거야." 조지가 결연하게 말했다.

"좋아. 저 친구 강단이 있군." 피니어스가 이빨 사이로 중얼거렸다.

아래쪽의 추적대는 마크스가 총을 쏜 이후 의사결정을 하지 못하고 잠시 망설였다.

"당신이 놈들 중 하나를 맞힌 것 같은데. 신음 소리가 났어." 그늘 중 하나가 말했다.

"난 위로 올라가겠어." 톰이 말했다. "난 검둥이를 무서워해본 적이 없고, 그건 지금도 마찬가지야. 누가 내 뒤에 따라오겠나?" 그가 바위 위로 올라서며 말했다.

조지는 그들의 말을 또렷하게 들었다. 그는 총을 꺼내 격발장치를 확인한 후 좁은 길을 겨냥했고 이제 처음으로 나타나는 사람을 향해 발사할 자세를 취했다.

수색대 중 용기 있는 자가 톰의 뒤를 따랐고, 이제 일행은 일제히 바위산을 오르기 시작했다. 뒤에 있는 사람이 앞사람을 밀어주었기 때문에 앞선 사람들은 혼자 갈 때보다 더 빨리 올라갔다. 그들이 가까이 다가왔다. 톰의 커다란 덩치가 거의 낭떠러지 앞까지 왔다.

조지는 총을 발사했고, 총알은 톰의 옆구리에 박혔다. 그러나 그는 부상을 당하고도 물러서지 않고 미친 황소처럼 소리를 지르며 허공을 건너뛰어 조지 일행을 향해 돌진해왔다.

"이봐." 그때 피니어스가 맨 앞으로 나서면서 기다란 팔로 톰을 거세게 밀어내며 말했다. "자넨 불청객이야."

그는 허공으로 추락하여 나무들과 관목, 고사목, 암석 등에 부딪히면서 10미터 아래로 떨어져 부상을 당한 채 신음 소리를 내지르며 나자빠졌다. 옷이 커다란 나뭇가지에 걸려 추락 속도를 늦춰주지 않았더라면 톰은 사망했을 것이다. 그래도 추락의 충격은 상당한 것이어서 큰 부상을 입었다.

"주님, 도와주소서, 저들은 완전히 악마입니다!" 마크스가 올라올 때와는 달리 아주 강력한 의지를 발휘하며 암석들 사이의 대피처로 내려갔다. 나머지 일행들도 그를 따라 황급히 철수했다. 특히 뚱뚱한 경관은 아주 신경질적으로 화를 내며 소리를 질렀다.

"여러분," 마크스가 말했다. "저기 추락 지점에 가서 톰을 좀 수습하시오. 나는 말 타고 마을로 돌아가서 증원군을 모집해 다시 오겠소." 마크스는 일행의 야유와 조롱도 개의치 않고 자신의 말대로 곧 말을 타고 사라졌다.

"아니, 저런 버러지 같은 놈이 있나?" 그들 중 하나가 말했다. "우린 자기 일로 여기 나왔는데, 우릴 내버려두고 자기가 먼저 도망쳐?"

"아무튼 저 추락한 친구를 수습해야지." 그들 중 또 다른 자가 말했다. "죽었는지 살았는지 알 바 없지만."

그들은 톰의 신음 소리를 따라 나무들과 관목, 고사목을 헤치고 톰이 맹렬하게 신음과 욕설을 번갈아 내뱉는 지점으로 다가갔다.

"톰, 신음 소리가 굉장하군. 많이 다쳤나?" 그들 중 하나가 말했다.

"모르겠어. 나를 좀 일으켜 세워줘. 저 빌어먹을 퀘이커 놈! 저놈만 아니었더라면 몇 놈을 이리로 추락시켰을 텐데. 그러면 이게 어떤 맛인지 톡톡히 보여주었을 텐데."

톰은 신음 소리를 내고 몸부림치면서 부축을 받아 가까스로 일어섰다. 두 사람이 양쪽에서 그의 어깨를 부축하고 말 있는 데까지 갔다.

"나를 1, 2킬로미터 뒤에 있는 여관까지만 데려다주면 돼. 손수건 같은 것으로 여길 눌러서 지혈을 해야 할 것 같은데."

조지는 암벽 사이로 그들이 덩치 큰 톰을 일으켜 세워 말 위에 앉히려 하는 것을 보았다. 두세 번 시도했으나 톰은 미끄러져 도로 땅으로 떨어졌다.

"그가 죽지 않았으면 좋겠어요!" 다른 사람들과 함께 그 광경을 지켜보던 엘리자가 말했다.

"왜요? 저자는 저렇게 죽어도 싸요." 피니어스가 말했다.

"왜냐하면 죽음 다음에는 심판이 오니까요." 엘리자가 말했다.

"그래, 저 불쌍한 영혼을 위해서는 정말 무서운 일이지." 사건이 벌어지는 동안 신음 소리를 내면서 감리교식으로 기도를 올리던 노모가 말했다.

"내가 보기에 저들은 저 친구를 내버려두고 떠날 것 같소." 피니어스가 말했다.

그의 말이 사실이었다. 그들은 잠시 결정을 못 하고 망설이더니 모두 말에 올라타고 철수했다. 그들이 완전히 사라지자 피니어스가 움직이기 시작했다.

"우리는 하산하여 좀 걸어가야 합니다." 그가 말했다. "마이클에게 앞서 가서 지원 병력을 데려오라고 했으니 그가 마차를 몰아 이곳으로 오고 있을 겁니다. 그 마차를 맞이하기 위해 좀 걸어가야 해요. 마이클이 빨리 나타나야 할 텐데! 아직 새벽이라 길에는 나다니는 사람들이 많지 않을 겁니다. 다음 정착지까지는 3킬로미터 정도 남았어요. 지난밤 길이 그렇게 험하지 않았더라면 저들을 완전히 따돌릴 수 있었을 텐데."

일행이 울타리에 도달하자 멀리 길 위에서 그들의 마차가 되돌아오고 있는 것이 보였다. 마차 뒤로 말 탄 사람 몇이 함께 오고 있었다.

"저기 마이클과 스티븐, 아마리아가 오는군요." 피니어스가 기뻐하며 소리쳤다. "이젠 됐어요. 다음 정착지에 도착한 거나 마찬가지요."

"잠깐만요," 엘리자가 말했다. "저 불쌍한 사람에게 뭔가 조치를 취해야 하지 않을까요? 신음 소리를 심하게 내지르고 있어요."

"그냥 내버려두고 간다는 건 기독교인답지 않아." 조지가 말했다. "가서 그를 수습하여 데리고 갑시다."

"그런 다음 퀘이커 정착촌에서 치료해준다고요?" 피니어스가 말했다. "좋아요. 난 치료해주는 데 반대하지 않습니다. 가서 그자를 한번 살펴봅시다." 숲속 오지에 살면서 사냥을 다니던 시절에 치료의 기본을 익힌 피니어스는 부상당한 자의 옆에 쭈그리고 앉아 상태를 면밀히 살펴보았다.

"마크스." 톰이 힘없는 목소리로 말했다. "자넨가, 마크스?"

"아닐세, 친구." 피니어스가 말했다. "그자는 자기가 안전할 때만 자네를 돌보지. 그자는 오래전에 가버렸네."

"그럼 난 끝장났군." 톰이 말했다. "그 빌어먹을 놈, 나를 혼자 죽도록 내버려두다니. 내 불쌍한 노모는 늘 내가 이런 식으로 죽을 거라고 말했어."

"놀랍구나! 저 사람의 말이. 그에게도 엄마가 있었다니." 흑인 노모가 말했다. "어쩐지 저 사람이 불쌍하다는 생각이 드네."

"자, 살살. 이봐, 그렇게 몸을 뒤척이면서 소리 지르지 마." 톰이 인상을 쓰면서 그의 손을 밀어내려 하자 피니어스가 말했다. "내가 지혈시켜주지 않으면 당신은 살아날 가망이 없어." 피니어스는 자신의 손수건과 일행의 손수건을 끌어모아 임시로 외과적 처치를 시도했다.

"당신이 나를 밀었지." 톰이 힘없는 목소리로 말했다.

"내가 그렇게 하지 않았더라면 자네가 우리 모두를 낭떠러지 아래로 밀어 떨어뜨렸겠지." 피니어스가 상체를 숙여 임시 붕대를 상처에 묶으려 하면서 말했다. "자, 우선 이 붕대로 상처를 눌러야 해. 우린 당신에게 아무런 악의가 없어. 당신을 가정집으로 데려가서 일급의 치료를 받게 해줄 거야. 당신 어머니가 치료해주는 것처럼."

톰은 신음 소리를 내면서 눈을 감았다. 톰 같은 부류의 남자들에게 힘과 결단력은 순전히 신체적인 것이었다. 몸에서 피가 흐르면 그들의 힘은 함께 빠져버린다. 그 덩치 큰 사람이 무기력해지자 보기에도 너무나 가련했다.

마이클과 함께 온 다른 일행도 이제 구조 작업에 합류했다. 마차의 좌석을 다 밖으로 들어냈다. 네 번 접은 버펄로가죽을 한쪽 면에다 쌓아올렸고, 네 명의 남자가 아주 힘들게 덩치 큰 톰을 마차 안으로 집어넣었다. 그는 마차 안으로 들어가기 전에 완전히 실신했다. 흑인 노모는 그를 너무나 불쌍하게 생각하여 마차 바닥에 앉아서 톰의 머리를 자신의 무릎 위에 올려놓아주었다. 엘리자와 조지와 짐이 남은 공간을 최대한 활용해서 앉은 뒤 일행은 출발했다.

"그의 상태를 어떻게 보십니까?" 마부석의 피니어스 바로 뒤에 앉아 있던 조지가 물었다.

"총알이 살 속에 박혔지만 뼈를 건드리지는 않았어요. 아래쪽으로 추락한 게 좀 컸지요. 피도 많이 흘렸고. 그래서 기진한 겁니다. 하지만 차차 회복할 겁니다. 이번 일로 한두 가지 교훈은 얻게 되겠죠."

"말씀을 들으니 좀 나아지는군요." 조지가 말했다. "내가 만약 그를 죽게 했다면 평생 큰 짐이 되었을 텐데. 정당방위라 하더라도 말입니다."

"그렇지요." 피니어스가 말했다. "살생은 끔찍한 겁니다. 하지만 퀘이커교도들이 치료해줄 겁니다, 사람이든 동물이든. 과거에 나는 사냥을 많이 다녔는데 수사슴을 쏜 적이 있었어요. 그 죽어가는 눈빛이 저 친구의 눈빛과 비슷했습니다. 살생을 했다는 느낌은 정말 기분 나쁜 것이었어요. 게다가 사람을 죽인다는 건 더 나쁜 거지요. 당신의 부인이 말한 것처럼 죽음 이후에는 심판이 따르니까. 그래서 살생을 하면 안 된다는 우리 퀘이커 사람들의 가르침이 너무 엄격하다고 생각하지 않습니다. 과거에 내가 사냥꾼 생활을 했다는 걸 감안하면, 나도 많이 변했어요. 이제 퀘이커의 가르침을 상당히 따르고 있다고 봐야겠지요."

"저 불쌍한 친구를 어떻게 하실 겁니까?" 조지가 물었다.

"우선 아마리아의 집으로 데려갈 겁니다. 거기 스티븐스 할머니가 계신데, 다들 도커스라고 부르지요. 훌륭한 간호사입니다. 아주 효율적으로 간호를 하는데, 이 할머니가 병든 사람을 돌봐주면 효과 만점이죠. 저 친구를 한 이 주쯤 맡길 생각입니다."

한 시간쯤 더 말을 달려 일행은 깨끗한 농가에 도착했다. 피곤한 여행자들은 풍성한 아침식사를 대접받았다. 톰 로커는 평생 자신이 사용해온 것보다 더 깨끗하고 부드러운 침대에 눕혀졌다. 그의 상처에 소독제를 바르고 붕대를 감았다. 그는 나른하게 눈을 떴다 감았다 했으며, 하얀 창문 커튼과 병실을 왔다 갔다 하는 사람들의 모습을 피곤한 아이처럼 쳐다보았다. 조지 일행과는 여기서 잠시 헤어지기로 하자.

18장
미스 오필리어의 경험과 의견 1

우리의 친구 톰은 간단한 사색에 빠질 때면, 비록 노예 상태이지만 자신이 누리는 행운이 이집트에 팔려간 요셉과 유사하다고 생각했다. 시간이 흘러가면서 그가 주인의 인정을 점점 더 많이 받게 되자 그 유사성의 강도는 더욱 높아졌다.

세인트클레어는 관대하여 돈에 대해서 잘 따지지 않는 사람이었다. 지금까지 집안의 물자를 사들이고 공급하는 일은 주로 아돌프가 맡아왔다. 그러나 아돌프는 그 주인 못지않게 부주의하고 사치스러운 하인이었다. 주인과 하인은 아주 민첩하게 집안의 재물을 날리고 흩어버리고 있었다. 주인의 재산을 자신의 것으로 생각하는 버릇이 지난 여러 해 동안 몸에 밴 톰은, 그런 낭비적 관행을 불안한 시선으로 바라보면서 불편한 심정을 억누를 수가 없었다. 그러다가 톰은 자신의 종족이 종종 발휘하는 조용하면서도 간접적인 방식을 통해 비용 절감 제안을 내놓곤 했다.

세인트클레어는 처음에는 톰에게 가끔씩 일을 주었다. 하지만 그의 건전한 정신과 효율적 관리 능력에 깊은 인상을 받은 후부터는 점점 더 그를 신임하게 되었고, 마침내 집안에 필요한 물자의 조달과 공급을 모두 그에게 맡겼다.

어느 날 아돌프가 권력이 자신의 손에서 톰에게로 넘어가는 것을 불평하자 그가 말했다. "아니, 아니, 아돌프. 톰이 하게 내버려둬. 너는 네가 원하는 것만 알아. 하지만 톰은 비용과 절약을 잘 알아. 이렇게 잘하는 친구에게 맡기지 않으면 언젠가 돈이 바닥날지 몰라."

돈을 달라는 대로 내주고 잔돈을 세어보지도 않고 호주머니에 집어넣는 부주의한 주인으로부터 무제한의 신임을 얻었기 때문에, 톰은 마음만 먹으면 얼마든지 부정직한 일을 할 수 있었고 또 그런 유혹을 느낄 법도 했다. 그러나 기독교 신앙에 의해 강화된 순박하면서도 정직한 심성 덕분에 그런 유혹을 물리칠 수 있었다. 톰은 자신에게 맡겨진 그 무제한의 신임에 보답하기 위해 아주 꼼꼼하고 정확하게 집안의 물자를 조달했다.

하지만 아돌프는 사정이 달랐다. 부주의한 데다 낭비가 심했고, 게다가 규제보다는 묵인을 좋아하는 주인이 제동을 걸지 않는 바람에 아돌프는 자신과 주인의 관계에 대해서 '네 것이 내 것'이라고 생각할 정도로 착각에 빠져버렸다. 그런 태도는 때때로 세인트클레어마저도 당황하게 만들었다. 그는 상식적으로, 자신이 이런 식으로 하인들을 훈련시키는 것이 부당하고 또 위험하다는 것을 알고 있었다. 후회하는 마음이 늘 따라다녔지만, 그의 행동 노선에 결정적인 변화를 가져올 정도로 강력하지는 못했다. 그리하여 이 회한은 또다시 대책 없는 관대함으로 변용되었다. 그는 하인들의 심각한 잘못들도 가볍게 넘겨버렸다. 그는 자신이 주인 노릇을 제대로 못 했기 때문에 하인들이 저 꼴이 되었다며 자책했다.

톰은 쾌활하고 발랄하고 잘생긴 젊은 주인을 충성심과 존경심과 아버지 같은 근심으로 바라보았다. 주인은 성경을 읽지 않았고 교회에 다니지도 않았다. 위트를 발휘할 농담거리를 달고 있었고, 일요일 저녁은 극장 같은 데서 오페라를 보며 시간을 보냈다. 그리고 별 필요도 없는 술 파티, 클럽, 저녁 행사에 다녔다. 이 모든 것을 살펴보면서 톰은 여느 사람들과 마찬가지로, '주인은 크리스천이 아니다'라는 확신을 갖게 되었다. 그러나 그런 확신을 즉각 다른 사람에게 드러내서 말한 건 아니고, 자신의 작은 방에 혼자 있을 때면 주인이 그런 잘못을 고치게 해달라고 단순하고 소박한 방식으로 많은 기도를 올렸다. 하지만 톰이 자신의 마음을 가끔씩 표현하지 않은 것은 아니었다. 그럴 때 톰은 종족 특유의 완곡어법을 사용했다. 가령 우리가 앞에서 묘사한 안식일 다음날 세인트클레어는 아주 화려한 회식 자리에 초대되었다. 그는 대취하여 새벽 한시나 두시 무렵에 다른 사람의 부축을 받으며 집에 돌아왔다. 그의 정신은 완전히 육체에 제압당한 상태였다. 톰과 아돌프는 주인을 침대에 눕혔다. 아돌프는 그 일을 아무렇지도 않게 생각하는 듯 기분이 좋았고, 대경실색한 톰을 촌스럽다고 생각하며 웃음을 터뜨렸다. 하지만 톰은 너무 놀라서 그날 밤새 잠을 이루지 못하고 젊은 주인을 위해 긴 기도를 올렸다.

그다음날 아침 세인트클레어는 실내 가운 차림에 슬리퍼를 신고 서재에 앉아 톰에게 돈을 건네주면서 여러 가지 일을 시켰다. 지시가 끝났는데도 톰이 나가지 않자 주인이 물었다. "톰, 왜 거기 그러고 서 있지?"

"뭐가 잘못되었나, 톰?" 톰이 여전히 서 있자 그가 다시 물었다.

"잘못된 건 없습니다." 톰이 진지한 얼굴로 말했다.

세인트클레어는 신문을 옆으로 치우고 커피 잔을 내려놓으면서 톰을 쳐다보았다.

"톰, 뭐가 문제야? 자넨 관처럼 음울한 얼굴이구먼."

"나리, 저는 기분이 아주 불편합니다. 저는 나리가 누구에게나 잘 대하신다고 생각해왔습니다."

"그런데 그렇지 않다는 건가? 톰, 용건이 뭐지? 뭔가 부족한 게 있나 보군. 그런 서론을 펼치는 걸 보니."

"나리께서는 늘 제게 잘 대해주셨습니다. 그 점에 대해서는 아무런 불평도 없습니다. 하지만 나리가 유독 잘 대해주지 않는 사람이 있습니다."

"톰, 무슨 얘기야? 어서 말해봐. 도대체 무슨 말을 하려는 거지?"

"지난밤, 한시에서 두시쯤에 그런 생각을 했습니다. 그 문제를 곰곰이 생각해보았습니다. 나리께서는 자기 자신에게 잘 대해주지 않으십니다."

톰은 문고리를 잡은 채 주인에게 등을 돌리고서 말했다. 세인트클레어는 얼굴이 붉어지는 것을 느꼈지만 웃음을 터뜨렸다.

"그게 전분가?" 그가 유쾌하게 말했다.

"전부냐고요!" 톰이 갑자기 몸을 돌려 방바닥에 무릎을 꿇으면서 말했다. "오, 젊은 주인님. 저는 그게 모든 것, 영혼과 육체를 모두 잃는 것이라고 생각합니다. 성경도 말했습니다. '술은 결국은 뱀처럼 물고 살무사처럼 쏠 것이다.'* 젊은 주인님, 정말 그렇습니다!"

톰은 목멘 소리로 말했고 그의 뺨에는 눈물이 흘러내렸다.

"이 불쌍한, 바보 같은 친구!" 세인트클레어도 눈에 눈물이 홍건한 채 말했다. "일어나게, 톰. 나는 그처럼 눈물을 흘려줄 만한 사람이 못 돼."

하지만 톰은 일어나려 하지 않았고 계속 호소하는 표정이었다.

"알았어. 내 다시는 그런 빌어먹을 파티에는 가지 않을게, 톰. 내 명예를 걸고 가지 않을게. 왜 오래전에 그런 데 발걸음을 끊지 않았는지 모르겠어. 그런 파티를 늘 경멸했고 거기 다니는 나 자신을 경멸했지. 자, 이제 눈물을 닦고 아까 부탁한 일들을 처리하도록 해. 자, 어서." 그는 톰을 부드럽게 문 쪽으로 밀어냈다. "톰, 내가 명예를 걸고 맹세하지. 앞으로 그런 모습은 절대로 보이지 않을게." 톰은 눈물을 닦으며 아주 만족한 표정으로 문밖으로 나갔다.

"나도 저 친구와 한 약속은 지켜야지." 세인트클레어가 문을 닫으며 중얼거렸다.

세인트클레어는 그 약속을 지켰다. 어떤 형태가 되었든 노골적인 쾌락은 그의 성품과는 어울리지 않는 유혹이었던 것이다.

자, 그러면 여기서 남부 저택의 가정 관리를 맡은 미스 오필리어의

---

* 「잠언」 23:32.

다양한 시련들을 자세히 살펴보기로 하자.

남부 가정의 하인들 세계는 그들을 다스리는 안주인의 특성과 역량에 따라 다양한 차이를 드러낸다.

북부든 남부든 하인들을 잘 통제하고 또 그들을 잘 교육시키는 재주와 수완이 뛰어난 여인들이 있다. 이런 안주인들은 집안의 다양한 하인들을 엄하게 대하지 않으면서도 자연스럽게 복종시키고, 또 조화로우면서도 체계적인 가내 질서를 수립한다. 하인들의 특성을 잘 감안하고 조정하여 이 하인의 부족함은 저 하인의 풍부함으로 채워서 조화로우면서도 질서 있는 체계를 만들어내는 것이다.

이러한 안주인이 우리가 이미 소개한 바 있는 셸비 부인이다. 이런 여성이 남부에 흔하지 않은 것은 남부의 지역적 특성이라기보다는 이 세상 어디에서나 그런 재주를 갖춘 사람이 많지 않기 때문이다. 이런 안주인은 다른 곳에서 드물게 발견되는 것처럼 남부에서도 드물게 발견된다. 어느 곳에 있든 그런 안주인은 자신이 처한 환경에서 탁월한 가정 관리의 재능을 보여주는 기회를 수월하게 포착한다.

마리 세인트클레어와 그녀의 친정어머니는 이런 탁월한 안주인이 아니었다. 게으른 데다 유치하고, 비조직적인 데다 사전 준비가 없는 성품이기 때문에, 그들이 훈련시킨 하인들 또한 다른 성품을 갖기가 어렵다. 마리는 미스 오필리어에게 집안의 혼잡스러운 상황만 지적했을 뿐, 그런 상황의 원인을 자신에게 돌리지는 않았다.

가정 관리를 위임받은 첫날, 오필리어는 새벽 네시에 일어나 그 저택에 도착한 이래 해온 대로 자신의 방을 깨끗하게 청소했다. 하녀들이 놀라는 것에 아랑곳하지 않고 오필리어는 자신이 열쇠를 넘겨받은 저택의 찬장과 벽장들을 일일이 정력적으로 점검했다.

식료품 보관실, 리넨 보관실, 그릇장, 주방, 지하 보관실 등이 그날 엄격한 사열을 받았다. 어둠 속에 감춰진 물건들이 모두 환한 햇빛 아래 노출되었다. 주방과 보관실 담당 하녀들은 그런 사열에 경악하면서, 찬장과 그릇장 앞에서 '저 놀라운 북부의 숙녀'라는 경이와 찬탄의 말을 중얼거렸다.

수석 요리사이며 주방의 최고 권위자 겸 실력자인 다이나 아줌마는 자신의 특권을 침해당한 데 대해 분노했다. '마그나 카르타' 시대의 중세 영주가 왕권의 무절제한 개입에 분노하는 것보다 더 크게 화를 냈다.

다이나는 그 나름대로 독특한 인물이기 때문에 독자들에게 그녀의 생각을 소개하지 않는다면 불공평한 일이 될 것이다. 그녀는 클로이 아줌마처럼 완전 흑인이었고 타고난 요리사였다. 사실 요리는 아프리카 종족의 선천적 재능이다. 하지만 클로이가 질서정연한 가정 내 절차를 준수하는 잘 훈련된 조직적인 요리사라면, 다이나는 자수성가한 천재였다. 천재들이 일반적으로 그러하듯이 다이나는 마지막 순간까지 적극적이고, 고집이 세고, 변덕스러웠다.

특정 계급의 현대 철학자들이 그렇게 행동하듯이, 다이나는 모든 형태의 논리와 추론을 완벽하게 경멸했고 자신의 직관이 가장 확실한 것이라고 생각했다. 그녀는 이 점에 대해서 조금도 양보가 없었다. 그 어떤 권위와 설명과 재주도 그녀에게 다른 방식의 요리법이 있다는 것을 납득시키지 못했고, 또 자신의 요리 방식이 일부 수정될 수도 있다는 생각은 전혀 하지 못했다. 이것은 마리의 친정어머니도 양해한

사항이었고, 결혼 후 다이나가 '미스 마리'라고 부르는 현재의 안주인
도 그것을 따지기보다는 져주는 것이 더 편리하다고 생각했다. 다이
나는 온갖 외교적 수완을 발휘해가며 자신의 온순한 태도에다 완고한
요리 방식을 결합시켰고, 그래서 마리도 그걸 그냥 따라주는 것이 더
편하다고 생각했다.

다이나는 요리의 여왕인가 하면 동시에 모든 일에 대해 변명의 여
왕이었다. 수석 요리사는 결코 잘못을 저지를 수 없다는 것이 그녀에
게는 자명한 원리였다. 남부 저택의 수석 요리사는 각종 잘못과 약점
을 골고루 분산시킬 다른 머리와 어깨가 충분히 있었기 때문에, 자신
의 무오류성을 완벽하게 유지할 수 있었다. 만약 저녁식사의 어떤 부
분이 실패작이라면 그것을 변명해줄 좋은 이유들이 언제나 쉰 가지는
준비되어 있었다. 그런 실패작에 대해 다이나는 쉰 명의 다른 사람들
에게 책임을 전가했다.

하지만 다이나의 최종 결과물에 실패작이 끼어드는 경우는 아주 드
물었다. 그녀가 요리를 해내는 방식은 시간이나 장소에 대한 고려가
별로 없는 아주 완만하고 우회적인 것이었지만(그녀의 주방은 일반적
으로 허리케인이 휩쓸고 지나간 것처럼 스산했고, 주방 집기들을 보
관하는 방식은 일 년의 날수만큼이나 다양했다), 그녀에게 충분한 시
간을 주고서 기다리는 인내심만 발휘한다면 아주 완벽한 식사가, 미
식가들도 감히 흠잡지 못할 멋진 스타일로 식탁에 올라오는 것이다.

이제 점심식사를 준비해야 할 시간이었다. 오랜 명상과 휴식의 시
간을 필요로 하고 또 느긋한 일처리를 좋아하는 다이나는 주방 바닥
에 주저앉아 짤막하고 뭉툭한 파이프 담배를 피우고 있었다. 담배에

중독된 그녀는, 뭔가 요리 순서에 좋은 영감을 얻어야 할 때면 일종의 향로를 피우듯이 파이프에 불을 붙였다. 그것은 다이나가 나름대로 가정의 여신 뮤즈들을 불러내는 독특한 방식이었다.

그녀의 주위에는 남부 가정에 가면 흔하게 볼 수 있는 여러 명의 흑인들이 앉아 있었다. 그들은 완두콩 껍질을 까고, 감자 껍질을 벗기고, 닭털을 뽑고, 기타 필요한 음식 준비를 했다. 다이나는 가끔씩 명상을 멈추고 그녀 옆에 있던 주걱을 들어 어린 보조 요리사들의 옆구리를 찌르거나 머리를 내리쳤다. 사실 다이나는 그 어린 흑인들을 철권 통치했으며, '그녀를 돕기 위해' 그들이 이 지상에 태어났다고 생각했다. 그녀는 그러한 주방 제도를 철저하게 숭상하며 성장했고, 그것을 완벽하게 유지해나갈 생각이었다.

집 안의 다른 부분들에 대해 개혁 지향적인 사열을 다 마친 미스 오필리어는 이제 주방에 들어섰다. 다이나는 다른 소식통으로부터 그런 사열이 진행 중이라는 것을 미리 듣고서, 노골적인 반항은 하지 않는 가운데 보수적이면서 수비적인 자세를 취해야겠다고 결심했다.

주방은 벽돌이 깔린 커다란 방이었는데 한쪽 면에 큰 구식 벽난로가 설치되어 있었다. 세인트클레어는 현대적인 요리 스토브를 설치하자고 다이나에게 제안했으나 결국 성사시키지 못했다. 그녀는 뭐든지 바꾸는 것을 아주 싫어했다. 다이나는 보수적인 퓨지*주의자들은 저리 가라고 할 정도로 보수적이었고, 그래서 저 유서 깊으면서도 불편한 주방 기구들에 집착하면서 그것들을 결코 버리지 않으려 했다.

---

* E. B. Pusey(1800~82), 영국의 보수적인 신학자.

세인트클레어가 큰아버지 집의 조직적이고 질서정연한 주방 시설에 감동받고 북부에서 돌아왔을 때, 그는 체계적인 주방 관리를 유도하기 위해 찬장과 서랍장, 각종 주방 기구들 일습을 다이나에게 사주었다. 그는 그렇게 하는 것이 다이나에게 큰 도움이 되리라는 낙관적인 환상을 품고 있었다. 그러나 차라리 다람쥐나 까치에게 그런 장비를 사주는 것이 더 나았으리라. 서랍장이나 찬장이 많을수록 낡은 헝겊과 머리빗, 낡은 구두, 리본, 버려진 조화, 기타 골동품을 숨겨놓는 공간만 많아질 뿐이었다. 그런 잡동사니는 그녀의 영혼을 즐겁게 하는 물건들이었다.

미스 오필리어가 주방 안으로 들어오자 다이나는 일어서지 않고 쭈그려 앉은 채 차분히 담배를 계속 피웠다. 그녀는 현재 하고 있는 일에 열중하는 척하면서 계속 오필리어의 움직임을 곁눈질했다.

"다이나, 이 서랍장은 뭐하는 거지?" 오필리어가 물었다.

"잡다한 물건들을 넣어두기에 편리한 거예요, 마님." 다이나가 말했다. 정말 그 말 그대로였다. 그 안에 들어 있는 다양한 물건들 중에서 오필리어는 피 묻은 능직 식탁보를 꺼냈다. 날고기를 싸기 위해 그 천을 사용한 게 분명했다.

"다이나, 이건 뭐지? 안주인의 고급 식탁보로 고기를 쌌다는 거야?"

"오, 아닙니다, 마님. 마침 타월이 다 떨어져서 그걸로 싼 겁니다. 빨려고 따로 내놓았어요. 그래서 거기 있는 겁니다."

"한심한 소리!" 오필리어는 혼잣말을 중얼거리더니 그 서랍을 샅샅이 뒤지기 시작했다. 거기에는 육두구 분쇄기와 두세 알의 육두구, 감리교 찬송가 책, 지저분한 마드라스 손수건 두 장, 약간의 실과 뜨개

바늘, 담배 종이와 파이프, 몇 개의 크래커, 포마드가 들어 있는 한두 개의 도금 도자기 접시, 자그마한 흰 양파를 싸서 핀으로 조심스럽게 고정시킨 플란넬 천, 여러 장의 능직 식탁 냅킨, 거친 타월, 꼰 실과 바늘, 구겨진 몇 장의 종이 등이 들어 있었다. 구겨진 종이에서는 약초 냄새가 솔솔 풍겼다.

"다이나, 육두구는 어디에 보관하는 거야?" 오필리어가 짜증을 참기 위해 기도하는 사람처럼 말했다.

"여기저기에다 합니다. 일부는 깨진 찻잔에다 하고 일부는 저기 찬장에다 합니다."

"여기 분쇄기에도 있네." 오필리어가 육두구를 쳐들면서 말했다.

"그건 오늘 아침에 넣어둔 거예요. 나는 재료를 손 가까운 데 두는 걸 좋아합니다." 다이나가 말했다. "이봐, 제이크, 또 무슨 수작을 부리는 거야, 안 들킬 줄 알아? 좀 조용히 해." 그녀가 범인의 머리를 주걱으로 내리치며 말했다.

"이건 뭐지?" 오필리어가 포마드가 든 찻잔 받침을 집어들면서 물었다.

"그건 제 머릿기름입니다. 거기다 두는 것이 간편해서."

"안주인의 찻잔 받침에다 머릿기름을 놔둔다고?"

"내가 너무 바빠서 정신없이 돌아치다 보니 그렇게 된 겁니다. 오늘 곧바로 다른 곳에다 치우려고 했어요."

"여기 능직 식탁 냅킨이 두 장 있네."

"언젠가 빨려고 넣어둔 냅킨이에요."

"빨아야 할 물건들만 따로 모아놓는 곳은 없나?"

"세인트클레어 나리가 그렇게 하라고 저 빨래장을 주셨어요. 하지만 나는 저 위에서 비스킷용 밀가루를 섞고 또 그 위에다 물건들을 자꾸 얹다 보니 뚜껑을 여는 게 아주 불편해졌어요."

"그럼 저기 반죽 테이블에서 비스킷을 섞으면 되잖아."

"거긴 이런저런 그릇들이 잔뜩 있어서 별로 공간이 없어요."

"그릇들은 미리미리 설거지하여 치워놓아야 하잖아?"

"그릇을 닦으라고요?" 다이나가 빽 소리를 질렀다. 그녀는 이제 공손한 외양을 집어치우고 분노를 밖으로 터뜨리려 하고 있었다. "숙녀들이 주방 일에 대해 뭘 압니까? 나리에게 빨리 점심식사를 대접해야 하는데 언제 그릇을 닦아서 치워놓습니까? 미스 마리도 내게 그렇게 하라고 한 적이 단 한 번도 없었어요."

"여기 이 양파는 뭐지?"

"아, 그거요?" 다이나가 말했다. "그걸 거기다 넣어두고서 기억을 못 했네요. 내가 오늘 냄비 요리에 쓰려고 특별히 플란넬 천에다 넣어두고선 깜빡해버렸어요."

미스 오필리어는 약초 냄새가 솔솔 풍기는 구겨진 종이를 쳐들었다.

"마님 그 종이 건드리지 마세요. 나는 내 물건을 현재 놔둔 곳에다 보관하기를 좋아합니다." 다이나가 다소 결연하게 말했다.

"하지만 이 종이에 일부러 이렇게 구멍을 숭숭 뚫어놓지는 않았겠지?"

"그렇게 하면 냄새를 거르는 데 좋아요."

"냄새가 서랍장 안에서 온 사방으로 퍼지는데도?"

"마님이 물건들을 그렇게 들쑤셔놓았기 때문에 그렇게 된 거예요.

제발 가만 놔두세요." 다이나가 불안하게 서랍장 앞으로 다가서며 말했다. "마님, 위층에 올라가서 대청소 시간이 돌아올 때까지 좀 기다려주세요. 모든 걸 똑바로 정리해놓겠습니다. 나는 숙녀들이 이렇게 주방에서 간섭을 하면 일을 할 수가 없어요. 이봐, 샘, 갓난애에게 설탕 통을 안기지 마. 신경 안 쓰면 주걱 세례를 받을 줄 알아!"

"다이나, 내가 주방을 샅샅이 뒤엎어서 모든 걸 깨끗하게 정리해줄게. 한 번에 말이야. 그런 다음 네가 그 상태를 계속 유지하면 돼."

"오, 미스 오필리어, 그건 귀부인이 할 일이 못 돼요. 난 숙녀가 이런 일을 하는 건 본 적이 없어요. 옛날 마님이나 지금의 미스 마리도 이런 일은 절대 하지 않았어요. 그러실 필요가 전혀 없어요." 다이나는 화를 내며 주방 안을 맴돌았다. 그동안 오필리어는 그릇들을 쌓고 정리하고, 여러 개로 분산되어 있는 설탕 통들을 하나의 용기로 통합시키고, 냅킨과 식탁보와 타월을 분류하고, 그다음에는 설거지를 했다. 그릇을 닦고 분류하고 정리하는 것을 그녀 손으로 모두 직접 했다. 너무나 빠르고 민첩하게 일을 해서 다이나마저도 감탄의 소리를 내질렀다.

"야, 만약 북부의 귀부인들이 매일 저렇게 일을 한다면, 저들은 숙녀가 아니야." 그녀는 오필리어에게는 들리지 않는 안전한 곳으로 가서 옆에 있던 보조들에게 말했다. "난 대청소 시간에 남들 못지않게 정리를 잘할 수 있어. 하지만 숙녀들이 내 옆에서 간섭하는 것은 싫어. 내 물건들을 찾을 수도 없는 곳에다 집어넣는 거 말이야."

하지만 다이나에게 공평하도록 여기서 이 말을 덧붙여야겠다. 그녀는 부정기적으로 개혁과 정리정돈의 발작에 사로잡혔다. 그것을 그녀는 '대청소 시간'이라고 불렀다. 그녀는 모든 서랍장과 찬장을 주방 바닥이나 테이블 위에 뒤집어엎고서는 평소의 혼란한 상태를 전보다 일곱 배나 더 혼란스럽게 만들었다. 그런 다음 파이프에 불을 붙이고 천천히 물건들을 정리하면서 이것저것 살피고 지시를 했다. 그럴 때면 어린 보조들에게 양철 식기들을 모두 꺼내 싹싹 닦도록 지시하면서 몇 시간 동안 혼란스러운 상태를 계속 유지했다. 그녀는 웬 소동이냐고 묻는 사람들에게 '대청소 시간'이라고 말하여 그들을 만족시켰다. 이런 혼잡스러운 상태를 계속 방치할 수 없고, 그래서 대청소 시간을 두어 어린 보조들이 더 높은 질서의식을 갖도록 조치한다는 것이었다. 다이나는 자신은 완벽한 질서의 화신인데, 젊은 보조들이나 집안의 다른 하인들이 질서 유지를 방해하고 있다는 환상에 사로잡혔다. 양철 그릇들을 다 닦고, 테이블들을 눈처럼 하얗게 청소하고, 보기 싫은 물건들을 각종 구석과 구멍으로부터 다 제거하면, 다이나는 멋진 드레스를 입고, 깨끗한 앞치마를 두르고, 운두 높은 멋진 마드라스 터번을 두르고서 모든 버릇없는 '애들'에게 주방에서 썩 나가라고 명령했다. 이런 깨끗한 상태를 계속 유지하고 싶다는 것이었다. 이런 발작적인 대청소 시간은 집안의 하인들에게는 불편한 시간이었다. 다이나는 깨끗하게 닦아놓은 양철 식기에 너무나 집착하여 어떤 용도로도 그것을 사용하지 못하게 했다. '대청소'의 열기가 사그라질 때까지는 말이다.

 미스 오필리어는 며칠에 걸쳐서 집안의 모든 부분을 체계적 패턴에 맞추어 완벽하게 개혁했다. 하지만 하인들의 적극적인 협조가 있어야 하는 그녀의 개혁은 시시포스*나 다나이데스**의 노력처럼 허망한 것이었다. 그녀는 절망에 빠져서 어느 날 세인트클레어에게 호소했다.

"이 집안에는 도무지 체계라는 게 없어!"

"네, 맞습니다. 그런 게 없지요." 세인트클레어가 말했다.

"이런 한심한 관리와 이런 식의 낭비, 이런 혼란은 일찍이 본 적이 없어!"

"아마 그러실 겁니다."

"동생이 집안을 관리해야 하는 사람이라면 그렇게 태연하게 받아들이지는 못했을 거야."

"누님, 이걸 좀 알아주셨으면 좋겠습니다. 우리 주인들은 두 부류가 있는데, 하나는 압제자이고 다른 하나는 피압제자입니다. 마음이 선량하고 엄격한 것을 싫어하는 우리 같은 사람들은 많은 불편함을 감수합니다. 우리의 편의를 위해서 꾸물거리고 느슨하고 무식한 자들을 우리 공동체 내에 두기로 했다면, 그 결과를 감수해야지요. 엄격하지 않으면서도 특별한 수완을 발휘하여 질서와 체계를 유지하는 희귀한 주인들이 있기도 합니다. 하지만 나는 그런 사람이 되지 못합니다. 그래서 사태를 현재 그대로 놔두자고 오래전에 결심했습니다. 나는 저 불쌍한 하인들을 괴롭히거나 때리지 않을 겁니다. 그들은 그걸 알고 있어요. 몽둥이가 그들 손에 들려 있다는 걸요."

"하지만 시간 의식도 장소 감각도 질서 의식도, 뭐든 제대로 되어

---

* 그리스 신화 속 인물로, 인간 가운데 가장 교활한 인물로 묘사된다. 신들을 기만한 죄로 산꼭대기까지 커다란 바위를 밀어올리는 형벌을 받는데, 꼭대기에 닿으면 바위는 다시 아래로 굴러떨어져 형벌이 영원히 끝나지 않는다.

** 그리스 신화에서 영원히 체로 물을 떠야 하는 운명에 처해진 여자들.

있는 게 하나도 없어. 정말 한심해!"

"버몬트 누님, 그쪽 사람들은 북극과 가까이 살아서 그런지 시간을 아주 소중하게 여기지요. 하지만 남들보다 시간이 두 배나 더 많이 있다고 생각하는 사람에게 시간이 도대체 무슨 가치가 있습니까? 소파에 앉아 느긋하게 책을 읽는 거 외에는 할 일이 없고, 아침이나 점심이 한 시간 빨리 또는 늦게 나와도 상관없는 자에게 질서나 체계가 무슨 소용입니까? 다이나는 수프와 스튜 요리, 구운 닭고기, 디저트, 아이스크림 등 멋진 점심식사를 내놓습니다. 저 혼란스럽고 어두컴컴한 주방에서 말입니다. 그녀가 주방을 관리하는 걸 보면 정말 대단하다는 생각이 들어요. 하지만 우리가 주방에 내려가서 그 연기 나는 혼란스러운 상황과 야단법석인 준비 과정을 직접 목격한다면 밥맛이 딱 떨어져버릴 겁니다. 좋으신 누님, 주방으로부터 손을 떼세요. 그건 가톨릭의 고행처럼 힘만 들고 아무런 좋은 결과도 가져오지 못합니다. 누님은 결국 화를 내게 될 것이고, 다이나는 아주 당황할 겁니다. 다이나가 자기 방식대로 하도록 내버려두세요."

"하지만 오거스틴, 물건들이 온 사방에 흩어져 있어. 그건 모르고 있지?"

"내가 모른다고요? 밀방망이가 그녀의 침대에서 나오고 육두구 분쇄기가 담배와 함께 그녀의 호주머니에서 나오지요. 설탕 통은 무려 예순다섯 개나 있어서 온 사방 구석과 구멍에 처박혀 있지요. 그녀는 어떤 날에는 점심 냅킨으로 그릇을 닦고 또 어떤 날에는 낡은 속치마 조각으로 닦아요. 하지만 결론은 말이에요, 다이나가 멋진 점심과 맛좋은 커피를 내놓는다는 거예요. 전사(戰士)나 정치가들을 판단하는 방식으로 그녀를 판단해야 돼요. 성공적인 결과를 가지고 말이에요."

"하지만 그 낭비, 그 비용은!"

"아, 그건 말이죠, 모든 것을 꽉 잠그고서 열쇠를 완전히 틀어쥐세요. 그리고 조금씩 내주세요. 자잘한 것에 대해서는 물어보지 마시고. 그건 별로 좋은 일이 아니에요."

"오거스틴, 그게 내 마음을 괴롭혀. 이 하인들은 완벽하게 정직한 것 같지 않아. 동생은 그들을 믿을 수 있나?"

오거스틴은 오필리어가 아주 심각하고 걱정되는 얼굴로 그 질문을 던지는 것을 보고서 크게 웃음을 터뜨렸다.

"누님, 정직이라고요? 그것 좋죠. 그런 걸 기대하신다는 투군요. 정직이라. 물론 그들은 정직하지 않지요. 왜 그들이 정직해야 합니까? 이 세상 무엇이 그들을 정직하게 만들겠습니까?"

"동생이 그들에게 정직을 교육시키면 되지 않나?"

"교육! 그 무슨 말씀! 내가 무슨 교육을 시켜야 한다고 생각하십니까? 내가 그런 걸 할 사람처럼 보입니까? 물론 마리는 농장 일꾼들을 모두 죽여버리고도 남을 정도로 강단이 있지요. 내가 허용만 한다면. 하지만 그녀도 그들의 속임수를 박멸하지는 못할 겁니다."

"그럼 정직한 하인들은 없다는 건가?"

"물론 천성적으로 소박하고 충직하고 진실해서 그 어떤 악영향도 타고난 성품을 파괴하지 못하는 그런 하인이 가끔씩 나옵니다. 하지만 흑인 아이들은 어머니 품에서부터 자기에게 열려 있는 기회는 속임수밖에 없다고 느끼고 또 생각합니다. 그 부모와 안주인, 젊은 주인, 주인집의 자식들과 상대할 때 그 방법밖에 없다고 생각합니다. 영악함과 속임수는 그들에게 불가피하게 필요한 습관이 되었습니다. 흑인 아이로부터 그 이외의 것을 바란다는 건 불공평해요. 그 아이를 그런 속임수 때문에 처벌해서는 안 됩니다. 정직에 대해서 말해보자면, 노예는 의존적이고 반쯤 유아적인 상태로 생을 살아갑니다. 그러니 재산권의 개념을 이해시킨다거나, 설사 손을 댈 수 있어도 주인의 물건은 자기 물건이 아니라는 것을 납득시키지 못합니다. 그러니 내가 볼 때 그들은 정직할 수가 없어요. 여기 톰 같은 친구는 도덕적으로 하나의 기적이라고 봐야 합니다!"

"그럼 그들의 영혼은 어떻게 되는 거야?" 오필리어가 물었다.

"그건 제 소관 사항이 아닙니다." 세인트클레어가 말했다. "나는 이승의 객관적 사실들만 상대합니다. 흑인 종족은 이승에서 우리의 편의를 위해 악마가 되었다고 널리 이해되고 있습니다. 나중에 저승에 가서는 어떤 결과가 나올지 모르겠지만!"

"이건 정말 너무 끔찍해." 오필리어가 말했다. "너희들은 부끄러운 줄 알아야 돼!"

"나는 부끄러워해야 할 이유를 잘 모르겠습니다. 우리는 서로 잘 어울리는 한 무리니까요. 넓은 길 위에 나선 사람들이 일반적으로 다 그렇듯이. 전 세계의 높은 사람과 낮은 사람을 보세요. 어딜 가나 마찬가지 스토리입니다. 낮은 계급의 사람들은 높은 계급을 위해 그들의 신체와 영혼, 정신을 소비하고 있습니다. 이건 영국에서도 그렇고 다른 어디에서도 마찬가지입니다. 우리 남부인들이 그들과 약간 다른 방식으로 그렇게 하고 있다고 해서, 모든 기독교권 사람들이 정의의 분노를 터뜨리며 우리들에게 경악하고 있습니다."

"버몬트에서는 그렇지 않아."

"그래요. 뉴잉글랜드와 자유주들에서는 우리 남부인들에 비해 더 낫게 행동하고 있다는 걸 압니다. 하지만 점심식사를 알리는 종소리가 나는군요. 누님, 잠깐 남부인과 북부인의 견해 차이는 접어두고 점심식사를 하러 가십시다."

그날 오후 오필리어가 주방에 내려가 있을 때 흑인 아이들이 소리치며 말했다. "저기 프루가 오네. 언제나처럼 불평을 해대면서 오고 있군."

키가 크고 바싹 마른 흑인 여자가 머리에 러스크와 뜨거운 롤빵이 든 바구니를 이고 주방 안으로 들어섰다.

"아, 프루, 이제 왔네." 다이나가 말했다.

프루는 험악하게 인상을 쓰고 있었고, 심술궂으면서도 불평 많은 목소리를 갖고 있었다. 그녀는 바구니를 내려놓고 주방 바닥에 쪼그리더니 팔꿈치를 무릎 위에 올려놓았다.

"오, 주님! 나는 죽었으면 좋겠어요!"

"왜 그런 말을 하는 거지?" 오필리어가 물었다.

"이런 비참한 상태에서 벗어날 수 있으니까요." 그 여자가 주방 바닥에서 시선을 떼지 않고 퉁명스러운 목소리로 말했다.

"프루, 왜 술을 퍼마시고는 매질을 당하지?" 말끔하게 생긴 쿼드룬 하녀가 귀에 매달린 산호 귀고리를 가볍게 흔들면서 말했다.

그 여자는 떨떠름하면서도 심술 사나운 눈초리로 쿼드룬 하녀를 쳐다보았다.

"너도 언젠가 내 꼴이 될지 몰라. 네가 이런 꼴이 되는 걸 좀 봤으면 좋겠다. 그러면 너도 이런 비참함을 잊고 싶어서 술을 퍼마시게 될 거야."

"자, 프루," 다이나가 말했다. "러스크나 좀 보자고. 여기 마님이 값을 치르실 거야."

오필리어는 스무 개 남짓 빵을 꺼냈다.

"저기 맨 위 선반에 있는 금 간 항아리에 티켓이 좀 있어. 제이크, 올라가서 저거 좀 꺼내와." 다이나가 말했다.

"티켓? 그건 어디다 쓰는 거지?" 오필리어가 물었다.

"우린 저 여자의 주인에게 티켓을 사요. 그런 다음 빵을 받고 티켓을 대신 내줘요."

"주인님은 내가 집에 가면 돈과 티켓을 세어봐요. 혹시 잔돈을 챙기지 않나 싶어서요. 돈을 빼돌렸다간 나는 반쯤 죽어요."

"그거 쌤통이야." 되바라진 침실하녀 제인이 말했다. "주인의 돈을 가지고 술을 마시면 그런 꼴을 당할 수밖에 없는 거야. 마님, 저 여자가 그런 짓을 한답니다."

"그래, 나는 또 그런 짓을 할 거다. 왜? 나는 그런 식이 아니면 살수가 없어. 술을 마시고 내 비참함을 잊지 않는다면."

"주인의 돈을 훔쳐서 너 자신을 그처럼 엉망진창으로 만들다니 너는 아주 사악하고 또 아주 어리석어." 오필리어가 말했다.

"마님, 그럴지도 모르지요. 그래도 난 마실 수밖에 없어요. 암요. 계속 마실 겁니다. 오, 주님! 나는 죽었으면 좋겠어요! 이런 비참한 상태에서 벗어나기 위해!" 그 늙은 여자는 뻣뻣한 몸을 천천히 일으켜 다시 빵 바구니를 머리에 얹었다. 그녀는 주방 밖으로 나가기 전에 귀고리를 만지작거리며 서 있는 쿼드룬 여자를 흘낏 쳐다보았다.

"넌 귀고리나 만지작거리며 한평생 살 거 같지? 장난질을 치고 머리를 훼훼 내저으며 모든 사람을 우습게 보면서. 하지만 너도 오래 살다 보면 나처럼 불쌍하고 늙어빠져서 매질이나 당하는 년이 될 거야. 그렇게 되면 나처럼 어서 죽여달라고 주님에게 기도하게 되는 거지. 그럼 너도 어디 술 안 처먹나 보자. 계속 술 처먹다가 지옥에나 떨어질 거야. 그거 쌤통이다, 퉤!" 그렇게 악을 쓰면서 여자는 주방 밖으로 나갔다.

"밥맛 없는 할망구!" 주인이 면도할 물을 준비하고 있던 아돌프가 말했다. "내가 저 할망구 주인이었다면 지금보다 더 심하게 채찍질을 했을 거야."

"더 심하게 채찍질하지는 못할걸." 다이나가 말했다. "저 여자 등은 채찍질로 피부가 갈라지고 부풀어올라 말이 아니야. 너무 아파서 옷을 잘 입지 못할 정도라고."

"저런 저질들은 지체 높은 집에 출입시켜서는 안 된다고 생각해요." 제인이 말했다. "어떻게 생각해서, 미스터 세인트클레어?" 그녀가 애교스럽게 아돌프에게 고개를 까닥거리며 말했다.

주인의 것을 제멋대로 가져다 쓰는 아돌프의 행태 중에는 주인의 이름과 호칭을 사용하는 버릇도 들어 있었다. 그래서 뉴올리언스의 흑인들 사회에서 그는 미스터 세인트클레어로 통했다.

"귀양과 동감입니다, 미스 베누아." 아돌프가 말했다.

베누아는 마리 세인트클레어의 친정 성이고 제인은 마리의 하녀들 중 하나였다.

"미스 베누아, 그 귀고리는 내일 밤 무도회에 달고 갈 겁니까? 정말 멋진데요!"

"미스터 세인트클레어, 남자들의 뻔뻔함이란 정말 못 말리겠군요." 제인이 예쁜 머리를 까닥거리자 귀고리가 찰랑찰랑 소리를 냈다. "그런 식으로 계속 질문을 해댄다면 당신과는 밤새 한 곡도 추지 않겠어요."

"오, 그렇게 잔인하게 나오지 마요. 난 당신이 분홍색 목면 드레스를 입고 나올 건지 너무 알고 싶어요."

"무슨 일이야?" 그때 영리하고 야무지게 보이는 자그마한 쿼드룬 여자 로자가 계단을 깡충거리며 내려오다가 말했다.

"응, 아무것도 아니야. 미스터 세인트클레어가 너무 뻔뻔스러워서 말이야."

"내 명예를 걸고 그 문제는 미스 로자에게 맡기겠습니다." 아돌프가 말했다.

"건방진 남자지." 로자가 자그마한 한쪽 발로 균형을 잡고 서면서 아돌프를 흘겨보았다. "언제나 짜증나게 하지."

"오, 숙녀들, 당신들 두 사람은 내 심장을 파열시켜놓고 말 겁니다. 나는 어느 날 아침 침대에서 죽은 채로 발견될 거예요. 그러면 두 사람이 책임져야 합니다."

"저 건방진 친구가 하는 말 좀 들어보세요." 두 여자가 깔깔거리고 웃으며 말했다.

"자, 너희들 어서 나가. 내 주방을 어질러놓지 말고." 다이나가 말했다. "거기서 얼쩡거리면 방해만 돼."

"다이나 아줌마는 무도회에 가지 못하기 때문에 심술이 난 거예요." 로자가 말했다.

"야, 너희들 얼굴 흰 것들의 무도회에는 가고 싶지도 않아." 다이나가 말했다. "백인인 체하며 놀아나는 꼴이라니. 그래 봤자 너희들도 나처럼 검둥이에 지나지 않아."

"다이나 아줌마는 꼬불꼬불한 머리카락을 좀 펴보려고 매일 아침 머릿기름을 발라." 제인이 말했다.

"그래 봤자 곱슬머리야." 로자가 길고 부드러운 머리카락을 흔들어대며 말했다.

"야, 꼬불꼬불한 건 머리카락이 아니냐?" 다이나가 말했다. "마님한테 어떤 게 더 가치가 있는지 물어보고 싶다. 너희들같이 쓸모없는 년들과 나 같은 사람과. 어서 여기서 썩 나가지 못해, 이 시건방진 년들아. 너희들이라면 꼴도 보기 싫어!"

이들의 대화는 양쪽에서 내려온 지시에 의해 중단되었다. 세인트클레어가 위층에서 아돌프에게 면도할 물 떠오는 데 하루 종일 걸리느냐고 소리쳤고, 거실에서 나오던 오필리어는 이렇게 말했다.

"제인과 로자, 왜 여기서 시간을 낭비하고 있니? 어서 가서 모슬린 천을 다듬어야지."

러스크빵을 가져온 노파와 대화가 오갈 때 주방에 쭉 있었던 우리의 친구 톰은 그녀를 따라 거리까지 나왔다. 그는 여자가 가끔씩 숨죽인 신음 소리를 내며 걸어가는 광경을 지켜보았다. 마침내 그녀는 문턱에다 바구니를 내려놓고 어깨를 덮고 있던 낡고 빛바랜 숄을 바로 잡았다.

"제가 저기 앞까지 바구니를 들어다드리지요." 톰이 그녀를 동정하며 말했다.

"왜?" 여자가 말했다. "난 아무 도움도 필요 없어."

"당신은 아프거나 아니면 고민이 있는 것 같습니다."

"아프지 않아." 여자가 짧게 말했다.

"나는," 톰이 그녀를 진지하게 바라보며 말했다. "나는 당신이 술을 끊었으면 좋겠습니다. 그것이 당신의 몸과 영혼을 모두 망친다는 걸 모르세요?"

"내가 지옥에 갈 거라는 건 알아." 여자가 심통맞게 말했다. "일부러 말해줄 필요는 없어. 나는 못생기고 사악하고, 그래서 곧바로 지옥에 갈 년이니까. 오, 주님! 나는 죽었으면 좋겠어요!"

여자가 심술 사납고 격정적인 어조로 그런 끔찍한 말을 하자 톰은 몸을 부르르 떨었다.

"오, 불쌍한 사람. 주님이 당신에게 자비를 베푸시길. 당신은 예수 그리스도에 대해서 들어보지 못했습니까?"

"예수 그리스도, 그가 누구야?"

"저런, 그분은 주님입니다." 톰이 말했다.

"주님, 심판, 지옥에 대해서는 들어봤어."

"하지만 주님이신 예수에 대해서는 누가 말해주지 않던가요? 그분은 우리 죄인들을 너무 사랑해서 우리 대신 죽으셨습니다."

"그거에 대해서는 잘 모르겠소." 여자가 말했다. "남편이 죽은 이후로 아무도 날 사랑해주지 않았으니까."

"어디서 자라셨나요?" 톰이 물었다.

"북쪽의 켄터키에서요. 어떤 남자가 나를 사서 자기 집으로 데려가 아이를 계속 낳게 하더니 아이가 조금 크면 곧바로 시장에 내다팔았지. 그리고 마지막에는 나를 노예상인에게 팔아넘겼는데, 지금 주인이 나를 사들인 거요."

"어떻게 하다가 술 마시는 나쁜 습관을 들였습니까?"

"내 비참함을 잊어버리고 싶어서요. 여기 온 후에 아이가 하나 생겼는데, 우리 주인은 노예상인이 아니기 때문에 그 아이를 키우게 해줄 거라 생각했어. 아주 귀여운 아이였지. 마님도 처음에는 그 아이를 아주 귀여워하는 것 같았어요. 성가시게 울지도 않았고 살이 통통하게 올라서 아주 귀여웠어요. 그러다가 마님이 병들어 내가 간호를 했는데, 마님한테서 열병이 옮는 바람에 내 몸에서 젖이 안 나왔어요. 아이는 먹지를 못해서 쇠꼬챙이처럼 여위어가는데도 마님은 우유 사줄 생각을 안 했어요. 내 몸에서 젖이 안 나온다고 해도 내 말을 들어주지 않았어요. 마님의 말은, 남들 먹는 걸 아이한테 먹이라는 거였어요. 아이는 날마다 괴로워하며 울고, 울고, 또 울더니 뼈와 가죽만 남았어요. 마님은 짜증을 내면서 아주 심술궂은 아이라고 신경질을 냈어요. 죽어버렸으면 좋겠다는 말도 했어요. 내가 밤새 아이를 간호하는 것도 못 하게 했어요. 내가 아이 곁에 있으면 잠을 못 자고 그다음 날 일을 제대로 못 한다는 거지. 그러더니 나를 마님 방에서 재웠어요. 할 수 없이 아이는 자그마한 다락방에 놔두어야 했어요. 아이는 어느 날 밤에, 밤새 울더니 그만 죽어버렸어요. 그때 이후 술을 마시게 되었어요. 그 아이의 울음소리를 내 귀에서 몰아내기 위해서. 그래서 술을 마시게 되었지. 앞으로도 계속 마실 거야. 이것 때문에 지옥에 간다고 해도 할 수 없어요. 나리는 나보고 그러면 지옥에 간다고 하는데, 나는 지금 여기가 지옥이라고 나리에게 말했어요."

"오, 불쌍한 사람!" 톰이 말했다. "예수님이 당신을 사랑하고 당신을 위해 죽었다고 누가 말해주지 않던가요? 주님께서 당신을 도와서 당신이 천국에 가고, 그리하여 영원한 안식을 얻을 것이라고 말해주지 않던가요?"

"내가 천국에 간다고요?" 여자가 말했다. "거긴 백인들이나 가는 데가 아니오? 거기서 나를 받아준다고요? 난 차라리 지옥에 가서 나리와 마님으로부터 벗어났으면 좋겠어요." 그녀는 신음 소리를 한 번 내지르더니 바구니를 머리에 얹고서 시무룩한 표정으로 걸어가버렸다.

톰은 몸을 돌려 우울한 얼굴로 집으로 돌아왔다. 안뜰에서 그는 어린 에바를 만났다. 월하향 화관을 만들어 머리에 쓰고 있는 그녀의 두 눈은 즐거움으로 반짝거리고 있었다.

"아, 톰, 여기 있었네. 만나게 되어 반가워. 아빠가 조랑말을 꺼내 나를 조그만 새 마차에 태워 외출하라고 했어." 에바가 톰의 손을 잡았다. "그런데 무슨 일이야, 톰? 무척 슬퍼 보여."

"미스 에바, 나는 기분이 울적합니다." 톰이 슬픈 목소리로 말했다. "하지만 아가씨를 위해 말을 꺼내오겠습니다."

"톰 아저씨, 말해봐, 무슨 일인지. 아저씨가 프루 할멈하고 얘기하는 걸 봤어."

톰은 이해하기 쉬우면서도 진지한 어조로 프루의 인생 역정을 에바에게 들려주었다. 그녀는 다른 아이들처럼 놀라거나 의아해하거나 울지 않았다. 뺨은 창백해졌고 깊은 그늘이 눈빛에 어른거렸다. 그녀는 양손을 가슴에 얹고서 무거운 한숨을 내쉬었다.

(2권으로 이어집니다)

문학동네 세계문학전집 발간에 부쳐

세계문학은 국민문학 혹은 지역문학을 떠나 존재하는 문학이 아니지만 그것 들의 총합도 아니다. 세계문학이라는 용어에는 그 나름의 언어와 전통을 갖고 있는 국민문학이나 지역문학의 존재를 인정하면서 그것을 넘어서는 문학의 보 편적 질서에 대한 관념이 새겨져 있다. 그 용어를 처음 고안한 19세기 유럽인들 은 유럽문학을 중심으로 그 질서를 구축했지만 풍부한 국민문학의 전통을 가지 고 있는 현대의 문학 강국들은 나름의 방식으로 세계문학을 이해하면서 정전 (正典)의 목록을 작성하고 또 수정한다.

한국에서도 세계문학 관념은 우리 사회와 문화의 변화 속에서 거듭 수정돼왔 다. 어느 시기에는 제국 일본의 교양주의를 반영한 세계문학 관념이, 어느 시기 에는 제3세계 민족주의에 동조한 세계문학 관념이 출현했고, 그러한 관념을 실 천한 전집물이 출판됐다. 21세기 한국에 새로운 세계문학전집이 필요하다는 것 은 명백하다. 우리의 지성과 감성의 기준에 부합하는 세계문학을 다시 구상할 때가 되었다.

문학동네 세계문학전집은 범세계적으로 통용되는 고전에 대한 상식을 존중하 면서도 지난 반세기 동안 해외 주요 언어권에서 창작과 연구의 진전에 따라 일어 난 정전의 변동을 고려하여 편성되었다. 그래서 불멸의 명작은 물론 동시대 세 계의 중요한 정치·문화적 실천에 영감을 준 새로운 작품들을 두루 포함시켰다.

창립 이후 지금까지 한국문학 및 번역문학 출판에서 가장 전문적이고 생산적 인 그룹을 대표해온 문학동네가 그간 축적한 문학 출판 경험을 바탕으로 새로운 세계문학전집을 펴낸다. 인류가 무지와 몽매의 어둠 속을 방황하면서도 끝내 길 을 잃지 않은 것은 세계문학사의 하늘에 떠 있는 빛나는 별들이 길잡이가 되어 주었기 때문이다. 우리가 자부심과 사명감 속에서 그리게 될 이 새로운 별자리 가 독자들의 관심과 애정에 힘입어 우리 모두의 뿌듯한 자산이 되기를 소망한다.

문학동네 세계문학전집 편집위원
민은경, 박유하, 변현태, 송병선, 이재룡, 홍길표, 남진우, 황종연

세계문학전집 063

톰 아저씨의 오두막 1

1판 1쇄 2011년 2월 25일
1판 10쇄 2023년 4월 28일

지은이 해리엇 비처 스토 | 옮긴이 이종인

책임편집 고우리 | 편집 이도겸 오동규 | 독자모니터 윤성의
디자인 엄혜리 송윤형 한충현 김민하 최미영 | 저작권 박지영 형소진 오서영
마케팅 정민호 김도윤 한민아 이민경 안남영 김수현 왕지경 황승현 김혜원 김하연
브랜딩 함유지 함근아 박민재 김희숙 고보미 정승민 배진성
제작 강신은 김동욱 임현식 | 제작처 영신사

펴낸곳 (주)문학동네 | 펴낸이 김소영
출판등록 1993년 10월 22일 제2003-000045호
주소 10881 경기도 파주시 회동길 210
전자우편 editor@munhak.com | 대표전화 031)955-8888 | 팩스 031)955-8855
문의전화 031)955-1927(마케팅), 031)955-3560(편집)
문학동네카페 http://cafe.naver.com/mhdn
인스타그램 @munhakdongne | 트위터 @munhakdongne
북클럽문학동네 http://bookclubmunhak.com

ISBN 978-89-546-1391-0 04840
      978-89-546-0901-2 (세트)

www.munhak.com

● 문학동네 세계문학전집은 계속 출간됩니다